Buch

Alexis hat das Paradies gesehen. Es liegt auf der Insel Mauritius im Indischen Ozean, wo er seine Kindheit in einer zauberhaften tropischen Landschaft nicht weit vom Meer verbracht hat. Doch das paradiesische Leben findet bald ein jähes Ende: Ein Zyklon verwüstet die Insel, das Geschäft der Familie geht in Konkurs. Als auch noch der Vater stirbt, hält es Alexander nicht mehr aus: Um Unglück und Armut zu entkommen, macht er sich mit einem Segelschoner auf zu einer phantastischen Reise übers Meer. Er will nach alten Plänen seines Vaters einen sagenhaften Schatz heben, das Gold des Korsaren, dessen Versteck ihm der Vater, kurz vor seinem Tode noch verraten hat.

Doch das Gold, nach dem er immer verzweifelter sucht, bleibt unauffindbar. Freiwillig dient er eine Zeitlang im Ersten Weltkrieg. Als er nach Mauritius zurückkehrt, wird ihm schmerzhaft bewußt, wie weit er sich in all den Jahren von seiner Familie entfremdet hat. Das Paradies seiner Kindheit erscheint ihm wie ein ferner Traum. Doch was er auf seinen Abenteuern immer gesucht hat, entdeckt er nun plötzlich in sich selbst.

Autor

J. M. G. Le Clézio, 1940 in Nizza geboren, stammt aus einer Familie, die seit 200 Jahren auf Mauritius lebt. Er studierte Literaturwissenschaft in Frankreich und England. Le Clézio veröffentlichte zahlreiche Romane, Essays und Erzählungen. Für seinen Roman »Die Wüste« wurde er mit dem renommierten »Prix Morand« der Académie Française ausgezeichnet.

Außerdem bei Goldmann im Taschenbuch erschienen

Die Wüste. Roman (42794)

J. M. G.
Le Clézio

Der Goldsucher

Roman

Aus dem Französischen von
Rolf und Hedda Soellner

GOLDMANN VERLAG

Die Originalausgabe erschien unter dem Titel
»Le chercheur d'or« bei Éditions Gallimard, Paris

Für meinen Großvater Léon

Umwelthinweis:
Alle bedruckten Materialien dieses Taschenbuches
sind chlorfrei und umweltschonend.
Das Papier enthält Recyclinganteile.

Der Goldmann Verlag
ist ein Unternehmen der Verlagsgruppe Bertelsmann

Genehmigte Taschenbuchausgabe 12/95

Aus dem Französischen von Rolf und Hedda Soellner

Umschlaggestaltung: Design Team München
Umschlagmotiv: Winslow Homer
Druck: Elsnerdruck, Berlin
Verlagsnummer: 42795
MK · Herstellung: Heidrun Nawrot
Made in Germany
ISBN 3-442-42795-9

1 3 5 7 9 10 8 6 4 2

Inhalt

In der Boucan-Senke, 1892

Immer, soweit ich zurückdenken kann, hab ich das Meer gehört. Und den Wind in den Schuppenblättchen der Kasuarinen, einen Wind, der nie aufhört, auch nicht, wenn man sich von der Küste entfernt und durch die Zuckerrohrfelder geht. Dieses Geräusch hat meine Kindheit gewiegt. Ich höre es auch jetzt, tief in mir, ich trage es überall mit hin. Das langsame, unermüdliche Geräusch der Wellen, die sich draußen an den Korallenbänken brechen und an der Rivière Noire im Sand verlaufen. Nicht ein Tag, ohne daß ich ans Meer gehe, nicht eine Nacht, ohne daß ich aufwache, mit schweißnassem Rükken auf meinem Feldbett sitze, das Moskitonetz beiseite schiebe und auf die Gezeiten lausche, ruhelos, erfüllt von einer Sehnsucht, die ich nicht begreife.

Ich denke an das Meer wie an einen Menschen, und im Dunkeln sind alle meine Sinne wach, um es nahen zu hören, um es willkommen zu heißen. Die riesigen Wellen springen über die Riffe, stürzen in die Lagune, und von ihrem Donnern beben Erde und Luft wie ein Dampfkessel. Ich höre das Meer, es regt sich, es atmet.

Bei Vollmond schlüpfe ich lautlos aus dem Bett, achte darauf, daß der morsche Fußboden nicht knarrt. Aber ich weiß, daß Laure nicht schläft, ich weiß, daß sie im Dunkeln die Augen offen hat und daß sie den Atem anhält. Ich klettere aufs Fensterbrett und stoße die Holzläden auf, ich bin draußen, in der Nacht. Das weiße Mondlicht erhellt den Garten, ich sehe die Bäume glänzen, deren Wipfel im Wind rascheln, ich ahne die dunklen Gruppen der Rhododendren, der Hibiskusstauden. Mit klopfendem Herzen gehe ich durch die Allee, die zu den Hügeln führt, dorthin, wo die Brachfelder beginnen.

Ganz nah an der verfallenen Mauer steht der große Chalta-Baum, den Laure den Baum des Guten und Bösen nennt, und ich klettere in die Krone, um über die Bäume und die Zuckerrohrpflanzungen hinweg das Meer zu sehen. Der Mond gleitet zwischen den Wolken dahin, schickt Lichtblitze aus. Dann sehe ich vielleicht ganz plötzlich über dem Laubwerk, links von der Tourelle du Tamarin, die große dunkle Scheibe, auf der ein flimmernder Fleck leuchtet. Sehe ich es wirklich? Höre ich es? Das Meer ist in meinem Kopf, und erst wenn ich die Augen schließe, sehe und höre ich es am besten, kann ich jedes Grollen der Wogen wahrnehmen, wenn sie sich am Riff teilen und wieder zusammenströmen, um an den Strand zu branden. Ich bleibe so lange an die Äste des Chalta-Baums geklammert, bis meine Arme taub werden. Der Seewind streicht über die Zuckerfelder, läßt die Blätter unter dem Mond erglänzen. Manchmal bleibe ich bis Tagesanbruch dort und lausche und träume. Das große Haus am anderen Ende des Gartens ist dunkel, verschlossen, es gleicht einem Schiffswrack. Der Wind läßt die losen Schindeln klappern, das Gebälk knistern. Auch dies ist das Geräusch des Meeres, und das Ächzen des Baumstamms und das Seufzen der Schuppenblättchen an den Kasuarinen. Ich fürchte mich, so ganz allein auf dem Baum, und doch will ich nicht zurück ins Zimmer. Ich bleibe trotz der Kälte des Windes, trotz der Müdigkeit, die mir den Kopf schwer macht.

Es ist nicht wirklich Furcht. Es ist, wie wenn man am Rand eines Abgrunds steht, einer tiefen Schlucht, und gebannt hinunterschaut, und das Herz hämmert so stark, daß der Hals pocht und schmerzt, und doch weiß man, daß man bleiben muß, daß man schließlich irgend etwas wissen wird. Ich kann nicht ins Zimmer zurück, solange das Meer steigt, es ist unmöglich. Ich muß mich am Chalta-Baum festhalten und warten, während der Mond ans andere Ende des Himmels gleitet.

Kurz vor Sonnenaufgang, wenn der Himmel über Mananava grau wird, kehre ich ins Zimmer zurück und schlüpfe unter das Moskitonetz. Ich höre Laure seufzen, denn sie hat nicht geschlafen, auch sie nicht, die ganze Zeit über, die ich draußen war. Sie spricht nie mit mir darüber. Sie sieht mich nur bei Tage mit ihren dunklen fragenden Augen an, und es tut mir leid, daß ich hinausgegangen bin, um das Meer zu hören.

Jeden Tag gehe ich zum Strand. Man muß durch die Felder, das Zuckerrohr steht so hoch, daß ich blindlings dahingehe, über die Feldwege laufe, mich manchmal inmitten der scharfkantigen Halme verirre. Dort höre ich das Meer nicht mehr. Die Spätwintersonne brennt, erstickt die Geräusche. Ich spüre, wenn ich nah am Strand bin, weil die Luft schwer wird, regungslos, voller Mücken. Darüber ist der Himmel blau, gespannt, ohne Vögel, blendend. In der roten und staubigen Erde versinke ich bis zu den Knöcheln. Um meine Schuhe nicht kaputtzumachen, ziehe ich sie aus und hänge sie mir an den Schnürsenkeln um den Hals. So habe ich die Hände frei. Man muß die Hände frei haben, wenn man durch ein Zuckerrohrfeld geht. Die Halme sind sehr hoch, Cook, der Koch sagt, im nächsten Monat werden sie geschnitten. Die Blätter schneiden wie Hackmesser, man muß sie im Gehen mit den flachen Händen beiseite drücken. Denis, Cooks Enkel, ist ein Stück vor mir. Ich sehe ihn nicht mehr. Er geht wie immer barfuß, er ist mit seinem Angelstecken bewaffnet und läuft schneller als ich. Wir haben ein Signal verabredet: entweder zweimal auf einem Grashalm zirpen oder zweimal bellen, so: wau! wau!, wie die Männer, die Inder, zur Erntezeit mitten im hohen Zuckerrohr mit ihren langen Messern.

Ich höre Denis weit vor mir: wau! wau! Ich antworte mit meiner Grasharfe. Man hört sonst keinen Laut. Das Meer hat an diesem Morgen den tiefsten Stand, es wird nicht vor Mittag steigen. Wir laufen, so schnell wir können, um zu den

Tümpeln zu kommen, wo sich die Krabben und die Tintenfische verstecken.

Vor mir, mitten im Zuckerrohr, ist ein Hügel aus schwarzen Lavasteinen. Dort hinauf steige ich gern, um die grüne Fläche der Felder zu sehen und, schon weit hinter mir, im Dickicht der Bäume und Büsche fast versunken, unser Haus wie ein Schiffswrack, mit seinem komischen himmelblauen Dach und Capt'n Cooks kleine Hütte, und noch ein Stück weiter den Schornstein von Jemen und die hohen roten Berge, die in den Himmel ragen. Auf der Spitze der Pyramide drehe ich mich im Kreis und sehe das ganze Land, die Rauchsäulen der Zuckerfabriken, den Fluß Tamarin, der sich unter den Bäumen dahinschlängelt, die Hügel und schließlich das Meer, dunkel, schimmernd, das sich hinter die Korallenbänke zurückgezogen hat.

Hier gefällt es mir. Ich glaube, ich könnte stundenlang auf diesem Hügel bleiben, tagelang, und nichts anderes tun als schauen.

Wau! wau! Denis ruft mich vom anderen Ende des Feldes. Auch er ist auf einen Hügel aus schwarzen Steinen geklettert, ein Schiffbrüchiger auf einer kleinen Insel mitten im Meer. Er ist so weit weg, daß ich keine Einzelheiten unterscheiden kann. Ich sehe nur seinen langen Insektenleib auf der Spitze des Hügels. Ich forme mit den Händen einen Trichter und belle wie er: Wau! wau! Gleichzeitig steigen wir ab und setzen uns wieder in Marsch, blindlings durch das Zuckerrohr, in Richtung Meer.

Am Morgen ist das Meer schwarz, verschlossen. Das kommt vom Sand der Grande Rivière Noire und des Tamarin, vom Lavastaub. Wenn man nach Norden geht oder wenn man südlich zu Le Morne hinuntersteigt, wird das Meer heller. Denis fischt die Kraken in der Lagune, im Schutz der Riffe.

Ich sehe ihm nach, wie er auf seinen langen Stelzenbeinen ins Wasser hinausgeht, den Angelstecken in der Hand. Er fürchtet sich nicht vor den Seeigeln oder den Skorpionfischen. Er geht inmitten der dunklen Wassertümpel, immer so, daß sein Schatten hinter ihm ist. Je weiter er sich vom Ufer entfernt, desto mehr Schwärme von Fischreihern, Kormoranen, Brachvögeln scheucht er auf. Ich stehe barfuß im kalten Wasser und beobachte ihn. Ich bitte ihn oft, daß er mich mitnimmt, aber er will nicht. Er sagt, ich bin zu klein, er sagt, er muß meine Seele hüten. Er sagt, mein Vater hat mich ihm anvertraut. Das ist nicht wahr, mein Vater hat nie ein Wort mit ihm gesprochen. Aber ich mag es, wie er sagt: »deine Seele hüten«. Niemand außer mir begleitet ihn bis zum Strand. Mein Cousin Ferdinand darf nicht mit, obwohl er ein bißchen älter ist als ich, und Laure auch nicht, weil sie ein Mädchen ist. Ich mag Denis, er ist mein Freund. Mein Cousin Ferdinand sagt, das ist kein Freund, weil er schwarz ist, weil er Cooks Enkel ist. Aber das ist mir egal. Ferdinand sagt das, weil er eifersüchtig ist, er möchte auch mit Denis durch das Zuckerrohr gehen, bis ans Meer.

Wenn das Meer sehr niedrig ist, so wie heute früh morgens, kommen die schwarzen Felsen zum Vorschein. Es sind große dunkle Tümpel da, und wieder andere sind so hell, daß man glauben könnte, sie strahlten Licht aus. Auf dem Grund bilden die Seeigel lila Kugeln, die Seeanemonen öffnen ihre blutigen Kelche, die Schlangensterne wiegen langsam ihre langen haarigen Arme. Ich beobachte den Grund der Tümpel, während Denis weit draußen mit der Spitze seines Angelstocks nach Tintenfischen stochert.

Hier ist das Geräusch des Meeres schön wie Musik. Der Wind trägt Wellen herein, die sich weit draußen an der Korallenbank brechen, und ich höre jede Schwingung über die Felsen und den Himmel laufen. Am Horizont ist etwas wie eine

Wand, gegen die das Meer stößt, anrennt. Schaumgarben springen manchmal hoch, fallen zurück auf die Riffe. Die Flut hat zu steigen begonnen. Jetzt kann Denis die Tintenfische angeln, denn sie spüren an ihren Fangarmen das kühle Wasser des offenen Meeres und kommen aus ihren Schlupfwinkeln. Das Wasser überschwemmt die Tümpel, einen nach dem anderen. Die Schlangensterne wiegen ihre Arme in der Strömung, die Wolken von Gammelfischen steigen die Kaskaden hoch, und ich sehe einen Kofferfisch vorbeischwimmen, er sieht blöd aus und hat es eilig. Schon lange, schon seit ich ganz klein war, komme ich hierher. Ich kenne jeden Tümpel, jeden Felsen, jeden Winkel, wo die Seeigelkolonien siedeln, wo die fetten Seegurken kriechen, wo sich die Aale verstecken, die Seelilien. Ich bleibe stehen, ohne eine Bewegung, ohne ein Geräusch zu machen, damit sie mich vergessen, damit sie mich nicht mehr sehen. Jetzt ist das Meer schön und sehr still. Wenn die Sonne hoch über der Tourelle du Tamarin steht, wird das Wasser leicht, blaßblau wie der Himmel. Die Wogen donnern mit voller Wucht an die Riffe. Vom Licht geblendet, halte ich blinzelnd nach Denis Ausschau. Das Meer kommt jetzt durch die Fahrrinne herein, es wölbt seine langsamen Wellen, die alle Felsen zudecken.

Wenn ich am Mündungstrichter der beiden Flüsse den Strand erreiche, sehe ich Denis oben am Strand im Schatten der Sammetpalmen sitzen. Am Ende seines Angelstocks baumeln ein Dutzend Tintenfische wie Stofflappen. Regungslos wartet er auf mich. Die Sonnenhitze brennt auf meinen Schultern, meinem Haar. Rasch ziehe ich mich aus und springe nackt ins sandige Wasser, dort, wo das Meer die beiden Flüsse aufnimmt. Ich schwimme gegen die Süßwasserströmung, bis ich die kleinen spitzen Kiesel am Bauch und an den Knien spüre. Wenn ich richtig im Fluß bin, klammere ich mich mit beiden Händen an einen großen Stein und lasse das

Flußwasser über mich laufen, um das Brennen von Meer und Sonne abzuwaschen.

Nichts ist mehr da, nichts passiert. Nur das eine, daß ich fühle, daß ich sehe, der so blaue Himmel, das Geräusch des Meeres, das gegen die Riffe ankämpft, und das kalte Wasser, das meine Haut umspült.

Ich steige aus dem Wasser, zitternd trotz der Hitze, und ziehe mich an, ohne mich erst abzutrocknen. Der Sand knirscht in meinem Hemd, in meiner Hose, scheuert mir die Füße in den Schuhen auf. Meine Haare sind noch vom Salz verklebt. Denis hat mich regungslos beobachtet. Sein glattes Gesicht ist dunkel, undurchdringlich. Er ist im Schatten der Sammetpalmen sitzengeblieben, ohne sich zu bewegen, beide Hände hat er auf die lange Stange gestützt, an der die Tintenfische wie Wimpel aufgesteckt sind. Er badet nie im Meer, ich weiß nicht einmal, ob er schwimmen kann. Wenn er wirklich einmal badet, dann bei Einbruch der Nacht weiter oben im Fluß Tamarin oder im Bach des *Bassin Salé*. Manchmal geht er weit weg, auf die Berge zu, in Richtung auf Mananava, und wäscht sich mit Kräutern in den Wildbächen der Schluchten. Er sagt, sein Großvater hat ihn das gelehrt, damit er kräftig wird und das Geschlecht eines Mannes bekommt.

Ich mag Denis, er weiß soviel über die Bäume, über das Wasser, über das Meer. Alles, was er weiß, hat er von seinem Großvater gelernt oder von seiner Großmutter, einer alten Schwarzen, die in Case Noyale wohnt. Er kennt die Namen aller Fische, aller Insekten, er kennt alle eßbaren Pflanzen im Wald, alle wilden Früchte, er kann die Bäume schon an ihrem Geruch erkennen oder wenn er ein Stückchen Rinde kaut. Er weiß soviel, daß man sich mit ihm nie langweilt. Laure mag ihn auch gern, weil er ihr immer kleine Geschenke bringt, eine Waldfrucht oder eine Blume, eine Muschelschale, ein Stück weißen Flintstein, einen Obsidian. Ferdinand nennt ihn Freitag, um uns zu hänseln, und mir hat er den Spitznamen Waldmensch gegeben, weil Onkel Ludovic das einmal gesagt hat, als er mich aus den Bergen zurückkommen sah.

Eines Tages, es ist schon lang her, es war zu Beginn unserer Freundschaft, hat Denis für Laure ein kleines graues Tier mitgebracht, ein drolliges Geschöpf mit langer spitzer Schnauze, und er hat gesagt, es ist eine Moschusratte, aber mein Vater hat gesagt, es ist bloß eine Spitzmaus. Laure hat das Tierchen einen Tag lang bei sich behalten, und es hat in einer kleinen Pappschachtel auf ihrem Bett geschlafen; aber am Abend, als wir schlafen gingen, ist es aufgewacht und hat angefangen überall herumzulaufen, und es hat soviel Lärm gemacht, daß mein Vater im Nachthemd mit seiner Kerze in der Hand gekommen ist, und er ist wütend geworden und hat das Tierchen hinausgejagt. Danach haben wir es nie wiedergesehen. Ich glaube, Laure war darüber sehr traurig. Wenn die Sonne ganz hoch am Himmel ist, steht Denis auf, er tritt aus dem Schatten der Sammetpalmen, und er ruft: »Alee-sis!« So spricht er meinen Namen aus. Dann laufen wir rasch durch die Zuckerrohrfelder bis zum Boucan. Denis bleibt dort, er ißt in der Hütte seines Großvaters, und ich laufe zu dem großen Haus mit dem himmelblauen Dach.

Wenn es Tag wird und der Himmel hinter den Bergen der Trois Mamelles sich erhellt, breche ich mit meinem Cousin Ferdinand über die lange staubige Landstraße zu den Zuckerfeldern von Jemen auf. Wir klettern über die hohen Mauern und kommen in die »Gehege«, wo die Hirsche der großen Plantagen von Wolmar, Tamarin, Magenta, Barefoot, Walhalla leben. Ferdinand kennt sich hier aus. Sein Vater ist sehr reich, er hat ihn auf all diese Plantagen mitgenommen. Er ist sogar bis zu den Häusern von Tamarin Estate gekommen, bis nach Wolmar und Medina ganz im Norden. Es ist verboten, die »Gehege« zu betreten, mein Vater würde sehr zornig sein, wenn er wüßte, daß wir durch die Plantagen gehen. Er sagt, es ist gefährlich, es können Jäger dort sein, man kann in einen Graben stürzen, aber ich glaube, er will es vor allem nicht, weil er die Leute von den großen Besitzungen nicht mag. Er sagt, ein jeder soll auf seinem Grund und Boden bleiben, man streunt nicht auf fremdem Besitz herum.

Wir bewegen uns vorsichtig, wie auf feindlichem Gebiet. In der Ferne, im grauen Gestrüpp, sehen wir ein paar flüchtige Formen, die im Dickicht verschwinden: Das sind die Hirsche.

Dann sagt Ferdinand, daß er bis nach Tamarin Estate hinunter will. Wir verlassen die »Gehege« und wandern wieder über die lange Staubstraße. Ich bin noch nie so weit gewesen. Nur einmal war ich mit Denis oben auf der Tourelle du Tamarin, von wo man das ganze Land bis zu den Bergen der Trois Mamelles sehen kann und bis Le Morne, und dort habe ich die Dächer der Häuser und den hohen Schornstein der Zuckerfabrik gesehen, der seine dicke Rauchsäule ausstößt.

Die Hitze nimmt rasch zu, weil es jetzt schon fast Sommer ist. Das Zuckerrohr auf den Feldern steht sehr hoch. Seit ein paar Tagen ist Ernte. Auf der ganzen Straße begegnen uns Ochsenkarren, die unter dem Gewicht des Zuckerrohrs schwanken. Die Wagenführer sind junge Inder, sie sehen so teilnahmslos aus, als dösten sie. Die Luft ist voller Fliegen und Bremsen. Ferdinand geht schnell, ich kann kaum folgen. Sooft ein Karren kommt, springen wir in den Straßengraben, weil knapp Platz ist für die großen eisenbeschlagenen Räder.

Die Felder sind voller arbeitender Männer und Frauen. Die Männer haben Hackmesser und Sicheln, die Frauen gehen mit ihren Hacken. Sie sind in *gunny* gekleidet, um die Köpfe haben sie alte Jutesäcke. Die Oberkörper der Männer sind nackt, sie triefen vor Schweiß. Man hört Schreie, Rufe, wau!, der rote Staub steigt von den Wegen zwischen den Gevierten der Zuckerfelder auf. Es liegt ein scharfer Geruch in der Luft, der Geruch von Zuckermark, von Staub, von Menschenschweiß. Ein bißchen trunken laufen wir zu den Häusern von Tamarin, dorthin, wo die Wagenladungen ankommen. Niemand achtet auf uns. Es ist soviel Staub auf den Wegen, daß wir schon von Kopf bis Fuß rot sind, und unsere Kleider sehen aus wie *gunnies*. Kinder laufen mit uns auf den Wegen, Inder, Kaffern, sie essen die Stengel, die zu Boden gefallen sind. Alle gehen zur Zuckerfabrik, um den ersten Sud zu sehen.

Endlich sind wir vor den Gebäuden angelangt. Ich habe ein bißchen Angst, weil ich zum erstenmal hierher komme. Vor der hohen gekalkten Mauer haben die Karren angehalten, und die Männer laden die Rohrbündel ab, die dann in die Zylinderpressen geworfen werden. Der Kessel speit einen schweren rötlichen Rauch aus, der den Himmel verdunkelt und uns den Atem nimmt, wenn der Wind ihn in unsere Richtung weht. Überall Lärm, gewaltige Dampfstrahlen. Direkt vor uns sehe ich die Mannschaft, die den Preßrückstand in die Füllöffnung des Kessels schüttet. Die Männer sind fast nackt, gleichen Riesen, der Schweiß rinnt ihnen über die schwarzen Rücken, über die von der Feuerqual verzerrten Gesichter. Sie sagen nichts. Sie nehmen nur einen Armvoll Preßrückstand und schleudern ihn in den Kessel, und jedesmal rufen sie: »Haa!«

Ich weiß nicht mehr, wo Ferdinand ist. Ich stehe wie angewurzelt da und betrachte den gußeisernen Kessel, den großen Stahlbottich, der brodelt wie ein Riesenkochtopf, und das Räderwerk, das die Zentrifuge antreibt. Im Innern der Zukkerfabrik eilen Männer hin und her, werfen die frischen Stengel zwischen die Kiefer der Zentrifuge, nehmen die bereits zermalmten Stengel heraus, um noch den letzten Saft aus ihnen zu pressen. Es herrscht soviel Lärm, Hitze und Dampf, daß mir schwindelt. Der klare Saft rieselt über die Zylinder und läuft zu den brodelnden Bottichen ab. Unter den Zentrifugen kauern die Kinder. Ich sehe Ferdinand, der wartend vor dem langsam kreisenden Bottich steht, während der dicke Sirup vollends abkühlt. Im Bottich steigen große Wellen hoch, und der Zucker läuft über, bildet am Bottichrand schwarze Klümpchen, die auf den mit Blättern und Stroh bedeckten Boden rollen. Die Kinder stürzen schreiend herbei, sammeln die Zuckerstücke auf und laufen damit weg, um sie in der Sonne zu lutschen. Auch ich lauere vor dem Bottich, und wenn der Zucker herausspritzt, auf den Boden kullert, springe ich vor, grapsche mir den kochendheißen, mit Gräsern und Preßrückständen vermischten Klumpen. Ich trage ihn hinaus und lutsche ihn im Staub kauernd, und ich betrachte den dicken rötlichen Rauch, der aus dem Schornstein aufsteigt. Der Lärm, das Geschrei der Kinder, das Hin und Her der Männer, das alles verursacht mir eine Art Fieber, so daß ich zittere. Ist es der Lärm der Maschinen und des pfeifenden Dampfs, ist es der rötliche und beißende Rauch, der mich einhüllt, die Sonnenhitze, der intensive Geschmack des verbrannten Zuckers? Alles verschwimmt vor meinen Augen, ich spüre, daß mir schlecht wird. Ich rufe meinen Cousin zu Hilfe, aber meine Stimme ist heiser, sie brennt mir in der Kehle. Ich rufe auch Denis, Laure. Aber rings um mich achtet niemand darauf. Die Kinderschar stürzt unaufhörlich zu dem großen rotierenden Bottich und lauert auf den Augenblick, wenn bei geöffneten Ventilen, während die Luft pfeifend in die Kessel fährt, die Woge kochenden Sirups aufwallt und die Masse wie ein goldfarbener Fluß durch die Ablaufrinnen strömt. Ich fühle mich plötzlich so schwach, so verloren, daß ich den Kopf auf die Knie sinken lasse und die Augen schließe.

Dann spüre ich eine Hand, die mir übers Haar streicht, ich höre eine Stimme, die sanft auf kreolisch zu mir sagt:

»Warum weinen?« Durch meine Tränen sehe ich eine Inderin, sie ist groß und schön und trägt *gunnies*, die von roter Erde befleckt sind. Sie steht vor mir, aufrecht, ruhig, ohne zu lächeln, und ihr Oberkörper bewegt sich nicht, denn sie balanciert eine Hacke auf dem mit Lappen bedeckten Kopf. Sie redet sanft auf mich ein, fragt mich, woher ich komme, und jetzt gehe ich mit ihr auf der verstopften Straße, presse mich an ihr Kleid, fühle das langsame Wiegen ihrer Hüften. Als wir am Zugang zum Boucan auf der anderen Seite des Flusses ankommen, begleitet sie mich bis zu Capt'n Cooks Haus. Dann macht sie sogleich kehrt, ohne auf Lohn oder Dank zu warten, sie entfernt sich auf der großen Allee zwischen den Rosenäpfeln, und ich sehe ihr nach, wie sie weggeht, sehr gerade, und die Hacke auf dem Kopf balanciert.

Ich betrachte das große Holzhaus, das die Nachmittagssonne erhellt, mit seinem blauen oder grünen Dach von einer so schönen Farbe, daß ich mich noch heute daran erinnere, wie an die Farbe des Himmels bei Sonnenaufgang. Ich spüre noch immer die Hitze der roten Erde und des Glutofens auf dem Gesicht, ich schüttle den Staub und die Strohhalme von meinen Kleidern. Als ich zum Haus komme, höre ich die Stimme von Mam, die Laure unter der Veranda Gebete aufsagen läßt. Alles ist so süß, so hell, daß mir wieder die Tränen aus den Augen strömen und mein Herz anfängt, heftig zu klopfen. Ich gehe barfuß über den von der Trockenheit rissigen Boden auf das Haus zu. Ich gehe bis zum Wasserbehälter hinter der Küche, ich schöpfe mit dem Emaillekrug das dunkle Wasser aus dem Becken und wasche mir Hände, Gesicht, Hals, Beine, Füße. Vom kalten Wasser fangen die Kratzwunden wieder an zu brennen, die Schnitte, die von den scharfen Zuckerrohrhalmen stammen. Über die Oberfläche des Beckens laufen die Moskitos, die Wasserspinnen, und an den Wänden entlang springen die Larven. Ich höre die sanften Stimmen der Abendvögel, ich rieche den Rauch, der sich über den Garten legt, als kündigte er die Nacht an, die in den Schluchten von Mananava beginnt. Dann gehe ich zu Laures Baum am Ende des Gartens, zum großen Chalta-Baum des Guten und Bösen. Alles, was ich jetzt fühle, alles, was ich jetzt sehe, erscheint mir ewig. Ich weiß nicht, daß das alles bald verschwinden wird.

Und da ist die Stimme von Mam. Sie ist alles, was ich noch von ihr weiß, alles, was mir von ihr geblieben ist. Ich habe all die vergilbten Fotos weggeworfen, die Portraits, die Briefe, die Bücher, die sie las, damit die Stimme nicht dahinter verschwindet. Ich will sie immer hören, wie einen Menschen, den man liebt und dessen Gesicht man nicht mehr kennt, ihre Stimme, die Sanftheit ihrer Stimme, in der alles enthalten ist, die Wärme ihrer Hände, der Duft ihres Haars, ihr Kleid, das Licht, der späte Nachmittag, wenn wir, Laure und ich, unter die Veranda kamen, das Herz noch bebend vom raschen Lauf, und für uns der Unterricht begann. Mam spricht sehr leise, sehr langsam, und wir hören zu und glauben, so zu verstehen. Laure ist intelligenter als ich, Mam wiederholt es jeden Tag, sie sagt, Laure kann im richtigen Moment Fragen stellen. Wir lesen abwechselnd, wir stehen vor Mam, die sich in ihrem Schaukelstuhl aus Ebenholz wiegt. Wir lesen, dann fragt Mam uns aus, zuerst Grammatik, Verbformen, Übereinstimmung von Partizip und Adjektiv. Danach fragt sie uns beide nach dem Sinn dessen, was wir gerade gelesen haben, nach den Wörtern, den Ausdrücken. Sie stellt sehr kluge Fragen, und ich höre ihrer Stimme entzückt und besorgt zu, denn ich habe Angst, sie zu enttäuschen. Ich schäme mich, weil ich nicht so rasch begreife wie Laure, mir scheint, daß ich diese Augenblicke des Glücks nicht verdiene, ihre sanfte Stimme, ihren Duft, das Licht des Spätnachmittags, das Haus und Bäume vergoldet und aus ihrem Blick und ihren Worten kommt.

Seit mehr als einem Jahr werden wir von Mam unterrichtet, weil wir keine andere Lehrerin mehr haben. Früher – ich erinnere mich kaum noch daran – ist dreimal in der Woche eine Lehrerin aus Floréal gekommen. Aber die fortschreitenden Geldnöte meines Vaters erlauben diesen Luxus nicht mehr. Mein Vater wollte uns ins Internat schicken, aber Mam hat das nicht gewollt, sie hat gesagt, wir sind noch zu klein, Laure und ich. Seitdem gibt Mam uns Unterricht, jeden Tag am Abend, manchmal am Vormittag. Sie bringt uns alles bei, was wir brauchen: Schreiben, Grammatik, ein bißchen Rechnen und die Heilige Schrift. Mein Vater hat anfangs am Wert dieses Unterrichts gezweifelt. Aber eines Tages hat Joseph Lestang, der Leiter des Collège Royal, über unser Wissen gestaunt. Er hat sogar zu meinem Vater gesagt, wir sind schon sehr weit für unser Alter, und seitdem ist unser Vater mit diesem Unterricht durchaus einverstanden.

Trotzdem könnte ich heute nicht sagen, worin dieser Unterricht eigentlich bestand. Damals lebten wir, mein Vater, Mam, Laure und ich, abgeschlossen in unserer Welt, in der Boucan-Senke, die im Osten von den zerklüfteten Bergspitzen der Trois Mamelles begrenzt wird, im Norden von den ausgedehnten Plantagen, im Süden vom unbebauten Land an der Rivière Noire und im Westen vom Meer. Abends, wenn die Mauersegler in den großen Bäumen des Gartens schwätzen, diktiert Mams leise und junge Stimme uns ein Gedicht oder spricht uns ein Gebet vor. Was sagt sie? Ich weiß es nicht mehr. Der Sinn ihrer Worte ist verschwunden, wie die Vogelschreie und das Brausen des Seewinds. Übriggeblieben ist nur die Musik, leise, leicht, kaum wahrnehmbar, eins mit dem Licht über dem Laub der Bäume, dem Schatten der Veranda, dem Duft des Abends.

Ich werde nicht müde, ihr zu lauschen. Ich höre ihre Stimme den Gesang der Vögel begleiten. Manchmal folge ich mit den Augen einem Schwarm Stare, als könne ihr Flug über die Bäume, zu den Felsverstecken, Mams Lektionen erklären.

Mam holt mich von Zeit zu Zeit wieder auf die Erde zurück, indem sie langsam meinen Namen ausspricht, wie nur sie es kann, so langsam, daß ich den Atem anhalte.

»Alexis …? Alexis?«

Außer Denis benutzt nur noch sie meinen Vornamen. Die anderen sagen, vielleicht weil Laure diesen Namen aufgebracht hat: Ali. Mein Vater hingegen benutzt niemals irgendeinen Vornamen, höchstens vielleicht den von Mam, wie ich ihn ein paarmal gehört habe. Er sagte zärtlich: »Anne, Anne.« Und da hatte ich verstanden: »Ame«. Oder vielleicht hat er wirklich gesagt: »Ame – meine Seele«, mit der sanften und ernsten Stimme, mit der er einzig zu ihr sprach. Er hat sie wirklich sehr geliebt.

Mam ist zu jener Zeit sehr schön, ich könnte nicht beschreiben, wie schön sie ist. Ich höre den Klang ihrer Stimme, und ich denke sofort an dieses Abendlicht am Boucan unter der Veranda, an den Widerschein der Bambusstauden und an den klaren Himmel, über den die Züge der Rosenstare fliegen. Ich glaube, daß alle Schönheit des Augenblicks von ihr kommt, von ihrem dichten, gelockten, leicht rötlichbraunen Haar, das den kleinsten Lichtfunken einfängt, und ihren blauen Augen, dem noch so vollen, so jungen Gesicht, den langen kräftigen Pianistenhänden. Es ist soviel Ruhe, soviel Einfachheit in ihr, soviel Licht. Ich schiele zu meiner Schwester Laure hinüber, sie sitzt sehr gerade auf ihrem Stuhl, die Handgelenke liegen an der Tischkante auf, vor dem Rechenbuch und dem weißen Heft, das sie mit den Fingerspitzen der linken Hand offenhält. Sie schreibt eifrig, den Kopf ein wenig zur linken Schulter geneigt, ihr dichtes schwarzes Haar verdeckt eine Seite ihres Inderinnen-Gesichts. Sie sieht Mam nicht ähnlich, die beiden haben nichts gemeinsam, aber Laure blickt sie mit ihren schwarzen, wie Steine glänzenden Augen an, und ich weiß, daß sie die gleiche Bewunderung empfindet wie ich, die gleiche Verehrung. Der Abend ist lang damals, das goldene Licht der Dämmerung schwindet unmerklich über dem Garten, zieht die Vogelschwärme mit sich fort, trägt die Rufe der Feldarbeiter davon, das Rumpeln der Gespanne auf den Zuckerrohrwegen.

Jeden Abend kommt eine andere Lektion an die Reihe, ein Gedicht, eine Erzählung, eine neue Rechenaufgabe, und doch scheint es mir heute, daß es immer dieselbe Lektion gewesen ist, unterbrochen nur durch die stürmischen Abenteuer des Tages, die Streifzüge bis zum Meeresufer oder durch die Träume der Nacht. Wann ereignet sich das alles? Mam, über den Tisch gebeugt, erklärt uns die Rechenaufgabe, indem sie eine Handvoll Bohnenkerne vor uns hinlegt. »Das sind drei, ich nehme zwei weg, also zwei Drittel. Das sind acht, und ich lege fünf beiseite, also fünf Achtel – ... Zehn, ich nehme neun weg, wieviel macht das?« Ich sitze ihr gegenüber, ich betrachte ihre langen Hände mit den schmal zulaufenden Fingern, die ich so gut kenne, einen Finger nach dem anderen. Den sehr kräftigen Zeigefinger der linken Hand und den Mittelfinger und den Ringfinger, um den sich ein schmaler Goldreif zieht, der abgenutzt ist vom Wasser und von der Zeit. Die Finger der rechten Hand, größer, härter, weniger zart, und den kleinen Finger, den sie sehr hoch anheben kann, wenn die übrigen Finger über die Elfenbeintasten laufen, der aber plötzlich eine hohe Note anschlägt. »Alexis, du paßt nicht auf. Nie paßt du bei den Rechenstunden auf. Du wirst nicht ins Collège Royal aufgenommen.« Sagt sie das? Nein, ich glaube nicht, Laure erfindet das, sie ist immer so fleißig, so gewissenhaft bei den Bohnenhäufchen, weil das ihre Art ist, ihre Liebe zu Mam auszudrücken.

Bei den Diktaten hole ich wieder auf. Es ist mir der liebste Moment des Nachmittags, wenn ich über die weiße Seite meines Hefts gebeugt, die Feder in der Hand, auf Mams Stimme warte, die sich jedes Wort ausdenkt, sehr langsam, als machte sie uns damit ein Geschenk, als zeichnete sie jedes einzelne mit der Modulation der Silben vor. Es sind schwierige Wörter darunter, die sie sorgfältig ausgewählt hat, denn sie erfindet die Texte unserer Diktate selber. Ich schreibe ohne Hast, so gut ich kann, um die Zeit zu dehnen, während der Mams Stimme in die Stille des weißen Blattes klingt, und weil ich auf den Augenblick warte, wenn sie zu mir sagen wird und dabei ein wenig nickt, als machte sie diese Bemerkung zum erstenmal:

»Du hast eine hübsche Handschrift.«

Dann liest sie das ganze nochmals, aber in ihrem Rhythmus, mit kleinen Pausen für die Kommas, einer großen Pause für die Punkte. Auch das kann nicht aufhören, es ist eine einzige lange Geschichte, die sie Abend für Abend erzählt, in der dieselben Wörter wiederkehren, dieselbe Musik, nur anders gemischt und verteilt. Nachts auf meinem Feldbett unter dem Moskitonetz, kurz vor dem Einschlafen, wenn ich auf die vertrauten Geräusche horche, die ernste Stimme meines Vaters, der einen Zeitungsartikel vorliest oder sich mit Mam und Tante Adelaide unterhält, Mams leichtes Lachen, die fernen Stimmen der Schwarzen, die unter den Bäumen sitzen, auf das Rascheln des Seewinds in den Nadeln der Kasuarinen, stellt sich diese selbe unendliche Geschichte wieder ein, mit allen Wörtern und Tönen, wie Mam sie langsam diktiert, manchmal der Nachdruck, den sie auf eine Silbe legt, oder die sehr lange Pause, die ein Wort dehnt, und das Licht ihres Blicks glänzt auf diesen unbegreiflichen und schönen Sätzen. Ich glaube, ich schlafe erst ein, wenn ich dieses Licht habe glänzen sehen, wenn ich diesen Funken erhascht habe. Ein Wort, nur ein Wort, das ich in den Schlaf mitnehme.

Ich mag es auch, wenn Mam uns in Sittenlehre unterrichtet, meistens am frühen Sonntagmorgen, ehe sie die Messe vorbetet. Ich mag Sittenlehre, weil Mam immer eine Geschichte erzählt, immer eine neue, die an uns bekannten Orten spielt. Danach stellt sie uns Fragen, Laure und mir. Es sind keine schweren Fragen, aber sie stellt sie einfach, indem sie uns anblickt, und ich fühle das sehr sanfte Blau ihres Blikkes, der tief in mich eindringt.

»Es war in einem Kloster mit einem Dutzend Pensionärinnen, einem Dutzend kleiner Waisenmädchen, wie ich in eurem Alter eines war. Es ist Abend, während des Essens. Wißt ihr, was auf dem Tisch stand? Ein großer Teller voll Sardinen, und die Mädchen mögen Sardinen gern, es sind arme Kinder, versteht ihr, und Sardinen sind für sie ein Festmahl! Und auf dem Teller liegen genau so viele Sardinen, wie Waisenmädchen am Tisch sitzen, zwölf Sardinen. Nein, nein, es ist eine zuviel, es sind dreizehn Sardinen. Als alle gegessen haben, zeigt die Schwester auf die letzte Sardine, die in der Tellermitte liegt, und sie fragt: Wer ißt sie? Möchte eine von euch sie noch haben? Keine Hand hebt sich, keins der kleinen Mädchen antwortet. Nun gut, sagt die Schwester, dann machen wir es so: Wir blasen die Kerze aus, und wer die Sardine haben möchte, kann sie dann essen, ohne sich zu schämen. Die Schwester löscht die Kerze, und was passiert? Jedes der kleinen Mädchen streckt im Dunkeln die Hand nach der Sardine aus, und jede Hand begegnet der Hand eines anderen kleinen Mädchens. Ein Dutzend kleiner Hände liegen auf dem großen Teller!«

Das sind die Geschichten, die Mam erzählt, ich habe nie schönere, lustigere gehört.

Aber am liebsten ist mir die Biblische Geschichte. Das ist ein dickes, in dunkelrotes Leder gebundenes Buch, ein altes Buch, auf dem Deckel sieht man eine goldene Sonne, von der zwölf Strahlen ausgehen. Manchmal läßt Mam es uns anschauen, Laure und mich. Wir blättern die Seiten sehr langsam um, betrachten die Abbildungen, lesen, was oben auf den Seiten steht, die Bildunterschriften. Einige Stiche gefallen mir besonders, wie der Turm zu Babel oder der, unter dem steht: »Der Prophet Jonas verbringt drei Tage in einem Walfisch und kommt lebend wieder heraus.« In der Ferne, fast am Horizont, ist ein großes Segelschiff, kaum noch von den Wolken zu unterscheiden, und als ich Mam frage, wer auf diesem Schiff ist, kann sie mir nicht antworten. Mir scheint, eines Tages werde ich wissen, wer auf diesem großen Schiff gereist ist und Jonas gesehen hat, in dem Augenblick, als er aus dem Walfischbauch kommt. Auch gefällt mir, wie Gott über Jerusalem »Luftheere« inmitten der Wolken erscheinen läßt. Und der Kampf des Eleasar gegen Antiochus, wo man zwischen den Soldaten einen wütenden Elefanten auftauchen sieht. Laure gefallen am besten die ersten Kapitel, die Erschaffung von Mann und Frau und das Bild, auf dem man den Teufel in Form einer Schlange mit Menschenkopf sieht, die sich um den Baum des Guten und Bösen ringelt. Daher weiß sie auch, daß es der Chalta-Baum am Ende unseres Gartens ist, denn er hat die gleichen Blätter und die gleichen Früchte. Laure geht gern am Abend zu diesem Baum, sie steigt auf die größten Äste und pflückt die Früchte mit den dicken Schalen, die wir nicht essen dürfen. Sie spricht mit keinem außer mir darüber.

Mam liest uns die Geschichten aus der Heiligen Schrift vor, über den Turm von Babel, dieser Stadt, deren Turm bis zum Himmel reichte. Die Opferung Isaaks oder auch die Geschichte Jakobs, der von seinen Brüdern verkauft wird. Das geschah im Jahr 2876 vor Christus, zwölf Jahre vor Isaaks Tod. Ich erinnere mich genau an diese Jahreszahl. Auch die Geschichte von Moses, der aus dem Wasser gerettet wurde, Laure und ich bitten Mam oft, sie uns vorzulesen. Damit die Soldaten ihr Kind nicht töten könnten, hatte die Mutter es in »ein Kästlein von Rohr, mit Erdharz verklebt« gelegt und im

Schilf am Ufer des Nils ausgesetzt. Da kam die Tochter des Pharao »und wollte baden an dem Wasser, und ihre Jungfrauen waren bei ihr. Und da sie das Kästlein im Schilf sah, war sie neugierig und sandte ihre Magd hin und ließ es holen. Als sie das Knäblein sah, das in seinem Binsenkorb weinte, jammerte es sie, und das Kind war so schön, daß sie beschloß, es zu retten.« Wir sagen die Geschichte auswendig her, und wir hören immer dort auf, wo die Tochter des Pharaos das Kind zum Sohn nimmt und ihm den Namen Moses gibt, weil sie ihn aus dem Wasser gezogen hat.

Aber eine Geschichte ist mir die allerliebste, die Geschichte von der Königin von Saba. Ich weiß nicht, warum sie mir so gut gefällt, aber ich spreche so oft darüber, daß Laure sie schließlich auch schön findet. Mam weiß es, und manchmal lächelt sie und schlägt das dicke rote Buch bei diesem Kapitel auf und beginnt zu lesen. Ich kann jeden Satz auswendig, noch heute: »Nachdem Salomo Gott einen so prächtigen Tempel erbaut hatte, baute er für sich einen Palast, an dem die Bauleute vierzehn Jahre arbeiteten und wo die Pracht der Säulen und Schnitzereien die Augen aller Welt auf sich zog...« Dann kam die Königin von Saba »aus Reicharabien, um zu sehen, ob das Gerücht von diesem jungen Fürsten wahr sei. Sie kam mit prächtigem Gefolge, und sie brachte Salomo reiche Geschenke, hundertundzwanzig Zentner Gold, was ungefähr acht Millionen Livres sind; kostbare Perlen und Spezereien, wie man deren niemals gesehen hatte.« Ich höre nicht die Worte, sondern Mams Stimme führt mich in den Palast Salomos, der sich von seinem Thron erhoben hatte, während die wunderschöne Königin von Saba ihre Knechte rief, die all diese Schätze vor ihm auf dem Boden ausbreiteten. Laure und ich, wir mochten den König Salomo sehr gern, auch wenn wir nicht verstanden, warum er am Ende seines Lebens von Gott abfiel, um Götzen anzubeten. Mam sagt, das sei eben so, auch die Gerechtesten und die Mächtigsten könnten Sünden begehen. Wir verstehen nicht, wie das möglich ist, aber uns gefällt, wie er Recht sprach, und dieser prächtige Palast, den er hatte bauen lassen und wo die Königin von Saba ihn besuchte. Aber vor allem gefällt uns vielleicht das Buch mit seinem roten Ledereinband und dieser großen goldenen Sonne und Mams sanfte und langsame Stimme, ihre blauen Augen, die uns nach jedem Satz anblikken, und das goldglänzende Sonnenlicht auf den Bäumen des Gartens, denn ich habe nie mehr ein Buch gelesen, das mir einen so tiefen Eindruck gemacht hätte.

Am Nachmittag, wenn Mams Unterricht früher zu Ende ist, durchstöbern wir, Laure und ich, den Dachboden des Hauses. Eine kleine Holztreppe reicht bis zur Decke, und man muß nur eine Falltür aufstoßen. Unter dem Schindeldach ist es grau, und die Hitze ist erstickend, aber wir sind sehr gern dort oben. An jedem Ende des Speichers ist eine Dachluke mit schadhaften Läden, ohne Scheiben. Wenn man die Läden öffnet, sieht man weit ins Land, die Zuckerrohrfelder von Jemen und Magenta und die Bergkette, die Trois Mamelles und das Rempart-Gebirge.

Ich bleibe gern in diesem Versteck bis zum Abendessen und sogar noch später, wenn es Nacht geworden ist. Mein Versteck ist der Teil des Speichers ganz am Ende des Dachs, auf der Bergseite. Alles ist voll staubiger, von den Termiten angenagten Möbeln, der Rest der Sachen, die mein Großvater bei der Ostindischen Kompanie gekauft hatte. Ich setze mich auf einen sehr niedrigen Schneiderhocker und schaue durch die Dachluke auf das Gebirgsrund, das aus dem Dunst auftaucht. In der Mitte des Speichers stehen Schiffskoffer voll alter Papiere, französische Zeitschriften, die mit Schnüren gebündelt sind. Hier verwahrt mein Vater seine alten Zeitungen. Alle sechs Monate macht er ein Paket, das er neben den Koffern auf den Boden legt. Hierher kommen Laure und ich oft, um zu lesen und die Abbildungen anzuschauen. Wir liegen vor den Stapeln alter Zeitungen bäuchlings im Staub und wenden langsam die Seiten um. Das *Journal des voyages* zum Beispiel hat immer auf der ersten Seite die Darstellung einer außerordentlichen Szene, eine Tigerjagd in Indien oder den Aufstand der Zulus gegen die Engländer oder der Überfall der Komantschen auf die Eisenbahn in Amerika. Aus diesem Heft liest Laura Stellen aus *Robinsons marseillais* vor, eine Fortsetzungsgeschichte, die ihr sehr gefällt. Unsere Lieblingszeitschrift ist *Illustrated London News,* und da ich Englisch schlecht verstehe, schaue ich die Bilder um so aufmerksamer an, damit ich erraten kann, was im Text steht. Laure hat schon angefangen, von meinem Vater Englisch zu lernen, und sie erklärt mir den Sinn und die Aussprache der Wörter. Wir bleiben nicht sehr lange, weil uns der Staub in den Augen brennt und in die Nase steigt, so daß wir niesen müssen. Manchmal allerdings bleiben wir stundenlang, an den Sonntagnachmittagen, wenn es draußen zu heiß ist, oder wenn wir Fieber haben und im Haus bleiben müssen.

In den Zeitungen, die keine Bilder haben, schaue ich die Reklamen an, die von der »Teinturerie parisienne«, der Pharmacie A. Fleury & A. Toulorge, von Tabac Coringhy, von der blauen Gallustinte, den amerikanischen Taschenuhren, den schönen Fahrrädern, von denen wir träumen. Ich spiele mit Laure Einkaufen, die Reklamen haben uns auf diese Idee gebracht. Laure hätte gern ein richtiges Fahrrad, eines dieser Fahrräder mit schwarzer Emaillelackierung, großen gummibereiften Rädern und einer verchromten Lenkstange, wie man sie in Port Louis sehen kann, wenn man in die Gegend des Champ-de-Mars geht. Für mich gibt es mehrere Dinge, die ich mir wünsche, wie die großen Zeichenhefte, die Malfarben und die Kompasse des Magasin Wimphen oder die Taschenmesser mit zwölf Klingen aus dem Waffengeschäft. Aber nichts wünsche ich mir sehnlicher als die aus Genf importierte Taschenuhr Favre-Leuba. Ich sehe sie stets an der gleichen Stelle in den Zeitungen, auf der vorletzten Seite, mit den Zeigern, die immer auf dieselbe Stunde weisen, und dem Sekundenzeiger, der auf Mittag steht. Ich lese immer wieder mit gleicher Begeisterung die Reklamesätze, die sie so beschreiben: »Unzerbrechlich, wasser- und luftdicht, rostfreier Stahl, emailliertes Zifferblatt, ein Wunder an Präzision und Strapazierfähigkeit, eine Anschaffung fürs ganze Leben.«

So träumen wir in unserem Versteck unter dem Dach, das die Sonne aufheizt. Und durchs Dachfenster sehe ich die einzige Landschaft, die ich kenne und die ich liebe, die ich nie wieder mit diesen Augen sehen werde: jenseits der dunklen Bäume des Gartens die grüne Weite der Zuckerrohrfelder, die grauen und blauen Flecke der Aloen von Walhalla, von Jemen, die Schornsteine der Zuckerfabriken mit ihrem Rauch, und in der Ferne, wie eine halbrunde rote flammende Mauer, die Bergkette, aus der sich die Gipfel der Trois Mamelles erheben. Die Kegel der Vulkane ragen spitz und leicht in den Himmel. Ich betrachte sie unermüdlich durch die schmale Dachluke, als spähte ich vom Ausguck eines bewegungslosen Schiffs nach irgendeinem Signal. Ich höre das Geräusch des Meeres tief in mir, hinter mir, vom Wind der Gezeiten mir zugetragen. Und ich bin wirklich auf einem Schiff, während die Dielen und Balken des Holzwerks ächzen, und segle endlos vor der Linie der Bergkette. Hier oben habe ich das Meer zum erstenmal gehört, hier spüre ich es am deutlichsten, wenn es in langen Dünungen hereinkommt, die sich den Zugang zur Fahrtrinne vor dem Mündungstrichter der beiden Flüsse erzwingen, wenn es über den Korallenbänken den Wellenschaum hochschleudert.

Im Haus am Boucan kommen wir nicht mit anderen Leuten zusammen. Wir sind richtige Wilde geworden, Laure und ich. Wann immer möglich, verschwinden wir aus dem Garten, gehen durch die Zuckerfelder, aufs Meer zu. Die Hitze ist da, sie »sticht«, wie Capt'n Cook sagt. Wissen wir, wieviel Freiheit wir genießen? Aber wir kennen nicht einmal den Sinn dieses Worts. Wir kommen nicht über die Boucan- Senke hinaus, diese imaginäre Domäne, die von den beiden Flüssen begrenzt wird, von den Bergen und vom Meer.

Jetzt, wo die lange Ferienzeit begonnen hat, kommt mein Cousin Ferdinand häufiger, wenn Onkel Ludovic seine Besitzungen in Barefoot und Jemen besucht. Ferdinand mag mich nicht. Einmal hat er mich »Waldmensch« genannt, wie sein Vater, und er hat auch von »Freitag« gesprochen und Denis gemeint. Er hat gesagt: »Wie Teer«, schwarze Seele, schwarze Haut, und ich bin zornig geworden. Obwohl er zwei Jahre älter ist als ich, habe ich mich auf ihn gestürzt und versucht, ihm eine Krawatte anzulegen, aber er hat bald die Oberhand gekriegt und mich in den Schwitzkasten genommen, bis ich meine Halswirbel knacken fühlte und die Augen voller Tränen hatte. Seitdem ist er nie wieder zum Boucan gekommen. Ich hasse ihn, und ich hasse auch seinen Vater, Onkel Ludovic, weil er groß und stark ist und laut spricht und uns immer mit seinen spöttischen schwarzen Augen anschaut und mit seinem ein bißchen verzerrten Grinsen. Als er das letztemal zu uns kam, war mein Vater nicht da, und Mam hat ihn nicht sehen wollen. Sie hat sagen lassen, sie habe Fieber, sie sei müde. Onkel Ludovic hat sich trotzdem im Eßzimmer niedergelassen, auf einem unserer alten Stühle, der unter seinem Gewicht ächzte, und er hat versucht, mit uns zu sprechen, mit Laure und mir. Ich weiß noch, daß er sich zu Laure hinuntergebeugt und zu ihr gesagt hat: »Wie heißt du denn?« Seine schwarzen Augen funkelten, als er auch mich ansah.

Laure war blaß, sie saß sehr gerade auf ihrem Stuhl und blickte starr vor sich hin, ohne zu antworten. Sie hat lang so dagesessen, unbeweglich, und hat starr vor sich hingeblickt, während Onkel Ludovic, um sie zu hänseln, gesagt hat: »Was? Du hast keine Zunge?« Mein Herz hat schon gehämmert vor Zorn, und schließlich habe ich zu ihm gesagt: »Meine Schwester will Ihnen nicht antworten.« Da ist er aufgestanden, ohne noch ein Wort zu sagen, er hat Stock und Hut genommen und ist gegangen. Ich habe auf das Geräusch seiner Schritte auf den Stufen der Veranda gehorcht, dann auf der Allee aus gestampfter Erde, und dann hat man seinen Wagen anfahren hören, das Klirren des Pferdegeschirrs und das Rollen der Räder, und wir haben uns sehr erleichtert gefühlt. Seit jenem Tag ist er nie wieder zu uns gekommen.

Damals haben wir geglaubt, das sei eine Art Sieg für uns gewesen. Aber wir haben nie davon gesprochen, Laure und ich, und niemand hat erfahren, was an jenem Nachmittag passiert war. Ferdinand haben wir in den folgenden Jahren kaum gesehen. Außerdem hat ihn sein Vater vermutlich in diesem Jahr, im Jahr des Orkans, ins Internat des Collège Royal geschickt. Und wir, wir wußten nicht, daß alles anders werden sollte, daß wir jetzt unsere letzten Tage in der Boucan-Senke verlebten.

Etwa um diese Zeit ist uns klargeworden, Laure und mir, daß mit den Geschäften unseres Vaters irgend etwas schiefging. Er selber sprach mit niemandem darüber, ich glaube nicht einmal mit Mam, um sie nicht zu beunruhigen. Trotzdem spürten wir genau, was im Gange war, wir ahnten es. Laure sagte eines Tages zu mir, als wir wieder einmal auf dem Dachboden vor den Bündeln alter Zeitungen lagen:

»Bankrott, was heißt das, Bankrott?«

Sie stellt die Frage nicht an mich, denn sie kann sich denken, daß ich es auch nicht weiß. Es ist ein Wort, das vorhanden ist, das sie gehört hat, das in ihrem Kopf widerklingt. Später wiederholt sie noch andere Wörter, die auch nichts Gutes bedeuten können: Hypothek, Zwangsvollstreckung, Tratte. Auf einem großen Blatt, das ich im Arbeitszimmer meines Vaters hastig überfliege, lese ich zwischen Zahlenreihen, so fein wie Fliegenschisse, zwei geheimnisvolle englische Wörter *Assets and liabilities*. Was bedeutet das? Laure kennt den Sinn dieser Wörter auch nicht, und sie wagt nicht, unseren Vater danach zu fragen. Es sind Wörter voller Drohungen, sie tragen eine Gefahr in sich, die wir nicht begreifen, ebensowenig wie die unterstrichenen, durchgestrichenen und manchmal mit roter Tinte geschriebenen Zahlen.

Mehrmals wache ich spät in der Nacht auf, weil ich Stimmen höre. Im schweißgetränkten Nachthemd, das mir an der Haut klebt, schleiche ich den Korridor entlang bis zur Tür des erleuchteten Eßzimmers. Durch den Türspalt höre ich die ernste Stimme meines Vaters, dann andere, unbekannte Stimmen, die ihm antworten. Wovon sprechen sie? Selbst wenn ich jedes Wort hören könnte, so könnte ich doch nichts begreifen. Aber ich höre nicht auf die Worte. Ich höre nur das Gewirr der Stimmen, die Gläser, die auf dem Tisch abgestellt werden, die Füße, die über den Zimmerboden scharren, die ächzenden Stühle. Vielleicht ist Mam auch dort drinnen, sitzt neben meinem Vater wie bei den Mahlzeiten? Aber der starke Tabakgeruch belehrt mich eines Besseren. Mam mag keinen Zigarrenrauch, sie muß in ihrem Schlafzimmer sein, in ihrem Messingbett, und wie ich nach dem gelben Lichtstreif spähen, der durch die halboffene Tür fällt, auf die Stimmen der Unbekannten lauschen. Ich kaure im dunklen Korridor, während mein Vater redet, lange, sehr lange... Dann gehe ich wieder ins Zimmer und schlüpfe unter das Moskitonetz. Laure bewegt sich nicht, ich weiß, daß sie nicht schläft, daß sie mit weit offenen Augen ins Dunkel blickt und ebenfalls auf die Stimmen vom anderen Ende des Hauses lauscht. Auf meinem Feldbett warte ich mit angehaltenem Atem, bis ich das Geräusch der Schritte im Garten höre, das Quietschen der Achsen des abfahrenden Wagens. Ich warte noch immer, bis das Geräusch des Meeres kommt, die unsichtbare Flut der Nacht, wenn der Wind in den Nadeln der Kasuarinen pfeift und die Fensterläden klappern und das Gebälk des Hauses ächzt wie der Rumpf eines alten Schiffs. Dann kann ich einschlafen.

Am liebsten gehe ich bei Denis in die Lehre. Er lehrt mich den Himmel, das Meer, die Höhlen am Fuß der Berge, die abgeernteten Felder, über die wir in diesem Sommer zwischen den schwarzen Pyramiden der Kreolenmauern gemeinsam laufen. Manchmal brechen wir schon im Morgengrauen auf, wenn die Berggipfel noch im Nebel stecken und das Meer bei Ebbe weit draußen die Riffe freigibt. Wir durchqueren auf schmalen, stillen Wegen die Aloepflanzungen. Denis geht voraus, ich sehe seine hohe, schlanke und geschmeidige Gestalt, die sich wie im Tanz bewegt. Hier bellt er nicht wie in den Zuckerrohrfeldern. Von Zeit zu Zeit bleibt er stehen. Er gleicht einem Hund, der die Fährte eines wildlebenden Tiers gewittert hat, eines Hasen, eines Madagaskar-Igels. Wenn er stehenbleibt, hebt er als Signal ein wenig die rechte Hand, und ich bleibe auch stehen und horche. Ich horche auf das Geräusch des Windes in den Aloen, auch auf das Geräusch meines Herzens. Das erste Licht glänzt auf der roten Erde, erhellt das dunkle Laub. Der Nebel zerfasert an den Berggipfeln, der Himmel färbt sich jetzt intensiv. Ich stelle mir das azurblaue Meer draußen an der Korallenbank vor, das an der Mündung der Flüsse noch schwarz ist. »Schau!« sagt Denis. Er steht regungslos auf dem Pfad und zeigt mir das Gebirge drüben bei den Schluchten der Rivière Noire. Hoch am Himmel sehe ich einen Vogel, der auf den Luftströmen dahinsegelt, den Kopf ein wenig seitwärts gedreht, der lange weiße Schwanz weht hinter ihm her. »Weiß-Schwanz«, sagt Denis. Ich sehe den Vogel zum erstenmal. Er kreist langsam über den Schluchten und verschwindet dann in Richtung auf Mananava.

Denis hat sich wieder in Marsch gesetzt. Wir folgen dem engen Tal des Boucan, auf das Gebirge zu. Wir überqueren ehemalige Zuckerrohrfelder, die jetzt brachliegen, geblieben sind nur die kurzen Mäuerchen aus Lavasteinen, die unter den Dornbüschen halb begraben sind. Ich bin nicht mehr in meinem vertrauten Reich. Ich bin auf fremdem Gebiet, dem von Denis und den Schwarzen von der anderen Seite, von Chamarel, Rivière Noire, Case Noyale. Je weiter Denis sich vom Boucan entfernt und auf den Wald zugeht, auf die Berge, um so mehr schwindet seine Verschlossenheit, er redet mehr, er wirkt freier. Er geht jetzt langsam, seine Bewegungen sind ungezwungener, sogar sein Gesicht erhellt sich, er wartet unterwegs auf mich, er lächelt. Er zeigt auf die Berge in der Nähe, rechter Hand. »Der Grand Louis, Berg Terre Rouge.« Stille umgibt uns, es geht kein Wind mehr, ich rieche das Meer nicht mehr. Das Buschwerk ist so dicht, daß wir im Bett eines Wildbachs aufsteigen müssen. Ich habe die Schuhe ausgezogen und sie mir an den Schnürsenkeln um den Hals gehängt, wie immer, wenn ich Denis begleite. Wir laufen in dem dünnen Rinnsal über spitze Kiesel. An jeder Windung bleibt Denis stehen, er späht ins Wasser auf der Suche nach Garnelen, nach Krebsen.

Die Sonne steht hoch am Himmel, als wir an der Quelle des Boucan ankommen, ganz nah bei den hohen Bergen. Die Januarhitze ist drückend, ich kann unter den Bäumen kaum atmen. Moskitos kommen aus ihren Schlupflöchern und tanzen vor meinen Augen herum, ich sehe sie auch um Denis' Wollhaar tanzen. An der Böschung des Wildbachs zieht Denis sein Hemd aus und fängt an, Blätter zu pflücken. Ich gehe hin und sehe mir die dunkelgrünen, mit einem leichten grauen Flaum bedeckten Blätter an, die er in seinem zu einem Sack zusammengebundenen Hemd sammelt. »Traumkraut«, sagt Denis. Er gißt ein wenig Wasser in die Höhlung eines Blatts und hält es mir hin. Der Tropfen bleibt auf dem feinen Flaum liegen, wie ein flüssiger Diamant. Ein Stück weiter pflückt er andere Blätter. »Wickelkraut.« Er zeigt mir eine Liane an einem Baumstamm: »Liane sieben Jahr.« Die handnervigen Blätter öffnen sich zu einer Herzform. »Fa'am.« Ich wußte, daß Capt'n Cooks Schwester, die alte Sara, eine »Yang« war, daß sie Tränke braute und hexen konnte, aber es ist das erstemal, daß Denis mich mitnimmt, wenn er für sie Pflanzen sammelt. Sara stammt aus Madagaskar, sie ist mit Cook, Denis' Großvater, aus »Grand Terre« gekommen, als es noch Sklaven gab. Cook hat es uns einmal erzählt, Laure und mir, er hatte solche Angst gehabt, als er mit den anderen Sklaven nach Port Louis kam, daß er sich auf einen Baum der Intendantur flüchtete und nicht mehr herunterwollte, weil er glaubte, er werde jetzt aufgefressen, gleich am Hafen. Sara lebt an der Rivière Noire. Früher hat sie ihren Bruder besucht, und sie hat uns sehr gern gehabt, Laure und mich. Jetzt ist sie zu alt.

Denis steigt weiter den Wildbach hinauf, auf die Quelle zu. Das Wasser rieselt spärlich, schwarz, glatt über die Basaltsteine. Die Hitze ist so drückend, daß Denis sich Gesicht und Oberkörper mit dem Wasser aus dem Bach begießt und sagt, das soll ich auch tun, es erfrischt mich. Ich trinke das kalte, leichte Wasser direkt aus dem Bach. Denis geht noch immer vor mir her, den schmalen Graben entlang. Das Bündel mit den Blättern trägt er auf dem Kopf. Manchmal bleibt er stehen und deutet auf einen Baum im dichten Wald, eine Pflanze, eine Liane. »Binzoin«, »Ochszunge«, »Vogelholz«,

»Großer Balsam«, »Mamselholz«, »Pflaum«, »Ziegenholz«, »Trommelholz«.

Er pflückt eine Kletterpflanze mit schmalen Blättern, zerreibt sie zwischen Daumen und Zeigefinger und riecht daran. »Eisenkraut.« Ein Stück weiter zwängt er sich durch das Dikkicht bis zu einem großen Baum mit braunem Stamm. Er löst ein Stück Rinde ab und macht mit einem Flintstein einen Einschnitt; der goldfarbene Saft fließt heraus. »Tatamaka.« Ich folge Denis durchs Gestrüpp, ducke mich vor den dornigen Zweigen. Denis schlüpft mühelos durch den Wald, schweigend, mit gespannter Aufmerksamkeit. Der Boden unter meinen nackten Füßen ist feucht und lau. Ich fürchte mich, trotzdem will ich noch weiter gehen, mich bis ins Herz des Waldes voranarbeiten. Vor einem sehr geraden Stamm macht Denis halt. Er reißt ein Stück Borke ab und hält es mir unter die Nase. Von dem Geruch wird mir schwindlig. Denis lacht und sagt nur »Kanari-Baum«.

Es geht weiter, Denis läuft schneller, wie auf einem unsichtbaren Pfad, den er gut kennt. Die Hitze und Feuchtigkeit im Wald bedrücken mich, ich kriege kaum Luft. Ich sehe, daß Denis vor einem Busch stehenbleibt: »Sklaven-Pistazie«. Aus einer aufgeplatzten Schote, die er in der Hand hält, quellen schwarze Körner, die wie Insekten aussehen. Ich probiere ein Korn: Es schmeckt bitter, ölig, aber es gibt mir Kraft. Denis sagt: »Das haben die Sklaven gegessen, die mit dem großen Sacalavou geflüchtet sind.« Zum erstenmal spricht er zu mir von Sacalavou. Mein Vater hat uns einmal erzählt, daß Sacalavou hier am Fuß der Berge starb, als die Weißen ihn eingeholt hatten. Er hat sich von einem Felsen gestürzt, damit sie ihn nicht wieder einfangen konnten. Mir ist seltsam zumute, weil ich esse, was er gegessen hat. Wir sind jetzt weit vom Bach entfernt, schon am Fuß des Mont Terre Rouge. Die Erde ist trokken, die Sonne brennt durch das zarte Laub der Akazien.

»Kassia«, sagt Denis.

Plötzlich bleibt er stehen. Er hat gefunden, was er suchte. Er geht straks zu dem Baum, der allein inmitten des Buschwerks steht. Es ist ein schöner dunkler Baum mit tiefen, weit ausladenden Ästen, der fleischige Blätter trägt, grün mit kupferfarbenen Reflexen. Denis hat sich am Fuß des Baums niedergekauert, wo der Schatten ihn verbirgt. Als ich herankomme, sieht er mich nicht an. Er hat sein Bündel auf die Erde gelegt.

»Was ist das?«

Denis antwortet nicht sofort. Er wühlt in seinen Taschen.

Er sagt: »Kautsu.«

Er hält etwas in der linken Hand. Ohne aufzustehen, singt er leise vor sich hin, wie es die Inder beim Beten tun. Er wiegt den Körper vor und zurück, und er singt vor sich hin, und im Schatten des Baums sehe ich nur seinen Rücken, der von Schweiß glänzt. Als er sein Gebet beendet hat, gräbt er mit der rechten Hand ein kleines Loch in die Erde am Fuß des Baums. Seine linke Faust öffnet sich, und in der Handfläche sehe ich einen Sou. Das Geldstück rutscht heraus, fällt in das Loch, das Denis sorgfältig mit Erde und einem bißchen Moos, das er von den Wurzeln scharrt, wieder auffüllt. Dann steht er auf, und ohne sich um mich zu kümmern, pflückt er die Blätter von den niedrigen Ästen und legt sie auf den Boden neben sein Bündel. Mit dem scharfen Flintstein löst er Stücke von dem glatten Stamm. Weiße Milch rinnt aus der Wunde. Denis legt die Rindenstücke und die Blätter in sein Hemd, dann sagt er: »Gehen wir.« Ohne auf mich zu warten, entfernt er sich schnell quer durchs Gebüsch, er steigt die Hügelflanken zum Boucan-Tal hinunter. Die Sonne steht schon im Westen. Über die Bäume hinweg sehe ich zwischen den dunklen Hügeln den Feuerfleck des Meeres, den Horizont, von dem die Wolken aufsteigen. Der Wall der Berge hinter mir ist rot, strahlt die

Hitze aus wie ein Ofen. Ich laufe rasch hinter Denis her, bis zu dem Bach, der die Quelle des Boucan ist, und mir scheint, als sei ich sehr lang fort gewesen, vielleicht Tage, und davon wird mir schwindlig.

Im Laufe dieses Sommers, im Jahr des Orkans, stürzt mein Vater sich in die Verwirklichung seines alten Plans eines Elektrizitätswerks an der Rivière Noire. Wann hat das Ganze eigentlich angefangen? Ich kann mich nicht mehr genau daran erinnern, denn mein Vater hatte damals Dutzende verschiedener Pläne, in die er sich einspann und von denen wir, Laure und ich, nur ganz am Rande etwas mitbekamen. Er hatte, glaube ich, den Plan einer Schiffswerft am Mündungstrichter der Rivière Noire, ferner das Projekt eines Luftballons für die Personenbeförderung zwischen den Maskarenen und Südafrika. Aber das alles blieben Hirngespinste, und wir wußten nur, was Mam darüber sagte oder die Leute, die manchmal zu Besuch kamen. Der Plan des Elektrizitätswerks war bestimmt der älteste, und seine Verwirklichung begann erst in jenem Sommer, als mein Vater bereits hoffnungslos verschuldet war. Mam spricht eines Tages nach dem Unterricht mit uns darüber. Sie spricht lange, aufgeregt, mit leuchtenden Augen davon. Eine neue Zeit werde anbrechen, wir würden endlich im Wohlstand leben, ohne Furcht vor dem Morgen. Unser Vater hatte das Bassin aux Aigrettes ausbauen lassen, dort, wo die beiden Arme der Rivière Noire sich treffen.

Diesen Platz hatte er als Standort für das Kraftwerk gewählt, das die ganze westliche Region von Medina bis Bel Ombre mit Elektrizität versorgen sollte. Der Generator, den er schriftlich in London bestellt hatte, war soeben in Port Louis ausgeladen und per Ochsenkarren die Küste entlang bis zur Rivière Noire befördert worden. Hiermit hatte die Ära der Petroleumlampen und der Dampfmaschine ihr Ende, die Elektrizität würde dank unseres Vaters nach und nach der ganzen Insel den Fortschritt bescheren. Mam hat uns auch erklärt, was das ist: Elektrizität, ihre Eigenschaften, ihre Anwendung. Aber wir waren zu jung, um irgend etwas davon zu begreifen, wir konnten nur, was wir damals täglich taten, ihre geheimnisvollen Wirkungen an den Papierstückchen sehen, die von Mams Bernsteinkette magnetisch angezogen wurden.

Dann kommt der Tag, an dem wir alle, Mam, mein Vater, Laure und ich, im Pferdewagen zum Bassin aux Aigrettes fahren. Wir brechen der Hitze wegen sehr früh auf, denn Mam will vor Mittag wieder zurück sein. An der zweiten Kurve der Straße zur Rivière Noire stoßen wir auf den Weg, der den Fluß entlangführt. Mein Vater hat den Weg eigens für den Ochsenkarren, der den Generator transportierte, ebnen lassen, und unser Wagen rollt in einer großen Staubwolke dahin.

Für Laure und mich ist es die erste Fahrt entlang der Rivière Noire flußaufwärts, und wir betrachten alles voller Neugier. Der Staub steigt rings um uns vom Weg auf, hüllt uns in eine ockerfarbene Wolke ein. Mam hat sich einen Schal ums Gesicht gewickelt, sie sieht aus wie eine Inderin. Mein Vater ist guter Laune, er spricht während des Kutschierens. Ich sehe ihn so, wie ich ihn noch heute vor mir sehe: sehr groß und schlank, elegant, mit seinem grauschwarzen Anzug, das schwarze Haar nach hinten geweht. Ich sehe sein Profil, die schmale Adlernase, den gepflegten Kinnbart, die eleganten Hände, die stets zwischen Daumen und Zeigefinger eine Zigarette halten, wie einen Bleistift. Auch Mam blickt ihn an, ich sehe das Leuchten ihres Blicks an jenem Morgen auf der Staubstraße, entlang der Rivière Noire.

Als wir zum Bassin aux Aigrettes kommen, bindet mein Vater das Pferd an den Ast einer Tamarinde. Das Wasser im

Becken ist klar, himmelblau. Der Wind macht Kräuselwellen, die das Schilf bewegen. Laure und ich sagen, daß wir gern baden möchten, aber mein Vater geht schon auf die Einrüstung zu, die den Generator birgt. In einer Bretterhütte zeigt er uns den Dynamo, der durch Drähte und Riemen mit der Turbine verbunden ist. Im Halbdunkel glänzt die Maschine so seltsam, daß uns ein bißchen angst wird. Unser Vater zeigt uns auch das Wasser aus dem Becken, das durch einen Kanal abläuft und in die Rivière Noire mündet. Gewaltige Kabeltrommeln stehen vor dem Generator auf der Erde. Mein Vater erklärt, daß sich die Kabel den ganzen Fluß entlang ziehen werden bis zur Zuckerfabrik und von dort aus über die Hügel nach Tamarin und zur Boucan-Senke. Später, wenn die Anlage ihre Bewährungsprobe bestanden haben wird, soll die Elektrizität noch weiter nach Norden geleitet werden, bis nach Medina, nach Wolmar, vielleicht sogar bis nach Phoenix. Mein Vater spricht zu uns, zu meiner Mutter, aber sein Blick richtet sich über uns hinaus in eine andere Zeit, eine andere Welt.

Von nun an hören wir nicht mehr auf, an die Elektrizität zu denken, Laure und ich, wir glauben, sie werde schon am nächsten Abend kommen, sie werde urplötzlich alles in unserem Haus erhellen und draußen auf den Bäumen und auf den Pflanzen leuchten wie das Elmsfeuer. »Wann kommt sie denn?« Mam lächelt, sooft wir ihr die Frage stellen. Wir möchten ein Wunder zur Eile antreiben.

»Bald...« Sie erklärt, man müsse die Turbine montieren, den Damm verstärken, die Holzmasten setzen und daran die Kabel befestigen. Das alles dauere Monate, vielleicht Jahre. Nein, es ist unmöglich, daß man so lange warten soll. Mein Vater ist noch ungeduldiger, die Elektrizität bringt auch das Ende seiner Sorgen, den Beginn neuen Wohlstands. Onkel Ludovic wird schon sehen, schon begreifen, er, der nicht daran hatte glauben wollen. Wenn in allen Zuckerfabriken im Westen die Dampfmaschinen durch elektrische Turbinen ersetzt sein werden. Mein Vater fährt beinah täglich nach Port Louis in die Rempart Street. Er sucht wichtige Leute auf, Bankiers, Geschäftsleute. Onkel Ludovic kommt nicht mehr zu uns. Anscheinend glaubt er nicht an die Elektrizität, jedenfalls nicht an diese Elektrizität. Laure hat unseren Vater das eines Abends sagen hören. Aber wenn Onkel Ludovic nicht an sie glaubt, wie wird sie dann bis hierher kommen? Denn ihm gehört alles Land ringsum, ihm gehört jeder Wasserlauf. Sogar die Boucan-Senke gehört ihm. Laure und ich verbringen diesen letzten Sommer, den langen Monat Januar, auf dem Fußboden ausgestreckt lesend auf dem Speicher. Wir verweilen bei jeder Stelle, an der von einer elektrischen Maschine die Rede ist, von einem Dynamo oder einfach nur von einer Glühlampe.

Die Nächte sind drückend, es ist jetzt wie Warten in der Feuchtigkeit der Laken, unter dem Moskitonetz. Etwas muß kommen. Im Dunkeln lauere ich auf das Geräusch des Meeres, beobachte durch die Fensterläden, wie der Vollmond aufgeht. Woher wissen wir, was kommen muß? Vielleicht aus Mams Blicken jeden Abend beim Unterricht. Sie will sich nichts anmerken lassen, aber ihre Stimme ist nicht mehr die gleiche, ihre Worte sind anders. Wir spüren die Unruhe in ihr, die Ungeduld. Manchmal hält sie mitten im Diktat inne und blickt hinüber zu den großen Bäumen, als müsse dort irgend etwas erscheinen.

Dann, eines Spätnachmittags, als ich von einem langen Streifzug mit Denis durch die Wälder drüben bei den Schluchten heimkomme, sehe ich meinen Vater und Mam auf der Veranda. Laure steht bei ihnen, ein wenig weiter hinten. Mein Herz tut weh, denn ich ahne sofort, daß etwas Ernstes geschehen ist, während ich im Wald war. Auch habe ich Angst vor dem Tadel meines Vaters. Er steht an der Treppe, mit düsterer Miene, sehr mager in seinem schwarzen Anzug, der um ihn schlottert. Er hat wie immer seine Zigarette zwischen Daumen und Zeigefinger der rechten Hand.

»Wo bist du gewesen?«

Er stellt mir die Frage, während ich die Stufen hinaufsteige, und ich bleibe stehen. Er wartet nicht auf meine Antwort. Er sagt nur mit einer Stimme, die ich nicht an ihm kannte, einer seltsamen, ein bißchen verschleierten Stimme:

»Es stehen vermutlich schlimme Dinge bevor...«

Er weiß nicht weiter.

Nun spricht Mam. Sie ist blaß, ihr Gesicht verstört. Dies vor allem tut mir weh. Am liebsten möchte ich nicht hören, was sie mir zu sagen hat.

»Alexis, wir werden uns von diesem Haus trennen müssen. Wir müssen fort von hier, für immer.«

Laure sagt nichts. Sie steht sehr aufrecht auf der Veranda, blickt starr vor sich hin. Sie hat den gleichen unzugänglichen und störrischen Ausdruck wie damals, als Onkel Ludovic sie mit seiner spöttischen Stimme nach ihrem Namen gefragt hat.

Es dämmert schon. Die sanfte Nacht legt sich über den Garten. Plötzlich strahlt vor uns, über den Bäumen, der erste Stern mit magischem Glanz auf. Laure und ich schauen zu ihm auf, und auch Mam wendet den Blick zum Himmel, sie läßt den Stern nicht aus den Augen, als sehe sie ihn zum erstenmal über der Rivière Noire.

Lange Zeit stehen wir unbeweglich unter dem Blick des Sterns. Der Schatten kriecht unter die Bäume, wir hören das Knistern der Nacht, das Rascheln, die schrille Musik der Moskitos.

Mam bricht als erste das Schweigen. Sie sagt mit einem Seufzer:

»Wie schön das ist!« Dann, in heiterem Ton, während sie die Stufen der Veranda hinuntersteigt:

»Kommt, wir wollen die Namen der Sterne suchen.«

Mein Vater ist ihr gefolgt. Er geht langsam, ein wenig gebeugt, die Hände auf dem Rücken. Ich bin neben ihm, und Laure faßt Mam um die Taille. Gemeinsam gehen wir um das große Haus herum wie um ein gestrandetes Schiff. In Capt'n Cooks Hütte brennt ein flackerndes Licht, man hört den Klang gedämpfter Stimmen. Er ist der letzte, der auf der Besitzung geblieben ist, zusammen mit seiner Frau. Wohin werden sie gehen? Als er zur Zeit meines Großvaters zum Boucan gekommen war, dürfte er zwanzig Jahre alt gewesen sein. Er war gerade aus der Sklaverei befreit worden. Ich höre seine Stimme in der Hütte, er redet mit sich oder singt. Aus der Ferne, von den Zuckerrohrfeldern, erklingen gleichfalls Stimmen, es sind die *gunnies,* die Nachlese halten oder auf dem Weg von La Coupe nach Tamarin gehen. Man hört auch das Schwirren der Insekten und die Gesänge der Kröten in der Schlucht am anderen Ende des Gartens.

Für uns hellt der Himmel sich auf. Man muß alles vergessen und darf nur noch an die Sterne denken. Main zeigt uns die Lichtpunkte, sie ruft meinen Vater, und dann stellt sie uns Fragen. Ich höre im Dunkeln ihre helle junge Stimme, und das tut mir gut, tröstet mich.

»Seht mal, dort... Ist das nicht Beteigeuze an der Spitze des Orion? Und die Heiligen Drei Könige! Schaut nach Norden, dann seht ihr den Großen Wagen. Wie heißt der kleine Stern, der ganz vorn am Wagen sitzt, an der Deichsel?«

Ich strenge die Augen an. Ich bin nicht sicher, daß ich ihn sehe.

»Ein sehr kleiner Stern, der oben auf dem Wagen sitzt, über dem zweiten Stern?« Mein Vater fragt es in ernstem Ton, als sei das heute abend eine Sache von allergrößter Wichtigkeit.

»Ja, das stimmt. Er ist ganz klein, ich sehe ihn, und er verschwindet.«

»Das ist Alkor«, sagt mein Vater. »Man nennt ihn auch das Reiterlein, die Araber haben ihn Alkor getauft, was Probe bedeutet, denn er ist so klein, daß ihn nur sehr scharfe Augen entdecken können.« Er schweigt eine Weile, dann sagt er mit gelösterer Stimme zu Mam: »Du hast gute Augen. Ich kann ihn nicht mehr sehen.«

Auch ich habe Alkor gesehen, oder vielmehr ich träume, daß ich ihn erkannt habe, zart wie ein Feuerstäubchen über der Deichsel des Großen Wagens. Und daß ich ihn gesehen habe, löscht alle trüben Erinnerungen aus, alle Ängste.

Von meinem Vater haben wir gelernt, die Nacht zu lieben. Manchmal, am Abend, wenn er nicht in seinem Büro arbeitet, nimmt er uns an die Hand, Laure rechts und mich links, und führt uns die Allee entlang, die durch den ganzen Garten bis zum südlichen Ende führt. Er nennt sie: *Sternenallee,* weil sie direkt auf die am dichtesten besiedelte Himmelsstelle zugeht. Unterwegs raucht er eine Zigarette, und wir riechen das süßliche Tabaksaroma in der Nacht, und wir sehen die Glut, die dicht vor seinen Lippen rötlich aufglimmt und sein Gesicht beleuchtet. Ich mag den Tabaksgeruch in der Nacht.

Am schönsten sind die Nächte im Juli, wenn der Himmel kalt und blank ist, und man über den Bergen der Rivière Noire die schönsten Himmelslichter sieht: Wega, Altair im Sternbild des Adlers – Laure sagt, er gleicht eher der Lampe eines Leuchtkäfers – und dieser dritte Stern, dessen Name mir nie einfällt und der wie ein Edelstein an der Spitze des großen Kreuzes sitzt. Diese drei Sterne, die mein Vater ›Die Schönen der Nacht‹ nennt, bilden ein funkelndes Dreieck am klaren Himmel. Ganz im Süden stehen Jupiter und Saturn, Standlichter über den Bergen. Wir schauen oft zum Saturn hinauf, Laure und ich, weil unsere Tante Adelaide uns gesagt hat, daß er unser Planet ist, weil er zur Zeit unserer Geburt im Dezember am Himmel regierte. Er ist schön, ein bißchen bläulich, und funkelt über den Bäumen. Es stimmt, daß er etwas Bedrohliches hat, ein reines und metallisches Licht, wie es manchmal in Laures Augen leuchtet. Mars ist nicht weit vom Saturn entfernt. Er ist rot und hell, und auch sein Licht zieht uns an. Mein Vater mag die Dinge nicht, die man über die Gestirne erzählt. Er sagt zu uns: »Kommt, wir wollen das Kreuz des Südens ansehen.« Er geht vor uns her bis ans Ende der Allee, wo der Chalta- Baum steht. Um das Kreuz des Südens gut zu sehen, muß man weit weg von den Lichtern des Hauses. Wir betrachten beinah atemlos den Himmel. Sofort entdecke ich die »Begleiter« am Ende des Centaurus. Rechts ist das Kreuz des Südens, blaß und leicht, es schwebt ein wenig geneigt, wie das Segel einer Piroge. Laure und ich, wir finden es gleichzeitig, und wir brauchen kein Wort darüber zu wechseln. Schweigend betrachten wir das Sternbild. Mam tritt zu uns, und sie sagt nichts zu unserem Vater. Wir stehen nur da, und es ist, als lauschten wir dem Klang der Gestirne in der Nacht. Es ist so schön, daß man es nicht zu sagen braucht. Aber ich fühle mein Herz, das mir weh tut, und die Kehle, die eng wird, denn in dieser Nacht hat sich etwas verändert, etwas sagt, daß alles enden muß. Vielleicht steht es in den Sternen geschrieben, ja, das denke ich, vielleicht steht in den Sternen geschrieben, was man tun muß, damit nichts sich verändert und wir gerettet werden.

Es sind so viele Zeichen am Himmel. Ich erinnere mich an alle diese Sommernächte, als wir im Gras des Gartens lagen und die Sternschnuppen beobachteten. Eines Abends haben wir einen ganzen Sternenregen gesehen, und Mam hat sofort gesagt: »Das ist ein Zeichen, daß es Krieg gibt.« Aber dann hat sie geschwiegen, weil unser Vater nicht mag, daß man solche Sachen sagt. Wir haben lange die Lichtstreifen beobachtet, die den Himmel nach allen Richtungen durchzogen, manche waren so lang, daß wir ihre Bahn mit den Blicken verfolgen konnten, andere verglühten schon nach ganz kurzer Zeit. Noch heute weiß ich, daß Laure, genau wie ich, in den Sommernächten diese Feuerlinien zu sehen sucht, die das Geschick des Menschen vorzeichnen und es möglich machen, daß sich ein geheimer Wunsch erfüllt. Wir starren so angestrengt in den Himmel, daß sich uns der Kopf dreht, daß wir vor Schwindel taumeln. Ich höre, daß Mam leise mit meinem Vater redet, aber ich kann den Sinn ihrer Worte nicht verstehen. Von Osten bis zum Norden fließt der große bleiche Strom der Milchstraße hin, der beim Sternbild des Schwans ein paar Inseln bildet und dann zum Orion weiterzieht. Ein wenig darüber, auf der Seite, wo unser Haus steht, kann ich das verschwommene Licht der Plejaden sehen, die Glühwürmchen gleichen. Ich kenne jede Stelle des Himmels, alle Sternbilder. Mein Vater erklärt uns den Nachthimmel, und jeden oder fast jeden Abend zeigt er uns auf einer großen Karte an der Wand seines Arbeitszimmers den Standort der Sterne. »Wer den Himmel genau kennt, der hat vom Meer nichts zu fürchten«, sagt mein Vater. Er, der so verschlossen, schweigsam ist, fängt an zu sprechen, sobald es sich um die Sterne handelt, er wird lebhaft, seine Augen glänzen. Er sagt dann schöne Dinge über die Welt, über das Meer, über Gott. Er spricht von den Reisen der großen Seefahrer, von denen, die den Seeweg nach Indien entdeckten, nach Ozeanien, nach Amerika. Im Tabaksduft, der in seinem Büro schwebt, betrachte ich die Karten. Er spricht von Cook, von Drake, von Magellan, der auf der *Victoria* die südlichen Meere entdeckt hat und auf einer der Sundainseln den Tod fand. Er spricht von Tasman, von Bidcoe, von Wilkes, der bis zum ewigen Eis des Südpols kam, und von berühmten Reisenden, von Marco Polo in China, de Soto in Amerika, Orellana, der den Amazonasstrom hinauffuhr, Gmelin, der ganz Sibirien durchquerte, Mungo Park, Stanley, Livingstone, Prjewalsky. Ich lausche diesen Geschichten, den Namen der Länder, Afrika, Tibet, die Südsee-Inseln: es sind magische Namen, sie sind für mich wie die Namen der Sterne, die Muster der Sternbilder. Am Abend, wenn ich auf meinem Feldbett liege, höre ich das Meer hereinkommen, höre den Wind in den Nadeln der Kasuarinen. Dann denke ich an all diese Namen, mir scheint, der Nachthimmel öffnet sich, und ich bin auf einem Schiff mit geschwellten Segeln, auf dem unendlichen Meer und nehme Kurs auf die Molukken, auf die Astrolabe-Bai, auf die Fidschi-Inseln, auf Moorea. Vom Schiffsdeck aus sehe ich, ehe ich einschlafe, den Himmel, wie ich ihn noch nie gesehen habe, so groß, tiefblau über dem phosphoreszierenden Meer. Langsam gleite ich auf die andere Seite des Horizonts, und ich nehme Kurs auf die Heiligen Drei Könige, auf das Kreuz des Südens.

Ich erinnere mich an meine erste Fahrt auf dem Meer. Es war, glaube ich, im Januar, denn dann ist es schon lang vor Tagesanbruch sengend heiß, und über der Boucan-Senke regt sich kein Lufthauch. Im ersten Morgenlicht schlüpfe ich leise aus dem Zimmer. Draußen ist kein Laut zu hören, und im Haus schläft alles. Nur in Capt'n Cooks Hütte brennt eine Lampe, aber um diese Zeit kümmert er sich um niemanden. Er schaut zum grauen Himmel auf und wartet, daß der Tag anbricht. Vielleicht brodelt bereits der Reis in dem großen schwarzen Topf über dem Feuer. Um kein Geräusch zu machen, gehe ich barfuß auf der trockenen Erde der Allee bis ans Ende des Gartens. Denis wartet unter dem großen Chalta-Baum auf mich, und sobald ich dort bin, steht er wortlos auf und geht in Richtung Meer los. Er rennt so schnell durch die Plantagen, daß ich kaum Schritt halten kann. Turteltauben trippeln im Zuckerrohr herum, sie sind ängstlich, wagen aber nicht wegzufliegen. Als es Tag wird, haben wir die Straße zur Rivière Noire erreicht. Die Erde unter meinen Füßen ist schon heiß, und die Luft riecht nach Staub. Schon rollen die ersten Ochsenkarren über die Plantagenwege, und in der Ferne sehe ich den weißen Rauch aus den Schornsteinen der Zuckerfabriken. Ich warte auf das Geräusch des Windes. Plötzlich macht Denis halt. Wir bleiben regungslos mitten im Feld stehen. Jetzt höre ich das Donnern der Wellen über den Riffen. »Wild das Meer«, sagt Denis. Der Flutwind kommt auf uns zu.

Wir erreichen die Rivière Noire genau in dem Augenblick, als die Sonne hinter den Bergen aufgeht. Ich war noch nie so weit weg vom Boucan, und mein Herz schlägt stark, während ich hinter Denis' schwarzem Schatten herlaufe. Kurz vor dem Mündungstrichter waten wir durch den Fluß, das kalte Wasser reicht uns bis zur Taille, dann laufen wir an den Dünen aus schwarzem Sand entlang. Am Strand liegen die Fischerboote in einer Reihe auf dem Sand, einige mit dem Bug bereits im Wasser. Die Männer schieben die Boote in die Wellen, halten das Tau des Segels fest, das im Flutwind schwillt und knattert. Denis' Piroge liegt am Ende des Strands. Zwei Männer schieben sie ins Meer, ein alter mit runzeligem und kupferbraunem Gesicht und ein großer athletischer Schwarzer. Bei ihnen ist eine sehr schöne junge Frau, sie steht am Strand, um ihr Haar ist ein rotes Kopftuch gebunden. »Das ist meine Schwester«, sagt Denis stolz. »Und er ist ihr Verlobter. Die Piroge gehört ihm.« Die junge Frau sieht Denis, sie ruft ihn. Gemeinsam schieben wir das Boot ins Wasser. Als die Welle das Bootsheck hochhebt, schreit Denis mir zu: »Steig ein!« Und er springt selber an Bord. Er läuft nach vorn, packt die Stake, um die Piroge aufs offene Meer hinauszusteuern. Sie liegt jetzt hart am Wind, das große Segel bläht sich wie ein Laken, und das Boot hüpft über die Wellen. Wir sind schon weit von der Küste entfernt. Die Wellen schlagen ins Boot, und wir sind triefend naß, ich zittere, aber ich lasse die schwarze Erde, die sich immer weiter entfernt, nicht aus den Augen. So lange schon habe ich auf diesen Tag gewartet! Denis hat mir einmal vom Meer erzählt, von dieser Piroge, und ich habe ihn gefragt: »Wann nimmst du mich mit auf die Piroge?« Er hat mich wortlos angeschaut, als müsse er es sich überlegen. Ich habe keinem Menschen etwas davon gesagt, nicht einmal Laure, aus Furcht, sie könne es meinem Vater sagen. Laure mag das Meer nicht, vielleicht hat sie Angst, ich könnte ertrinken. Und als ich nun heute früh aufgebrochen bin, barfuß, um kein Geräusch zu machen, hat sie sich in ihrem Bett zur Wand gedreht, damit sie mich nicht sieht.

Was wird passieren, wenn ich zurückkomme? Aber ich mag jetzt nicht daran denken, es ist fast, als käme ich nie mehr zurück. Die Piroge taucht in die Wellentäler, läßt Schaumgarben ins Licht emporschießen. Der alte Mann und der Verlobte haben das dreieckige Segel am Bugspriet befestigt, und der heftige Wind, der durch die Fahrrinne hereinkommt, bringt die Piroge zum Schaukeln. Denis und ich kauern im Bug, dicht am schlackernden Segel, vom Gischt völlig durchnäßt. Denis' Augen glänzen, als er mich ansieht. Ohne ein Wort deutet er auf das hohe tiefblaue Meer oder, schon sehr fern, auf die schwarze Linie des Strands hinter uns und die Silhouetten der Berge vor dem klaren Himmel.

Die Piroge flitzt über die hohe See. Ich höre das tiefe Grollen der Wellen, der Wind braust in meinen Ohren. Ich spüre keine Kälte mehr, keine Angst. Die Sonne brennt, läßt die Wellenkämme funkeln. Ich sehe nichts anderes, ich denke an nichts anderes: das tiefe blaue Meer, der schwankende Horizont, der Geschmack des Meeres, der Wind. Ich fahre zum erstenmal auf einem Schiff, und ich habe nie etwas so Schönes erlebt. Die Piroge kreuzt die Fahrrinne, läuft im Donnern der Wogen und im Aufschäumen der Gischtgarben an den Riffen entlang.

Denis ist über den Bugspriet gebeugt, er späht ins dunkle Wasser, als halte er nach irgend etwas Ausschau. Dann streckt er die Hand aus und zeigt auf einen großen verbrannten Felsen direkt vor uns. Er sagt:

»Le Morne.«

Ich habe den Felsen noch nie so in der Nähe gesehen. Le Morne ragt über dem Meer auf, er gleicht einem Lavabrokken, ohne einen Baum, ohne eine Pflanze. Rings um ihn erstrecken sich die hellen Sandstrände, das Wasser der Lagunen. Es ist, als führen wir auf das Ende der Welt zu. Die Seevögel umkreisen uns schreiend, Möwen, Seeschwalben, weiße Sturmvögel, riesige Fregattvögel. Mein Herz hämmert, und ich zittere vor Bangigkeit, denn ich habe den Eindruck, sehr weit fort zu sein, auf der anderen Seite des Meeres. Die langsame Dünung schlägt seitlich an die Piroge, und das Wasser überschwemmt den Boden. Denis schlüpft unter dem Segel durch, hebt zwei Flaschenkürbisse vom Boden auf und ruft mich zu sich. Gemeinsam beginnen wir zu schöpfen. Im Heck steht der große Neger, einen Arm um Denis' Schwester gelegt, und hält die Segelleine fest, während der alte Mann, der wie ein Inder aussieht, sich auf die Ruderpinne stemmt. Das Meerwasser strömt an ihnen herab, aber sie lachen, während sie zusehen, wie wir das ständig nachfließende Wasser schöpfen. Ich kauere auf dem Boden der Piroge und kippe das Wasser über Bord, in den Wind, und für kurze Augenblicke sehe ich unter dem Segel die schwarze Wand von Le Morne und die Gischthauben über den Riffen.

Dann ändern wir den Kurs, und der Wind schwenkt das große Segel über unseren Köpfen herum. Denis zeigt zur Küste:

»Dort, die Fahrrinne. Die Ile aux Bénitiers.«

Wir hören auf zu schöpfen, und wir kriechen wieder nach vorn, um besser zu sehen. Die weiße Schranke der Klippen öffnet sich vor uns. Von der Strömung getrieben flitzt die Piroge direkt auf Le Morne zu. Das Brüllen der Wogen über der Korallenbank ist ganz nah. Die Wellen rollen schräg an, schlagen über. Denis und ich spähen ins tiefe Wasser, von dessen Blau einem schwindelt. Langsam hellt die Farbe vor dem Bug sich auf. Man sieht grüne Reflexe, goldene Wolken. Der Grund wird sichtbar, saust unter uns weg, Korallenstöcke, braunviolette Kugeln der Seeigel, silbrige Fischbänke. Das Wasser ist jetzt ruhig, und der Wind hat sich gelegt. Das schlaffe Segel klatscht um den Mast wie ein Laken. Wir sind in der Lagune von Le Morne, dort, wo die Männer fischen wollen.

Die Sonne steht hoch. Die Piroge gleitet über die stillen Wasser, lautlos, von Denis' Stake vorwärtsgestoßen. Im Heck rudert der Verlobte, ohne Denis' Schwester loszulassen, mit einem kleinen Paddel. Der alte Mann späht gegen die Sonne ins Wasser, er sucht die Fische in den Korallenbauten. Er hat eine lange Angelschnur in der Hand und läßt die Bleigewichte durch die Luft pfeifen. Nach dem Ungestüm der dunklen hohen See, nach dem Ansturm von Wind und Gischt bin ich hier wie in einem lauen lichterfüllten Traum. Ich fühle das Brennen der Sonne auf dem Gesicht, auf dem Rücken. Denis hat seine Kleider ausgezogen, um sie trocknen zu lassen, und ich tue es ihm nach. Als er nackt ist, taucht er mit einem Sprung fast lautlos ins durchsichtige Wasser. Ich sehe ihn unter Wasser schwimmen, dann verschwindet er. Als er wieder auftaucht, hält er einen dicken roten Fisch, den er harpuniert hat, in der Hand und wirft ihn ins Boot. Er taucht sofort aufs neue. Sein schwarzer Körper gleitet unter dem Wasser dahin, kommt hoch, taucht wieder unter. Schließlich

bringt er noch einen Fisch mit bläulichen S[illegible]
ebenfalls ins Boot wirft. Die Piroge ist jetzt [illegible]
rallenriff. Der große Schwarze und der Alte, [illegible]
aussieht, werfen ihre Angelschnüre aus. Me[illegible]
Fische heraus, Lippfische, Ambrafische, Sc[illegible]

Wir bleiben lange beim Fischen, während [illegible] Riffen entlangtreibt. Die Sonne brennt in der Mitte des dunklen Himmels, aber das Licht strahlt vom Meer aus, ein blendendes berauschendes Licht. Da ich mich nicht bewege, nur über den Bug gebeugt ins spiegelnde Wasser starre, berührt Denis mich an der Schulter und holt mich aus meiner Betäubung. Seine Augen glänzen wie schwarze Steine, seine Stimme leiert einen Singsang in Kreolisch:

»Lizié mani mani.«

Ein Schwindel steigt vom Meer auf wie ein Zauber aus Sonne und Lichtreflexen, die mich verwirren und mir die Kraft rauben. Trotz der Gluthitze ist mir kalt. Denis' Schwester und ihr Verlobter legen mich auf den Boden der Piroge, in den Schatten des Segels, das in der Brise flattert. Denis schöpft mit den Händen Wasser aus dem Meer und gießt es mir über Gesicht und Körper. Dann stößt er die Piroge mit seiner Stake zum Ufer. Wenig später landen wir auf dem weißen Strand, nahe am Kap von Le Morne. Dort gibt es ein paar Sträucher, Sammetpalmen. Auf Denis gestützt, gehe ich in den Schatten einer Sammetpalme. Denis' Schwester gibt mir aus einer Kürbisflasche ein scharfes Gebräu zu trinken, das mir Zunge und Kehle verbrennt und mich aufweckt. Ich will gleich aufstehen und wieder zum Boot gehen, aber Denis' Schwester sagt, ich muß noch im Schatten bleiben, bis die Sonne zum Horizont sinkt. Der alte Mann ist in der Piroge geblieben, er stößt das Boot mit der Stake ab. Sie entfernen sich jetzt auf dem spiegelnden Wasser, um weiterzufischen.

Denis ist neben mir sitzengeblieben. Er spricht nicht. Er ist

Schatten der Sammetpalme, seine Beine sind vom Sand gefleckt. Er ist nicht wie die anderen Kinder, die schönen Besitzungen leben. Er muß nicht immer sprechen. Er ist mein Freund, und mit seinem Schweigen, hier, neben mir, sagt er es mir auf seine Weise.

Alles an diesem Ort hier ist schön und still. Ich betrachte die grüne Fläche der Lagune, den Gischtsaum entlang der Korallenbank und den weißen Sand der Strände, die Dünen, den mit Dornengestrüpp durchsetzten Sand, die dunklen Kasuarinen, den Schatten der Sammetpalmen, der Trompetenbäume und vor uns den verbrannten Felsen Le Morne, der einem von Seevögeln bewohnten Schloß gleicht. Es ist, als wären wir Schiffbrüchige, die schon seit Monaten hier leben, fern von jeder Ansiedlung, und warten, daß ein Schiff am Horizont auftaucht und sie mitnimmt. Ich denke an Laure, die jetzt wohl im Chalta-Baum Ausschau hält, ich denke an Mam und an meinen Vater, und ich wünsche mir, daß dieser Augenblick nie endet.

Aber die Sonne nähert sich dem Meer, verwandelt es in Metall, in mattes Glas. Die Fischer kommen zurück. Denis sieht sie als erster. Er geht über den weißen Sand, und seine schlaksige Gestalt gleicht dem Schatten seines Schattens. Er schwimmt der Piroge im funkenflimmernden Wasser entgegen. Ich steige nach ihm ins Meer. Das kalte Wasser wäscht meine Müdigkeit weg, und ich schwimme in Denis' Kielspur bis zur Piroge. Der Verlobte streckt die Hand nach uns aus und hißt uns mühelos an Bord. Das Boot ist voll von Fischen aller Art. Sogar ein kleiner Blauhai ist darunter, den der Verlobte harpuniert hat.

Der Hai ist mitten durch den Leib getroffen, er liegt starr da, das offene Maul zeigt die dreieckigen Zähne. Denis sagt, die Chinesen essen Haifische, und aus den Zähnen wird eine Halskette angefertigt.

Trotz der Sonnenhitze schaudere ich. Ich habe meine Kleider ausgezogen und sie zum Trocknen neben das Bugspriet gelegt. Die Piroge gleitet jetzt auf die Fahrrinne zu, schon fühlt man die lange Dünung, die immer vom offenen Meer her kommt und sich an der Korallenbarriere bricht. Plötzlich wird das Meer violett, hart. Wind kommt auf, als wir, entlang der Ile aux Bénitiers, die Fahrrinne durchqueren. Das große Segel neben mir spannt sich und rauscht, Gischt spritzt am Bug auf. Denis und ich raffen hastig unsere Kleider zusammen und bergen sie unter dem Mast. Die Seevögel folgen der Piroge, sie haben die Fische gerochen. Manchmal versuchen sie sogar, einen Fisch zu packen, und Denis schreit und fuchtelt mit den Armen, um sie zu vertreiben. Es sind schwarze scharfäugige Fregattvögel, die keckernd neben der Piroge auf dem Wind schweben. Hinter uns verschwindet der große verbrannte Felsen Le Morne im verschleierten Licht der Dämmerung, wie ein Schloß, das im Schatten versinkt. Die Sonne, knapp über dem Horizont, ist von langen grauen Wolken vernebelt.

Nie werde ich diesen Tag vergessen, der so lang war, so lang, wie Monate, wie Jahre, den Tag, an dem ich das Meer kennenlernte. Ich wünschte mir, daß er nie zu Ende gehen möge, daß er immer weiter andauere. Ich wünschte mir, die Piroge möge ewig über die Wogen eilen im schäumenden Gischt, bis nach Indien, ja, bis nach Ozeanien, von Insel zu Insel, gelotst von einer Sonne, die niemals unterginge.

Es ist Nacht, als wir an der Rivière Noire landen. Mit Denis laufe ich barfuß im Staub bis zum Boucan. Meine Kleider und mein Haar sind voll Salz, Gesicht und Rücken brennen von der Sonnenglut. Vor dem Haus macht Denis wortlos kehrt. Ich gehe mit klopfendem Herzen durch die Allee, ich sehe meinen Vater auf der Veranda stehen. Im Licht der Sturmlampe wirkt er in seinem schwarzen Anzug noch größer und schlanker. Sein Gesicht ist bleich, angespannt von Sorge und Zorn. Als ich vor ihm stehe, sagt er nichts, aber sein Blick ist hart und kalt, und ich bringe kein Wort hervor, nicht der Strafe wegen, die mich erwartet, sondern weil ich weiß, daß ich nicht mehr zurückkann aufs Meer, daß es damit vorbei ist. Dann liege ich regungslos im Bett, das mir den Rücken verbrennt, gleichgültig gegen die Moskitos, und trotz Müdigkeit, Hunger und Durst lausche ich auf jede Luftbewegung, jeden Hauch, jede Stille, die mich wieder dem Meer nahebringt.

Die letzten Tage jenes Sommers, im Jahr des Orkans, verleben wir, Laure und ich, noch zurückgezogener in der Abgeschiedenheit des Hauses Boucan, wohin niemand mehr zu Besuch kommt. Vielleicht ist dies der Grund, warum wir diesen seltsamen Eindruck einer Bedrohung haben, einer Gefahr, die auf uns zu kommt. Oder die Einsamkeit hat uns für die Vorzeichen des Untergangs von Boucan empfänglich gemacht. Vielleicht ist es auch die fast unerträgliche Hitze, die Tag und Nacht über den Küstenstreifen, dem Tamarin-Tal lastet. Nicht einmal der Seewind kann die Hitze über den Plantagen, auf der roten Erde lindern. Rings um die Aloe-Pflanzungen von Walhalla und Tamarin glüht die Erde wie ein Ofen, und die Wasserläufe sind ausgetrocknet. Abends betrachte ich den Rauch, der von der Brennerei Kah Hin zusammen mit roten Staubwolken aufsteigt. Laure erzählt mir vom Feuerregen, den Gott auf die verderbten Städte Sodom und Gomorrha niedergehen ließ, und vom Ausbruch des Vesuv im Jahre 79, als die Stadt Pompeji unter einem glühenden Aschenregen verschwand. Aber hier spähen wir vergebens aus, der Himmel über dem Rempart-Gebirge und den Trois Mamelles bleibt klar, ist kaum von ein paar harmlosen Wölkchen getrübt. Die Ahnung einer Gefahr jedoch meldet sich immer wieder, tief in unserem Innern.

Mam ist schon seit Wochen krank, sie hat den Unterricht eingestellt. Unser Vater ist düster und müde, er verschanzt sich in seinem Arbeitszimmer, liest oder schreibt, oder er raucht und blickt dabei geistesabwesend aus dem Fenster. Ich glaube, damals hat er mir zum ersten Mal wirklich vom Schatz des unbekannten Korsaren erzählt und von den Dokumenten, die er darüber aufbewahrt hat. Schon vor langer Zeit habe ich zum ersten Mal davon gehört, vielleicht von Mam, die wohl kaum an den Schatz glaubt. Aber erst jetzt spricht mein Vater ausführlich darüber, wie über ein wichtiges Geheimnis. Was hat er gesagt? Ich weiß es nicht mehr genau, denn es vermischt sich in meiner Erinnerung mit allem, was ich später gehört und gelesen habe, aber ich erinnere mich an den seltsamen Gesichtsausdruck, an jenem Nachmittag, als er mich in sein Arbeitszimmer kommen ließ.

Es ist ein Raum, den wir nie anders als verstohlen betreten, nicht weil es ausdrücklich verboten wäre, sondern weil in diesem Zimmer eine Art Geheimnis herrscht, das uns einschüchterte, ja sogar ein bißchen ängstigte. Damals ist das Arbeitszimmer meines Vaters ein langer schmaler Raum ganz am Ende des Hauses zwischen dem Wohnzimmer und dem Schlafzimmer unserer Eltern, ein stiller nach Norden gelegener Raum, Fußboden und Wände sind aus lasiertem Holz, und die Einrichtung besteht nur aus einem großen Schreibtisch ohne Schubladen und einem Sessel und einigen Schiffskoffern, in denen die Papiere sind. Der Tisch stand dicht am Fenster, so daß Laure und ich, wenn die Läden geöffnet waren, von unserem Versteck im Gebüsch des Gartens aus die Gestalt unseres Vaters sehen konnten, wie er, in Wolken von Zigarettenrauch gehüllt, las oder schrieb. Von seinem Schreibtisch aus konnte er die Trois Mamelles und die Berge der Schluchten der Rivière Noire sehen und den Zug der Wolken verfolgen.

Ich erinnere mich, daß ich damals das Büro meines Vaters betrat, kaum zu atmen wagte, die Stapel von Büchern und Zeitungen auf dem Fußboden betrachtete, die Karten, die an die Wände geheftet waren. Meine liebste Karte ist die Sternenkarte, die er mir schon früher gezeigt hat, um mich in die Astronomie einzuweisen. Wenn wir das Büro betreten, lesen wir ergriffen die Namen der Sterne und der Sternbilder: Schütze, mit dem Hauptstern Nunki. Wolf, Adler, Orion, Bootes, der Ochsentreiber, mit dem Alphecca im Osten und Arkturus im Westen. Der bedrohlich aussehende Skorpion, der am Schwanz, wie einen leuchtenden Stachel, den Stern Schaula trägt, und in seinem Kopf den roten Antares. Der Große Wagen, mit seinen Sternen: Alkaid, Mizar, Alioth, Megrez, Phecda, Dubhe, Merak. Auriga, der Fuhrmann, dessen Hauptstern seltsam in meiner Erinnerung widerhallt: Manikalinan.

Ich erinnere mich an den Großen Hund, der im Maul wie einen Reißzahn den schönen Sirius trägt, und unten ein Dreieck, in dem Adhara flimmert. Ich sehe noch heute das vollendete Muster, das ich von allen am liebsten mag und das ich Nacht für Nacht am Sternhimmel aufsuche, im Süden in Richtung auf Le Morne: das Schiff Argo, das ich manchmal in den Staub der Wege zeichne, so:

Mein Vater steht vor mir, er spricht, und ich verstehe nicht ganz, was er sagt. Er spricht nicht wirklich mit mir, diesem Kind mit den zu langen Haaren, dem sonnengebräunten Gesicht, den Kleidern, die vom Herumstreifen im Dickicht und in den Zuckerrohrfeldern zerrissen sind. Er spricht mit sich selber, seine Augen glänzen, die Stimme ist vor Erregung ein wenig belegt. Er spricht von diesem ungeheuren Schatz, den er heben wird, weil er endlich das Versteck ausfindig gemacht hat, er hat die Insel entdeckt, wo der unbekannte Korsar seine Reichtümer verwahrt hat. Er sagt nicht, wie der Korsar hieß, sondern nur, wie ich es auch später in seinen Dokumenten las, der unbekannte Korsar, und diese Bezeichnung erscheint mir noch heute viel richtiger und viel geheimnisumwitterter als irgendein Name. Er spricht zum erstenmal von der Insel Rodriguez, einer Nachbarinsel von Mauritius, ein paar Schiffstage entfernt. An der Wand des Arbeitszimmers hat er einen Plan der Insel aufgehängt, den er mit Tusche nachgezogen, mit Wasserfarben koloriert und mit Zeichen und Markierungen bedeckt hat. Ich erinnere mich, daß ich am untern Rand der Karte die Worte las: *Rodriguez Island*, und darunter: *Admiralty Chart, Wharton*, 1876. Ich höre meinen Vater sprechen, ohne etwas zu verstehen, wie im tiefsten Traum. Die Legende vom Seeräuberschatz, daß man schon seit hundert Jahren nach ihm sucht, auf der Ile de l'Ambre, in Flic en Flac, auf den Seychellen. Vielleicht ist es die Erregung oder die Besorgnis, die mich am Verstehen hindert, denn ich ahne, daß es sich um die wichtigste Sache der Welt handelt, um ein Geheimnis, das uns jeden Augenblick retten oder verderben kann. Es ist jetzt keine Rede mehr von Elektrizität oder irgendeinem anderen Projekt. Der Glanz des Schatzes von Rodriguez blendet mich und läßt alles andere verblassen. Mein Vater spricht lang an jenem Nachmittag, er geht dabei in dem schmalen Raum auf und ab, nimmt ein paar Papiere zur Hand, prüft sie und legt sie wieder hin, ohne sie mir zu zeigen, während ich regungslos neben seinem Schreibtisch stehe und heimlich auf die Karte der Insel Rodriguez spähe, die neben dem Himmelsplan an der Wand hängt. Vielleicht ist dies der Grund, warum ich immer den Eindruck bewahren sollte, alles, was danach folgte, dieses Abenteuer, diese Suche, habe sich in den Regionen des Himmels abgespielt und nicht auf der Erde, und daß ich meine Reise an Bord eines Sternenschiffs antrat, an Bord des Schiffes Argo.

Es sind die letzten Tage dieses Sommers, und sie erscheinen mir sehr lang, so ereignisreich in jedem Augenblick des Tages oder der Nacht: eher Monate oder Jahre, die unsere Welt von Grund auf verändern, und als sie enden, sind wir alt geworden. Hundstage, die Luft über dem Tamarin-Tal ist dick, schwül und flüssig, und man fühlt sich wie ein Gefangener im Rund der Berge. Drüben ist der Himmel hell, bewegt, die Wolken segeln im Wind, ihr Schatten läuft über die verbrannten Hügel. Die letzten Ernten werden bald eingebracht sein, und unter den Feldarbeitern brodelt die Wut, weil sie nichts mehr zu essen haben. Manchmal sehe ich abends die roten Rauchschwaden der Brände in den Zuckerrohrfeldern, dann hat der Himmel eine seltsame, drohende, blutige Farbe, die in den Augen schmerzt und die Kehle einschnürt. Trotz der Gefahr gehe ich fast jeden Tag über die Pflanzungen, um die Brände zu sehen. Ich gehe bis nach Jemen, manchmal bis Tamarin Estate oder hinauf nach Magenta und Belle Rive. Von der Spitze der Tourelle aus sehe ich noch mehr Rauchschwaden, die im Norden, in der Gegend von Clarence und Marcenay, an den Grenzen von Wolmar aufsteigen. Ich bin jetzt allein. Seit der Fahrt mit der Piroge hat mein Vater mir verboten, Denis zu treffen. Denis kommt nicht mehr zum Boucan. Laure sagt, sie habe gehört, wie sein Großvater, Capt'n Cook, Denis angeschrien hat, weil er trotz des Verbots zu ihm gekommen war. Seitdem ist er verschwunden. Ich empfinde eine Leere um mich herum, eine große Einsamkeit, als wären wir, meine Eltern, Laure und ich, die letzten Menschen am Boucan.

Nun gehe ich weit weg, immer weiter. Ich steige auf die kreolischen Pyramiden und beobachte die Rauchzeichen der Revolten. Ich laufe über die kahlgeschlagenen Felder. Hier und dort sind noch ein paar Arbeiterinnen, sehr arme und alte Frauen im *gunny*, die Nachlese halten oder mit ihren Sicheln die Stoppeln schneiden. Wenn sie mich sehen, mein gebräuntes Gesicht und die mit roter Erde befleckten Kleider, barfuß, die Schuhe um den Hals gehängt, jagen sie mich kreischend weg, weil sie Angst haben. Niemals wagt ein Weißer sich bis hierher. Manchmal beschimpfen mich auch die *sirdars*, die Aufseher, und werfen mit Steinen nach mir, und ich laufe über die Felder, bis mir der Atem ausgeht. Ich hasse die *sirdars*. Ich verachte sie tiefer als alles auf der Welt, weil sie hartherzig und böse sind und die Armen mit Stockschlägen antreiben, wenn die Zuckerrohrbündel nicht schnell genug bei den Karren ankommen. Aber am Abend erhalten sie den doppelten Lohn und betrinken sich mit Arrak. Sie sind feige und kriechen vor den *field managers*, nehmen die Mütze ab, wenn sie mit ihnen reden, und tun so, als wären sie herzensgut zu den Leuten, die sie kurz vorher mißhandelt haben. Auf den Feldern arbeiten fast nackte, nur mit einem Lumpen bekleidete Männer, die mit schweren Eisenzangen die »Stummel«, die Wurzelstöcke alter Zuckerrohrpflanzen, ausreißen. Sie tragen die Basaltblöcke auf den Schultern bis zum Ochsenkarren, dann häufen sie die Blöcke am Ende des Feldes zu Pyramiden. Mam nennt diese Männer die »Märtyrer des Zuckerrohrs«. Sie singen bei der Arbeit, und ich sitze gern auf einer schwarzen Pyramide und höre ihre monotonen Stimmen in der einsamen Weite der Plantagen. Ich singe mir selber gern das alte Lied in Kreolisch, das Capt'n Cook Laure und mir vorgesungen hat, als wir ganz klein waren, und das so geht:

Mo passé la rivière Tanier
rencontré en' grand maman,
Mo dire liqui li faire là
Li dire mo mo la pes cabot

Wai, wai, mo zenfant
Faut travai pou gagn' son pain
wai, wai, mo zenfant
Faut travai pou gagn' son pain...

Ich bin über den Fluß Tanier gegangen
und einer Großmutter begegnet.
Ich frage sie, was machst du da?
Sie sagt, ich, ich geh Koppen fischen.

Weh, weh, mein Kleiner,
wer leben will, muß arbeiten.
Weh, weh, mein Kleiner,
wer leben will, muß arbeiten

Von hier, vom Steinhügel aus, sehe ich die Rauchschwaden in der Gegend von Jemen und Walhalla. An diesem Morgen sind sie sehr nah, direkt neben den Unterkünften am Tamarin-Fluß, und ich begreife, daß irgend etwas Schlimmes vorgeht. Mit klopfendem Herzen renne ich querfeldein bis zur Staubstraße. Das hellblaue Dach unseres Hauses ist zu weit weg, als daß ich Laure durch ein Signal benachrichtigen könnte. Schon an der Boucan-Furt höre ich den Lärm des Aufruhrs. Es ist ein Geräusch wie Gewittergrollen, das von allen Seiten zugleich zu kommen scheint und in den Bergschluchten widerhallt. Man hört Geschrei, Getöse, auch Schüsse. Trotz meiner Angst laufe ich mitten durch das Zukkerrohrfeld, ohne mich vor Schnittverletzungen in acht zu nehmen. Als ich die Zuckerfabrik erreiche, bin ich inmitten des Lärmens, ich sehe das Getümmel. Die Menge der *gunnies* drängt sich vor dem Tor, alle schreien gleichzeitig. Vor der Menge sind drei Berittene, und ich höre den Hufschlag auf dem Pflaster, wenn sie ihre Pferde steigen lassen. Im Hintergrund sehe ich das klaffende Feuerloch des Bagasse-Ofens, aus dem die Funken wirbeln.

Die Menschenmasse drängt vor, weicht zurück, wie in einem seltsamen Tanz, zu dem die Schreie eine schrille Begleitmusik liefern. Die Männer schwingen Haumesser, Sensen, und die Frauen Hacken und Sicheln. Gelähmt von Furcht bleibe ich regungslos stehen, während die Menge mich herumstößt, einschließt. Ich ersticke, ich bin blind vom Staub. Mit Mühe bahne ich mir einen Weg bis zur Mauer der Zukkerfabrik. In diesem Augenblick sehe ich, ohne zu begreifen, was vorgeht, wie die drei Reiter sich der andrängenden Menge entgegenwerfen. Die Pferdeleiber schieben sich zwischen die Menschen, während die Reiter mit Gewehrkolben dreinschlagen. Zwei Pferden gelingt die Flucht zu den Plantagen, die Wutschreie der Menge folgen ihnen. Sie sind so nah an mir vorübergaloppiert, daß ich mich im Staub auf die Erde geworfen habe, aus Furcht, von den Hufen zertrampelt zu werden. Dann sehe ich den dritten Reiter. Er ist vom Pferd gestürzt, und die Männer und Frauen halten ihn an den Armen gepackt, reißen ihn hin und her. Ich erkenne sein Gesicht, obwohl es von Angst verzerrt ist. Es ist ein Verwandter Ferdinands, der Mann einer Cousine, und er ist *field manager* auf den Pflanzungen des Onkel Ludovic, ein gewisser Dumont. Mein Vater sagt, er ist schlimmer als ein *sirdar*, er traktiert die Arbeiter mit Stockschlägen und jedem, der sich über ihn beklagt, stiehlt er den Lohn. Jetzt wird er selbst von den Plantagenarbeitern mißhandelt, geschlagen, beschimpft, zu Boden geworfen. Einen Moment lang ist er in der Menge, die ihn herumstößt, so nah bei mir, daß ich seinen verstörten Blick sehe, seinen keuchenden Atem höre. Ich habe Angst, weil ich begreife, daß er sterben wird. Übelkeit steigt in mir auf, würgt mich. Tränenblind schlage ich in der Menge um mich, die mich nicht einmal sieht. Die Männer und die Frauen in *gunnies* beginnen von neuem ihren seltsamen Tanz, ihr Geschrei. Als ich mich endlich aus der Menge losmachen kann, drehe ich mich um, und ich sehe den Weißen. Seine Kleider sind zerrissen, und halbnackte Schwarze schleppen ihn gewaltsam bis zum Feuerloch des Bagasse-Ofens. Der Mann schreit nicht, rührt sich nicht. Sein Gesicht ist ein weißer Fleck der Angst, während die Schwarzen ihn an Armen und Beinen packen und anfangen, ihn vor dem roten Feuerloch hin und her zu schwingen.

Ich bleibe wie versteinert, ganz allein, mitten auf dem Weg stehen und lausche den Stimmen, die lauter und lauter werden, und jetzt klingt es wie eine langsame und klagende Weise, die dem Hin- und Herschwingen des Körpers über den Flammen den Rhythmus angibt. Dann geht eine einzige Bewegung durch die Menge, ein gewaltiger wilder Schrei, als der Mann im Kessel verschwindet. Und im selben Augenblick verstummt der Lärm, und ich höre wieder das dumpfe Röhren der Flammen, das Blubbern des Sirups in den großen glänzenden Bottichen. Ich kann den Blick nicht vom flammenden Schlund des Bagasse-Ofens wenden, in den die Schwarzen jetzt Schaufeln voll getrockneten Zuckerrohrs füllen, als wäre nichts geschehen. Dann zerstreut die Menge sich allmählich. Die Frauen im *gunny* gehen durch den Staub, das Gesicht in ihre Schleier gehüllt. Die Männer entfernen sich, ihre Haumesser in der Hand, zu den Feldwegen. Kein Geschrei, kein Lärmen mehr, nur das Schweigen des Winds über den Zuckerrohrhalmen, während ich zum Fluß gehe. Ein Schweigen, das tief in mir ist, mich ganz ausfüllt und schwindelig macht, und ich weiß, daß ich mit niemandem über das werde sprechen können, was ich an diesem Tag gesehen habe.

Manchmal begleitet Laure mich in die Felder. Wir gehen über die Pfade mitten durch das geschnittene Rohr, und wenn die Erde zu nachgiebig ist oder Haufen von gemähtem Rohr herumliegen, trage ich Laure auf dem Rücken, damit ihr Kleid und ihre Stiefel nicht Schaden nehmen. Sie ist zwar ein Jahr älter als ich, aber so leicht und zart, daß ich den Eindruck habe, ein kleines Kind zu tragen. Sie mag es gern, wenn wir so dahingehen und die scharfkantigen Halme sich vor ihrem Gesicht teilen und hinter ihr wieder schließen. Einmal hat sie mir auf dem Dachboden eine alte Nummer der *Illustrated London News* gezeigt mit einem Bild, das Naomi darstellt, wie sie von Ali auf den Schultern durch die Gerstenfelder getragen wird. Naomi lacht strahlend, während sie die Halme ausreißt, die ihr ins Gesicht schnellen wollen. Laure sagt, dieses Bild hat sie auf die Idee gebracht, mich Ali zu nennen. Sie erzählt mir auch von Paul und Virginie, aber diese Geschichte mag ich gar nicht, weil Virginie solche Angst davor hatte, sich auszuziehen, um im Meer zu baden. Ich finde das albern, und ich sage zu Laure, daß es bestimmt keine wahre Geschichte ist, aber dann wird sie zornig. Sie sagt, ich verstehe das eben nicht.

Wir gehen auf die Hügel zu, dorthin, wo die Ländereien von Magenta und die »Gehege« der Reichen beginnen. Aber Laure will nicht in den Wald. Also gehen wir gemeinsam wieder hinunter zur Boucan-Quelle. In den Hügeln ist die Luft feucht, als hake sich der Morgennebel lange im Laubwerk des Gesträuchs fest. Laure und ich, wir setzen uns gern auf eine Lichtung, wenn die Bäume noch kaum aus dem Schatten der Nacht auftauchen, und verfolgen den Zug der Seevögel. Manchmal sehen wir ein Paar Tropikvögel vorbeifliegen. Die schönen weißen Vögel kommen aus den Schluchten der Rivière Noire, drüben in Mananava, und sie schweben lange über uns, mit gebreiteten Flügeln, wie Schaumkreuze, und ziehen ihre langen Schwänze hinter sich her. Laure sagt, sie sind die Geister ertrunkener Seeleute und der Frauen, die vergebens auf die Rückkehr dieser Männer warteten. Sie sind still und leicht. Sie leben in Mananava, dort, wo die Berge düster sind und der Himmel sich bedeckt. Wir glauben, daß dort hinten der Regen gemacht wird.

»Eines Tages werde ich nach Mananava gehen.«

Laure sagt:

»Cook sagt, es gibt noch immer entlaufene Sklaven in Mananava. Wenn du dorthin gehst, töten sie dich.«

»Das ist nicht wahr. Dort drüben wohnt niemand. Denis ist ganz in der Nähe gewesen, er hat gesagt, wenn man hinkommt, wird alles schwarz, wie wenn es Nacht würde, dann muß man umkehren.«

Laure zuckt die Achseln. Sie mag von diesen Dingen nichts hören. Sie steht auf und betrachtet den Himmel, wo die Vögel verschwunden sind. Sie sagt ungeduldig:

»Gehen wir!«

Querfeldein kehren wir zum Boucan zurück. Inmitten des Laubwerks glänzt das Dach unseres Hauses wie eine Pfütze.

Seitdem Mam am Fieber erkrankt ist, gibt sie uns keine Stunden mehr, nur noch etwas zum Auswendiglernen und den Religionsunterricht. Sie ist mager und ganz blaß, sie verläßt ihr Schlafzimmer nur noch, um sich auf den Liegestuhl auf der Veranda zu setzen. Der Arzt ist in seiner Pferdekutsche aus Floréal gekommen; er heißt Koenig. Beim Weggehen hat er zu meinem Vater gesagt, das Fieber ist gefallen, aber es darf kein weiterer Anfall mehr kommen, das wäre *irreparabel.* Das hat er gesagt, und ich kann dieses Wort nicht vergessen, es ist in meinem Kopf, in jedem Augenblick, bei Tag und bei Nacht. Und deshalb kann ich nicht stillhalten. Ich muß den ganzen Tag herumlaufen, über Stock und Stein, wie mein Vater sagt, schon frühmorgens in die sonnenverbrannten Zukkerfelder und den *gunnies* zuhören, die ihre eintönigen Lieder singen, oder hinunter zum Strand, weil ich noch immer hoffe, Denis zu treffen, wenn er vom Fischen zurückkommt.

Die Drohung schwebt über uns, ich fühle, wie sie auf Haus Boucan lastet. Auch Laure spürt sie. Wir sprechen nicht darüber, aber man sieht es an ihrem Gesicht, an ihrem unruhigen Blick. In der Nacht schläft sie nicht, und wir liegen beide regungslos da und lauschen den Geräuschen des Meeres. Ich höre Laure regelmäßig atmen, zu regelmäßig, und ich weiß, daß sie im Dunkeln die Augen offen hat. Auch ich liege regungslos auf meinem Bett, ohne zu schlafen, das Moskitonetz habe ich der Hitze wegen zurückgeschlagen und höre dem Tanz der Moskitos zu. Seitdem Mam krank ist, gehe ich nachts nicht mehr aus dem Haus, um sie nicht zu beunruhigen. Aber frühmorgens, vor Sonnenaufgang, mache ich mich auf den Weg, durch die Felder oder hinunter in Richtung Meer, bis zur Rivière Noire. Ich glaube, ich hoffe noch immer, daß Denis hinter einem Gebüsch auftaucht oder unter einem Katappenbaum sitzt. Manchmal rufe ich ihn sogar mit dem Signal, das wir verabredet hatten, ich zirpe auf der Grasharfe. Aber er kommt nie. Laure glaubt, er ist auf die andere Seite der Insel gezogen, nach Ville Noire. Ich bin jetzt allein, wie Robinson auf seiner Insel. Sogar Laure ist jetzt viel schweigsamer.

Damals lesen wir die Fortsetzungen des Romans, der jede Woche in der *Illustrated London News* erscheint, *Nada, the Lily* von Rider Haggard, illustriert mit Bildern, die ein bißchen zum Fürchten und ein bißchen zum Träumen sind. Die

Zeitschrift kommt immer montags, mit drei oder vier Wochen Verspätung, manchmal gleich drei Nummern auf einmal, mit den Schiffen der British India Steam Navigation. Unser Vater blättert sie zerstreut durch und läßt sie dann auf dem Tisch im Korridor liegen, und dort lauern wir auf sie. Wir nehmen die Nummern mit in unser Versteck unter dem Dach und lesen sie dort, auf dem Fußboden liegend, im warmen Halbdunkel. Wir lesen laut die meiste Zeit, ohne etwas zu begreifen, aber mit soviel Überzeugung, daß diese Worte mir ins Gedächtnis eingegraben blieben. Der Zauberer Zwecke sagt: »You ask me, my father, to tell you the youth of Umslopogaas, who was named Bulalio the Slaughterer, and of his love for Nada, the most beautiful of Zulu women.«

Jeder dieser Namen ist tief in mir, wie die Namen der Menschen, denen wir in diesem Sommer, im Schatten dieses Hauses, das wir bald verlassen werden, begegnen. »I am Mopo who slew Chaka the king«, sagt der Alte. Dingaan, der König, der für Nada starb. Baleka, das junge Mädchen, dessen Eltern von Chaka getötet wurden und das er zwingt, seine Frau zu werden. Koos, Mopos Hund, der in der Nacht zu seinem Herrn kommt, während er Chakas Armee ausspäht. Die Toten geistern über die von Chaka eroberte Erde: »We could not sleep, for we heard Itongo, the ghosts of the dead people, moving about and calling each other.« Ich schaudere, wenn Laure mir diese Worte vorliest und übersetzt, und auch wenn Chaka vor seinen Kriegern erscheint.

»O Chaka, o Elefant! Seine Gerechtigkeit ist strahlend und schrecklich wie die Sonne!« Ich schaue die Stiche an, den, auf dem die Geier der Dämmerung vor der Sonnenscheibe schweben, die schon halb vom Horizont verdeckt wird.

Man sieht auch Nada, Nada the Lily, mit den großen Augen und dem lockigen Haar, der kupferfarbenen Haut, das Kind einer schwarzen Prinzessin und eines Weißen, die einzige Überlebende des Kraals, den Chaka ausgerottet hat. Sie ist schön, fremdartig in ihrem Tierfell. Umslopogaas, Chakas Sohn, den sie für ihren Bruder hält, liebt sie bis zum Wahnsinn. Ich erinnere mich an den Tag, als Nada von dem jungen Mann verlangt, er solle ihr ein Löwenbaby bringen, und Umslopogaas sich in die Höhle der Löwin schleicht. Aber da kommen die Löwen von der Jagd zurück, und der Löwenvater brüllt so laut, »daß die Erde bebte«. Die Zulus kämpfen mit dem Löwen, aber die Löwin schleppt Umslopogaas in ihrem Maul fort, und Nada beweint den Tod ihres Bruders. Wie begeistert lesen wir diese Geschichte! Wir können sie auswendig. Die englische Sprache, in der mein Vater uns seit kurzem unterrichtet, ist für uns die Sprache der Legenden. Wenn wir etwas ganz Besonderes oder Geheimes sagen wollen, sagen wir es in dieser Sprache, als könne niemand außer uns sie verstehen.

Ich erinnere mich auch an den Krieger, der Chaka ins Gesicht schlägt. Er sagt: »I smell out the Heavens above me.« Und dann das Erscheinen der Königin des Himmels, Inkosazana-y-Zulu, die Chakas nahe Bestrafung ankündigt: »Und ihre Schönheit war schrecklich anzusehen...« Als Nada, the Lily, sich zur Versammlung begibt, »war ihre Pracht auf jedem von ihnen...« Diese Sätze wiederholen wir unermüdlich, auf dem Dachboden, im verschwimmenden Licht des endenden Tages. Heute scheint es mir, als hätten sie eine besondere Bedeutung in sich getragen, die dumpfe Besorgnis, die den großen Veränderungen vorangeht.

Wir träumen wie immer vor den Abbildungen in den Zeitschriften, aber jetzt kommen sie uns unerreichbar vor: die Fahrräder Marke *Juno* oder die von Coventry Machinists' & Co., die Operngläser *Liliput,* mit denen ich, wie mir scheint, bis weit nach Mananava würde schauen können, die Uhren

»keyless« von Benson's oder die berühmten Waterbury aus Nickel, mit dem emaillierten Zifferblatt. Feierlich, als handele es sich um eine Stelle aus Shakespeare, lesen wir, Laure und ich, was unter der Abbildung der Uhren steht: »Compensation balance, duplex escapement, keyless, dustproof, shock-proof, non-magnetic.« Sehr gut gefällt uns auch die Reklame der Seife Brooke, die einen Affen zeigt, der auf einer Mondsichel sitzt und Mandoline spielt, und gemeinsam deklamieren wir:

»We're a capital couple the Moon and I,
I polish the earth, she brightens the sky...«

Und wir platzen fast vor Lachen. Weihnachten liegt schon weit hinter uns – ziemlich traurig in jenem Jahr, mit den Geldsorgen, Mams Krankheit und der Einsamkeit in Haus Boucan – aber wir spielen immer noch Geschenkeauswählen aus den Zeitungsseiten. Da es nur ein Spiel ist, suchen wir unbedenklich die teuersten Artikel aus. Laure wählt ein Übungsklavier Chapell aus Ebenholz, eine Kette aus Orientperlen und eine diamantenbesetzte Emaillebrosche von Goldsmith & Silversmith, auf der ein Küken gerade aus dem Ei schlüpft! Und das kostet neun englische Pfund! Ich wähle für sie eine Karaffe aus Silber und Kristall, und für Mam habe ich das ideale Geschenk: das lederne Mappin- Necessaire mit einem Sortiment von Flakons, Dosen, Bürsten, Manikürebesteck etc. Laure gefällt dieses Necessaire sehr gut, sie sagt, sie wird auch einmal so eines haben, später, wenn sie eine junge Dame ist. Für mich suche ich eine Laterna magica von Negretti & Zambra aus, ein Grammophon mit Platten und Nadeln und natürlich ein Fahrrad Marke *Juno,* die sind die besten. Laure, die weiß, was ich gern habe, wählt für mich eine Schachtel mit Knallfröschen Tom Smith, und darüber müssen wir sehr lachen.

Wir lesen auch die Meldungen, die schon Monate alt, manchmal Jahre alt sind, aber was tut's? Die Berichte von

Schiffskatastrophen, das Erdbeben von Osaka, und wir schauen lange die Abbildungen an. Dann den Tee mit den mongolischen Lamas, den Leuchtturm von Eno's *Fruit Salt* und *The Haunted Dragoon,* eine Fee steht ganz allein mitten in einer Löwenherde, in einem »Zauberwald«, und das Bild zu einer Episode aus *Nada, the Lily,* das uns Schauder über den Rücken jagt: Der »Geisterberg«, ein steinerner Riese, dessen aufgerissener Rachen die Höhle ist, in der die schöne Nada sterben wird.

Das sind die Bilder, die ich aus jener Zeit bewahre, zusammen mit dem Geräusch des Windes in den Kasuarinen, in der dumpfen Luft des überhitzten Dachbodens, wenn der Schatten der Nacht allmählich den Garten rings um das Haus erfaßt und die Mauersegler mit ihrem Geschwätz beginnen.

Wir warten, ohne zu wissen, was zu erwarten ist. Am Abend, unter dem Moskitonetz träume ich vor dem Einschlafen, ich sei auf einem Schiff mit geschwellten Segeln, das mitten auf dem düsteren Meer schwimmt, und betrachte die Funken der Sonne. Ich horche auf Laures Atem, der langsam und regelmäßig ist, und ich weiß, daß auch sie die Augen offen hat. Wovon träumt sie? Ich denke, daß wir alle auf einem Schiff sind, das nach Norden segelt, zur Insel des unbekannten Korsaren. Dann bin ich plötzlich in eine der tiefen Schluchten der Rivière Noire versetzt, drüben in Mananava, dort, wo der Wald dunkel und undurchdringlich ist und wo man manchmal die Seufzer des Riesen Sacalavou hört, der in den Tod sprang, um den weißen Pflanzern zu entkommen. Der Wald ist voller Verstecke und Gifte, er hallt wider vom Geschrei der Affen, und über mir zieht vor der Sonne der weiße Schatten der Tropikvögel. Mananava, das ist der Land der Träume.

Die Tage, die uns zum Freitag, dem 29. April führen, sind lang. Sie sind zusammengeschweißt, als wären sie ein einziger langer Tag, der nur von Nächten und von Träumen unterbrochen wird, fern der Wirklichkeit, schon in die Erinnerung eingegangen in dem Augenblick, als ich ihn erlebe, und ich kann nicht begreifen, was diese Tage mit sich tragen, diese Schicksalsfracht. Wie könnte ich es wissen, ich habe doch keine Orientierungspunkte. Nur die Tourelle, die ich zwischen den Bäumen in der Ferne ausmache, denn sie ist mein Ausguck, von dem aus ich das Meer sehen kann und auf der anderen Seite die Felszacken der Trois Mamelles und das Rempart-Gebirge, die Grenzwachen dieser Welt.

Die Sonne brennt seit Tagesanbruch, dörrt die rote Erde entlang des Grabens aus, den die vom blauen Blechdach stürzenden Regenfälle ausgewaschen haben. Es waren die Februargewitter gekommen mit ihrem Nordost-Wind, der über die Berge herwehte, dem Regen, der die Hügel und die Aloepflanzungen gefurcht hat, und die Sturzbäche, die einen großen Fleck in das Blau der Lagunen machten.

Mein Vater steht bereits seit dem frühen Morgen im Schutz der Veranda und betrachtet den Regenvorhang, der über die Felder herankommt und die Gipfel drüben am Mont Machabé und am Brise-Fer einhüllt, wo der Stromgenerator ist. Wenn die aufgeweichte Erde in der Sonne schimmert, setze ich mich auf die Verandastufen und knete für Mam kleine Figuren aus Schlamm: einen Hund, ein Pferd, Soldaten und ein Schiff mit Masten aus Zweigen und Segeln aus Blättern.

Mein Vater fährt oft nach Port Louis, und von dort mit dem Zug nach Floréal, wo er meine Tante Adelaide besucht. Bei ihr soll ich im nächsten Jahr wohnen, wenn ich ins Collège Royal eintrete. Das alles interessiert mich kaum. Es ist eine Drohung, die hier auf der Welt des Boucan lastet wie ein unbegreifliches Gewitter.

Ich weiß, daß ich hier lebe, nirgends sonst. In dieser Landschaft, die ich schon seit so langer Zeit unermüdlich erforsche, und wo ich jede Mulde kenne, jeden Schattenfleck, jedes Versteck. Und immer ist hinter mir der dunkle Abgrund der Klamm an der Rivière Noire, die geheimnisvolle Schlucht von Mananava.

Es gibt auch abendliche Verstecke, den Baum des Guten und Bösen, wohin ich mit Laure gehe. Wir kauern uns auf die Hauptäste, lassen die Beine baumeln und bleiben dort, ohne miteinander zu sprechen, beobachten, wie das Licht unter der Dichte des Laubwerks schwindet. Wenn gegen Abend der Regen einsetzt, lauschen wir dem Geräusch der Tropfen auf den großen Blättern wie einer Musik.

Wir haben noch ein Versteck. Es ist eine Schlucht, auf deren Grund ein dürftiger Bach fließt, der später in den Boucan mündet. Die Frauen kommen manchmal her, um ein Stück bachabwärts zu baden, oder auch eine Herde Zicklein, die ein kleiner Junge vor sich hertreibt. Laure und ich, wir gehen auf den Grund der Schlucht, bis zu einer Felsplatte und einer alten Tamarinde, die sich über die Leere beugt. Rittlings auf dem Stamm kriechen wir bis zu den Ästen, und dort bleiben wir, den Kopf an das Holz gelehnt, träumen dem Wasser nach, das auf dem Grund der Schlucht über die Lavasteine rinnt. Laure glaubt, es gibt Gold im Bach und deshalb kämen die Frauen hierher zum Wäschewaschen, in der Hoffnung, im Gewebe ihrer Kleider kleine Goldkörnchen zu finden. Und wir beobachten in einem fort das fließende Wasser und suchen die Sonnenreflexe im schwarzen Sand auf den Stränden. Wenn wir hier sind, denken wir an nichts mehr, wir fühlen die Bedrohung nicht mehr. Wir denken nicht mehr an Mams Krankheit, nicht an das fehlende Geld, nicht an Onkel Ludovic, der unseren Grund und Boden für seine Plantagen aufkauft. Und deshalb gehen wir zu diesen Verstecken.

Bei Tagesanbruch ist mein Vater mit dem Pferdewagen nach Port Louis gefahren. Ich bin sofort in die Felder hinausgelaufen, zuerst nach Norden, um die Berge zu sehen, die ich liebe, dann habe ich Mananava den Rücken gekehrt, und gehe jetzt in Richtung Meer. Ich bin allein. Laure kann nicht mitkommen, weil sie unpäßlich ist. Es ist das erste Mal, daß sie mir das sagt, daß sie von dem Blut spricht, das den Frauen alle Mondzeiten kommt. Danach wird sie nie wieder davon sprechen, als hätte sie sich hinterher geschämt. Ich erinnere mich, wie sie damals aussah, ein kleines, blasses Mädchen mit langem schwarzem Haar, trotziger Miene, dieser schönen, sehr geraden Stirn, die sie der Welt geboten hat, und etwas, das sie bereits verändert, das sie fernrückt, das sie fremd macht. Laure, auf der Veranda stehend, in ihrem langen hellblauen Baumwollkleid, die Ärmel über den mageren Armen hochgerollt, und ihr Lächeln, als ich weggehe, scheint zu sagen: Ich bin die Schwester des Waldmenschen.

Ich laufe ohne anzuhalten bis zum Fuß der Tourelle, ganz nah am Meer. Ich will nicht mehr zum Strand der Rivière Noire, auch nicht in die Bucht von Tamarin, wegen der Fischer. Seit dem Abenteuer in der Piroge, seit wir, Denis und ich, zur Strafe voneinander getrennt wurden, will ich nirgends mehr hin, wo wir früher zusammen hingingen. Ich steige auf die Tourelle oder auf die Etoile, in die Verstecke im Dickicht, und betrachte das Meer und die Vögel. Nicht einmal Laure weiß, wo ich zu finden bin.

Ich bin allein, und ich rede laut mit mir selbst. Ich stelle die Fragen und gebe die Antworten, so zum Beispiel:

»Komm, setzen wir uns dorthin?

Wo?

Dort drüben, auf den flachen Felsen.

Suchst du jemanden?

Nein, nein, kleiner Mann, ich spähe aufs Meer.

Willst du die Brachvögel sehen?

Schau, dort fährt ein Schiff. Siehst du seinen Namen?

Ich kenne es, es heißt Argo. Es ist mein Schiff, es kommt mich abholen.

Willst du weg von hier?

Ja, ich gehe bald weg von hier. Morgen oder übermorgen gehe ich weg von hier...«

Ich bin auf der Etoile, als der Regen einsetzt.

Das Wetter war schön, die Sonne brannte mir durch die Kleider auf meine Haut, die Schlote rauchten in der Ferne, in den Zuckerrohrfeldern. Ich betrachte die Weite des dunkelblauen wilden Meers jenseits der Riffe.

Der Regen naht, fegt von Port Louis her über das Meer, ein großer grauer halbkreisförmiger Vorhang, der blitzschnell auf mich zukommt, so jäh, daß ich nicht einmal daran denke, Schutz zu suchen. Ich bleibe mit klopfendem Herzen auf dem Felsvorsprung stehen. Es gefällt mir, den Regen herankommen zu sehen.

Anfangs geht kein Wind. Alle Geräusche sind verstummt, als hielten die Berge den Atem an. Auch davon habe ich Herzklopfen, von dieser Stille, die den Himmel leert, die alles lähmt. Mit einem einzigen Satz springt der kalte Wind mich an, bricht durch das Laubwerk. Ich sehe die Wogen über die Zuckerrohrfelder laufen. Der Wind wirbelt, umzingelt mich in Böen, so daß ich mich auf dem Felsen zusammenkauern muß, um nicht umgestoßen zu werden. Drüben an der Rivière Noire sehe ich genau das gleiche: den großen dunklen Vorhang, der auf mich zu galoppiert, Meer und Erde bedeckt. Jetzt begreife ich, daß ich von hier weg muß, sehr schnell. Das ist kein gewöhnlicher Regen, das ist ein Sturm, ein Orkan, wie der, den wir im Februar hatten und der zwei Tage und zwei Nächte gedauert hat.

Aber heute herrscht auch noch diese Stille, wie ich sie noch nie erlebt habe. Trotzdem rühre ich mich nicht von der Stelle. Ich kann den Blick nicht von dem großen grauen Vorhang losreißen, der in rasendem Tempo über das Tal, über das Meer herankommt, die Hügel schluckt, die Felder, die Bäume. Schon verdeckt der Vorhang die Saum-Riffe. Dann verschwinden das Rempart-Gebirge, die Trois Mamelles. Die dunkle Wolke ist über sie hingezogen und hat sie weggewischt. Jetzt fegt sie die Bergflanke hinab auf den Tamarin und die Boucan-Senke zu. Ich denke sofort an Laure, an Mam, die allein im Haus sind, und die Sorge reißt mich weg vom Schauspiel des heranpreschenden Regens. Ich springe vom Felsen, und ich laufe, so schnell ich kann, den Hang der Etoile hinunter, ohne zu zögern durchs Gestrüpp, das mir Gesicht und Beine zerkratzt. Ich renne, als wäre mir eine Meute tollwütiger Hunde auf den Fersen, als wäre ich ein Hirsch, der aus einem »Gehege« ausgebrochen ist. Instinktiv finde ich alle Abkürzungen, ich renne ein ausgetrocknetes Bachbett hinunter, das nach Osten führt, und im Nu bin ich in Panon.

Jetzt schlägt der Wind auf mich ein, die Regenwand stürzt über mir zusammen. Niemals habe ich etwas Ähnliches verspürt. Das Wasser hüllt mich ein, rinnt über mein Gesicht, dringt mir in den Mund, in die Nase. Ich ersticke, ich bin blind, ich taumle im Wind. Das Dröhnen vor allem ist erschreckend. Ein tiefes, schweres Dröhnen, das in der Erde nachhallt, und ich glaube, daß die Berge einstürzen. Ich wende dem Sturm den Rücken zu, ich krieche auf allen vieren durch die Büsche. Abgerissene Äste peitschen durch die Luft, sausen wie Pfeile. Ich kaure mich an den Fuß eines großen Baumes, berge den Kopf in den Armen und warte. Im nächsten Moment ist die Sturmbö vorüber. Der Regen fällt in Strömen, aber ich kann mich aufrichten, Atem schöpfen, sehen, wo ich bin. Das Dickicht am Rand der Schlucht ist niedergewalzt. Ganz in der Nähe ist ein großer Baum, wie der, unter dem ich Schutz fand, umgestürzt, seine Wurzeln klammern sich noch an die rote Erde. Ich setze auf gut Glück meinen Weg fort, und plötzlich sehe ich in einem kurzen Augenblick der Windstille den Hügel Saint-Martin, die Ruinen der ehemaligen Zuckerfabrik. Da gibt es kein Zögern mehr: dort muß ich Zuflucht suchen.

Ich kenne diese Ruinen. Ich habe sie oft gesehen, wenn ich mit Denis über die Brachfelder lief. Er hat nie hineingewollt, er sagt, es ist das Haus von Muna Muna, dort wird die »Teufelstrommel« geschlagen. In dem alten Gemäuer drücke ich mich unter einem Gewölberest in die Ecke. Meine durchnäßten Kleider kleben mir an der Haut, ich zittere vor Kälte, auch vor Angst. Ich höre die Sturmböen über das Tal näherkommen. Sie hören sich an wie ein Riesentier, das sich über die Bäume legt, Gesträuch und Äste zermalmt, die Stämme knickt wie Strohhalme. Die Wassersäulen rücken über den Boden an, umrunden die Ruinen, stürzen sich in die Schlucht. Die Wildbäche sind plötzlich da, als seien aus dem Boden Quellen entsprungen. Das Wasser rast dahin, teilt sich, bildet Knoten, Wirbel. Es gibt nicht mehr Himmel und Erde, nur noch diese flüssige Masse und den Wind, die gemeinsam Bäume und roten Schlamm mit sich reißen. Ich blicke geradeaus vor mich hin und hoffe, durch die Wasserwand hindurch den Himmel zu erspähen. Wo bin ich? Die Ruinen von Panon sind vielleicht alles, was noch auf der Erde übrig ist, die Sintflut hat vielleicht die ganze Welt ertränkt. Ich möchte beten, aber meine Zähne schlagen aufeinander, und mir fallen nicht einmal mehr die Worte ein.

Ich erinnere mich nur noch an die Geschichte von der Sintflut, die Mam uns aus dem großen roten Buch vorgelesen hat, wie das Wasser auf die Erde niederprasselte und alles, sogar die Berge, bedeckt hat, und das große Schiff, das Noah gebaut hatte, um sich zu retten, und in das er von jeder Tierart je ein Paar hineingetan hat. Aber ich, wie könnte ich ein Schiff bauen? Wenn Denis hier wäre, vielleicht könnte er eine Piroge machen oder ein Floß aus Baumstämmen. Und warum sollte Gott die Erde wiederum bestrafen? Weil die Menschen verstockt sind, wie mein Vater sagt, und weil sie sich von der Armut der Plantagenarbeiter mästen? Und dann denke ich an Laure und an Mam in dem verlassenen Haus, und die Sorge packt mich so fest, daß ich kaum atmen kann. Was ist aus ihnen geworden? Der wütende Wind, die flüssige Mauer haben sie vielleicht verschlungen, fortgerissen, und ich stelle mir Laure vor, wie sie in dem Schlammstrom um sich schlägt, sich an Baumästen festzuhalten sucht, auf die Schlucht zutreibt. Trotz der Windböen und der Entfernung stehe ich auf, ich schreie: »Laure!... Laure!«

Aber ich sehe ein, daß es keinen Sinn hat, das Geräusch von Wind und Wasser übertönt meine Rufe. Nun kauere ich mich wieder dicht an die Mauer, das Gesicht zwischen den Armen, und das Wasser, das mir über den Kopf rinnt, mischt sich mit meinen Tränen, denn ich fühle eine ungeheuere Verzweiflung, eine dunkle Leere, die mich verschlingt, ohne daß ich etwas dagegen tun könnte, und ich kippe, auf den Fersen hokkend, seitwärts auf die flüssige Erde.

Ich bleibe lange regungslos liegen, während der Himmel über mir sich verändert und die Wasserwände sich wie Wellen heranwälzen. Endlich läßt der Regen nach, der Wind wird schwächer. Ich stehe auf, setze mich in Marsch, meine Ohren sind noch taub von dem Getöse, das jetzt aufgehört hat. Der Himmel ist im Norden aufgerissen, und ich sehe den Umriß des Rempart-Gebirges auftauchen, die Trois Mamelles. Nie sind sie mir so schön erschienen. Mein Herz schlägt heftig, als wären sie Freunde, die ich verloren und wiedergefunden habe. Sie sind unwirklich, tiefblau inmitten der grauen Wolken. Ich sehe jede Einzelheit ihrer Gestalt, jeden Felsen. Der Himmel rings um sie ist unbewegt, hängt tief ins Tamarin-Tal, aus dem langsam noch mehr Felsen, noch mehr Hügel auftauchen. Ich drehe mich um und sehe auf dem Wolkenmeer die Inseln der nahen Hügel: die Tourelle, den Mont Terre Rouge, den Brise-Fer, den Morne Sec. Dahinter, von einer unglaublichen Sonne beleuchtet, den Grand Morne.

Das alles ist so schön, daß ich stehenbleibe. Lange betrachte ich die verheerte Landschaft, an der die Wolkenfetzen hängen. Drüben bei den Trois Mamelles, vielleicht über Cascades, steht ein wundervoller Regenbogen. Wenn nur Laure hier wäre und das alles sehen könnte. Sie sagt, die Regenbogen sind die Straßen des Regens. Der Regenbogen ist gewaltig, im Westen stützt er sich auf den Fuß der Berge und schwingt sich bis jenseits der Gipfel nach Floréal oder nach Phoenix. Die dicken Wolken rollen noch immer heran. Aber plötzlich sehe ich in einem Spalt über mir den Himmel von reinem blendendem Blau. Jetzt ist es, als machte die Zeit einen Sprung nach rückwärts, kehrte ihren Lauf um. Noch vor ein paar Augenblicken war es Abend, das Licht erlosch, aber ein endloser Abend, der ins Nichts führte. Und jetzt sehe ich, daß es gerade Mittag ist, die Sonne steht im Zenit, und ich fühle ihre Wärme und ihr Licht auf Gesicht und Händen.

Ich laufe durchs nasse Gras, den Hügel hinunter auf das Boucan-Tal zu. Überall ist der Boden überschwemmt, die Bäche quellen über von rotem und ockerfarbenem Wasser, geknickte Bäume liegen auf meinem Weg. Aber ich achte nicht darauf. Es ist vorbei, das ist alles, was ich denke, alles ist vorbei, denn der Regenbogen ist erschienen, um den Frieden mit Gott zu besiegeln.

Als ich bei unserem Haus ankomme, lähmt mich die Besorgnis. Der Garten, das Haus sind unversehrt. Nur die Allee ist übersät mit Laub und abgebrochenen Ästen, Schlammpfützen, wohin man tritt. Aber das Sonnenlicht glänzt auf dem hellen Dach, auf den Blättern der Bäume, und alles scheint neuer, jünger.

Laure steht auf der Veranda. Sobald sie mich sieht, ruft sie: »Alexis!…« Sie läuft mir entgegen, drückt sich an mich. Mam ist auch da, sie steht vor der Tür, blaß, beunruhigt. Vergebens sage ich zu ihr: »Es ist vorbei, Mam, alles ist vorbei, es kommt keine zweite Sintflut!« Ich sehe sie nicht lächeln. Jetzt erst denke ich an unseren Vater, der in die Stadt gefahren ist, und mir wird ganz elend. »Aber er kommt doch jetzt gleich? Er kommt doch?« Mam drückt meinen Arm, sie sagt mit ihrer belegten Stimme: »Ja, natürlich kommt er…« Aber sie kann ihre Unruhe nicht verbergen, und ich muß ihre Hand mit aller Kraft drücken und wiederholen: »Es ist vorbei, jetzt haben wir nichts mehr zu befürchten.«

Wir bleiben alle drei auf der Veranda, eng aneinandergedrückt, und spähen hinaus in den Garten, hinauf zum Himmel, wo sich aufs neue große schwarze Wolken zusammengeballt haben. Wieder herrscht diese seltsame, drohende Stille, die rings um uns auf dem Tal lastet, als wären wir allein auf der Welt. Capt'n Cooks Hütte ist leer. Er ist heute früh mit seiner Frau nach Rivière Noire aufgebrochen. Von den Feldern hört man keinen Ruf, kein Wagengeräusch.

Und die Stille dringt in uns ein, erfüllt uns ganz, diese drohende, diese Todesstille, die ich nie werde vergessen können. Keine Vögel in den Bäumen, keine Insekten, nicht einmal das Rascheln des Winds in den Kasuarinen. Die Stille ist stärker als die Geräusche, verschluckt sie, und alles rings um uns leert sich, vergeht. Wir bleiben regungslos auf der Veranda stehen. Ich zittere in meinen durchnäßten Kleidern. Wenn wir sprechen, klingen unsere Stimmen seltsam in der Ferne wider, und unsere Worte verschwinden sofort.

Dann kommt das Brüllen des Orkans über das Tal, wie eine

Herde, die über die Pflanzungen und das Dickicht rast, und ich höre auch das Donnern des Meeres, erschreckend nah. Wir verharren wie versteinert auf der Veranda, und ich fühle die Übelkeit in meiner Kehle aufsteigen, weil ich begreife, daß der Orkan nicht vorbei ist. Wir waren im Auge des Zyklons, dort, wo alles ruhig und still ist. Jetzt höre ich den Wind, der vom Meer herkommt, den Südwind, und immer lauter den mächtigen Leib des wütenden Tiers, das alles auf seinem Weg vernichtet.

Dieses Mal fehlt die Regenwand, der Wind kommt allein. Ich sehe in der Ferne die Bäume schwanken, die Wolken nähern sich wie Rauchfahnen, lange Rußfetzen, mit violetten Flecken besät. Vor allem der Himmel ist furchterregend. Er bewegt sich blitzschnell, reißt auf, schließt sich wieder, und ich habe den Eindruck, vorwärtszugleiten, zu fallen.

»Schnell! Schnell, Kinder!«

Mam hat endlich etwas gesagt. Ihre Stimme ist heiser. Aber es ist ihr gelungen, den Bann zu brechen, unsere schaudernde Faszination angesichts des Himmels, der sich selber vernichtet. Mam zieht uns mit sich, stößt uns ins Haus, in das Eßzimmer mit den geschlossenen Fensterläden. Sie sichert die Tür mit den Haken. Das Haus ist voll Schatten. Es ist wie in einem Schiffsbauch, wo wir auf den näherkommenden Sturm lauschen. Trotz der drückenden Hitze zittere ich vor Kälte, vor Bangigkeit. Mam bemerkt es. Sie geht in ihr Schlafzimmer, um eine Decke zu holen. Während sie weg ist, fällt der Wind über das Haus her wie eine Lawine. Laure preßt sich an mich, und wir hören die Planken knirschen. Die abgerissenen Äste schlagen an die Hauswände, Steine knallen an die Fensterläden und an die Tür.

Durch die Spalten der Fensterläden sehen wir, wie mit einem Schlag das Tageslicht erlischt, und ich begreife, daß die Wolken aufs neue die Erde bedecken. Dann stürzt das Wasser vom Himmel, peitscht gegen die Rückwand der Veranda. Es dringt unter der Tür durch und durch die Fensterritzen, überschwemmt den Fußboden rings um uns in dunklen, blutfarbenen Bächen. Laure starrt auf das Wasser, das auf uns zukommt, um den großen Tisch und die Stühle fließt. Mam kommt zurück, und ich erschrecke so sehr über ihren Blick, daß ich die Decke nehme, um den Spalt unter der Tür zuzustopfen, aber das Wasser durchtränkt sie sofort und dringt erneut ein. Das Geheul des Windes draußen ist ohrenbetäubend, und wir hören auch das unheilverkündende Knistern des Gebälks, das Aufkrachen der losgerissenen Schindeln. Der Regen strömt jetzt in den Dachboden, und ich denke an unsere alten Zeitschriften, unsere Bücher, an alles, was wir so sehr lieben und was er zerstören wird. Der Wind hat die Dachluken eingedrückt und rast heulend durch den Speicher, zertrümmert die Möbel. Mit Donnergetöse reißt er einen Baum um, der die Südfront des Hauses sprengt, es aufschlitzt. Wir hören, wie die Veranda zusammenbricht. Mam zieht uns aus dem Eßzimmer, gerade in dem Augenblick, als ein riesiger Ast durch eines der Fenster kracht.

Der Wind fährt durch die Öffnung wie ein wütendes und unsichtbares Tier, und einen Moment lang habe ich den Eindruck, daß der Himmel auf das Haus herabgefahren ist, um es zu zermalmen. Ich höre das Krachen der zerschellenden Möbel, der splitternden Scheiben. Mam zieht uns, ich weiß nicht wie, auf die andere Seite des Hauses. Wir flüchten uns ins Arbeitszimmer meines Vaters, und dort bleiben wir, alle drei an die Wand gepreßt, wo die Karte von Rodriguez und der große Himmelsplan hängen. Die Fensterläden sind geschlossen, aber der Sturm hat trotzdem die Scheiben zerbrochen und jagt seine Fluten über den Fußboden, über den Schreibtisch, über die Bücher und Papiere unseres Vaters. Laure versucht ungeschickt, ein paar Papiere zu bergen, kauert sich aber entmutigt wieder nieder. Vor den Spalten der Fensterläden ist der Himmel so dunkel, daß man glauben könnte, es sei Nacht. Der Wind saust ums Haus, wirbelt gegen die Barriere der Berge. Und unaufhörlich das Krachen der Bäume, die rings um uns niederstürzen. »Beten wir«, sagt Mam. Sie verbirgt das Gesicht in den Händen. Laures Gesicht ist bleich. Sie blickt starr zum Fenster, und ich versuche, an den Erzengel Gabriel zu denken. An ihn denke ich immer, wenn ich Angst habe. Er ist groß, in Licht gehüllt und mit einem Schwert bewaffnet. Kann es sein, daß er uns schuldig befunden, dem Wüten von Himmel und Meer ausgeliefert hat? Das Licht wird immer noch schwächer. Das Geräusch des Windes ist rauh, durchdringend, und ich fühle, wie die Mauern des Hauses beben. Holzplanken lösen sich von der Veranda, die Schindeln sind vom Dach gerissen. Äste wirbeln vor den Fenstern herum wie Grashalme. Mam drückt uns fest an sich. Sie betet nicht, auch sie nicht. Sie blickt mit starren, erschreckenden Augen, während das Brüllen des Sturms unsere Herzen erzittern läßt. Ich denke an nichts, ich kann nichts mehr sagen. Selbst wenn ich sprechen wollte, wäre der Lärm so stark, daß Mam und Laure mich nicht hören könnten. Ein unaufhörliches Zerreißen bis ins Innere der Erde, eine Woge, die langsam, unerbittlich über uns hereinbricht.

Es dauert lange, und wir fallen durch den aufgerissenen Himmel, durch die geöffnete Erde. Ich höre das Meer, wie ich es noch nie zuvor gehört habe. Es hat die Korallenbarriere überwunden und steigt die Flußmündungen hinauf, stößt die überquellenden Sturzbäche vor sich her. Ich höre das Meer im Sturm, ich kann mich nicht mehr bewegen: für uns ist alles zu Ende. Laure hält sich mit den Händen die Ohren zu und lehnt schweigend an Mam. Mam hält die geweiteten Augen auf das dunkle Viereck des Fensters gerichtet, als wolle sie die Wut der Elemente draußen in Schach halten. Unser armes

Haus wird in den Grundfesten erschüttert. An der Südseite ist ein Teil des Daches weggerissen. Die Wasserwirbel und der Wind verwüsten die offenliegenden Räume. Auch die Holzverkleidung des Arbeitszimmers kracht in allen Fugen. Vorhin habe ich durch das Loch, das der Baum gerissen hat, Capt'n Cooks Hütte in der Luft herumfliegen sehen wie ein Spielzeug. Ich habe auch gesehen, wie sich die große Bambushecke bis zum Boden neigte, als drückte eine unsichtbare Hand sie hinunter. Ich höre in der Ferne den Wind, der gegen den Wall der Berge anrennt, und sein Donnergrollen verbindet sich mit dem Tosen des Meers, das die Flüsse hinaufsteigt.

In welchem Augenblick wurde mir klar, daß der Wind nachgelassen hat? Ich weiß es nicht. Noch ehe das Toben des Meers und das Krachen der Bäume aufhören, ist in mir, das weiß ich, irgend etwas frei geworden. Ich habe geatmet, der Reif, der um meine Schläfen gezwängt war, hat sich gelöst.

Dann hat sich der Wind mit einem Schlag gelegt, und wieder ist eine große Stille um uns gewesen. Man hörte nur überall das Rieseln des Wassers, auf dem Dach, in den Bäumen und sogar im Haus, Tausende fließende Bäche. Die Bambusstauden knisterten. Das Tageslicht ist allmählich zurückgekehrt, und es war das sanfte und warme Licht der Dämmerung. Mam hat die Fensterläden geöffnet. Wir sind im Zimmer geblieben, wagten nicht, uns zu bewegen, preßten uns aneinander und blickten durch das Fenster auf die Silhouetten der Berge, die aus den Wolken auftauchten, und sie waren wie vertraute und tröstliche Menschen.

In diesem Augenblick hat Mam zu weinen angefangen, weil sie am Ende ihrer Kraft war und plötzlich, in dieser Stille, den Mut verloren hat. Laure und ich, wir weinen jetzt auch, daran erinnere ich mich, ich glaube, nie mehr habe ich so geweint wie damals. Danach haben wir uns auf den Fußboden gelegt und geschlafen, eng umschlungen wegen der Kälte.

Die Stimme unseres Vaters hat uns bei Tagesanbruch geweckt. Ist er in der Nacht gekommen? Ich erinnere mich an sein verstörtes Gesicht, an seine schlammverkrusteten Kleider. Jetzt erzählt er, wie er, auf dem Höhepunkt des Orkans, aus dem Wagen gesprungen ist und sich in einen Graben neben der Straße gelegt hat. Dort ist das Unwetter über ihn hinweggefegt, hat Wagen und Pferd fortgerissen, man weiß nicht, wohin. Er hat unerhörte Dinge gesehen, Schiffe, die ins Landesinnere geschleudert wurden, bis ins Geäst der Bäume im Park der Intendantur. Das angeschwollene Meer, das die Flußmündungen überflutet und die Menschen in ihren Hütten ertränkt hat. Überall der Sturm, der alles umstürzte, der die Dächer von den Häusern riß, die Schornsteine der Zukkerfabriken knickte und die Schuppen zerstörte, der die Hälfte von Port Louis verwüstete. Als er wieder aus seinem Graben herauskonnte, hat er für die Nacht in einer Negerhütte in der Nähe von Medina Unterschlupf gesucht, weil die Straßen überschwemmt waren. Bei Tagesanbruch hat ein Inder ihn in seinem Karren bis nach Tamarin Estate mitgenommen, und um zum Boucan zu kommen, hat mein Vater den Fluß durchqueren müssen, wo das Wasser ihm bis zur Brust reichte. Er spricht auch vom Barometer. Mein Vater war in einem Büro an der Rempart Street, als das Barometer plötzlich fiel. Er sagt, es war unglaublich, erschreckend. Niemals hat er das Barometer so tief, so jäh fallen sehen. Wie kann der Fall des Quecksilbers so erschreckend sein? Ich begreife das nicht, aber die Stimme meines Vaters, als er davon sprach, ist mir im Ohr geblieben, ich werde sie nie vergessen.

Später herrscht eine Art Fieber, die das Ende unseres Glücks ankündigt. Wir wohnen jetzt im Nordflügel des Hauses, in den einzigen Räumen, die der Orkan verschont hat. Auf der

Südseite ist das Haus zur Hälfte eingestürzt, verwüstet von Wasser und Sturm. Das Dach ist abgedeckt, die Veranda existiert nicht mehr. Was ich auch nicht werde vergessen können, ist der Baum, der ein Loch in die Hauswand geschlagen, der lange schwarze Ast, der den Fensterladen des Eßzimmers durchstoßen hat und immer noch dort steckt, wie die Kralle eines Fabeltiers, das mit Sturmgewalt bei uns angeklopft hat.

Laure und ich, wir haben uns über die schadhafte Treppe bis zum Speicher gewagt. Durch die Löcher im Dach ist das Wasser mit voller Wucht hereingeströmt und hat alles zerstört. Von den Bücher- und Zeitschriftenstapeln sind nur noch ein paar aufgeweichte Blätter übrig. Wir können nicht einmal mehr auf dem Speicher herumgehen, denn der Fußboden ist an mehreren Stellen durchgebrochen, das Gebälk aus den Fugen. Die schwache Brise, die jeden Abend vom Meer herkommt, läßt das ganze Gefüge des baufälligen angeschlagenen Hauses ächzen. Ein Wrack, ja, das scheint unser Haus jetzt zu sein, das Wrack eines gestrandeten Schiffs.

Wir durchstreifen die Umgebung, um das Ausmaß der Katastrophe festzustellen. Wir suchen, was gestern noch da war, die schönen Bäume, die Palmenkohl-Pflanzungen, die Guavebäume, die Mangobäume, die Rhododendren, Bougainvilleen und Hibiskussträucher. Wir bewegen uns taumelnd, wie nach einer langen Krankheit. Überall sehen wir die versehrte, besudelte Erde, mit ihren plattgedrückten Halmen, abgerissenen Ästen und den Bäumen, deren Wurzeln jetzt in den Himmel ragen. Mit Laure gehe ich bis zu den Plantagen hinüber nach Jemen und Tamarin, und überall ist das junge Zuckerrohr abgemäht wie von einer gigantischen Sense.

Sogar das Meer hat sich verändert. Von der Spitze der Etoile aus betrachte ich die Schlammteppiche, die auf der Lagune liegen. An der Mündung der Rivière Noire steht kein Dorf mehr. Ich denke an Denis. Hat er sich retten können?

Laure und ich, wir hocken fast den ganzen Tag auf einer Kreolischen Pyramide inmitten der verwüsteten Felder. Ein seltsamer Geruch liegt in der Luft, ein fader Geruch, den der Wind in Schwaden heranführt. Aber der Himmel ist klar, und die Sonne verbrennt uns Gesichter und Hände wie im Hochsommer. Rings um den Boucan sind die Berge dunkelgrün, sauber, sie erscheinen näher als zuvor. Wir betrachten das alles, das Meer jenseits der Riffe, den funkelnden Himmel, die versehrte Erde, nur so, ohne an irgend etwas zu denken, unsere Augen brennen vor Müdigkeit. Es ist niemand auf den Feldern, niemand geht auf den Wegen.

Die Stille ist auch in unserem Haus. Niemand ist seit dem Orkan zu uns gekommen. Wir essen bloß ein bißchen Reis, trinken dazu heißen Tee. Mam bleibt auf einem Behelfsbett im Arbeitszimmer unseres Vaters liegen, und wir schlafen im Korridor, denn das sind die einzigen Räume, die der Zyklon verschont hat. Eines Morgens begleite ich meinen Vater zum Bassin aux Aigrettes. Schweigend legen wir den Weg über die verwüsteten Ländereien zurück. Wir wissen bereits, was wir finden werden, und das raubt uns die Sprache. Irgendwo am Wegrand sitzt eine alte schwarze *gunny* vor den Resten ihres Hauses. Als wir uns nähern, hebt sie nur ein wenig die klagende Stimme, und mein Vater bleibt stehen, um ihr ein Geldstück zu geben. Als wir am Hafenbecken ankommen, sehen wir sofort, was vom Generator übriggeblieben ist. Die schöne neue Maschine ist umgestürzt, sie liegt halb im schlammigen Wasser. Der Schuppen ist verschwunden, und von der Turbine sind nur noch bis zur Unkenntlichkeit verbogene Blechteile übrig. Mein Vater bleibt stehen, er sagt mit lauter, klarer Stimme ein einziges Wort: »Aus.« Er ist groß und bleich, das Sonnenlicht glänzt auf seinem schwarzen Haar und dem schwarzen Bart. Er nähert sich dem Generator, ohne auf den Schlamm zu achten, der ihm bis zu den Waden reicht. Mit einer fast kindlichen Bewegung versucht er, die Maschine wieder aufzurichten. Dann wendet er sich ab, geht den Pfad zurück. Als er an mir vorübergeht, legt er mir die Hand auf den Nacken, er sagt: »Komm, wir gehen heim.« Dieser Augenblick ist wirklich tragisch, jetzt scheint es mir, daß alles aus ist, für immer, und die Tränen steigen mir in die Kehle und die Augen. Ich marschiere hinter meinem Vater her, den Blick auf seine hohe, magere, gebeugte Gestalt gerichtet.

Während dieser Tage geht alles seinem Ende zu. Laure und ich wissen nichts Bestimmtes, aber das Gefühl der Bedrohung verstärkt sich. Denn jetzt treffen die ersten Nachrichten von draußen ein, sie werden durch die Plantagenarbeiter verbreitet, die *gunnies* von Jemen und Walhalla. Diese Berichte, vielfach wiederholt, aufgebauscht, behaupten, die ganze Insel sei vom Zyklon verwüstet. Port Louis, sagt mein Vater, ist eine Ruinenstadt, wie nach einer Beschießung. Die meisten Holzhäuser wurden zerstört, und ganze Straßenzüge sind verschwunden, die rue Madame, die rue Emmikillen, die rue Poivre. Von der Montagne des Signaux bis zum Champ-de-Mars nur noch Trümmer. Die öffentlichen Gebäude, die Kirchen sind eingestürzt, und die Menschen sind bei den Explosionen lebendig verbrannt. Um vier Uhr nachmittags, erzählt mein Vater, war das Barometer auf dem tiefsten Stand, und der Wind hatte eine Geschwindigkeit von mehr als hundert Meilen in der Stunde erreicht und sogar hundertzwanzig, wie es hieß. Das Meer ist erschreckend gestiegen, hat die Ufer überschwemmt und die Boote sind hundert Meter weit ins Landesinnere geschleudert worden. Am Rempart hat das Meer die Hochwasser des Flusses über die Ufer treten lassen, und die Anwohner sind ertrunken. Die Namen der zerstörten Dörfer bilden eine lange Liste. Beau Bassin, Rose Hill, Quatre Bornes, Vacoas, Phoenix, Palma, Medina, Beaux Songes. In Bassin, auf der anderen Seite der Trois Mamelles, ist das

Dach einer Zuckerfabrik eingestürzt und hat einhundertdreißig Leute, die dort Schutz gesucht hatten, unter sich begraben. In Phoenix wurden sechzig Menschen getötet und weitere in Bambous, in Belle Eau und im Norden der Insel, in Mapou, in Mont Goût, in Forbach. Die Zahl der Opfer steigt mit jedem Tag, Leute, die von den Schlammassen mitgerissen, unter den Häusern begraben, von Bäumen erschlagen wurden. Mein Vater sagt, es sind mehrere hundert Tote, aber in den folgenden Tagen lautet die Zahl tausend, dann tausendfünfhundert.

Laure und ich, wir bleiben den ganzen Tag draußen, verschwunden, in den verwüsteten Bosketts rings ums Haus versteckt, weiter wagen wir uns nicht. Wir besichtigen die Schlucht, wo der Wildbach noch immer tobt, Schlamm und abgebrochene Äste mit sich führt. Oder wir betrachten aus der Krone des Chalta-Baums die verheerten Felder, die von der Sonne beschienen sind. Die Frauen im *gunny* sammeln das junge Zuckerrohr und ziehen es über den schlammigen Boden. Ausgehungerte Kinder stehlen die abgefallenen Früchte und den Palmenkohl in der Nähe unseres Hauses.

Mam wartet schweigend im Haus. Sie liegt im Arbeitszimmer auf dem Fußboden, trotz der Hitze in Decken gehüllt. Ihr Gesicht glüht im Fieber, und ihre Augen sind gerötet, leuchten mit einem leidenden Glanz. Mein Vater bleibt auf der demolierten Veranda, blickt auf die ferne Linie der Bäume und raucht Zigaretten, er spricht zu keinem.

Später ist Cook mit seiner Tochter zurückgekommen. Er hat ein bißchen von der Rivière Noire erzählt, von zerschellten Booten, zerstörten Häusern. Cook, der sehr alt ist, sagt, daß er so etwas nicht mehr gesehen hat, seit er als Sklave auf die Insel gekommen ist. Damals war der Orkan gewesen, der den Schornstein des Gouverneurpalastes geknickt hat und um ein Haar den Gouverneur Barkly getötet hätte, aber Cook sagt, so schlimm wie diesmal war es nicht. Wir denken, da der alte Cook nicht tot ist, da er zurückgekommen ist, wird alles wieder werden wie zuvor. Aber er hat sich angesehen, was von seiner Hütte übrig war, den Kopf geschüttelt, mit dem Fuß ein paar zerbrochene Planken beiseite geschoben, und dann, noch ehe man es hätte begreifen können, ist er wieder gegangen. »Wo ist Cook?« fragt Laure. Seine Tochter zuckt die Achseln. »Fort, Mamzelle Laure.«

»Und wohin?« »In seine Hütte, Mamzelle Laure.« »Aber er kommt doch wieder?« Laures Stimme klingt beunruhigt. »Wann kommt er wieder?« Die Antwort von Cooks Tochter macht uns das Herz schwer: »Gott weiß, wann, Mamzelle Laure. Vielleicht nie mehr.« Sie ist gekommen, um etwas zu essen und ein bißchen Geld zu holen. Capt'n Cook wird nicht mehr hier wohnen, er wird nie zurückkommen, das wissen wir jetzt.

Nun bleibt Boucan, wie es seit dem Unwetter ist: ein einsamer, weltverlassener Ort. Ein Schwarzer von den Plantagen ist mit seinen Ochsen gekommen, um den Baumstamm auszureißen, der das Eßzimmer aufgeschlitzt hat. Zusammen mit meinem Vater haben wir die Abfälle beseitigt, die im Haus herumliegen: Papiere, Glas, Porzellanscherben, die mit Zweigen und Blättern, mit Schlamm vermischt sind. Mit seinen geborstenen Mauern, der baufälligen Veranda und dem Dach, durch das man den Himmel sehen kann, gleicht unser Haus mehr denn je einem Schiffswrack. Wir selber sind Schiffbrüchige, die sich an dieses Wrack klammern in der Hoffnung, daß alles wieder so werde, wie es früher war.

Um die Sorge zu verscheuchen, die mit jedem Tag wächst, laufen wir, Laure und ich, immer weiter weg, über die Plantagen bis an die Waldgrenze. Täglich machen wir uns auf den Weg, angezogen vom düsteren Tal von Mananava, dort, wo die Tropikvögel leben, die sehr hoch am Himmel kreisen. Aber auch sie sind verschwunden. Ich glaube, der Orkan muß sie mitgerissen und an den Wänden der Schlucht zerschmettert haben, oder er hat sie so weit hinaus über den Ozean getragen, daß sie nicht mehr zurückkehren können.

Jeden Tag suchen wir sie am leeren Himmel. Die Stille im Wald ist schrecklich, als wolle der Sturm wiederkommen.

Wohin gehen? Aber es gibt keine Menschen mehr hier, man hört kein Hundegebell mehr aus den Gehöften, kein Kindergeschrei an den Bächen. Kein Rauch steigt mehr zum Himmel auf. Wir sind auf eine Kreolenpyramide geklettert und suchen den Horizont drüben über Clarence, über Wolmar ab. Keine Rauchsäulen mehr. Im Süden, über der Rivière Noire, ist der Himmel blitzblank. Wir sprechen nicht. Wir bleiben in der prallen Mittagssonne sitzen und spähen auf das ferne Meer, bis uns die Augen weh tun.

Am Abend kehren wir schweren Herzens ins Haus Boucan zurück. Das Wrack ist noch immer da, halb in die noch nasse Erde versunken, in die Ruinen des verwüsteten Gartens. Wir stehlen uns ins Haus, schleichen barfuß über den Fußboden, wo die Erde schon eine knirschende Staubschicht gebildet hat, aber unser Vater hat nicht einmal gemerkt, daß wir fortgewesen sind. Wir sind von unseren langen Streifzügen so ausgehungert, daß wir essen, was wir finden: aufgesammelte Früchte von den Plantagen, Eier, den pappigen Reis auf dem Boden des großen Topfs, den mein Vater jeden Morgen aufs Feuer stellt.

Eines Tages, als wir in der Nähe des Waldes waren, hat Koenig, der Arzt aus Floréal, Mam besucht. Laure sieht auf unserm Rückweg die Radspuren seines Wagens im Schlamm. Ich wage nicht mehr weiterzugehen und warte zitternd, während Laure bis zur Veranda läuft und ins Haus springt. Als ich dann von der Nordseite her ins Haus komme, sehe ich Laure, die Mam fest an sich drückt und den Kopf an ihre Brust legt. Mam lächelt trotz ihrer Mattigkeit. Sie geht zu dem Verschlag, wo der Spirituskocher steht.

Sie will Reis aufwärmen, Tee für uns machen.

»Eßt, Kinder, eßt. Es ist so spät, wo seid ihr gewesen?«

Sie spricht schnell, wie unter einer Beklemmung, aber ihre Freude ist nicht gespielt.

»Wir werden wegziehen, wir verlassen Haus Boucan.«

»Wohin gehen wir, Mam?«

»Ach, ich sollte es euch nicht sagen, es steht noch nicht fest, das heißt, es ist noch nicht endgültig beschlossen. Wir ziehen nach Forest Side. Euer Vater hat ein Haus gefunden, nicht weit von eurer Tante Adelaide entfernt.«

Sie drückt uns beide an sich, und wir empfinden nichts als ihr Glück, wir denken an nichts anderes.

Mein Vater ist wieder in die Stadt gefahren, vermutlich mit Koenig. Er muß den Umzug vorbereiten, das neue Haus in Forest Side. Später habe ich erfahren, was er damals alles unternommen hat, um das Unvermeidliche noch hinauszuschieben. Wie viele Papiere er bei den Wucherern in der Stadt unterschrieb, wie viele Schuldscheine, Hypotheken, Lombardkredite. Alle Ländereien von Boucan, die Brachfelder, das Gartenareal, die Wälder und sogar das Haus selber, alles war verpfändet, verkauft. Es gab keinen anderen Ausweg mehr. Er hatte seine letzte Hoffnung in diese Marotte gesetzt, den Stromgenerator im Bassin aux Aigrettes, der dem ganzen Westteil der Insel den Fortschritt bringen sollte und jetzt nur noch ein schlammbedeckter Schrotthaufen war. Wie hätten wir das begreifen sollen, wir waren ja nur Kinder. Aber es war damals gar nicht nötig, daß wir die Dinge begriffen. Nach und nach ahnten wir alles, was man uns nicht sagte. Als der Orkan ausbrach, wußten wir genau, daß alles schon verloren war. Es war wie die Sintflut.

»Wird Onkel Ludovic hier wohnen, wenn wir ausgezogen sind?« fragt Laure. In ihrer Stimme ist soviel Zorn und Kummer, daß Mam nicht antworten kann. Sie wendet den Blick ab. »Er war es! Er hat das alles getan!« sagt Laure. Ich wünsche mir, daß sie schwiege. Sie ist bleich und zittert, ihre Stimme zittert auch. »Ich hasse ihn!« »Schweig!« sagt Mam. »Du weißt nicht, was du sagst.« Aber Laure will sich nicht beruhigen. Zum erstenmal hält sie Widerpart, als verteidige sie alles, was wir lieben, dieses demolierte Haus, diesen Garten, die großen Bäume, unsere Schlucht und sogar die dunklen Berge dahinter, den Himmel, den Wind, der das Geräusch des Meeres zu uns trägt. »Warum hat er uns nicht geholfen? Warum hat er nichts getan? Warum will er, daß wir fortgehen, damit er unser Haus nehmen kann?« Mam sitzt auf dem Liegestuhl im Schatten der zertrümmerten Veranda, wie früher, wenn sie sich anschickte, uns aus der Heiligen Schrift vorzulesen oder ein Diktat zu geben. Aber heute ist an einem einzigen Tag viel Zeit vergangen, und wir wissen, daß nichts von alledem mehr möglich sein wird. Deshalb schreit Laure, deshalb bebt ihre Stimme, und ihre Augen füllen sich mit Tränen, weil sie sagen will, wie sehr sie leidet: »Warum hat er alle Leute gegen uns aufgebracht, obwohl er nur ein Wort hätte sagen müssen, er ist doch so reich! Warum will er, daß wir weggehen, damit er unser Haus nehmen kann, unseren Garten, und überall Zuckerrohr pflanzen?« »Schweig, schweig doch!« schreit Mam. Ihr Gesicht ist verzerrt vor Zorn, vor Trauer. Laure schreit nicht mehr. Sie steht vor uns, schamerfüllt, die Augen glänzen vor Tränen, und plötzlich dreht sie sich um, springt in den dämmerigen Garten, rennt davon. Ich höre die Zweige auf ihrem Weg knacken, dann die Stille der einbrechenden Nacht. Ich laufe ihr nach: »Laure! Laure! Komm zurück!« Ich suche fieberhaft, finde sie nicht. Dann überlege ich, und ich weiß, wo sie ist, als könnte ich sie durchs

Dickicht sehen. Sie ist in unserem Versteck jenseits des verwüsteten Palmenkohlfeldes, auf dem großen Ast der Tamarinde über der Schlucht, und lauscht dem Rauschen des Wassers zum letzten Mal. In der Schlucht ist das Licht fahl, die Nacht hat bereits begonnen. Einige Vögel sind schon wieder zurückgekehrt, Insekten schwirren.

Laure ist nicht auf den Ast geklettert. Sie sitzt auf einem Felsbrocken neben der Tamarinde. Ihr hellblaues Kleid ist voller Schlamm. Sie ist barfuß.

Als ich herankomme, rührt sie sich nicht. Sie weint nicht. Ihr Gesicht hat den trotzigen Ausdruck, den ich liebe. Ich glaube, sie ist glücklich, daß ich gekommen bin. Ich setze mich zu ihr, ich lege die Arme um sie. Wir sprechen. Wir sprechen nicht von Onkel Ludovic, auch nicht von unserer nahen Abreise, nichts von alledem. Wir sprechen von etwas anderem, von Denis, als würde er wiederkommen, wie früher ausgefallene Sachen mitbringen, ein Schildkrötenei, die Kopffeder eines Wiedehopfs, ein Dodo-Korn oder auch Dinge aus dem Meer, Muschelschalen, Kiesel, Bernstein. Wir sprechen auch von Nada, the Lily, und wir müssen viel darüber sprechen, denn der Orkan hat unsere Zeitschriftensammlung zerstört, hat sie vielleicht bis hinauf in die Berge geweht. Als es richtig Nacht geworden ist, steigen wir wie früher auf den schrägen Stamm und bleiben eine Weile dort liegen, lassen Beine und Arme ins Leere baumeln.

Diese Nacht ist lang, wie die Nächte vor den weiten Reisen. Und der Wegzug aus der Boucan-Senke wird tatsächlich unsere erste weite Reise sein. Wir liegen in unseren Decken auf dem Fußboden, betrachten das Nachtlämpchen, das am Ende des Korridors flackert, und schlafen nicht. Wenn wir eindämmern, so nur für Augenblicke. In der Stille der Nacht hören wir Mams langes weißes Kleid rascheln, wenn sie im leeren

Arbeitszimmer auf und ab geht. Wir hören sie seufzen, und wenn sie sich wieder in den Sessel am Fenster setzt, können wir einschlafen.

Bei Tagesanbruch ist mein Vater zurückgekommen. Er hat aus Port Louis einen Pferdekarren und einen Inder mitgebracht, den wir nicht kennen, einen großen, mageren Mann, der wie ein Matrose aussieht. Mein Vater und der Inder laden die Möbelstücke auf den Karren, die der Orkan übriggelassen hat: ein paar Stühle, Sessel, Tische, einen Schrank, der in Mams Schlafzimmer stand, ihr Messingbett und ihren Liegestuhl. Dann die Schiffskoffer mit den Papieren über den Piratenschatz und Kleider. Für uns ist es kein wirklicher Umzug, denn wir haben nichts mitzunehmen. Alle unsere Bücher, alle unsere Spielsachen sind dem Unwetter zum Opfer gefallen, und die Zeitungsbündel sind verschwunden. Wir haben keine Kleider außer denen, die wir am Leib tragen und die von den langen Streifzügen durchs Dickicht schmutzig und zerrissen sind. Es ist besser so. Was hätten wir mitnehmen können? Unser Gepäck hätte aus dem Garten mit seinen schönen Bäumen bestehen müssen, aus den Wänden unseres Hauses und seinem himmelblauen Dach, der kleinen Hütte Capt'n Cooks, den Hügeln von Tamarin und der Etoile, den Bergen und dem düsteren Mananava-Tal, wo die beiden Tropikvögel leben. Wir stehen in der Sonne herum, während mein Vater die letzten Gegenstände auf dem Karren verstaut.

Kurz vor ein Uhr fahren wir ohne Mittagessen ab. Mein Vater sitzt vorn neben dem Kutscher. Mam, Laure und ich sitzen unter der Plane, zwischen den klappernden Stühlen und den Kisten, in denen das restliche Geschirr scheppert. Wir versuchen nicht einmal, durch die Löcher in der Plane die Landschaft zu sehen, die immer ferner rückt. So brechen wir auf an diesem Mittwoch, dem 31. August, so verlassen wir unsere Welt, denn wir haben nie eine andere gekannt, wir verlieren alles, das große Haus am Boucan, wo wir geboren wurden, die Veranda, auf der Mam uns die Heilige Schrift vorlas, die Geschichte von Jakob und dem Engel, von Moses, der aus dem Wasser gerettet wurde, und diesen wuchernden Garten gleich dem Garten Eden, mit den Bäumen der Intendantur, den Guave- und Mangobäumen, die Schlucht mit der überhängenden Tamarinde, den großen Chalta-Baum des Guten und Bösen, die Sternenallee, die zu jener Stelle am Himmel führt, wo die meisten Lichter sind. Wir ziehen weg, wir verlassen das alles, und wir wissen, daß nichts von alledem mehr dasein wird, denn es ist wie der Tod, eine Reise ohne Wiederkehr.

Forest Side

Jetzt habe ich angefangen, in der Gesellschaft des unbekannten Korsaren zu leben, des *Privateer,* wie mein Vater ihn nannte. Während all dieser Jahre habe ich an ihn gedacht, von ihm geträumt. Er teilte mein Leben, meine Einsamkeit. Im kalten und regnerischen Schatten von Forest Side, dann im Collège Royal von Curepipe lebte ich in Wahrheit mit ihm. Er war der *Privateer,* dieser Mann ohne Gesicht und ohne Namen, der die Meere befahren und mit seinen Freibeutern die portugiesischen, englischen, holländischen Schiffe gekapert hatte, um dann eines Tages zu verschwinden und keine anderen Spuren zu hinterlassen, als diese alten Papiere, diese Karte einer namenlosen Insel und ein Kryptogramm in einer Art Keilschrift.

Das Leben in Forest Side, fern vom Meer, existierte nicht. Seit unserer Vertreibung aus dem Haus am Boucan waren wir nie mehr am Meer gewesen. Die meisten meiner Mitschüler im Collège fuhren in den Ferien mit ihren Familien im Zug hinüber nach Flic en Flac, wo sie ein paar Tage in den »Lagern« verbrachten, oder auf die andere Seite der Insel, nach Mahébourg oder bis nach Poudre d'Or. Manchmal fuhren sie auch auf die Ile aux Cerfs, und dann schilderten sie ausführlich die Überfahrt, ein Fest unter den Palmen, die Mahlzeiten oder Picknicks, zu denen viele junge Mädchen mit hellen Kleidern und Sonnenschirmen kamen. Wir aber waren arm und verreisten nie. Außerdem hätte Mam nicht gewollt. Seit dem Tag des Zyklons haßte sie das Meer, die Hitze, das Fieber. In Forest Side wurde sie wieder gesund, aber sie blieb matt und apathisch. Laure blieb die ganze Zeit bei ihr und kam nicht mehr unter Menschen. Anfangs war sie zur Schule gegangen wie ich, weil sie sagte, sie wolle etwas lernen, damit sie nicht heiraten müsse. Aber wegen Mam mußte sie darauf verzichten. Mam hatte gesagt, sie brauche Laure im Haus. Wir seien so arm, wer würde ihr bei der Hausarbeit helfen? Jemand mußte sie zum Markt begleiten, die Mahlzeiten kochen, saubermachen. Laure sagte nichts. Sie verzichtete auf den Schulbesuch, aber sie wurde bedrückt, schweigsam, düster. Sie lebte nur auf, wenn ich aus dem Collège zurückkam, um die Samstagnacht und den Sonntag zu Hause zu verbringen. Manchmal ging sie mir samstags auf der Route Royale entgegen. Ich erkannte sie schon von ferne, die lange schlanke Gestalt in dem knappen blauen Kleid. Sie setzte keinen Hut auf und trug das schwarze Haar zu einem langen Zopf geflochten und aufgesteckt. Wenn es nieselte, kam sie mit einem großen Schal um Kopf und Schultern, wie eine Inderin.

Sobald sie mich von fern erblickte, rannte sie auf mich zu und rief: »Ali!... Ali!« Sie drückte sich an mich und begann zu sprechen, erzählte eine Menge unwichtiger Dinge, die sie die ganze Woche für sich behalten hatte. Ihre einzigen Freundinnen waren Inderinnen, Frauen, die noch ärmer waren als sie und auf den Hügeln von Forest Side wohnten, und sie brachte ihnen ein bißchen zu essen, alte Kleider, oder schwatzte lange mit ihnen. Vielleicht kam es daher, daß sie ihnen schließlich ein wenig ähnlich sah, mit ihrer schlanken Gestalt, dem langen schwarzen Haar und den großen Schals.

Ich meinerseits hörte ihr kaum zu, weil ich damals an nichts anderes dachte als an das Meer und an den *Privateer*, an seine Fahrten, seine Schlupfwinkel, in Antongil, in Diego Suarez, in Monomotapa, an seine Expeditionen, wie er in Windesschnelle bis nach Kanara in Indien segelte, um den stolzen und schweren Schiffen der holländischen, englischen und französischen Handelskompanien den Weg abzuschneiden. Ich las damals die Bücher, die von den Freibeutern handelten, und ihre Namen und Taten erfüllten meine Phantasie: Avery, genannt der »kleine König«, der die Tochter des Großmoguls bezaubert und geraubt hatte, Martel, Teach, Major Stede Bonnet, der aufgrund »geistiger Verwirrung« Pirat geworden war, Captain England, Jean Rackham, Roberts, Kennedy, Captain Anstis, Taylor, Davis und der berühmt-berüchtigte Olivier Le Vasseur, genannt La Buse, der Bussard, der gemeinsam mit Taylor den Vizekönig von Goa gefangennahm und ein Schiff kaperte, das den sagenhaften Diamantenschatz aus den Schatzkammern von Golkonda mitführte. Aber lieber als alle anderen mochte ich Misson, den Seeräuber-Philosophen, der zusammen mit dem ehemaligen Dominikanermönch Carracioli in Diego Suarez die Republik Libertalia gegründet hatte, wo alle Menschen ungeachtet ihrer Herkunft oder Rasse frei und gleichberechtigt leben sollten.

Mit Laure sprach ich kaum über diese Dinge, denn sie sagte, das alles seien nur Hirngespinste, wie die, die unsere Familie ins Unglück gestürzt hätten. Aber mit meinem Vater teilte ich zuweilen meinen Traum vom Meer und von unbekannten Korsaren, und ich konnte lange die Dokumente über den vergrabenen Schatz betrachten, die mein Vater in einer bleibeschlagenen Schatulle unter dem Tisch verwahrte, an dem er arbeitete. Jedesmal, wenn ich in Forest Side war, betrachtete ich des Abends, eingesperrt in dieses lange, feuchte und kalte Zimmer, beim Schein einer Kerze, die Briefe, Karten und Dokumente, die mein Vater mit Anmerkungen versehen, und die Berechnungen, die er anhand der vom *Privateer* hinterlassenen Hinweise vorgenommen hatte. Ich kopierte die Dokumente und Karten sorgfältig und nahm sie mit ins Collège, um über ihnen zu träumen.

So sind die Jahre vergangen, in einer vielleicht noch größeren Abgeschiedenheit als einst im Haus Boucan, denn das Leben in der Kälte des Collège und seiner Schlafsäle war traurig und demütigend. Da war die Schamlosigkeit der anderen Schüler, ihr Geruch, ihr Kontakt, ihre oft obszönen Scherze, ihre Vorliebe für schmutzige Reden und ihre Sexbesessenheit, alles Dinge, die ich bislang nicht gekannt hatte und die ihren Anfang nahmen, als wir aus dem Haus am Boucan verjagt worden waren.

Und dann die Regenzeit, nicht die heftigen Unwetter wie am Meer, sondern ein feiner monotoner Regen, der tagelang, wochenlang über der Stadt und den Hügeln niederging. In den freien Stunden ging ich, starr vor Kälte, in die Carnegie-Bibliothek und las alle Bücher, in englischer oder französischer Sprache, die ich finden konnte.

Die *Voyages et aventures en deux îles désertes* von François Leguat, *Le Neptune oriental* von d'Après de Mannevillette, die *Voyages à Madagascar, à Maroc et aux Indes Orientales* des Abbé Rochon, und auch Charles Alleaume, Grenier, Ohier de Grandpré, und ich durchblätterte die Zeitungen auf der Suche nach Bildern und Namen, um meinen Traum vom Meer zu nähren.

Nachts sagte ich in der Kälte des Schlafsaals die Namen der Seefahrer auswendig auf, die über die Weltmeere gekreuzt waren, auf der Flucht vor Häschern, auf der Suche nach Illusionen, Wunschträumen, dem unerreichbaren Glanz des Goldes. Immer wieder Avery, Capitaine Martel und Teach, den man Schwarzbart nannte und der auf die Frage, wo er sein Gold versteckt habe, geantwortet hat, daß nur er selber und der Teufel es wüßten und der letzte Überlebende den ganzen Schatz heben werde.

So berichtete Charles Johnson in seiner *General History of the Pyrates*. Captain Winter und sein Adoptivsohn Captain England. Howell Davis, der eines Tages die Route des »Bussard« kreuzte, und da sie beide die schwarze Flagge gehißt hatten, beschlossen sie, sich zu verbünden und fortan gemeinsam zu segeln. Cochlyn der Freibeuter, der ihnen half, die Festung Sierra Leone einzunehmen. Mary Read, die Männerkleider trug, und Anne Bonny, die Frau von Jack Rackham. Tew, der sich mit Misson verbündete und Libertalia verteidigte, Cornelius Camden, John Plantin, der König von Rantabe wurde, John Falemberg, Edward Johner, Daniel Darwin, Julien Hardouin, François Le Frère, Guillaume Ottroff, John Allen, William Martin, Benjamin Melly, James Butter, Guillaume Plantin, Adam Johnson.

Und alle die Reisenden, die einst das grenzenlose Meer befahren und neue Länder erfunden hatten. Dufougeray, Jonchée de la Coleterie, Charles Nicolas Mariette, Capitaine Le Meyer, der vielleicht in nicht allzu großer Entfernung Taylors Piratenschiff vorübersegeln sah, die *Cassandra,* »an fünf bis sechs Millionen reich und von China kommend, wo er diese Schätze geraubt hatte«, sagt Charles Alleaume. Jacob de Bucquoy, der Taylor im Todeskampf beistand und vielleicht dessen letztes Geheimnis erfuhr. Grenier, der als erster die Tschagos-Inseln erforschte, Sir Robert Farquhar, De Langle, der La Pérouse nach Alaska begleitete, oder auch dieser Mann, dessen Namen ich trage, L'Etang, der an einem 20. September des Jahres 1715 die Urkunde über die Besetzung der Insel Mauritius durch Guillaume Dufresne, den Kommandanten der *Chasseur,* gegenzeichnete. Alle diese Namen höre ich in der Nacht, wenn ich mit weit offenen Augen im Dunkel des Schlafsaales liege. Ich träume auch von den Schiffsnamen, den schönsten Namen der Welt, aufgemalt aufs Heck der Segler, die ihre weiße Kielspur über das weite Meer ziehen, auf ewig eingegraben in das Gedächtnis aus Meer, Wind und Himmel. Die *Zodiaque,* die *Fortuné,* die *Vengeur,* die *Victorieux,* die *La Buse* kommandierte, dann die *Galderland,* die er gekapert hatte, Taylors *Défense,* Surcoufs *Revenant,* Camdens *Flying Dragon,* die *Volant,* die Pingré nach Rodriguez trug, die *Amphitrite* und die *Grande Hirondelle,* die der Korsar Le Même befehligte, ehe er auf der *Fortune* den Tod fand. Die *Néréide,* die *Otter* und die *Saphire,* auf denen im September 1809 Rowley und seine Engländer bis zur Pointe aux Galets gelangten, um die Ile de France zu erobern. Und dann noch die Namen der Inseln, sagenhafte Namen, die ich auswendig wußte, kleine Inselchen, auf denen die Forscher und die Korsaren an Land gingen auf der Suche nach Trinkwasser oder Vogeleiern, Höhlen in der Tiefe der Buchten, Verstecke für die Freibeuter, wo sie ihre Städte errichteten, ihre Paläste, ihre Staaten: die Bai von Diego Suarez, die Saint-Augustin und die Antongil-Bai auf Madagaskar, die Insel Sainte-Marie, Foulpointe, Tintingue. Die Komoren, Anjouan, Maheli, Mayotte. Die Inselgruppe der Seychellen und Amiranten, die Inseln Alphonse, Coetivi, George, Roquepiz, Aldabra, Assumption, Cosmoledo, Astove, Saint Pierre, Providence, Juan de Nova, die Tschagos-Gruppe: Diego Garcia, Egmont, Danger, Aigle, Trois Frères, Peros Banhos, Legour, die Cargados Garajos, die wunderbare Insel Saint Bradon, zu der Frauen keinen Zutritt haben; Raphael, Tromelin, Ile du Sable, die Saya de Malha-Bänke, die Nazareth-Bänke, Agalega... Diese Namen hörte ich in der Stille der Nacht, diese so fernen und doch so vertrauten Namen, und noch heute, während ich sie niederschreibe, schlägt mein Herz schneller, und ich weiß nicht mehr, ob ich nicht dort gewesen bin.

Das Leben fand statt, wenn wir, Laure und ich, uns nach einer Woche der Trennung wiedersahen. Ohne auf die Leute unter ihren Regenschirmen zu achten, redeten wir auf dem schlammigen Pfad nach Forest Side, der bis Eau Bleue an den Bahngeleisen entlanglief, von den Tagen am Boucan, unseren Abenteuern in den Zuckerrohrfeldern, vom Garten, der Schlucht, dem Geräusch des Windes in den Kasuarinen. Wir sprachen schnell, und manchmal schien das alles ein Traum gewesen zu sein. »Und Mananava?« sagte Laure. Ich konnte ihr nicht antworten, denn es tat mir in der Seele weh, und ich dachte an die schlaflosen Nächte, in denen ich im Dunkeln, mit offenen Augen dem allzu ruhigen Atem Laures gelauscht und auf das Kommen des Meeres gelauert hatte. Mananava, das düstere Tal, wo der Regen gemacht wird und wohin wir uns nie gewagt hatten. Ich dachte auch an den Seewind, der die beiden sehr weißen Tropikvögel sanft vor sich hertrieb, wie Geister aus der Legende, und ich hörte wieder, zurückgeworfen vom Echo aus dem Tal, ihren heiseren, knarrenden Schrei. Mananava, wo, wie die Frau des alten Cook sagte, die Nachkommen der entlaufenen schwarzen Sklaven hausen, die einst ihre Herren getötet und die Zuckerrohrfelder in Brand gesteckt haben. Dorthin hatte sich auch Sengor geflüchtet, und dort hatte der große Sacalavou sich von einer Klippe gestürzt, um seinen weißen Häschern zu entfliehen. Deshalb, sagte sie, wenn der Sturm losbreche, höre man aus Mananava ein Stöhnen aufsteigen, eine nie verstummende Klage.

Laure und ich erinnerten uns, während wir dahingingen, Hand in Hand wie Liebende. Ich wiederholte das Versprechen, das ich Laure vor sehr langer Zeit gegeben hatte: Wir würden nach Mananava gehen.

Wie hätten die anderen unsere Freunde sein können, unseresgleichen? Niemand in Forest Side kannte Mananava.

Wir haben diese Jahre in einer Armut verlebt, die uns mit der Zeit gleichgültig geworden war. Da wir zu arm waren, um neue Kleider zu kaufen, machten wir keine Besuche, gingen zu keinem Picknick, zu keinem Fest. Laure und ich fanden sogar eine Art Vergnügen an dieser Zurückgezogenheit. Mein Vater hatte, um uns ernähren zu können, eine Arbeit als Buchhalter in einem von Onkel Ludovics Büros an der Rempart Street in Port Louis angenommen, und Laure war empört, daß wir unseren Unterhalt wie ein Almosen von demselben Mann empfingen, der am meisten zu unserem Ruin und zu unserer Vertreibung aus dem Boucan beigetragen hatte.

Aber weit mehr als unter der Armut litten wir unter der Verbannung. Ich erinnere mich an die dunklen Nachmittage im Holzhaus von Forest Side, an die feuchte Kälte der Nächte, das Geräusch des Wassers, das über das Blechdach rieselte. Jetzt gab es für uns das Meer nicht mehr. Nur wenn wir mit unserem Vater im Zug nach Port Louis fuhren oder mit Mam zum Champ-de-Mars spazierten, bekamen wir es von fern zu sehen: eine Fläche, die zwischen den Dächern der Docks und den Baumwipfeln hart in der Sonne glänzte. Aber wir näherten uns ihr nicht. Laure und ich wandten den Blick ab, lieber versengten wir uns die Augen an den kahlen Flanken der Montagne des Signaux.

Damals sprach Mam von Europa, von Frankreich. Obwohl sie dort drüben keine Angehörigen hatte, sprach sie von Paris wie von einer Zuflucht. Wir würden auf dem Passagierdampfer der British India Steam Navigation, der von Kalkutta kam, bis nach Marseille reisen. Zuvor würden wir über den Ozean bis nach Suez fahren, und wir zählten die Städte auf, die wir sehen könnten, Mombasa, Aden, Alexandria, Athen, Genua. Danach würden wir mit der Bahn nach Paris fahren, wo einer unserer Onkel lebte, ein Bruder meines Vaters, der uns nie schrieb und den wir nur als Onkel Pierre kannten, ein unverheirateter Musiker, der, wie mein Vater sagte, ein ebenso schwieriger wie großzügiger Mensch war. Er schickte das Geld für unsere Ausbildung, und nach Vaters Tod unterstützte er auch unsere Mutter. Daher hatte Mam beschlossen, daß wir bei ihm wohnen würden, zumindest in der ersten Zeit, bis wir eine eigene Wohnung fänden. Das Reisefieber hatte sogar meinen Vater erfaßt, der laut von diesem Vorhaben träumte. Ich jedoch konnte weder den unbekannten Korsaren vergessen noch dessen verstecktes Gold. Würde sich dort drüben, in Paris, Platz finden für einen Korsaren?

Dann würden wir in dieser geheimnisvollen Stadt bleiben, wo es so viel Schönes gab, und auch so viele Gefahren. Laure hatte als Fortsetzungsroman *Les Mystères de Paris* (Die Geheimnisse von Paris) gelesen, einen endlosen Roman, der von Banditen, Kindsräubern und Kriminellen berichtet. Doch für Laure wurden diese Gefahren gemildert durch die Zeitungsbilder, die das Champ-de-Mars (das richtige) zeigten, die Vendôme-Säule, die großen Boulevards, die Moden. Während der langen Samstagabende sprachen wir von der Reise, hörten den Regen auf das Blechdach trommeln und das Geräusch der Karren der *gunnies*, die durch den Schlamm des Weges rollten. Laure sprach davon, was wir uns ansehen würden, vor allem den Zirkus, denn sie hatte in den Zeitungen meines Vaters die Abbildungen einer riesigen Zeltkuppel gesehen, unter der Tiger und Löwen Kunststücke aufführten und Mädchen im Bajaderenkostüm auf Elefanten ritten. Mam brachte uns wieder auf ernsthaftere Themen: Wir würden studieren, ich Jura, Laure Musik, wir würden in die Museen gehen, vielleicht die großen Schlösser besuchen. Wir schwiegen oft lang, unsere Phantasie war erschöpft.

Aber das Schönste für Laure und mich war, wenn wir von dem – natürlich fernen – Tag sprachen, an dem wir dann wieder heimkehren würden nach Mauritius, wie diese altgewordenen Abenteurer, die das Land ihrer Kindheit wiedersehen wollen. Eines Tages würden wir dort landen, vielleicht mit demselben Passagierdampfer, mit dem wir weggefahren waren, und wir würden durch die Straßen der Stadt wandern und nichts mehr wiedererkennen. Wir würden in irgendein Hotel in Port Louis gehen, vielleicht in eines am Kai, ins New Oriental oder ins Garden Hotel an der Comedy Street. Oder wir würden in einem Erster-Klasse-Abteil der Eisenbahn nach Curepipe fahren und im Family Hotel absteigen, und niemand würde ahnen, wer wir sind. Ich würde unsere Namen ins Meldebuch eintragen:

Monsieur und Mademoiselle L'Étang
Touristen.

Dann würden wir uns Pferde besorgen und über die Zuckerrohrfelder reiten, nach Westen bis Quinze Cantons und noch weiter, und dann den Weg einschlagen, der zwischen den Trois Mamelles hindurchführt, dann die Straße nach Magenta entlang, und es würde Abend sein, wenn wir am Boucan ankämen, und dort würde sich nichts verändert haben. Dort würde immer noch unser Haus stehen, ein bißchen windschief, seit der Zyklon darüber hinweggefegt war, mit dem himmelblau bemalten First, und Lianen hätten die Veranda überwuchert. Der Garten würde noch verwilderter sein, und noch immer würde nahe der Schlucht der große Chalta-Baum des Guten und Bösen stehen, in dessen Zweigen die Vögel sich zur Nacht sammeln. Ja, wir würden sogar bis an den Saum des Waldes gehen, vor den Zugang nach Mananava, dorthin, wo stets die Nacht beginnt, und am Himmel würden die beiden schaumblanken Weißschwänze langsam über uns kreisen und ihre seltsamen knarrenden Schreie ausstoßen und dann im Schatten verschwinden.

Das Meer würde dasein, der Geruch des Meeres, den der

Wind uns zutragen würde, das Rauschen des Meeres, und wir würden erschauernd seine vergessene Stimme hören, die uns sagen würde: Geht nie mehr fort, geht nie mehr fort... Aber die Reise nach Europa hat nie stattgefunden, denn eines Abends im November, kurz vor Anbruch des neuen Jahrhunderts, starb unser Vater unerwartet an einer Herzattacke. Die Nachricht wurde in der Nacht von einem indischen Boten überbracht. Ich wurde geweckt und aus dem Schlafsaal des Collège in das Büro des Direktors geführt, das erstaunlicherweise um diese Zeit hell erleuchtet war. Man teilte mir schonend mit, was geschehen war, aber ich empfand nichts als eine große Leere. Bei Tagesanbruch brachte man mich mit dem Wagen nach Forest Side, und als ich dort eintraf, fand ich keine Menschenmenge vor, wie ich befürchtet hatte, sondern nur Laure und unsere Tante Adelaide und Mam, bleich auf einen Sessel vor dem Bett hingestreckt, auf dem mein Vater voll angekleidet ruhte. Dieser grausame Tod kurz nach dem Zusammenbruch des Hauses, in dem wir zur Welt gekommen waren, hatte für mich wie für Laure etwas Unfaßbares und Tragisches, wie eine Strafe des Himmels. Mam kam niemals ganz darüber hinweg.

Die erste Folge des Verlusts unseres Vaters war eine noch bedrängtere Lage, vor allem für Mam. Von Europa konnte jetzt nicht mehr die Rede sein. Wir waren Gefangene unserer Insel, ohne Hoffnung, jemals fortzukommen. Ich faßte eine tiefe Abneigung gegen diese kalte und regnerische Stadt, diese Straßen, die von Elendsgestalten wimmelten, diese Karren, die ohne Unterlaß die Zuckerrohrbündel an die Zuckerbahn brachten, und sogar gegen das, was ich einst so sehr geliebt hatte, die endlose Weite der Plantagen, wo der Wind die Wogen vor sich herjagte. Würde ich eines Tages als *gunny* arbeiten müssen, die Zuckerrohrbündel auf die Ochsenkarren laden und sie in den Rachen der Mühle werfen, jeden Tag meines Lebens, ohne Hoffnung, ohne Freiheit? Vielleicht nicht einmal das, sondern noch Schlimmeres. Mein Stipendium am Collège war abgelaufen, ich mußte Arbeit annehmen, und zwar den Platz, den mein Vater in den grauen Büros von W. W. West innegehabt hatte, der Versicherungs- und Exportfirma, die in der mächtigen Hand Onkels Ludovics war.

Nun hatte ich das Gefühl, die Bande zwischen mir, Laure und Mam zu durchschneiden, vor allem das Gefühl, der Boucan und Mananava verschwänden für immer.

In der Rempart Street war eine andere Welt. Ich kam jeden Morgen mit dem Zug an, in Gesellschaft der Laufjungen und der chinesischen und indischen Händler, die zu ihren Läden eilten. Den Wagen erster Klasse entstiegen die besseren Herren, die Geschäftsleute, die Anwälte in ihren dunklen Anzügen, mit Stock und Hut. Dieser Strom trug mich bis zur Tür der Büros von W. W. West, wo mich im warmen Halbdunkel des Kontors die Register und die Stapel von Rechnungen erwarteten. Dort blieb ich bis um fünf Uhr nachmittags, mit einer halbstündigen Essenspause um Mittag. Meine Kollegen gingen gemeinsam zu einem Chinesen in die Rue Royale zum Mittagessen, aber ich begnügte mich damit, aus Sparsamkeit und auch, weil ich lieber allein war, vor dem Lokal des Chinesen ein paar Gewürzkuchen zu knabbern, und manchmal leistete ich mir wie einen Luxus eine Kap-Orange, die ich, auf einem Mäuerchen im Baumschatten sitzend, in Viertel schnitt, während ich die indischen Bäuerinnen beobachtete, die vom Markt nach Hause gingen.

Es war ein Dahinleben ohne Überraschungen, und oft schien es mir, alles das sei nicht wirklich, nur ein Traum, den ich im Wachen träumte, alles, der Zug, die Zahlen in den Kontobüchern, der Staubgeruch in den Büros, die Stimmen der Angestellten von W. W. West, die englisch Sprachen, und diese indischen Frauen, die langsamen Schritts, den leeren Korb auf dem Kopf, unter dem Sonnenlicht über die endlosen Straßen vom Markt heimkehrten.

Aber da waren die Schiffe. Nur ihretwegen ging ich zum Hafen, sooft ich konnte, sooft mir vor Beginn der Arbeitszeit bei W. W. West noch eine Stunde Zeit blieb oder nach fünf Uhr, wenn die Rempart Street leer war. An freien Tagen, wenn die jungen Männer Arm in Arm mit ihren Verlobten durch die Alleen des Champ-de-Mars promenierten, bummelte ich lieber auf den Kais, zwischen Tauwerk und Fangnetzen, um die Fischer reden zu hören und um die Schiffe zu betrachten, die auf dem schmierigen Wasser dümpelten, und mit meinen Blicken die Muster der Takelagen nachzuziehen. Schon damals träumte ich von der großen Fahrt, aber ich mußte mich damit begnügen, die Namen der Schiffe auf den Hecks zu lesen. Manchmal waren es einfache Fischerboote, die nur eine naive Zeichnung trugen: einen Pfau, einen Hahn oder einen Delphin. Ich betrachtete heimlich die Gesichter der Seeleute, alter Inder, Neger, beturbanter Komorianer, die fast regungslos im Schatten der großen Bäume saßen und ihre Zigarren rauchten.

Ich erinnere mich noch heute an die Namen, die ich an den Schiffshecks las. Sie sind meinem Gedächtnis eingeprägt wie die Worte eines Lieds: *Gladys, Essalaarn, Star of the Indian Sea, L'Amitié, Rose Belle, Kumuda, Rupanika, Tan Rouge, Rosalie, Poudre d'or, Belle of the South*. Sie waren für mich die schönsten Namen der Welt, denn sie sprachen vom Meer, erzählten von den langen Wellen der offenen See, von den Riffen, den fernen Archipelen, sogar von den Stürmen. Wenn ich sie las, war ich weit weg vom Festland, von den Straßen der Stadt, vor allem weg vom staubigen Dunkel der Büros und der Kontobücher mit ihren vielen Zahlen.

Einmal ist Laure mit mir zu den Kais gegangen. Wir sind

lange vor den Schiffen hin und her gewandert, unter dem gleichgültigen Blick der Matrosen, die im Schatten der Bäume saßen. Laure hat als erste von meinem heimlichen Traum gesprochen, sie hat mich gefragt: »Wirst du bald mit einem Schiff wegfahren?« Ich habe ein bißchen gelacht, mich über ihre Frage gewundert, als habe Laure nur Spaß machen wollen. Aber sie hat mich angesehen, ohne zu lächeln, die schönen dunklen Augen waren voll Trauer. »Doch, doch, ich glaube, daß du auf irgendeinem dieser Schiffe wegfahren kannst, irgendwohin, wie mit Denis in der Piroge.« Als ich nicht antwortete, hat sie, plötzlich fast vergnügt, gesagt: »Weißt du, ich möchte das auch sehr gern, wegfahren, irgendwohin auf einem Schiff, nach Indien, nach China, nach Australien, egal wohin. Aber das ist ja ganz unmöglich!« – »Denkst du noch an die Reise nach Frankreich?« – »Dorthin möchte ich jetzt nicht mehr«, sagte Laure noch. »Nach Indien, nach China, irgendwohin, aber nicht mehr nach Frankreich.« Sie hat dann nichts mehr gesagt, und wir haben weiter die Schiffe betrachtet, die am Kai vor Anker lagen, und ich, ich war glücklich, ich wußte, warum ich jedesmal glücklich war, wenn ein Schiff die Segel setzte und ins offene Meer entschwand.

Im selben Jahr lernte ich auch Kapitän Bradmer und die *Zeta* kennen. Ich würde mich jetzt gern jeder Einzelheit jenes Tages entsinnen, um sie nochmals zu erleben, denn es ist einer der wichtigsten Tage meines Lebens gewesen.

Es war ein Sonntagmorgen, ich hatte das alte Haus in Forest Side schon bei Tagesanbruch verlassen und war mit dem Zug nach Port Louis gefahren. Ich schlenderte wie üblich die Kais entlang, zwischen den Fischern, die bereits mit ihren prall gefüllten Körben vom Fang zurückkamen. Die Schiffe waren noch naß von der Flut, müde, die Segel hingen an den

Masten, um in der Sonne zu trocknen. Ich hielt mich gern hier auf, wenn sie vom Fischfang hereinkamen und ich die Schiffsrümpfe ächzen hörte, den Geruch des Meeres roch, den sie mitgebracht hatten. Damals zwischen den Fischerbooten, den Küstenfahrern und dem Schwarm der Pirogen habe ich sie gesehen: Sie war ein altes Schiff, mit der schlanken und eleganten Silhouette eines Schoners, zwei leicht nach hinten geneigten Masten und zwei schönen Schratsegeln, die im Wind knatterten. Am langen schwarzen Rumpf mit dem leicht hochgezogenen Bug habe ich ihren seltsamen, in weißen Buchstaben aufgemalten Namen gelesen: *Zeta*.

Inmitten der übrigen Fangflotte wirkte die *Zeta* wie ein Vollblut am Start der Rennbahn, mit ihren blendendweißen großen Segeln und ihrem Takelwerk, das sich vom Marssegel zum Bugspriet spannte. Ich habe lange dagestanden und sie bewundert. Woher kam sie? Würde sie aufs neue ausfahren zu einer, wie ich mir vorstellte, Reise ohne Wiederkehr? Auf Deck stand ein Matrose, ein schwarzer Komorianer. Ich habe mir ein Herz gefaßt und gefragt, woher er komme, und er hat geantwortet: »Agalega.« Als ich fragte, wem das Schiff gehöre, hat er einen Namen genannt, den ich schlecht verstand: »Capt'n Bras-de-Mer«. Vielleicht hat dieser Name die Erinnerung an die Korsarenzeit geweckt, meine Phantasie angeregt, mich zu diesem Schiff hingezogen. Wer war dieser Bras-de-Mer? Wie konnte man an ihn herankommen? Diese Fragen hätte ich dem Matrosen gern gestellt, aber der Komorianer hat sich umgedreht und sich im Heck des Schiffes auf einen Sessel im Schatten der Segel gesetzt.

An jenem Tag bin ich noch mehrmals zurückgekommen, um den am Kai ankernden Schoner zu betrachten, der Gedanke, er könne mit der Abendflut auslaufen, beunruhigte mich. Der komorianische Matrose saß noch immer auf seinem Platz im Schatten des Segels, das im Wind wehte. Gegen drei Uhr nachmittags hat die Flut zu steigen begonnen, und der Matrose hat das Rahsegel gerefft. Dann hat er die Luken sorgfältig mit Schlössern versperrt und ist zum Kai heruntergestiegen. Als er mich wiederum vor dem Schiff stehen sah, hat er haltgemacht, und er hat zu mir gesagt: »Der Kapitän Bras-de-Mer wird jetzt kommen.«

Der Nachmittag ist mir durch das Warten sehr lang geworden. Ich bin lange unter den Bäumen der Intendantur sitzengeblieben, um die brennende Sonne zu vermeiden. Je weiter der Tag fortschritt, desto mehr verlangsamte sich das Treiben der Fischer und Seeleute, und bald war niemand mehr da, außer ein paar Bettlern, die im Schatten der Bäume schliefen oder die Abfälle des Marktes aufsammelten. Mit der Flut kam der Wind vom Meer herein, und ich sah in der Ferne zwischen den Masten den funkelnden Horizont.

In der Dämmerung bin ich wieder zur *Zeta* zurückgegangen. Sie wiegte sich nur leicht in der Dünung an ihrer Verankerung. Eine einfache Planke, die als Fallreep diente, knirschte im Takt des Wellengangs.

Im goldenen Licht des Abends, in der Verlassenheit des Hafens, über den nur ein paar Möwen strichen, beim leisen Geräusch des Windes, der im Takelwerk pfiff, und vielleicht auch wegen des langen Verweilens in der Sonne, wie damals, wenn ich durch die Felder lief, hatte das Schiff etwas Magisches bekommen, mit seinen hohen schrägen Masten, seinen in den Tauen gefesselten Rahen, dem spitzen Pfeil des Bugspriets, das einem Rammsporn glich. Der leere Sessel auf dem funkelnden Deck vor dem Steuerrad machte einen noch seltsameren Eindruck: Es war kein Bordsessel, es war eher ein Bürosessel aus gedrechseltem Holz, wie ich ihn täglich bei W. W. West sah! Und er stand dort im Heck des Schiffes, verwaschen von den Gischten, gezeichnet von den Fahrten über den Ozean!

Die Verlockung war zu groß. Mit einem Sprung habe ich über die Laufplanke gesetzt und stand auf Deck der *Zeta*. Ich bin bis zu dem Sessel gegangen und habe mich vor dem großen hölzernen Steuerrad hingesetzt und gewartet. Ich war so gebannt vom Zauber des Schiffs in der Einsamkeit des Hafens und dem goldenen Licht der untergehenden Sonne, daß ich den Kapitän nicht einmal kommen hörte. Er ist zu mir gekommen und hat mich neugierig betrachtet, ohne böse zu werden, und er hat mit einer komischen Miene zugleich spöttisch und ernst zu mir gesagt:

»Na Monsieur? Wann stechen wir in See?«

Ich erinnere mich noch genau an die Art, wie er mir diese Frage gestellt hat und wie ich übers ganze Gesicht rot geworden bin, weil ich nicht wußte, was ich antworten sollte.

Was habe ich zu meiner Entschuldigung vorgebracht? Ich erinnere mich vor allem an den Eindruck, den der Kapitän damals auf mich gemacht hat, an seine stämmige Gestalt, an die Kleider, so abgenutzt wie sein Schiff, übersät mit Spuren, so unauslöschlich wie Narben, und an das typisch englische Gesicht, tiefrot, schwer, ernst, das die glänzend schwarzen Augen Lügen strafte, das jungenhaft spöttische Licht seines Blicks. Er hat zuerst gesprochen, und ich erfuhr, daß er nicht Bras-de-Mer, sondern Kapitän Bradmer hieß, Offizier der Königlichen Marine war und bald am Ende seiner einsamen Abenteuer.

Ich glaube, ich habe es sofort gewußt: Ich würde auf der *Zeta* ausfahren, sie sollte mein Schiff Argo sein, das mich über die Meere zu dem Ort bringen würde, von dem ich geträumt hatte, nach Rodriguez, zu meiner endlosen Schatzsuche.

Kurs auf Rodriguez, 1910

Ich öffne die Augen, und ich sehe das Meer. Es ist nicht das smaragdgrüne Meer, das ich früher sah, in den Lagunen, auch nicht das schwarze Wasser vor der Trichtermündung des Tamarin-Flusses. Es ist ein Meer, wie ich es noch nie gesehen habe, frei, wild, von schwindelerregendem Blau, ein Meer, das den Schiffsrumpf hochhebt, langsam, Welle auf Welle, schaumgesprenkelt, von Funken durchschossen.

Es muß spät sein, die Sonne steht schon hoch am Himmel. Ich habe so tief geschlafen, daß ich nicht einmal hörte, wie das Schiff die Anker lichtete, die Fahrrinne passierte, als die Flut gekommen war.

Gestern abend bin ich spät nachts an den Kais entlanggegangen, habe den Geruch von Öl gerochen, von Safran, von verfaulten Früchten, der über dem Marktplatz hing. Ich hörte die Stimmen der Männer vom Meer in den Booten, die Rufe der Würfelspieler, ich roch auch den Geruch des Arrak, des Tabaks. Ich bin an Bord des Schiffs gestiegen, ich habe mich aufs Deck gelegt, um der Stickluft des Laderaums zu entgehen, dem Staub der Reissäcke. Ich habe, den Kopf auf meinem Koffer, durch das Tauwerk der Masten den Himmel betrachtet. Ich habe bis nach Mitternacht gegen den Schlaf angekämpft, den sternenlosen Himmel betrachtet, auf die Stimmen gelauscht, auf das Knirschen des Fallreeps am Kai und auf eine ferne Gitarrenmusik. Ich wollte an niemanden denken. Nur Laure hat von meiner Abreise gewußt, aber sie hat Mam nichts gesagt. Sie hat keine Träne vergossen, im Gegenteil, ihre Augen leuchteten in ungewöhnlichem Glanz. Wir werden uns bald wiedersehen, habe ich gesagt. Dort drüben auf Rodriguez können wir ein neues Leben beginnen, wir werden ein großes Haus haben, Pferde, Bäume. Ob sie mir glauben konnte? Sie wollte nicht, daß ich sie tröste. Du reist ab, du gehst fort, vielleicht für immer. Du mußt deine Suche zu Ende führen, bis ans Ende der Welt. Das wollte sie mir sagen, als sie mich ansah, aber ich konnte sie nicht verstehen. Jetzt schreibe ich alles für sie auf, um ihr zu sagen, wie das war in jener Nacht, als ich zwischen dem Tauwerk auf dem Deck der *Zeta* lag, auf die Stimmen der Männer vom Meer lauschte und auf die Gitarre, die ohne Unterlaß dasselbe kreolische Lied spielte. Einmal ist die Stimme kräftiger geworden, vielleicht war Wind aufgekommen, oder der Sänger hat sich im Schatten des Hafens in meine Richtung gedreht.

Vale, vale, prête mo to fizi
Avla l'oiseau prêt envolé
Si mo gagne bonher touyé l'oiseau
Mo gagne l'arzent pou mo voyaze,
En allant, en arrivant!

Knecht, Knecht, leih mir dein Gewehr
der Vogel setzt zum Flug an.
Wenn ich das Glück hab, ihn zu töten,
Verdien ich mir das Geld für meine Reise
Die Wegfahrt, die Heimfahrt.

Ich bin eingeschlafen, während ich auf die Worte des Liedes lauschte.

Und als die Flut kam, hat die *Zeta* lautlos ihre Segel gesetzt, ist über das schwarze Wasser zu den Befestigungen der Fahrrinne geglitten, und ich wußte nichts davon. Ich habe auf dem Deck geschlafen, neben Kapitän Bradmer, mit dem Kopf auf meinem Koffer.

Als ich aufwache und um mich blicke, geblendet von der

Sonne, gibt es die Erde nicht mehr. Ich gehe sogleich nach hinten und lehne mich an die Reling. Ich betrachte das Meer, so fest ich kann, die langen Wellen, die unter dem Schiffsrumpf durchgleiten, die Kielspur, die einem funkelnden Weg gleicht. Wie lange schon warte ich auf diesen Augenblick! Mein Herz schlägt sehr stark, meine Augen sind voll Tränen.

Die *Zeta* neigt sich langsam beim Vorüberziehen der Wellen, richtet sich dann wieder auf. So weit ich sehen kann, gibt es nur dies: das Meer, die tiefen Täler zwischen den Wellen, den Schaum auf den Kämmen. Ich lausche auf das Geräusch des Wassers, das an den Schiffsrumpf drängt, das Reißen einer Woge am Vordersteven. Vor allem auf den Wind, der die Segel bläht und die Takelage zum Kreischen bringt. Ich erkenne dieses Geräusch deutlich wieder, es ist das Geräusch des Windes in den Zweigen der großen Bäume des Boucan, das Geräusch des Meeres, das steigt, das vordringt bis über die Zuckerrohrfelder. Aber zum ersten Mal höre ich es so wie jetzt, allein, ungehemmt, frei von einem Ende der Welt zum anderen.

Die Segel sind schön, vom Wind geschwellt. Die *Zeta* fährt hart am Wind, und die weiße Fläche wellt sich knatternd von oben nach unten. Vorn sind die drei Focksegel, spitz zulaufend wie die Schwingen der Seevögel, sie scheinen das Schiff zum Horizont zu ziehen. Manchmal, wenn der Westwind plötzlich aufspringt, spannt sich das Segeltuch in einem straffen Saum, der knallt wie ein Kanonenschlag. All die Geräusche des Meeres betäuben mich, das Licht macht mich blind. Vor allem das Blau des Meeres, dieses tiefe und dunkle, gewaltige Blau voller Funken. Der Wind wirbelt und berauscht mich, und ich spüre den Salzgeschmack der Gischten, wenn die Woge über den Vordersteven schlägt.

Alle Mann sind auf Deck. Es sind indische, komorianische Matrosen, außer mir ist kein Passagier an Bord. Wir alle empfinden die gleiche Trunkenheit des ersten Tages auf See. Sogar Bradmer muß sie spüren. Er steht auf Deck, neben dem Rudergänger, breitbeinig, um das Schlingern abzufangen. Seit Stunden hat er sich nicht gerührt, hat er den Blick nicht vom Meer abgewandt. Obwohl ich darauf brenne, wage ich nicht, ihm Fragen zu stellen. Ich muß warten. Unmöglich, etwas anderes zu tun, als das Meer zu betrachten und auf das Geräusch des Windes zu lauschen, und um nichts in der Welt würde ich in den Laderaum hinuntergehen. Die Sonne verbrennt das Deck, verbrennt das dunkle Wasser der See.

Ich setze mich ein Stück entfernt aufs Deck, am Ende des vibrierenden Großbaums. Die Wellen heben den Schiffsrumpf und lassen ihn dann schwer zurückfallen. Eine endlose Straße zieht sich zum Horizont, hinter uns. Nirgendwo gibt es mehr Land. Es gibt nur noch das tiefe, lichtgetränkte Wasser und den Himmel, an dem die Wolken stillzustehen scheinen, leichte Rauchschleier, die vom Horizont aufsteigen.

Wohin fahren wir? Das möchte ich Kapitän Bradmer fragen. Gestern hat er nichts gesagt, er blieb schweigsam, als überlege er oder als wolle er es nicht sagen. Nach Mahé vielleicht, nach Agalega, es hängt von den Winden ab, hat der Steuermann mir gesagt, ein alter terrakottfarbener Mann, dessen helle Augen einen ansehen, ohne zu blinzeln. Der Wind ist jetzt stetig südsüdost, ohne Böen, und wir steuern nordwärts. Die Sonne liegt auf dem Rumpf der *Zeta,* ihr Licht scheint die Segel zu schwellen.

Die Trunkenheit des Tagesanfangs läßt nicht nach. Die schwarzen und indischen Matrosen bleiben auf Deck stehen, neben dem Fockmast, sie klammern sich an die Taue. Jetzt hat Bradmer sich auf seinen Sessel hinter dem Steuermann gesetzt, und er schaut weiter vor sich hin, zum Horizont, als erwarte er wirklich, daß etwas auftauche. Nichts ist da als die Wellen, die auf uns zulaufen wie Tiere, mit gereckten Köpfen, schimmernden Kämmen, dann gegen den Schiffsrumpf prallen und unter ihm durchgleiten. Wenn ich mich umdrehe, sehe ich sie davoneilen, kaum gezeichnet von der Schneide des Kiels, dem anderen Ende der Welt entgegen.

Meine Gedanken stoßen sich in mir im Rhythmus der Wellen. Ich glaube, daß ich nicht mehr derselbe bin, daß ich nie mehr derselbe sein werde. Schon trennt das Meer mich von Mam und Laure, von Forest Side, von allem, was ich gewesen bin.

Welchen Tag haben wir heute? Mir ist, als hätte ich schon immer hier gelebt, auf dem Achterdeck der *Zeta,* und über das Schanzkleid hinweg die Weite des Meeres betrachtet, seinem Atem gelauscht. Mir ist, als wäre alles, was ich seit unserer Vertreibung aus dem Haus Boucan erlebt habe – in Forest Side, im Collège Royal, dann in den Büros von W. W. West –, nur ein Traum gewesen und als hätte ich nur die Augen öffnen und das Meer sehen müssen, damit nichts mehr davon übrigblieb.

Im Brausen von Wellen und Winde höre ich eine Stimme in meinem Inneren unablässig wiederholen: das Meer! Das Meer! Und diese Stimme übertönt alle anderen Worte, alle Gedanken. Der Wind, der uns dem Horizont entgegenjagt, springt manchmal um und wirft das Schiff hin und her. Ich höre das Knallen der Segel, das Pfeifen des Tauwerks. Auch Worte, die mich mitreißen, mich davontragen. Das Land, auf dem ich die ganze Zeit gelebt habe, wo ist es jetzt? Es ist ganz klein geworden, gleicht einem verlorenen Floß, während die *Zeta* vorwärtsstürmt, gestoßen vom Wind und vom Licht. Es treibt irgendwo, jenseits des Horizonts, ein dünner Schlammstreifen, verloren in der blauen Unendlichkeit. So gebannt betrachte ich das Meer und den Himmel, jede dunkle Höhlung zwischen den Wogen und die Lippen der Kielspur, die sich öffnen, so gespannt horche ich auf das Geräusch des Wassers am Steven, das Geräusch des Windes, daß ich nicht bemerkt habe, daß die Schiffsmannschaft beim Essen sitzt. Da kommt Kapitän Bradmer auf mich zu. Er sieht mich an, wie immer mit einem spöttischen Leuchten in den kleinen schwarzen Augen.

»Na, Sir? Sind wir seekrank, daß wir keinen Appetit haben?« sagt er auf englisch.

Ich stehe sofort auf, um ihm zu zeigen, daß ich nicht krank bin.

»Nein, Sir.«

»Dann kommen Sie zum Essen.« Es ist fast ein Befehl.

Wir steigen über den Niedergang in den Schiffsbauch. Unten ist die Hitze erstickend, und die Luft ist schwer vom Geruch der Speisen und Waren. Trotz der geöffneten Luken ist es dunkel. Der Schiffsleib ist ein einziger großer Laderaum, mittschiffs sind die Kisten und Warenballen gestapelt, achtern liegen auf dem nackten Boden die Matratzen, auf denen die Matrosen schlafen. Unter der Vorderdeck-Luke verteilt der chinesische Koch die Rationen Curryreis, den er auf einem alten Spirituskocher zubereitet hat, und gießt aus einem großen Zinnkessel den Tee ein.

Bradmer hockt sich nach Art der Inder nieder, den Rücken an einen Balken gelehnt, und ich mache es wie er. Hier unten schlingert das Schiff furchtbar. Der Koch gibt jedem von uns einen Emailleteller voll Reis und zwei Becher siedendheißen Tees.

Wir essen schweigend. Im Halbdunkel kann ich die indischen Matrosen sehen, die gleichfalls am Boden hocken und ihren Tee trinken. Bradmer ißt schnell, er wirft sich mit einem verbeulten Löffel den Reis in den Mund wie mit Stäbchen. Der Reis ist ölig, mit Fischsauce durchtränkt, aber das Curry ist so stark, daß man fast nichts anderes schmeckt. Der Tee verbrüht mir Lippen und Kehle, doch er löscht den Durst nach dem scharfgewürzten Reis.

Als Bradmer fertig ist, steht er auf und stellt Teller und Becher neben dem Chinesen auf den Boden. Am Fuß der Leiter zum Deck gräbt er in seiner Jackentasche und holt zwei seltsame Zigaretten hervor, jede besteht aus einem einzigen noch grünen, dicht gerolltem Tabaksblatt. Ich nehme eine der Zigaretten und zünde sie am Feuerzeug des Kapitäns an. Wir steigen hintereinander die Leiter hinauf und stehen wieder auf Deck, im heftigen Wind.

Nach dem kurzen Aufenthalt im Schiffsleib blendet mich das Licht so sehr, daß mir die Tränen in die Augen schießen. Beinahe tastend, gebückt unter dem Großbaum, kehre ich an meinen Platz auf dem Achterdeck zurück und setze mich neben meinen Koffer. Bradmer hat sich wieder in seinem angeschraubten Sessel niedergelassen und blickt in die Ferne, raucht seine Zigarette, ohne mit dem Rudergänger zu sprechen.

Der Geruch des Tabaks ist scharf und süß, er verursacht mir Übelkeit. Ich finde, er paßt nicht zum so reinen Blau von Meer und Himmel, zum Brausen des Windes. Ich drücke die Zigarette auf dem Deck aus, aber ich wage nicht, sie ins Meer zu werfen. Dieser Unrat, dieser Fremdkörper darf nicht auf dem so schönen, glatten, lebendigen Wasser schwimmen.

Die *Zeta* ist kein Fremdkörper. Zu lang schon kreuzt sie auf diesem Meer und auch auf anderen Meeren, jenseits von Madagaskar bis zu den Seychellen oder in Richtung Süden bis nach Saint Paul. Der Ozean hat sie reingewaschen, den großen Seevögeln gleichgemacht, die im Wind schweben.

Die Sonne sinkt langsam am Himmel, sie erhellt jetzt die andere Seite der Segel. Ich sehe den Schatten der Takelung auf dem Meer von Stunde zu Stunde wachsen. Am Spätnachmittag ist dem Wind der Atem ausgegangen. Er ist eine leichte Brise, die kaum gegen die großen Segel drückt, die Wellen glättet und rundet, den Meeresspiegel körnt wie eine Gänsehaut. Die meisten Matrosen sind unter Deck gegangen, sie trinken Tee und reden. Einige schlafen auf den Matratzen am Boden, um sich für den Nachtdienst auszuruhen.

Kapitän Bradmer ist in seinem Sessel hinter dem Rudergänger sitzen geblieben. Die beiden Männer sprechen kaum, nur ein paar undeutliche Worte. Sie rauchen unermüdlich die Zigaretten aus grünem Tabak, deren Geruch von Zeit zu Zeit mit einem Luftwirbel zu mir weht. Ich fühle meine Augen brennen, vielleicht habe ich Fieber? Die Haut meines Gesichts, mein Hals, die Arme, der Rücken brennen. Die Sonnenhitze während so vieler Stunden hat meinen Körper gezeichnet. Den ganzen Tag hat die Sonne auf die Segel gebrannt, auf das Deck, auch auf das Meer, ohne daß ich darauf geachtet hätte. Sie hat ihre Funken auf den Wellenkämmen entzündet, Regenbogen in den Gischt gemalt.

Jetzt kommt das Licht aus dem Meer, aus der Tiefe seiner Farben. Der Himmel ist hell, beinah farblos, und ich betrachte die blaue Weite des Meeres und die Leere des Himmels, bis mich schwindelt.

Davon habe ich immer geträumt. Mir scheint, daß mein Leben vor langer Zeit zum Stillstand gekommen war, im Bug der Piroge, die auf der Lagune von Le Morne trieb, während Denis auf der Suche nach einem jagbaren Fisch in die Tiefe spähte. Das alles, was ich verschwunden, vergessen glaubte, das Geräusch und das Bild des Meeres mit seinen faszinierenden Abgründen, das alles kreist in mir, nimmt wieder Gestalt an auf der *Zeta*, die ihre Bahn zieht.

Langsam sinkt die Sonne zum Horizont, strahlt auf den Wellenkämmen, öffnet Schattentäler. Als das Licht schwindet und sich golden färbt, ebben die Bewegungen des Meeres ab. Der Wind teilt keine Stöße mehr aus. Die Segel erschlaffen, hängen zwischen den Rahen. Plötzlich ist die Hitze drükkend, feucht. Alle Männer sind auf Deck, stehen am Bug des Schiffes oder sitzen um die Luken. Sie rauchen, einige liegen mit nacktem Oberkörper auf Deck, die Augen halb geschlossen, und träumen, vielleicht unter der Wirkung des *kandja*. Die Luft ist jetzt ruhig, und das Meer streift mit seinen langsamen Wogen kaum die Schiffswand. Es hat eine lila Farbe angenommen, aus der kein Licht mehr dringt. Ich höre deutlich die Stimmen, das Lachen der Matrosen, die im Bug Würfel spielen, und das monotone Reden des schwarzen Rudergängers, der zu Kapitän Bradmer spricht, ohne ihn anzusehen.

Das alles ist seltsam, gleicht einem vor langer Zeit unterbrochenen Traum, geboren aus dem Schillern des Meeres bei Le Morne, über das die Piroge unter der farblosen Leere des Himmels dahinglitt. Ich denke an den Ort, der mein Ziel ist, und mein Herz schlägt schneller. Das Meer ist eine Gleitbahn in die Geheimnisse, ins Unbekannte. Das Gold ist im Licht rings um mich, verborgen unter dem Meeresspiegel. Ich denke an das, was mich am Ende dieser Reise erwartet, wie an ein Land, in dem ich schon früher gewesen bin und das ich verloren habe. Das Schiff gleitet über den Spiegel der Erinnerung. Aber werde ich verstehen, wenn ich am Ziel bin? Hier, auf dem Deck der *Zeta,* die sacht im welken Licht der Dämmerung vorwärts gleitet, schwindelt mich beim Gedanken an die Zukunft. Ich schließe die Augen vor dem Gleißen des Himmels, vor der fugenlosen Mauer des Meeres.

Der nächste Tag an Bord

Trotz meines Widerwillens mußte ich die Nacht im Laderaum verbringen. Kapitän Bradmer duldet nachts niemand auf Deck. Ich liege auf dem blanken Boden (die Matratzen erscheinen mir wenig vertrauenerweckend), meine zusammengerollte Decke unter dem Kopf, und klammere mich, wegen des unaufhörlichen Schlingerns, an den Griff meiner Schiffskiste. Kapitän Bradmer schläft in einer Art Nische zwischen den Spanten, zwei mächtigen, kaum behauenen Balken, die das Deck tragen. Er hat sogar einen provisorischen Vorhang angebracht, der ihm erlaubt, sich zurückzuziehen, hinter dem er jedoch ersticken muß, denn ich habe gesehen, daß er frühmorgens den Vorhang von seinem Gesicht weggezogen hat.

Quälende Nacht, zum einen wegen des Schlingerns, aber auch wegen der Belästigungen. Schnarchende, hustende Männer, die miteinander reden, unaufhörlich zwischen dem Laderaum und den Luken pendeln, um ein wenig frische Luft zu schöpfen oder unter dem Wind über Bord zu pissen. Die meisten sind Ausländer, Komorianer, Somalis, die eine gutturale Sprache sprechen, oder dunkelhäutige Inder aus Malabar mit traurigen Augen. Wenn ich in dieser Nacht keine Sekunde geschlafen habe, so auch wegen dieser Männer. Im erstickenden Dunkel des Laderaums, das kaum vom zittrigen Schein des Nachtlichts gemildert wird, beim Ächzen des Schiffsleibs, den die Wellen erschüttern, hat mich langsam eine absurde und unwiderstehliche Furcht überkommen. Waren unter diesen Mannern vielleicht Meuterer, ein paar von jenen berüchtigten ostafrikanischen Piraten, von denen in den Reisetagebüchern, die ich mit Laure gelesen habe, so viel berichtet wurde? Vielleicht planten sie, uns zu töten, Kapitän Bradmer, mich und alle Matrosen, die nicht mit ihnen im Bunde waren, um sich des Schiffs zu bemächtigen? Vielleicht glaubten sie, die alte Schiffskiste, in die ich die Papiere meines Vaters eingeschlossen hatte, enthalte Geld und Wertgegenstände? Ja, ich hätte die Kiste vor ihnen öffnen sollen, damit sie gesehen hätten, daß nichts darin war als alte Papiere, Karten, Wäsche und mein Theodolit. Aber hätten sie dann nicht geglaubt, unter einem doppelten Boden steckten lauter Goldstücke? Während das Schiff langsam schlingerte, fühlte ich an meiner nackten Schulter das laue Metall der Kiste, und ich lag mit offenen Augen da und spähte ins Dunkel des Laderaums. Wie anders war doch die erste Nacht auf dem Deck der *Zeta* gewesen, als das Schiff den Anker gelichtet hatte, während ich schlief, und ich plötzlich am Morgen erwacht war, geblendet vom unendlichen Ozean.

Wohin fahren wir? Da wir seit der Abreise Kurs nach Norden gehalten haben, gibt es jetzt keinen Zweifel mehr, daß wir Agalega ansteuern. Für die Leute dieser abgelegenen Insel ist der größte Teil von Kapitän Bradmers vielfältiger Ladung bestimmt: Stoffballen, Drahtrollen, Ölfässer, Seifenkartons, Säcke voll Reis und Mehl, Bohnen und Linsen und alle Arten von Kochgeschirr und Emailletellern, in Netze verpackt. Das alles wird an die chinesischen Händler verkauft, bei denen sich die Fischer und Bauern versorgen.

Das Vorhandensein all dieser Gerätschaften und der Geruch der Waren beruhigen mich. Ist das ein Fang für Piraten? Die *Zeta* ist ein schwimmender Kramladen, und der Gedanke an eine Meuterei erscheint mir plötzlich absurd.

Aber ich schlafe trotzdem nicht. Jetzt verhalten die Männer sich still, aber dafür beginnen die Insekten. Ich höre die riesigen Kakerlaken galoppieren und manchmal surrend quer durch den Laderaum fliegen. Zwischen ihrem Getrappel und ihren Flügen höre ich dicht an meinem Ohr das schrille Geräusch der Moskitos. Auch ihretwegen bleibe ich wach, bedecke Arme und Gesicht mit meinem Hemd.

Da ich keinen Schlaf finde, gehe ich ebenfalls zur Treppe und stecke den Kopf durch die offene Luke. Draußen ist die Nacht schön. Es ist wieder Wind aufgekommen, er zerrt an den zu drei Vierteln gerefften Segeln. Ein kalter Wind, der von Süden kommt und das Schiff vorantreibt. Nach der erstickenden Hitze des Laderaums schaudere ich im Wind, aber es ist angenehm. Ich werde Kapitän Bradmers Befehl zuwiderhandeln. Mit meiner Pferdedecke, einem Andenken aus der Zeit am Boucan, gehe ich vor zum Bug. Im Heck steht der schwarze Steuermann, zwei Matrosen leisten ihm Gesellschaft und rauchen *kandja*. Ich setze mich direkt in den Bug, in den Schutz der Focksegel und betrachte den Himmel und das Meer. Der Mond scheint nicht, dennoch können meine geweiteten Augen jede Welle sehen, das nachtfarbene Wasser, die Schaumkronen. Denn das Sternenlicht erhellt das Meer. Niemals habe ich die Sterne so gesehen. Nicht einmal damals, im Garten von Haus Boucan, wenn wir mit unserem Vater durch die »Sternenallee« gingen, waren sie so schön. Auf der Erde wird der Himmel von den Bäumen, von den Hügeln verdeckt, getrübt durch diesen ungreifbaren Nebel, der wie ein Atem aus den Wasserläufen aufsteigt, aus den Grasfluren, den Brunnenschächten. Der Himmel ist fern, man sieht ihn wie durch ein Fenster. Aber hier, mitten auf dem Meer, hat die Nacht keine Grenzen.

Nichts ist zwischen mir und dem Himmel. Ich lege mich aufs Deck, den Kopf an die geschlossene Luke gelehnt, und ich betrachte die Sterne mit ganzer Kraft, als sähe ich sie zum erstenmal. Der Himmel schwankt zwischen den beiden Masten, die Sternbilder drehen sich, halten einen Augenblick inne und kehren in die Ausgangsstellung zurück. Ich erkenne sie nicht wieder. Hier glänzen die Sterne so stark, auch die schwächsten, daß sie mir neu vorkommen. Dort, backbords, ist Orion und im Osten vielleicht der Skorpion, in dem der

Antares leuchtet. Wenn ich mich zum Heck umdrehe, sehe ich ganz deutlich, so dicht am Horizont, daß ich nur den Blick zu senken brauche, um ihrem langsamen Schaukeln zu folgen, die Sterne, die das Kreuz des Südens bilden. Ich erinnere mich an die Stimme meines Vaters, als er uns durch den dunklen Garten führte und uns aufforderte, es auszumachen, leicht und flüchtig über der Silhouette der Hügel.

Ich betrachte dieses Sternenkreuz, und es entrückt mich noch mehr, denn es gehört wirklich zum Himmel am Boucan. Ich kann den Blick nicht von ihm losreißen, aus Furcht, es für immer zu verlieren.

So bin ich schließlich in jener Nacht eingeschlafen, kurz vor Tagesanbruch, die Augen zum Kreuz des Südens geöffnet. In die Decke gewickelt, Gesicht und Haar den Windstößen ausgesetzt, dem Klatschen des Windes in den Fokken lauschend und dem Schaben der Wellen am Schiffsrumpf.

Ein weiterer Tag auf dem Meer

Bei Tagesanbruch aufgestanden, fast ohne mich zu rühren das Meer betrachtet, an meinem Platz im Heck neben dem schwarzen Steuermann. Der Steuermann ist ein Komorianer mit dem sehr schwarzen Gesicht eines Abessiniers, aber mit Augen von leuchtendem Grün. Er ist der einzige, der wirklich mit Kapitän Bradmer spricht, und ich genieße als zahlender Passagier das Privileg, mich neben ihm aufzuhalten und ihm beim Sprechen zuzuhören. Er spricht langsam, wählt jedes Wort, sein sehr reines Französisch hat fast keinen kreolischen Akzent. Er sagt, er sei früher bei den Patres von Moroni zur Schule gegangen und hätte Priester werden sollen. Eines Tages ist er auf und davon, ohne besonderen Grund, um Matrose zu werden. Seit dreißig Jahren fährt er jetzt zur See, er kennt jeden Hafen von Madagaskar bis zur Küste Afrikas, von Sansibar bis zu den Tschagos-Inseln. Er spricht von den Inseln, von den Seychellen, von Rodriguez und auch von den entfernteren, Juan de Nova, Farquhar, Aldabra. Seine Lieblingsinsel ist Saint Brandon, die allein den Meeresschildkröten und den Vögeln gehört. Gestern habe ich dem Schauspiel der Wellen, die ausrollen und sich an der gleichen Stelle neu bilden, den Rücken gekehrt und mich auf dem Deck neben den Steuermann gesetzt und ihm zugehört, wie er mit Kapitän Bradmer sprach. Vor Bradmer, sollte ich sagen, denn der Kapitän kann als echter Engländer stundenlang regungslos auf seinem Kanzlistensessel sitzen und seine kleinen grünen Zigaretten rauchen, während der Steuermann redet, und nur mit einem Knurren vager Zustimmung antworten, einer Art »ehem«, das nur besagen soll, daß er noch da ist. Seltsame Seemannsgeschichten sind das, die der Steuermann erzählt, mit seiner langsamen und singenden Stimme, während der grüne Blick den Horizont absucht. Geschichten von Häfen, von Stürmen, von Fischzügen, von Mädchen, Geschichten ohne Ziel und Zweck wie sein eigenes Leben.

Ich mag es, wenn er von Saint Brandon spricht, denn er spricht von der Insel wie von einem Paradies. Diesen Ort liebt er am meisten, er kehrt immer wieder dorthin zurück, in Gedanken, in Träumen. Er hat viele Inseln kennengelernt, viele Häfen, aber dorthin führen für ihn alle Wege des Meeres. »Eines Tages kehre ich dorthin zurück, um zu sterben. Dort ist das Wasser so blau und so klar, wie die reinste Quelle. In der Lagune ist es durchsichtig, so durchsichtig, daß man in seiner Piroge darüber hingleitet, ohne es zu sehen, ganz als würde man über dem Meeresboden fliegen. Rings um die Lagune liegen viele Inseln, zehn glaube ich, ihre Namen kenne ich nicht. Als ich zum erstenmal nach Saint Brandon kam, war ich siebzehn, ich war noch ein Kind, gerade aus dem Seminar entwischt. Damals habe ich geglaubt, ich käme ins Paradies, und jetzt glaube ich noch immer, daß dort das Paradies auf Erden gewesen ist, als die Menschen die Sünde noch nicht kannten. Ich habe den Inseln die Namen gegeben, die ich wollte, eine hieß die Hufeiseninsel, eine andere die Zange, eine der König, ich weiß nicht mehr, warum. Ich war mit einem Fischkutter aus Moroni gekommen. Die Männer waren hingefahren, um zu töten, um zu fischen wie Raubtiere. In der Lagune gab es alle Fische der Schöpfung, sie schwammen langsam um unsere Piroge herum, ohne Furcht. Und die Meeresschildkröten, die uns besuchten, als gäbe es keinen Tod auf der Welt. Die Seevögel umkreisten uns zu Tausenden... Sie setzten sich aufs Deck des Boots, auf die Rahen, und betrachteten uns, denn ich glaube, vor uns hatten sie noch nie Menschen gesehen... Dann haben wir angefangen, sie zu töten.« Der Steuermann spricht, seine grünen Augen sind voll Licht, sein Gesicht ist gespannt aufs Meer gerichtet, als sehe er all das noch einmal. Ich muß seinem Blick folgen, über den Horizont hinaus bis zu jenem Atoll, auf dem alles neu ist wie in den ersten Tagen der Welt. Kapitän Bradmer zieht an seiner Zigarette, er sagt: »ehem-hem«, wie jemand, der sich nichts vormachen läßt. Hinter uns lauschen zwei schwarze Matrosen, einer davon aus Rodriguez, ohne wirklich zu verstehen. Der Steuermann spricht von der Lagune, die er nicht wiedersehen wird, es sei denn an seinem Todestag. Er spricht von Inseln, auf denen die Fischer Korallenhütten errichten, während sie sich mit Schildkröten und Fischen eindecken. Er spricht vom Sturm, der jeden Sommer kommt und so schrecklich ist, daß das Meer die Inseln völlig überflutet, jede Spur von Erdenleben wegfegt. Jedesmal tilgt das Meer alles, und deshalb sind die Inseln immer wieder neu. Aber das Wasser der Lagune bleibt schön, klar, dort, wo die schönsten Fische der Welt leben und das Volk der Schildkröten.

Die Stimme des Steuermanns ist sanft, wenn er von Saint Brandon spricht. Mir scheint, nur um ihm zuzuhören, bin ich auf diesem Schiff, das inmitten des Meeres weiterzieht.

Das Meer hält für mich dieses Geheimnis bereit, diesen Schatz. Ich empfange dieses funkelnde Licht, ersehne diese Farbe der Tiefen, diesen Himmel, diesen grenzenlosen Horizont, diese Tage und diese Nächte ohne Ende. Ich muß noch mehr erfahren, noch mehr bekommen. Der Steuermann spricht noch immer vom Tafelland am Kap, von der Bucht von Antongil, den arabischen Feluken, die entlang der afrikanischen Küste ihr Wesen treiben, von den Piraten von Sokrota oder Aden. Am meisten liebe ich den Klang seiner singenden Stimme, sein schwarzes Gesicht, in dem die Augen glänzen, seine hohe Gestalt vor dem Steuerrad, während er unser Schiff dem Unbekannten entgegenlenkt, und das alles mischt sich mit dem Geräusch des Windes in den Segeln, den Gischten, in denen der Regenbogen aufglänzt, sooft der Vordersteven eine Welle durchbricht.

Jeden Nachmittag, wenn der Tag sich neigt, bin ich im Schiffsheck und betrachte die glänzende Kielspur. Ich liebe diesen Augenblick, wenn alles friedlich ist und das Deck leer bis auf den Steuermann und einen Matrosen, die das Meer beobachten. Dann denke ich an das Land, an Mam und an Laure, die so fern sind in ihrer Einsamkeit in Forest Side. Ich sehe Laures dunklen Blick, als ich ihr von dem Schatz erzählte, von den Juwelen und Edelsteinen, die der unbekannte Korsar versteckt hat. Hat sie mir wirklich zugehört? Ihr Gesicht war glatt und verschlossen, und auf dem Grund ihrer Augen glänzte eine seltsame Flamme, die ich nicht begriff. Diese Flamme möchte ich jetzt sehen, im unendlichen Blick des Meeres. Ich vermisse Laure, ich will mich jeden Tag an sie erinnern, denn ich weiß, ohne sie werde ich nicht finden können, was ich suche. Sie hat nichts gesagt, als wir uns trennten, sie sah weder traurig noch fröhlich aus. Aber als sie mich anblickte, auf dem Bahnsteig in Curepipe, habe ich wieder diese Flamme in ihren Augen gesehen. Dann hat sie sich umgedreht, sie ist weggegangen, ehe der Zug abfuhr, ich habe sie inmitten der Menschenmenge auf der Straße nach Forest Side gehen sehen, wo Mam sie erwartet, die noch nichts weiß.

Eigens für Laure will ich mich an jeden Augenblick meines Lebens erinnern. Für sie bin ich auf diesem Schiff, fahre ich immer weiter hinaus aufs Meer. Ich muß das Schicksal besiegen, das uns aus unserem Haus vertrieben und arm gemacht hat, das unseren Vater sterben ließ. Als ich auf der *Zeta* ausfuhr, habe ich, wie mir scheint, etwas gesprengt, einen Kreis durchbrochen. So wird, wenn ich zurückkomme, alles verändert sein, neu sein.

Daran denke ich, und die Trunkenheit des Lichts dringt in mich ein. Die Sonne streift den Horizont, aber auf dem Meer bringt die Nacht keine Beunruhigung. Im Gegenteil, eine Sanftheit legt sich über diese Welt, auf der wir die einzigen Lebenden über dem Wasser sind. Der Himmel wird golden und purpurn. Das Meer, so dunkel unter der im Zenit stehenden Sonne, ist jetzt glatt und leicht, gleicht einem violetten Rauch, der sich mit den Wolken am Horizont vereinigt und die Sonne verschleiert.

Ich horche auf die singende Stimme des Steuermanns, der spricht, vielleicht mit sich selbst, und aufrecht am Ruder steht. Neben ihm ist der Sessel Kapitän Bradmers leer, denn um diese Stunde zieht er sich in seine Nische zurück, um zu schlafen oder zu schreiben. Im waagrechten Licht der Dämmerung hebt sich die hohe Gestalt des Steuermanns von den blendenden Segeln ab und erscheint unwirklich, wie der Singsang seiner Worte, die ich höre, ohne sie zu verstehen. Die Nacht bricht ein, und ich denke an die Schattengestalt des Palinurus, wie Äneas sie gesehen haben muß, oder an Tiphys auf dem Schiff Argo, dessen Worte ich nicht vergessen habe, als er in der einbrechenden Nacht seine Reisegefährten zu ermutigen sucht:

> *Titan ist in die fleckenlosen Fluten getaucht, um das gute Omen zu bestätigen. Dann, in der Nacht, drücken die Winde noch gewaltiger auf die Segel und das Meer und während dieser lautlosen Stunden fährt das Schiff schneller. Mein Blick folgt nicht mehr dem Lauf der Sterne, die den Himmel verlassen, um ins Meer zu tauchen, wie Orion, der bereits fällt, oder Perseus, der die Wut der Woge aufbrüllen läßt. Sondern mein Führer ist jene Schlange, die mit sieben von ihren Ringen umschlungenen Sternen immer schwebt und sich nimmer verbirgt.*

Später, in der Stille der Dämmerung, kommen die Männer der Besatzung auf Deck. Den nackten Oberkörper in der lauen Brise, rauchen sie, reden oder betrachten das Meer, wie ich.

Seit dem ersten Tag bin ich voller Ungeduld, nach Rodriguez zu kommen, ans Ziel meiner Reise, und trotzdem wünsche ich mir jetzt, daß diese Stunde nie enden möge, daß das Schiff *Zeta,* wie die *Argo* ewig über das leichte Meer gleiten möge, dem Himmel so nah, mit seinem sonnenschimmernden Segel, das wie eine Flamme vor dem Horizont steht, wo bereits Nacht ist.

Nochmals eine Nacht auf dem Meer

Ich bin im Laderaum neben meiner Schiffskiste eingeschlafen und erwache von der erstickenden Hitze und dem wilden Getümmel der Kakerlaken und Ratten. Die Insekten schwirren in der schweren Luft des Laderaums, und die Dunkelheit macht ihren Flug noch unheimlicher. Man muß sich beim Schlafen ein Taschentuch über das Gesicht legen oder einen Hemdzipfel über den Kopf ziehen, wenn einem nicht eines dieser Ungeheuer mitten ins Gesicht fliegen soll. Die Ratten sind weniger kühn, aber gefährlicher. Neulich wurde nachts ein Mann von einem dieser Nager, den er bei der Futtersuche gestört hatte, in die Hand gebissen. Die Wunde begann zu eitern, obwohl Kapitän Bradmer dem Mann mit Arrak getränkte Lappen aufgelegt hatte, und jetzt höre ich den Kranken auf seiner Matratze delirieren. Auch vor den Flöhen und Läusen bekommt man keine Ruhe. Jeden Morgen kratzt man sich die zahllosen Bisse und Stiche der vergangenen Nacht. In der ersten Nacht, die ich im Laderaum verbrachte, mußte ich den Ansturm ganzer Bataillone von Wanzen ertragen, und deshalb habe ich lieber auf die Matratze verzichtet, die mir zugeteilt worden war. Ich habe sie in den hintersten Winkel des Laderaums geworfen und schlafe auf dem blanken Fußboden, in meine alte Pferdedecke gewickelt, was zudem den Vorzug hat, daß ich weniger unter der Hitze und unter dem Schweißgeruch und dem Salzdunst leide, mit dem diese Strohsäcke durchtränkt sind.

Ich bin nicht der einzige, der unter der Hitze im Laderaum leidet. Einer nach dem anderen erwachen die Männer, unterhalten sich und spielen die nie endende Würfelpartie dort weiter, wo sie aufgehört haben. Was können sie wohl verspielen? Kapitän Bradmer, dem ich diese Frage stellte, hat die Achseln gezuckt und lakonisch geantwortet: »Ihre Weiber«.

Gegen den Befehl des Kapitäns haben die Männer vorne im Laderaum eine kleine Lampe angezündet, eine Ölfunzel. Der orangefarbene Schein flackert mit dem Schlingern des Schiffs, erhellt bizarr die schwarzen schweißglänzenden Gesichter. Von fern sehe ich die Lederhaut ihrer Augen schimmern, das Weiß ihrer Zähne. Was machen sie rings um die Lampe? Sie würfeln nicht, sie singen nicht. Sie sprechen leise, einer nach dem anderen, es ist eine lange von Lachen unterbrochene Rede für mehrere Stimmen. Wieder überkommt mich die Angst vor einer Verschwörung, einer Meuterei. Wenn sie nun tatsächlich beschließen würden, sich der *Zeta* zu bemächtigen, wenn sie uns ins Meer werfen würden, Bradmer, den Steuermann und mich? Wer würde es wissen? Wer würde nach ihnen fahnden, auf den fernen Inseln, im Kanal von Mozambique oder an den Küsten Eritreas? Ich warte regungslos, den Kopf ihnen zugewandt, beobachte durch die Lider das flackernde Licht, in das sich die roten Kakerlaken und die Moskitos blindlings stürzen, um zu verbrennen.

Also steige ich, wie schon neulich nachts, leise die Leiter zur Luke hinauf, wo der Seewind bläst. In meine Decke gehüllt wandere ich barfuß über das Deck und genieße die Köstlichkeit der Nacht, die Frische der Gischten.

Die Nacht ist so schön auf dem Meer, wie im Mittelpunkt der Welt, wenn das Schiff fast lautlos über die Wellenrücken gleitet. Man hat das Gefühl zu fliegen, nicht zu schwimmen, es ist, als habe der steife Wind, der gegen die Segel drückt, das Schiff in einen riesigen Vogel mit ausgebreiteten Schwingen verwandelt.

Auch in dieser Nacht lege ich mich auf das Deck, ganz im Bug des Schiffes, neben die geschlossene Luke, in den Schutz der Reling. Dicht an meinem Kopf höre ich das Tauwerk der Fokken schwirren und die stete Reibung des Meeres, das sich öffnet. Laure würde diese Musik des Meeres lieben, diesen

Zusammenklang eines schrillen Tons mit dem dumpfen Widerhall der Wellen am Vordersteven.

Für sie lausche ich auf das alles, um es ihr dorthin zu schikken, wo sie ist, bis in das düstere Haus in Forest Side, wo sie wach liegt, auch sie, das weiß ich.

Ich denke noch an ihren Blick, ehe sie sich abwandte und mit großen Schritten zu der Straße ging, die am Bahngleis entlangführt. Ich kann diese Flamme nicht vergessen, die in ihren Augen glänzte, als wir uns trennten, diese heftige und zornige Flamme. Damals war ich so überrascht, daß ich nicht wußte, was ich tun sollte, und einfach in den Zug gestiegen bin. Jetzt, auf dem Deck der *Zeta,* unterwegs zu einer unbekannten Bestimmung, erinnere ich mich an diesen Blick, und ich spüre wieder den schneidenden Schmerz der Trennung.

Dennoch, ich mußte fort, es konnte keine andere Hoffnung geben. Ich denke auch an die Boucan-Senke, an alles, was hätte gerettet werden können, das Haus mit dem himmelblauen Dach, die Bäume, die Schlucht und an den Seewind, der die Nacht ruhelos machte, im Schatten von Mananava die Seufzer der entflohenen Sklaven weckte, und an den Flug der Tropikvögel vor Sonnenaufgang. Das alles will ich nicht aufhören zu sehen, auch nicht auf der anderen Seite der Meere, wenn die Verstecke des unbekannten Korsaren ihre Schätze für mich freigeben werden.

Das Schiff gleitet auf den Wellen, leicht, luftig, unter den Lichtern der Sterne. Wo ist die Schlange mit den sieben Feuern, von der Tiphys den Matrosen der *Argo* erzählte? Ist das Eridanus, der im Osten aufgeht, vor der Sonne des Sirius, oder ist es vielleicht der Drache, der sich gen Norden streckt und auf dem Kopf den Edelstein Etamin trägt? Aber nein, plötzlich sehe ich ihn ganz klar unter dem Polarstern, den Kasten des Großen Wagens, leicht und präzise, der ewig an seinem Platz am Himmel schwebt.

Auch wir folgen, verloren inmitten der Sternenwirbel, seinem Zeichen. Durch den Himmel eilt dieser unaufhörliche Wind, der unsere Segel schwellt.

Jetzt begreife ich, wohin ich fahre, und das erregt mich so sehr, daß ich aufstehen muß, um das Hämmern meines Herzens zu beschwichtigen. Ich ziehe ins Weite, ins Unbekannte, ich gleite inmitten des Himmels einem Ziel entgegen, das ich nicht kenne.

Ich denke wieder an die beiden Tropikvögel, die, auf der Flucht vor dem Unwetter, kreischend über dem düsteren Tal kreisten. Wenn ich die Augen schließe, sehe ich sie vor mir, als flögen sie über den Masten.

Kurz vor Sonnenaufgang schlafe ich ein, während die *Zeta* unbeirrt in Richtung Agalega steuert. Alle Männer schlafen jetzt. Nur der schwarze Steuermann wacht, den starren Blick geradewegs in die Nacht gerichtet. Er schläft nie. Manchmal, am frühen Nachmittag, wenn die Sonne aufs Deck brennt, steigt er hinunter in den Laderaum, um sich hinzulegen, und er raucht schweigend, die Augen im Halbdunkel geöffnet, und blickt auf die geschwärzten Bretter über sich.

Der Tag vor Agalega

Wie lange sind wir schon unterwegs? Fünf Tage, sechs Tage? Während ich im stickigen Halbdunkel des Laderaums den Inhalt meines Koffers ansehe, stellt sich mir diese Frage mit lästiger Dringlichkeit. Was soll's? Warum möchte ich es wissen? Aber ich gebe mir große Mühe, mich an das Datum meines Aufbruchs zu erinnern, die Zahl der Tage auf dem Meer zu berechnen. Es ist eine sehr lange Zeit, es sind zahllose Tage, und doch erscheint mir das alles wie im Flug vergangen. Es ist ein einziger endloser Tag, den ich anfing, als ich an Bord der *Zeta* ging, ein Tag, der dem Meer gleicht, wo der Himmel sich manchmal verändert, sich bedeckt und verfinstert, wo das Licht der Sterne das Sonnenlicht ersetzt, aber wo der Wind nicht aufhört zu wehen, die Wellen nicht aufhören voranzustürmen, der Kreis des Horizonts nicht aufhört, das Schiff zu umschließen.

Je länger die Reise sich hinzieht, um so freundlicher behandelt mich Kapitän Bradmer. Heute morgen hat er mir gezeigt, wie man mit Hilfe des Sextanten den Standort ermittelt und wie man den Meridian und den Breitengrad bestimmt. Heute sind wir 12°30 Süd und 54°30 Ost, und die Berechnung unserer Position liefert die Antwort auf meine Frage nach der Zeit, denn das bedeutet, daß wir zwei Reisetage von der Insel entfernt sind und ein paar Minuten zu weit östlich, wegen der Passatwinde, die uns während der Nacht vom Kurs abgebracht haben. Nachdem Kapitän Bradmer den Standort bestimmt hat, verstaut er den Sextanten sorgfältig in seiner Koje. Ich habe ihm meinen Theodoliten gezeigt und er hat ihn neugierig betrachtet. Er hat sogar gesagt, glaube ich: »Wozu zum Teufel soll Ihnen das dienen?« Ich habe ausweichend geantwortet. Ich konnte ihm nicht sagen, daß mein Vater das Gerät gekauft hatte, damals, als er sich anschickte, den Schatz des unbekannten Korsaren zu erobern! Dann ist der Kapitän wieder auf Deck gestiegen und hat sich in seinen Sessel hinter dem Steuermann gesetzt. Da ich in seiner Nähe war, hat er mir zum zweitenmal eine seiner gräßlichen Zigaretten angeboten, die ich nicht abzulehnen wagte und einfach im Wind verglühen ließ.

Er hat zu mir gesagt: »Kennen Sie die Königin der Inseln?« Er hat es auf englisch gefragt, und ich habe zurückgefragt: »Die Königin der Inseln?« – »Yes, Sir, Agalega. Sie wird so genannt, weil sie die gesündeste und fruchtbarste Insel im Indischen Ozean ist.« Ich habe geglaubt, er werde noch mehr erzählen, aber er hat geschwiegen. Er ist nur tiefer in seinen Sessel gerutscht und hat mit verträumter Miene wiederholt: »Die Königin der Inseln…« Der Steuermann hat die Achseln gezuckt. Er hat auf französisch gesagt »Die Ratteninsel. So sollte man sie besser nennen.« Dann begann er zu erzählen, wie die Engländer den Ratten den Krieg erklärt hatten wegen der ansteckenden Krankheit, die sich von Insel zu Insel ausbreitete. »Früher gab es auf Agalega keine Ratten. Sie war auch eine Art kleines Paradies, wie Saint Brandon, denn die Ratten sind Teufelstiere, im Paradies gab es keine. Und eines Tages ist ein Schiff von Madagaskar zur Insel gekommen, ein altes Schiff, niemand kannte es, niemand weiß mehr, wie es hieß. Es ist vor der Insel auf Grund gelaufen, die Kisten der Fracht wurden geborgen, aber in den Kisten waren Ratten. Als man die Kisten öffnete, haben sich die Ratten über die Insel verbreitet, sie haben Junge bekommen und sind so zahlreich geworden, daß alles ihnen gehörte. Sie haben alle Vorräte auf Agalega aufgefressen, den Mais, die Eier, den Reis. Sie waren so zahlreich, daß die Menschen nicht mehr schlafen konnten. Die Ratten nagten sogar die Kokosnüsse auf den Bäumen an, sie fraßen die Eier der Seevögel. Da hat man es zuerst mit Katzen versucht, aber die Ratten scharten sich zusammen, töteten die Katzen und fraßen sie natürlich auf. Dann hat man's mit Fallen versucht, aber die Ratten sind schlau, sie ließen sich nicht fangen. Da hatten die Engländer eine Idee. Sie ließen per Schiff Hunde kommen, Foxterrier, so nennt man sie, und sie versprachen, daß sie für jede Ratte eine Rupie zahlen. Die Kinder sind auf die Kokospalmen geklettert und haben die Bäume geschüttelt, so daß die Ratten herunterfielen, und die Foxterrier haben sie getötet. Jemand hat mir gesagt, daß die Leute von Agalega jedes Jahr mehr als vierzigtausend Ratten getötet haben, und noch immer sind welche übrig! Vor allem im Nordteil der Insel gibt es viele.

Den Ratten schmecken die Kokosnüsse von Agalega besonders gut, sie leben die ganze Zeit auf den Bäumen. So, jetzt wissen Sie, warum Ihre *queen of islands* besser die Ratteninsel genannt werden sollte.«

Kapitän Bradmer lacht aus vollem Halse. Vielleicht erzählt der Steuermann diese Geschichte zum ersten Mal. Dann fängt Bradmer in seinem Kanzlistensessel wieder an zu rauchen, er kneift die Augen vor der Mittagssonne zusammen.

Als der schwarze Rudergänger hinuntergeht, um sich auf seiner Matratze auszuruhen, zeigt Bradmer mir das Steuerrad.

»Möchten Sie mal, Monsieur?«

Er sagt »missié«, wie die Kreolen. Ich lasse es mir nicht zweimal sagen. Jetzt bin ich es, der das große Rad hält, mit beiden Händen die abgenutzten Griffe umklammert. Ich spüre die gewaltigen Wogen am Ruder, den Wind, der in die volle Besegelung stößt. Zum ersten Mal steuere ich ein Schiff.

Einmal hat eine Bö die *Zeta* umgelegt, das Tuch bis zum Zerreißen gespannt, und ich hörte den Schiffsrumpf unter dem Druck ächzen, während der Horizont vor dem Bug wegkippte. Das Schiff verharrte eine ganze Weile so, auf dem Wellenkamm balancierend, und mir blieb der Atem weg. Dann habe ich plötzlich, instinktiv, das Steuer nach Backbord gedreht, um dem Wind zu gehorchen. Langsam richtete sich das Schiff in einer Gischtwolke wieder auf. Auf Deck schrien die Matrosen:

»Ayooo!«

Aber Kapitän Bradmer ist schweigend sitzen geblieben, die Augen zusammengekniffen, die ewige grüne Zigarette im Mundwinkel. Dieser Mann wäre imstande, mit seinem Schiff unterzugehen, ohne seinen Sessel zu verlassen.

Jetzt bin ich auf der Hut. Ich beobachte den Wind und die Wellen, und wenn beide zu stark anzuprallen scheinen, gehe ich mit, indem ich das Steuerrad drehe. Ich glaube, noch nie habe ich mich so stark gefühlt, so frei. Auf dem glühenden Deck stehend, die Zehen gespreizt, um besseren Stand zu haben, spüre ich die mächtige Bewegung des Wassers an der Bordwand, am Ruder. Ich spüre die Erschütterung, wenn die Wellen gegen den Bug schlagen, die Windstöße in den Segeln. So etwas habe ich noch nie erlebt. Es löscht alles aus, löscht die Erde aus, die Zeit, ich bin in der reinen Zukunft, die mich rings umgibt. Die Zukunft, das ist das Meer, der Wind, der Himmel, das Licht.

Lange, vielleicht stundenlang, bin ich vor dem Steuerrad stehen geblieben, inmitten der Wirbel von Wind und Wasser. Die Sonne verbrennt mir den Rücken, den Nacken, sie ist an meiner linken Körperseite abwärts gewandert. Schon berührt sie fast den Horizont, sie wirft ihren Feuerstaub über das Meer. Ich bin so sehr eins mit dem Dahingleiten des Schiffs, daß ich jede Luftströmung, jede Wellenbewegung erahne.

Der Steuermann steht neben mir. Auch er betrachtet wortlos das Meer. Ich begreife, daß er das Ruder wieder übernehmen will. Ich ziehe mein Vergnügen noch ein wenig in die Länge, um zu spüren, wie das Schiff auf einem Wellenberg gleitet, zögert, dann weiterzieht, gestoßen vom Wind, der gegen die Segel drückt. Als wir im Wellental sind, trete ich einen Schritt zur Seite, ohne das Steuerrad loszulassen, und jetzt schließt die dunkle Hand des Rudergängers sich wieder um den Griff, hält ihn fest. Wenn dieser Mann nicht am Ruder steht, ist er noch schweigsamer als der Kapitän. Doch sobald seine Hände die Griffe des Rades berühren, geht eine seltsame Veränderung mit ihm vor. Es ist, als werde er ein anderer Mensch, größer, stärker. Sein mageres, von der Sonne verbranntes und wie aus Basalt gemeißeltes Gesicht nimmt einen scharfen energischen Ausdruck an. Die grünen Augen glänzen, werden beweglich, und aus seinem ganzen Gesicht spricht eine Art Glück, die ich jetzt begreifen kann. Dann beginnt er mit seiner singenden Stimme einen endlosen Monolog, der sich im Wind verliert. Wovon spricht er? Ich sitze jetzt auf dem Deck, zur Linken des Rudergängers, während Kapitän Bradmer in seinem Sessel weiterraucht. Weder zu ihm noch zu mir spricht der Rudergänger. Er spricht zu sich selbst, wie andere Menschen singen oder pfeifen würden.

Er spricht wieder von Saint Brandon, das die Frauen nicht betreten dürfen. Er sagt: »Einmal wollte ein Mädchen nach Saint Brandon, ein schwarzes Mädchen aus Mahé, groß und schön, sie war noch keine sechzehn Jahre alt, glaube ich. Weil sie wußte, daß es verboten war, hat sie ihren Verlobten gebeten, einen jungen Mann, der auf einem Fischkutter gearbeitet hat, sie hat zu ihm gesagt: ›Bitte, nimm mich mit!‹ Er hat anfangs nicht gewollt, aber sie hat gesagt: ›Wovor hast du Angst? Niemand wird es wissen, ich verkleide mich als Junge. Du sagst, ich bin dein kleiner Bruder, basta.‹ Also hat er schließlich nachgegeben, und sie hat sich als Mann verkleidet, sie hat eine alte Hose und ein weites Hemd angezogen, hat sich die Haare abgeschnitten, und weil sie groß und schlank war, haben die anderen Fischer sie für einen Jungen gehalten. Dann ist sie mit ihnen auf dem Kutter nach Saint Brandon abgefahren. Während der ganzen Überfahrt ist nichts passiert, der Wind war sanft wie ein Hauch, und der Himmel war ganz blau, und der Kutter ist nach einer Woche vor Saint Brandon gewesen. Niemand wußte, daß eine Frau an Bord war, nur der Verlobte natürlich. Aber manchmal, am Abend, redete er ganz leise mit ihr, er sagte: ›Wenn der Kapitän das merkt, wird er böse, er jagt mich fort.‹ Sie hat gesagt: ›Wie soll er es merken?‹

Dann ist der Kutter in die Lagune eingefahren, dort, wo es wie im Paradies ist, und die Männer haben begonnen, die großen Schildkröten zu fangen, die so sanft sind, daß sie nicht einmal versuchen zu fliehen. Bis dahin ist immer noch nichts passiert, aber als die Fischer auf einer der Inseln an Land gingen, um dort zu übernachten, ist Wind aufgekommen und das Meer ist wild geworden. Die Wellen schlugen über die Riffe und bis in die Lagune. Die ganze Nacht über hat ein schrecklicher Sturm gewütet, und das Meer hat die Felsen und die Inseln überspült. Die Männer haben ihre Hütten verlassen und sich auf die Bäume geflüchtet. Dort haben sie zur Jungfrau und den Heiligen um Schutz gebetet, und der Kapitän hat geflucht, weil er zusehen mußte, wie sein Schiff auf den Strand geworfen wurde und die Wellen es in Stücke schlugen. Dann ist eine Welle gekommen, die noch höher war als die anderen, sie ist auf die Inseln zugestürzt wie ein wildes Tier, und als sie da war, hat sie einen Felsen losgerissen, auf den die Männer sich geflüchtet hatten. Dann ist mit einem Schlag alles wieder ruhig geworden, die Sonne schien, als hätte es nie ein Unwetter gegeben. Dann hat man eine Stimme gehört, die hat gejammert: ›Ayoo, ayoo, kleiner Bruder!‹ Es war der junge Fischer, der gesehen hatte, wie die Welle seine Verlobte mit sich gerissen hat, aber weil er trotz des Verbots eine Frau auf die Inseln mitgenommen hatte, hatte er Angst, der Kapitän würde ihn bestrafen, und er weinte und sagte: ›Ayoo, kleiner Bruder!‹ « Als der Steuermann zu Ende geredet hat, ist das Licht auf dem Meer goldfarben geworden, der Himmel ist am Horizont fahl und leer. Schon kommt die Nacht, wieder eine Nacht. Aber die Dämmerung dauert lang auf dem Meer, und ich sehe zu, wie der Tag sehr langsam erlischt. Ist das hier dieselbe Welt, die ich kannte? Mir scheint, ich bin in eine andere Welt eingetreten, jenseits des Horizonts. Sie gleicht der Welt meiner Kindheit am Boucan, wo das Geräusch des Meeres alles beherrschte, als sei die *Zeta* auf dem Weg zurückgeschwommen, der die Zeit auslöscht.

Während der Tag nach und nach vergeht, überlasse ich

mich wieder einmal meinen Träumen. Ich spüre die Sonnenhitze auf meinem Nacken, auf den Schultern. Ich spüre auch den leisen Abendwind, der schneller ist als unser Schiff. Alle schweigen. Es ist Abend für Abend dieser gleiche geheimnisvolle Ritus, den jeder einhält. Niemand spricht. Man lauscht dem Geräusch der Wellen an der Bordwand, dem dumpfen Summen von Segeln und Takelage. Wie jeden Abend knien die komorianischen Matrosen auf dem Deck des Vorschiffs nieder, um, nach Norden gewandt, ihr Gebet zu verrichten. Ihre Stimmen dringen als gedämpftes Murmeln zu mir, vermischt mit Wind und Meer. Nie hatte ich wie an diesem Abend, im raschen Dahingleiten und im langsamen Wiegen des Schiffes, auf diesem durchsichtigen, himmelsgleichen Meer, so deutlich die Schönheit dieses Gebets empfunden, das sich nirgendwo hin richtet, sich in der Unendlichkeit verliert. Ich denke, wie schön, wenn du jetzt hier bei mir wärst, Laure, die du den Gesang des Muezzins so liebst, der in den Hügeln von Forest Side widerhallt, wie schön, wenn du hier dieses Gebet hören könntest, dieses Summen, während das Schiff schwankt wie ein großer Seevogel mit blendenden Schwingen. Ich hätte dich mit mir nehmen sollen, wie der Fischer von Saint Brandon, auch ich hätte sagen können, du seist mein »kleiner Bruder«!

Ich weiß, daß Laure genau wie ich gefühlt hätte, wenn sie die komorianischen Matrosen bei Sonnenuntergang hätte beten hören können. Wir hätten kein Wort darüber verlieren müssen. Doch in eben diesem Augenblick, da ich an sie denke, wo ich diesen Stich im Herzen fühle, begreife ich, daß ich mich ihr in Wahrheit nähere. Laure ist wieder am Boucan, in dem großen Garten, wo Lianen und Blumen wuchern, nah am Haus, oder sie geht den schmalen Pfad durchs Zuckerrohr entlang. Sie hat nie den Ort verlassen, den sie liebte. Am Ende meiner Reise ist das Meer, das über den schwarzen Strand des

Tamarin schlägt, die Brandung in den Flußmündungen. Nur um dorthin zurückzukehren, bin ich fortgegangen. Aber ich werde als ein anderer Mensch zurückkehren. Ich werde wie ein Unbekannter zurückkehren, und dieser alte Schiffskoffer, der die hinterlassenen Papiere meines Vaters enthält, wird dann vollgestopft sein mit dem Gold und den Geschmeiden des Korsaren, dem Schatz von Golkonda oder dem Lösegeld für Aurangzeb. Ich werde zurückkehren, durchtränkt vom Geruch des Meeres, verbrannt von der Sonne, stark und abgehärtet wie ein Soldat, um unseren verlorenen Besitz zurückzuerobern. Davon träume ich, in der regungslosen Dämmerung.

Einer nach dem anderen steigen die Matrosen hinunter in den Laderaum, um in der Hitze zu schlafen, die der den ganzen Tag über von der Sonne aufgeheizte Schiffsleib ausstrahlt. Ich schließe mich ihnen an, ich lege mich auf die Planken, den Kopf an meine Schiffskiste gelehnt. Ich höre die Geräusche der endlosen Würfelpartie, die dort von neuem beginnt, wo der Morgen sie unterbrochen hatte.

Sonntag

Wir sind auf Agalega, nach fünf Tagen Überfahrt.

Die Küste der Zwillingsinseln muß heute morgen schon sehr früh, bei Tagesanbruch, sichtbar gewesen sein. Ich habe, allein im Bauch des Laderaums, mit dem Kopf auf dem schaukelnden Boden, tief geschlafen und nichts von der Geschäftigkeit auf Deck bemerkt. Erst das stille Wasser der Reede hat mich geweckt, denn ich bin schon so an das unaufhörliche Wiegen des Schiffs gewöhnt, daß diese Unbeweglichkeit mich aufgestört hat.

Ich steige sofort auf Deck, barfuß und ohne mir Zeit zu

nehmen, mein Hemd anzuziehen. Vor uns erstreckt sich der graugrüne schmale Streifen, den der Schaum der Riffe rändelt. Für uns, die wir tagelang nur die blaue Weite des Meeres und die unendliche Bläue des Himmels sahen, ist dieses Stück Land, so flach und trostlos es wirkt, wie ein Wunder. Alle Mann der Besatzung beugen sich über die Reling im Vorschiff und blicken sehnsüchtig zu den beiden Inseln.

Kapitän Bradmer hat Befehl gegeben, die Segel zu streichen, und das Schiff treibt ein paar Kabellängen vor der Küste, ohne sich ihr zu nähern. Als ich den Rudergänger nach dem Grund frage, antwortet er nur: »Es ist noch nicht Zeit.« Aber Kapitän Bradmer, der neben seinem Sessel steht, erklärt es mir: Man muß die Ebbe abwarten, weil man sonst womöglich von den Strömungen gegen die Riffe geschleudert wird. Wenn man dann nah genug an der Fahrrinne ist, kann man Anker werfen und die Piroge aussetzen, mit der man anlandet. Die Ebbe werde erst nachmittags kommen, bei Sonnenuntergang. Inzwischen muß man sich gedulden und kann nur zum Ufer hinüberschauen, das so nah ist und so schwer zu erreichen.

Die Begeisterung der Mannschaft hat sich wieder gelegt. Jetzt sitzen alle auf Deck im Schatten des Segels, das im schwachen Wind baumelt, sie spielen und rauchen. Trotz der Nähe der Küste ist das Wasser dunkelblau. Über die Reling am Heck gebeugt, sehe ich die grünen Schatten der großen Haie vorüberziehen.

Die Seevögel kommen mit der Ebbe. Kleine und große Möwen, Sturmvögel, die über uns kreisen und uns mit ihren Schreien betäuben. Sie sind ausgehungert und halten uns für eines dieser Fischerboote der Inseln und fordern laut kreischend ihren Anteil. Als sie ihren Irrtum bemerken, drehen die Vögel ab und kehren zur schützenden Korallenbank zurück. Nur ein paar Seemöwen ziehen weiter große Kreise über uns, stoßen dann aufs Meer nieder und fliegen hart über den Wellen. Nachdem ich so viele Tage hindurch auf das leere Meer gestarrt habe, erfüllt mich das Schauspiel des Möwenflugs mit Freude.

Gegen Ende des Nachmittags steht Kapitän Bradmer von seinem Sessel auf; er gibt dem Rudergänger Befehle, der sie weitergibt, und die Männer hissen die Großsegel. Der Rudergänger steht am Steuerrad auf den Zehenspitzen, um besser zu sehen. Wir werden anlegen. Langsam, unter dem weichen Druck des Flutwinds, nähert die *Zeta* sich dem Riff. Jetzt sehen wir deutlich die langen Dünungen, die sich an den Korallenbänken brechen, wir hören das stetige Grollen.

Als das Schiff nur noch ein paar Faden von den Riffen entfernt ist, den Bug direkt zur Fahrrinne gerichtet, gibt der Kapitän Befehl, Anker zu werfen. Zuerst fällt der Hauptanker an seiner schweren Kette ins Meer. Dann werfen die Matrosen drei kleinere Anker aus, Fregattanker, backbords, steuerbords und am Heck. Als ich den Kapitän nach dem Grund für so viele Vorsichtsmaßnahmen frage, berichtet er mir in wenigen Worten vom Schiffbruch eines Dreimast-Schoners mit hundertfünfzig Registertonnen, der *Kalinda,* im Jahre 1901: Sie hatte genau an dieser Stelle vor der Fahrrinne geankert. Dann waren alle an Land gegangen, auch der Kapitän, nur zwei unerfahrene tamilische Schiffsjungen mußten an Bord bleiben. Ein paar Stunden später war die Flut gestiegen, aber an jenem Tag mit ungewöhnlicher Macht, und die Strömung, die sich in die einzige Fahrrinne stürzte, war so gewaltig, daß die Ankerkette riß. Die Leute am Ufer hatten gesehen, wie das Schiff herankam, als wolle es davonfliegen, sehr hoch über der Flutbrandung, wo die Wellen sich brachen. Dann ist es plötzlich auf die Riffe gefallen, und eine zurückflutende Welle hat es hinabgerissen auf den Meeresgrund. Anderntags hat man die Trümmer der Masten gefunden, Plankenteile und ein paar Ballen der Ladung, die beiden tamilischen Schiffsjungen aber fand man nie.

Jetzt gibt der Kapitän Befehl, alles Tuch zu streichen und die Piroge auszusetzen. Ich blicke in das dunkle Wasser – es ist mehr als zehn Faden tief –, und ich schaudere bei dem Gedanken an den grünen Schatten der Haie, die hier vorübergleiten, die vielleicht auf einen weiteren Schiffbruch lauern.

Sobald die Piroge zu Wasser gelassen ist, rutscht der Kapitän mit einer Geschicklichkeit, die ich ihm nicht zugetraut hätte, an einem Tau hinunter, und vier Matrosen folgen ihm. Zur Sicherheit wird in zwei Gruppen gefahren, und ich werde bei der zweiten sein. Ich lehne mit den übrigen Matrosen an der Reling und sehe der Piroge nach, die auf die Fahrrinne zugleitet. Hoch auf den Wellenkämmen reitend, fährt die Piroge in den schmalen Kanal zwischen den schwarzen Riffen ein. Einen Augenblick lang verschwindet sie in einem Wellental, dann taucht sie hinter der Korallenbank, in den glatten Wassern der Lagune, wieder auf. Dort eilt sie auf den Deich zu, wo die Inselbewohner sie erwarten.

Wir, auf Deck der *Zeta,* sind ungeduldig. Die Sonne steht niedrig, als die Piroge, von den Freudenrufen der Matrosen begrüßt, zurückkommt. Diesmal bin ich an der Reihe. Hinter dem Steuermann rutsche ich am Tau entlang in die Piroge, und vier weitere Matrosen steigen zu. Wir rudern, ohne die Fahrrinne zu sehen. Der Steuermann bedient das Ruder, stehend, um die Richtung besser bestimmen zu können. Das Grollen der Wellen zeigt uns an, daß die Flutbrandung nahe ist. Und wirklich, mit einemmal spüre ich, wie unsere Nußschale von einer schnellen Woge hochgehoben wird, und auf dem Kamm der Welle sausen wir in den Engpaß zwischen den Riffen. Schon sind wir drüben, in der Lagune, kaum ein paar Ruderschläge vom langen Korallendeich entfernt. An der Stelle, wo die Wellen sich totlaufen, ganz nah am Sandstrand, läßt der Steuermann uns anlegen und vertäut die Piroge. Die Matrosen springen schreiend auf die Mole, sie verschwinden in der Menge der Einwohner.

Auch ich steige aus. Am Strand sind viele Frauen, Kinder, schwarze Fischer, auch Inder. Alle betrachten mich neugierig. Außer Kapitän Bradmer, der kommt, wenn er Fracht zu bringen hat, dürften diese Leute nicht oft einen Weißen sehen. Und ich dürfte mit meinen langen Haaren und meinem Bart, Gesicht und Arme von der Sonne verbrannt, meinen schmutzigen Kleidern und bloßen Füßen ein komischer Weißer sein! Vor allem die Kinder besichtigen mich ausgiebig, lachen ungeniert. Am Strand sind auch Hunde, ein paar magere schwarze Schweine, Zicklein, die auf der Suche nach Salz herbeihopsen.

Die Sonne wird bald untergehen. Der Himmel über den Kokospalmen hinter den Inseln hellt sich gelblich auf. Wo werde ich schlafen? Ich will mir gerade einen Winkel auf dem Strand zwischen den Pirogen suchen, als Kapitän Bradmer mir vorschlägt, ihn ins Hotel zu begleiten. Er lacht über mein Erstaunen bei dem Wort »Hotel«. Dieses Hotel ist ein altes Holzhaus, dessen Besitzerin, eine energische Frau, halb Schwarze und halb Inderin, Zimmer an die wenigen Reisenden vermietet, die sich nach Agalega wagen. Angeblich hat sie sogar den Oberrichter von Mauritius bei dessen einzigem Besuch im Jahr 1901 oder 1902 beherbergt! Zum Abendessen serviert die Dame ein Krabbencurry, das köstlich schmeckt, besonders nach der Alltagskost des Chinesen von der *Zeta*. Kapitän Bradmer ist in Schwung, er fragt unsere Wirtin nach den Bewohnern der Insel aus, und er erzählt mir von Juan de Nova, dem ersten Forscher, der Agalega entdeckte, und von einem französischen Siedler, einem gewissen Auguste Leduc, der die Kopra-Produktion organisierte, heute die einzige Einnahmequelle der Inseln. Jetzt liefern die Schwesterinseln auch

Edelhölzer, Mahagoni, Sandel, Ebenholz. Er erzählt von Giquel, dem Administrator der Kolonie, der zu Anfang dieses Jahrhunderts das Spital einrichtete und die Wirtschaft der Insel förderte. Ich nehme mir vor, die Zeit des Aufenthalts – Bradmer hat mir soeben eröffnet, daß er ungefähr hundert Fässer Kopraöl laden muß – zum Besuch dieser Wälder zu nutzen, die als die schönsten des Indischen Ozeans gelten.

Nach beendeter Mahlzeit strecke ich mich auf meinem Bett in dem kleinen Zimmer am Ende des Hauses aus. Trotz der Müdigkeit finde ich lange keinen Schlaf. Nach all diesen Nächten im stickigen Schiffsbauch stört mich die Stille dieses Zimmers, und ich habe unwillkürlich das Gefühl, daß die Wellen mich noch immer schaukeln. Ich öffne die Läden, um die Nachtluft einzuatmen. Draußen ist der schwere Geruch der Erde, und das Krötenkonzert skandiert die Nacht.

Wie sehr ich sie mir schon jetzt zurückwünsche, die Verlassenheit des Meeres, das Geräusch der Wellen am Schiffsrumpf, das Schwingen des Windes in den Segeln, das Gefühl, Luft und Wasser zu durchschneiden, die Macht der Leere, die Musik der Ferne. Ich sitze auf dem alten kaputten Stuhl vor dem offenen Fenster und atme den Duft des Gartens ein. Ich höre Kapitän Bradmers Stimme, sein Lachen, das Lachen der Wirtin. Sie scheinen viel Spaß zu haben. Was soll's! Ich glaube, ich bin einfach so eingeschlafen, den Kopf auf der Fensterbrüstung.

Montag morgen

Ich wandere quer durch die südliche Insel, auf der sich das Dorf befindet. Aneinandergereiht dürften die beiden Inseln, die Agalega bilden, nicht größer sein als der Distrikt Rivière Noire. Und doch wirken sie sehr groß nach den Tagen auf der

Zeta, wo man sich nicht weiter bewegen konnte als vom Laderaum bis zum Deck und vom Heck bis zum Bug. Ich gehe durch die Kokos- und Ölpalmenplantagen, die sich hinziehen, so weit das Auge reicht. Ich gehe langsam, barfuß über die mit Sand vermischte Erde, in die die Landkrabben ihre Gänge gegraben haben. Auch die Stille befremdet mich. Hier hört man das Geräusch des Meeres nicht mehr. Nur der Wind murmelt in den Palmen. Trotz der frühen Stunde (als ich das Hotel verließ, haben alle noch geschlafen) ist die Hitze schon drückend. Auf den rechtwinkelig angelegten Alleen ist niemand zu sehen, und verriete nicht diese Geradlinigkeit die Menschenhand, ich könnte glauben, auf einer verlassenen Insel zu sein.

Aber ich täusche mich, wenn ich sage, es sei niemand hier. Seit ich die Plantage betreten habe, verfolgen mich mißtrauische Augen. Es sind die Landkrabben, die mich auf dem ganzen Weg beobachten, sich manchmal aufrichten und drohend die Scheren schwenken. Einmal haben sie mir sogar zu mehreren den Weg versperrt, und ich mußte einen großen Bogen machen.

Endlich komme ich an der Nordseite der Plantage wieder heraus. Die ruhigen Wasser der Lagune trennen mich von der Schwesterinsel, die weniger reich ist als diese. Am Ufer steht eine Hütte, und ein alter Fischer flickt neben der an Land gezogenen Piroge seine Netze. Er hebt den Kopf und sieht mich an, dann arbeitet er wieder weiter. Seine schwarze Haut glänzt im Sonnenlicht.

Ich beschließe, an der Küste entlang ins Dorf zurückzukehren, über den weißen Sandstrand, der fast die ganze Insel säumt. Hier spüre ich den Atem des Meeres, aber den Schatten der Kokospalmen muß ich entbehren. Die Sonne brennt so stark, daß ich das Hemd ausziehen und mir um Kopf und Schultern wickeln muß. Als ich am Ende der Insel ankomme, kann ich nicht länger warten. Ich ziehe alles aus und tauche in das klare Wasser der Lagune. Beglückt schwimme ich bis zu den Riffen, bis dorthin, wo ich die kalten Wasserschichten finde und das Donnern der Wogen ganz nah ist. Dann schwimme ich sehr langsam ans Ufer zurück, lasse mich fast regungslos treiben. Ich habe die Augen unter Wasser geöffnet und sehe den vielfarbigen Fischen zu, die vor mir fliehen, und halte auch Ausschau nach dem Schatten der Haie. Ich spüre den Strom des kalten Wassers, das aus der Fahrrinne kommt und Fische und Algenfetzen wegtreibt.

Am Strand ziehe ich mich wieder an, ohne mich abzutrocknen, und ich gehe barfuß über den glühenden Sand. Nach einer Weile begegne ich einer Gruppe schwarzer Kinder, die zum Seeigelfang ausziehen. Sie sind so alt, wie wir damals waren, Denis und ich, als wir an der Rivière Noire umherstreiften. Erstaunt betrachten sie diesen »bourzoie«, dessen Kleider fleckig sind vom Meerwasser, dessen Haar und Bart voll Salz sind. Vielleicht halten sie mich für einen Schiffbrüchigen? Als ich mich ihnen nähere, laufen sie davon und verstecken sich im Schatten der Kokospflanzung.

Bevor ich das Dorf betrete, schüttle ich meine Kleider aus und kämme mir das Haar, um keinen allzu schlechten Eindruck zu machen. Hinter den Riffen sehe ich die beiden Maste von Bradmers Schoner. Auf dem langen Korallendeich stehen die Ölfässer aufgereiht und warten auf die Verladung. Die Matrosen pendeln mit der Piroge hin und her. Es sind noch ungefähr fünfzig Fässer an Bord zu bringen.

Im Hotel esse ich mit Kapitän Bradmer zu Mittag. Er ist heute morgen gut gelaunt. Er teilt mir mit, daß die Verladung des Öls am Nachmittag beendet sein werde und wir morgen früh bei Tagesanbruch in See stächen. Damit wir nicht auf die Ebbe warten müssen, werden wir an Bord schlafen. Dann beginnt Kapitän Bradmer zu meiner großen Überraschung von meiner Familie zu sprechen, von meinem Vater, den er seinerzeit in Port Louis gekannt hatte.

»Ich habe von dem Unglück gehört, das ihn getroffen hat, von all seinen Schwierigkeiten und seinen Schulden. Das ist alles sehr traurig. Sie haben an der Rivière Noire gelebt, nicht wahr?«

»Am Boucan.«

»Ja, stimmt, hinter Tamarin Estate. Ich war vor langer Zeit einmal dort, lang vor Ihrer Geburt. Es war zu Lebzeiten Ihres Großvaters, ein schönes weißes Haus mit einem prächtigen Garten. Ihr Vater war jung verheiratet, ich erinnere mich an Ihre Mutter, eine sehr junge Frau mit schönem schwarzen Haar und schönen Augen. Ihr Vater war sehr in sie verliebt, es war eine sehr romantische Heirat.« Nach kurzem Schweigen fügt er hinzu: »Ein Jammer, daß das alles vorbei ist, das Glück ist nicht von Dauer.« Er blickt über die Veranda hinaus in den kleinen Garten, wo ein schwarzes Schwein das Regiment führt, umgeben vom Hofgeflügel, das umherpickt. »Ja, ein Jammer...«

Aber er spricht nicht weiter. Als bedaure er, daß er sich hat hinreißen lassen, steht der Kapitän auf, nimmt seinen Hut und verläßt das Haus. Ich höre ihn draußen mit der Wirtin sprechen, dann kommt er zurück:

»Heute abend, Monsieur, macht die Piroge die letzte Fahrt, um fünf vor der Ebbe. Seien Sie rechtzeitig an der Mole.« Es ist eher ein Befehl als ein Rat.

Ich bin also zur angegebenen Stunde an der Mole, nachdem ich den ganzen Tag auf der südlichen Insel umhergestreift war, von der Siedlung bis zur Ostspitze, vom Spital bis zum Friedhof. Ich kann es kaum erwarten, wieder auf der *Zeta* zu sein, auf der Weiterfahrt nach Rodriguez.

In der ausfahrenden Piroge scheint mir, daß alle Männer

das auch empfinden, diese Sehnsucht nach dem hohen Meer. Diesmal steuert der Kapitän selbst die Piroge, und ich stehe im Bug. Ich sehe das Riff näher kommen, die langen Brecher, die im Anprallen eine Gischtmauer aufrichten. Mein Herz pocht ungestüm, als der Bug der Piroge sich der überschlagenden Woge entgegenreckt. Ich bin betäubt vom Donnern der Brandung, von den Schreien der kreisenden Vögel. »Alley-ho!« schreit der Kapitän, als die Woge zurückströmt, und mit dem Schwung der acht Riemen schießt die Piroge in den schmalen Durchlaß zwischen den Riffen. Sie springt über die ankommende Welle hinweg.

Kein einziger Wassertropfen ist in die Piroge gefallen! Jetzt gleiten wir über das tiefe Blau auf die schwarze Silhouette der *Zeta* zu.

Später, an Bord des Schiffes, nachdem die Männer im Laderaum verschwunden sind, um zu spielen oder zu schlafen, betrachte ich die Nacht. Auf der Insel, dort, wo die Siedlung ist, leuchten Feuer. Dann erlischt das Land, verschwindet. Nichts ist mehr da als die Leere der Nacht, das Geräusch der Wellen an den Felsenriffen.

Wie beinahe jede Nacht seit Beginn dieser Reise liege ich, in meine alte Pferdedecke gewickelt, auf Deck des Schiffes und betrachte die Sterne. Der Meerwind, der im Takelwerk pfeift, kündet die Ebbe an. Ich spüre die ersten Roller unter dem Schiffsleib hindurchgleiten, höre das Holzgerüst krachen. Die Ankerketten knirschen und ächzen. Am Himmel strahlen die Sterne mit starrem Glanz. Ich betrachte sie aufmerksam in dieser Nacht, ich suche sie alle, als würden sie mir durch ihre Konstellationen die Geheimnisse meines Schicksals verraten. Skorpion, Orion und die feine Silhouette des Kleinen Wagens. Nah am Horizont das Schiff Argo mit seinem schmalen Segel und dem langen Heck, der Kleine Hund, das Einhorn. Und heute vor allem diejenigen, die mich wieder an die schönen Nächte am Boucan erinnern, die sieben Feuer der Plejaden, deren Namen unser Vater uns hat auswendig lernen lassen, die ich und Laure hersagten wie die Worte einer Zauberformel: Alkyone, Elektra, Maia, Kelaino, Sterope, Merope... Und die letzte, die wir erst nach kurzem Zögern nannten, denn sie war so klein, daß wir nicht sicher waren, ob wir sie gesehen hatten: Pleione. Noch heute sage ich diese Namen gern halblaut vor mich hin, in der Einsamkeit der Nacht, denn es ist, als wüßte ich, daß sie dort drüben, am Himmel über dem Boucan, durch einen Wolkenspalt scheinen.

Auf Fahrt nach Mahé

Der Wind hat sich während der Nacht gedreht. Jetzt weht er aufs neue in Richtung Norden und macht damit jede Rückfahrt unmöglich. Der Kapitän hat sich entschlossen, vor dem Wind herzufliehen, statt in Agalega auf bessere Wetterverhältnisse zu warten. Der Rudergänger hat mir das in aller Gelassenheit erklärt. Werden wir eines Tages nach Rodriguez kommen? Das hängt davon ab, wie lange der Sturm anhält. Er hat uns in nur fünf Tagen nach Agalega gebracht, aber jetzt müssen wir warten, daß er uns zurückkehren läßt.

Ich bin der einzige, der sich wegen der Route Gedanken macht. Die Matrosen leben weiter, spielen weiter, als sei das alles unwichtig. Ist es Abenteuerlust? Nein, das nicht. Sie gehören zu niemandem, sie sind von nirgendwo her, das ist es. Ihre Welt ist das Deck der *Zeta,* der stickige Laderaum, wo sie nachts schlafen. Ich betrachte diese dunklen, von Sonne und Wind verbrannten Gesichter, die vom Meer polierten Steinen gleichen. Wie in der Nacht der Abfahrt spüre ich wieder diese dumpfe, törichte Unruhe. Diese Männer gehören einem anderen Leben an, einer anderen Zeit. Sogar Kapitän Bradmer, sogar der Rudergänger sind von ihrem Schlag, auf ihrer Seite. Auch sie sind gleichgültig gegenüber dem Standort, gegenüber der Sehnsucht, gegenüber allem, was mich beunruhigt. Ihre Gesichter sind ebenso glatt, ihre Augen haben die metallische Härte des Meeres.

Der Wind jagt uns jetzt nach Norden, alle Segel sind geschwellt, der Schiffsleib durchschneidet das dunkle Meer. Stunde um Stunde fahren wir in dieser Richtung, Tag um Tag. Und ich muß mich damit abfinden, muß mich dem Befehl der Elemente fügen. Jeden Tag, wenn die Sonne im Zenit steht, steigt der Rudergänger hinunter in den Laderaum, um mit offenen Augen zu ruhen, und ich übernehme das Steuer.

Vielleicht werde ich auf diese Weise lernen, keine Fragen mehr zu stellen. Befragt man das Meer? Fordert man Rechenschaft vom Horizont? Das einzig Wirkliche sind der Wind, der uns jagt, die gleitende Woge und, wenn es Nacht wird, die unbeweglichen Sterne, die uns den Weg weisen.

Doch heute spricht der Kapitän mit mir. Er sagt mir, daß er seine Ölfracht auf den Seychellen verkaufen wolle, wo er Monsieur Maury gut kenne. Dieser Monsieur Maury werde die Fässer auf die Frachtschiffe umladen lassen, die nach England fahren. Kapitän Bradmer erzählt mir das mit gleichgültiger Miene, auf dem festgeschraubten Sessel sitzend, raucht er seine Zigarette aus grünem Tabak. Dann spricht er unvermittelt wieder von meinem Vater. Er hat von dessen Experimenten und den Plänen für eine Elektrifizierung der Insel gehört. Er weiß auch von den Unstimmigkeiten, die mein Vater einst mit seinem Bruder hatte und die zu seinem Ruin geführt haben. Er spricht davon ohne Gefühlsbewegung und ohne Kommentar. Zu Onkel Ludovic bemerkt er nur: »A tough man«, ein harter Mann. Sonst nichts. Hier, auf diesem so blauen Meer, und von der monotonen Stimme des Kapitäns wiedergegeben, erscheinen mir diese Ereignisse fern, fast fremd. Und eben deshalb bin ich an Bord der *Zeta,* wie schwebend zwischen Himmel und Meer: nicht um zu vergessen – was kann man schon vergessen? Sondern um die Erinnerung nichtig zu machen, unschädlich, damit das alles vorübergleite wie ein flüchtiger Reflex.

Nach diesen wenigen Worten über meinen Vater und den Boucan wahrt der Kapitän Schweigen. Er hat die Arme gekreuzt, raucht mit geschlossenen Augen, und ich könnte glauben, er sei fast eingeschlafen. Aber plötzlich wendet er sich mir zu und sagt mit seiner leisen Stimme, die kaum das Geräusch von Wind und Meer übertönt:

»Sind Sie der einzige Sohn?«

»Sir?«

Er wiederholt seine Frage, ohne die Stimme zu heben.

»Ich habe gefragt, ob Sie der einzige Sohn sind: Haben Sie keine Brüder?«

»Ich habe eine Schwester, Sir.«

»Wie heißt sie?«

»Laure.«

Er scheint nachzudenken, dann:

»Ist sie hübsch?«

Er wartet meine Antwort nicht ab, er fährt wie zu sich selbst fort:

»Sie dürfte Ihrer Mutter gleichen, schön und mehr als das, mutig. Und intelligent.«

Das löst in mir eine Art Schwindel aus, hier, auf Deck dieses Schiffs, so fern der Gesellschaft von Port Louis, von Curepipe, so fern! Ich habe so lange geglaubt, wir, Laure und ich, lebten in einer anderen Welt, von der die Reichen der Rue Royale und des Champ-de-Mars nichts wüßten, als seien wir in dem verfallenen Haus in Forest Side wie im wilden Tal des

Boucan unsichtbar geblieben. Plötzlich schlägt mein Herz schneller, vor Zorn oder vor Scham, und ich erröte.

Aber wo bin ich denn? Auf dem Deck der *Zeta,* einem alten mit Ölfässern beladenen Schoner voller Ratten und Ungeziefer, irgendwo auf dem Meer zwischen Agalega und Mahé. Wer schert sich um mich und mein Erröten? Wer sieht meine Kleider, die fleckig sind vom Schmutz im Laderaum, mein sonnenverbranntes Gesicht, meine salzverkrusteten Haare, wer sieht, daß ich seit Tagen barfuß gehe? Ich betrachte den alten Freibeuterkopf des Kapitäns, seine dunkelroten Wangen, die kleinen Augen, die der Rauch seiner stinkenden Zigarette geschlossen hat, und vor ihm den schwarzen Rudergänger, und dann noch die Gestalten der indischen und komorianischen Matrosen, von denen einige auf Deck kauern und ihren *»kandja«* rauchen, während andere Würfel spielen oder träumen, und ich empfinde keine Scham mehr.

Der Kapitän hat das ganze bereits vergessen. Er sagt zu mir: »Würden Sie gern mit mir fahren? Ich werde alt, ich brauche einen Zweiten.«

Ich blicke ihn überrascht an:

»Sie haben doch Ihren Rudergänger?«

»Den? Er ist auch alt. Bei jedem Landgang frage ich mich, ob er zurückkommen wird.«

Das Angebot Kapitän Bradmers klingt eine Weile in mir nach. Ich stelle mir vor, was mein Leben auf Deck der *Zeta* sein würde, neben Bradmers Sessel. Agalega, die Seychellen, die Amiranten oder Rodriguez, Diego Garcia, Peros Banhos. Manchmal bis nach Farquhar oder zu den Komoren, vielleicht südwärts nach Tromelin. Das Meer ohne Ende, länger als die Strecke vor uns, länger als das Leben. Habe ich deshalb Laure verlassen, das letzte Band zerrissen, das mich am Boucan zurückhielt? Nun erscheint mir Bradmers Vorschlag lächerlich, absurd. Um ihn nicht zu kränken, sage ich:

»Ich kann nicht, Sir. Ich muß nach Rodriguez.«

Er öffnet die Augen:

»Ich weiß, ich habe auch davon reden hören, von diesem Hirngespinst.«

»Von welchem Hirngespinst, Sir?«

»Na ja, von diesem Hirngespinst. Diesem Piratenschatz. Es heißt, Ihr Vater habe viel daran gearbeitet.«

Sagt er »gearbeitet« aus Ironie, oder läßt mich das mein Ärger vermuten?

»Wer sagt das?«

»Alles spricht sich herum. Aber reden wir nicht weiter davon, es ist nicht die Mühe wert.«

»Wollen Sie sagen, daß Sie nicht an das Vorhandensein dieses Schatzes glauben?«

Er schüttelt den Kopf.

»Ich glaube nicht, daß es in diesem Teil der Welt« – er weist mit ausholender Armbewegung auf das Rund des Horizonts – »andere Reichtümer gibt als die, welche die Menschen der Erde und dem Meer entrissen haben, um den Preis des Lebens anderer Menschen.«

Sekundenlang verspüre ich den Wunsch, ihm von den Lageplänen des Korsaren zu erzählen, von den Papieren, die mein Vater gesammelt hat und die ich kopiert habe und in meinem Koffer mit mir führe, von dem allen, was mich im Unglück und in der Einsamkeit von Forest Side getröstet hat. Aber wozu? Er würde es nicht verstehen. Er hat bereits vergessen, was er zu mir gesagt hat, und überläßt sich mit geschlossenen Augen dem Wiegen des Schiffes.

Auch ich betrachte das funkelnde Meer, um nicht mehr an das alles zu denken. Ich spüre im ganzen Körper die langsame Bewegung des Schiffes, das über die Wellen setzt wie ein Pferd über ein Hindernis.

Ich sage noch:

»Danke für das Angebot, Sir. Ich werde es mir überlegen.«

Er öffnet die Augen einen Spalt weit. Vielleicht weiß er schon nicht mehr, wovon ich spreche. Er knurrt:

»Ehem, klar... Natürlich.«

Damit hat es sich. Wir werden nicht mehr miteinander sprechen.

An den folgenden Tagen scheint Kapitän Bradmer seine Haltung mir gegenüber geändert zu haben. Wenn der schwarze Rudergänger in den Laderaum hinuntersteigt, läßt mich der Kapitän nicht mehr ans Steuer. Er selbst nimmt den Platz am Rad ein, vor dem Sessel, der ohne seinen legitimen Besitzer wunderlich aussieht. Wenn der Kapitän müde wird, ruft er den nächstbesten Matrosen und überläßt ihm den Platz am Steuerrad.

Es ist mir gleichgültig. Das Meer ist so schön, daß niemand lange an andere Leute denken kann. Vielleicht wird man Wasser und Himmel ähnlich, glatt, gedankenleer. Vielleicht ist alles weg, Vernunft, Zeit, Ort. Jeder Tag gleicht dem anderen, jede Nacht wiederholt sich. Am nackten Himmel die sengende Sonne, die erstarrten Figuren der Sternbilder. Der Wind dreht sich nicht: Er weht nordwärts, jagt das Schiff vor sich her.

Die Freundschaften zwischen den Männern knüpfen und lösen sich. Keiner braucht keinen. Auf dem Deck – denn seit wir die Ölfässer geladen haben, halte ich es im Schiffsbauch nicht mehr aus – habe ich einen Matrosen aus Rodriguez kennengelernt, einen athletischen und kindlichen Schwarzen namens Casimir. Er spricht nur kreolisch und ein Pidgin-Englisch, das er in Malaysia gelernt hat. Mit Hilfe dieser beiden Sprachen teilt er mir mit, daß er mehrmals die Überfahrt nach Europa gemacht hat, Frankreich und England kennt. Aber er bildet sich nichts darauf ein. Ich frage ihn über Rodriguez aus, nach den Namen der Fahrrinnen, der kleinen Inseln, der Buchten. Ob er einen Berg kenne, der »Commandeur« heiße? Er nennt mir die Namen der bedeutendsten Berge, Patate, Limon, Quatre Vents, le Piton. Er erzählt mir von den »manafs«, den Schwarzen in den Bergen, wilden Gesellen, die niemals an die Küste kommen.

Wegen der Hitze haben sich die übrigen Matrosen trotz des Verbots des Kapitäns auf Deck eingerichtet. Sie schlafen nicht. Sie liegen mit offenen Augen da, sie sprechen leise. Sie rauchen, sie würfeln.

Eines Abends, kurz vor der Ankunft in Mahé, gibt es Streit. Aus unerfindlichen Gründen wird ein islamischer Komorianer von einem Inder angegriffen, der zu viel *»kandja«* geraucht hat. Sie packen einander an den Kleidern, rollen übers Deck. Die anderen weichen zurück, sie bilden einen Kreis wie bei einem Hahnenkampf. Der Komorianer ist klein und dürr, er wird bald auf die Bretter geschickt, aber der Inder ist so berauscht, daß er neben ihm herrollt und nicht mehr aufstehen kann. Die Männer sehen dem Kampf wortlos zu. Ich höre den rauhen Atem der Kämpfer, das Geräusch ungeschickter Schläge, das Knurren. Dann taucht der Kapitän aus dem Laderaum auf, betrachtet eine Weile den Kampf und gibt einen Befehl. Casimir, der gute Riese, trennt die beiden. Er packt sie gleichzeitig am Gürtel, hebt sie hoch, als wären sie nur ein paar Wäscheballen, und setzt jeden an einem anderen Ende des Decks ab. So kommt alles wieder in Ordnung.

Am nächsten Abend sind wir in Sichtweite der Inseln. Die Matrosen stoßen schrille Schreie aus, als sie Land erblicken, einen kaum sichtbaren Streifen wie eine dunkle Wolke unter dem Himmel. Wenig später erscheinen die hohen Berge. »Das ist Mahé«, sagt Casimir. Er lacht vor Freude. »Dort, Insel Platte, und dort, Frégate.« Je mehr das Schiff sich nähert, desto mehr Inseln kommen in Sicht, manche so weit entfernt, daß eine vorüberrauschende Welle sie unserem Blick entzieht. Die Hauptinsel wächst vor uns auf. Bald kommen die ersten Möwen und umkreisen uns schreiend. Auch Fregattvögel, die schönsten Vögel, die ich je gesehen habe, glänzend schwarz, mit ihren riesigen, weit ausgespannten Flügeln und ihren langen gespaltenen Schwänzen, die hinter ihnen herschweben. Die Vögel segeln im Wind über uns, beweglich wie Schatten, und rasseln mit ihren roten Kehlsäcken.

So ist es jedesmal, wenn wir Land anlaufen. Die Vögel kommen, um diese Fremden näher zu besehen. Was bringen diese Menschen? Welche Todesdrohung? Oder bringen sie Nahrung, Fisch, Kalmare oder sogar einen Wal, der an der Schiffsflanke hängt?

Die Insel Mahé liegt kaum zwei Meilen vor uns. Im warmen Halblicht der Dämmerung kann ich die weißen Felsen der Küste ausmachen, die Buchten, die Sandstrände, die Bäume. Wir fahren an der Ostküste entlang, um im Wind zu bleiben, bis zur äußersten Nordspitze, vorbei an zwei kleinen Inseln, deren Namen mir Casimir sagt: Conception, Thérèse, und er lacht, weil es Mädchennamen sind. Die beiden Erhebungen liegen direkt vor uns, ihre Gipfel sind noch in der Sonne.

Hinter den kleinen Inseln flaut der Wind ab, wird zur leichten Brise, das Meer ist smaragdgrün. Wir sind ganz nah an der schaumgekrönten Korallenbank. Die Hütten der Dörfer erscheinen wie Spielzeughäuser inmitten von Kokospalmen. Casimir zählt mir die Namen der Dörfer auf: Bel Ombre, Beau Vallon, Glacis. Die Nacht fällt ein, und die Hitze drückt nach soviel Wind. Als wir die Fahrrinne auf der anderen Seite der Insel erreichen, glänzen schon die Lichter von Port Victoria. In dem von den Inseln geschützten Hafenbecken gibt der Kapitän Befehl, die Segel zu reffen und Anker zu werfen.

Schon schicken die Matrosen sich an, die Piroge zu Wasser zu lassen. Sie wollen möglichst schnell an Land. Ich beschließe, auf Deck zu schlafen, unter meiner alten Pferdedecke, an meinem Lieblingsplatz, von dem aus ich die Sterne am Himmel sehen kann.

Ich bin mit dem schwarzen Rudergänger und einem schweigsamen Komorianer allein an Bord zurückgeblieben. Ich liebe diese Einsamkeit, diese Stille. Die Nacht ist seidig, tief, das Land ist nah und unsichtbar, verschleiert, wie eine Wolke, wie ein Traum. Ich höre das Anklatschen der Wellen an der Schiffswand und das rhythmische Klirren der Ankerkette, um die das Schiff sich dreht, in der einen Richtung, dann in der anderen.

Ich denke an Laure, an Mam, die jetzt so fern sind, jenseits des Meeres. Sind sie von derselben Nacht eingehüllt, derselben lautlosen Nacht? Ich steige hinunter in den Laderaum, um einen Brief zu schreiben, den ich morgen in Port Victoria aufgeben könnte. Beim Schein eines trüben Lämpchens versuche ich zu schreiben. Aber die Hitze ist erstickend, dazu kommen der Ölgeruch und das Sirren der Insekten. Mein Körper und mein Gesicht triefen von Schweiß. Die Worte kommen nicht. Was könnte ich schreiben? Laure selber hat mich gewarnt, als ich abfuhr: Schicke nur einen einzigen Brief, den, in dem du schreibst: Ich komme zurück. Alles andere ist sinnlos. So ist sie: alles oder nichts. Aus Furcht, nicht alles zu bekommen, hat sie das Nichts gewählt, denn sie ist stolz.

Da ich ihr nicht schreiben und ihr aus der Ferne sagen kann, wie schön hier alles ist, unter dem Nachthimmel, auf dem glatten Wasser des Hafenbeckens treibend, auf diesem verlassenen Schiff, wozu also schreiben? Ich lege Schreibzeug und Papier wieder in den Koffer, den ich verschließe, und gehe auf Deck zurück, um Luft zu schöpfen. Der schwarze

Rudergänger und der Komorianer sitzen an der Treppenluke, sie rauchen und unterhalten sich leise. Später wickelt der Rudergänger sich in ein Laken, das einem Leichentuch ähnelt, und legt sich mit offenen Augen auf dem Deck nieder. Seit wie vielen Jahren hat er nicht geschlafen?

Port Victoria

Ich suche ein Boot, das mich zur Insel Frégate bringt. Es ist mehr Neugier als wirkliches Interesse, was mich zu dieser Insel treibt, von der mein Vater einst glaubte, daß dort nach der bei den Unterlagen über den Piratenschatz gefundenen Karte das Versteck zu suchen sei. In der Tat hat er anhand des Plans von Frégate begriffen, daß die Karte des Korsaren fälschlicherweise in Ost-West-Richtung ausgerichtet ist und daß man sie um 45° drehen muß, um die richtige Orientierung zu bekommen.

Ein schwarzer Fischer will mich hinüberbringen, es sind drei bis vier Stunden Fahrt je nach Windstärke. Wir brechen sofort auf, nachdem ich bei dem Chinesen Kekse und ein paar Kokosnüsse gegen den Durst gekauft habe. Der Fischer hat mir keine Frage gestellt. Er hat als Proviant nur eine alte Wasserflasche mitgenommen. Er hißt das trapezförmige Segel auf seiner Rah und befestigt es an dem langen Ruder, wie es die indischen Fischer tun.

Sobald wir aus der Fahrrinne sind, kommen wir wieder in den Windstrich, und die Piroge saust, über das dunkle Meer geneigt dahin. Wir werden in drei Stunden Frégate erreichen. Die Sonne steht hoch am Himmel, sie zeigt Mittag an. Ich sitze auf einem Schemel im Bug der Piroge und schaue aufs Meer und auf die dunkle Masse der Berge, die sich entfernt.

Wir fahren nach Osten. Am straff gespannten Horizont

sehe ich die anderen Inseln, die Berge, blau, unwirklich. Kein einziger Vogel begleitet uns. Der Fischer steht im Heck, auf sein langes Ruder gestützt.

Gegen drei Uhr sind wir tatsächlich vor der Korallenbank von Frégate. Die Insel ist klein, ohne Anhöhen. Sie ist von Sand umgeben, auf dem Kokospalmen und ein paar Fischerhütten stehen. Wir passieren die Fahrrinne und legen an einer Korallenmole an, auf der drei oder vier Fischer sitzen. Kinder baden, laufen nackt über den Strand. Landeinwärts, tief im Grünen, sieht man ein Holzhaus mit Veranda, in schlechtem Zustand, und eine Vanillepflanzung. Der Fischer sagt mir, es sei das Haus von Mister Savy. So heißen auch die Leute, denen einige der von meinem Vater kopierten Pläne gehören, und die Insel ist in ihrem Besitz. Aber sie leben in Mahé.

Ich gehe über den Strand, umringt von schwarzen Kindern, die lachen und mir zurufen und den Fremden bestaunen. Ich schlage den Pfad ein, der an der Besitzung der Savy entlangführt, und ich durchquere die Insel in ihrer ganzen Breite. Auf der anderen Seite gibt es weder Strand noch Ankerplatz. Nur kleine Felsbuchten. Die Insel ist so schmal, daß an stürmischen Tagen die Gischten alles übersprühen dürften.

Als ich zur Mole zurückkomme, ist kaum eine Stunde vergangen. Hier gibt es keinen Ort zum Übernachten, und ich habe keine Lust, länger zu verweilen. Als der Fischer mich zurückkommen sieht, macht er das Boot los und hißt das Rahsegel am Mast. Die Piroge gleitet aufs offene Meer hinaus. Die Wellen der Flut bedecken die Mole, laufen zwischen den Beinen der kreischenden Kinder hindurch. Die Kinder winken, tauchen ins durchsichtige Wasser.

In seinen Aufzeichnungen schreibt mein Vater, er habe die Möglichkeit ausgeschlossen, daß der Schatz des Korsaren auf Frégate liege, da die Insel zu klein sei und es dort an Wasser, Holz und Nahrungsmitteln mangele. Nach dem, was ich habe sehen können, hatte er recht. Hier gibt es keine stabilen Landmarken, nichts, was bei der Erstellung eines Lageplans helfen könnte. Die Seeräuber, die um 1730 im Indischen Ozean jagten, würden nicht hierher gekommen sein. Sie hätten nicht gefunden, was sie suchten, diese Art Naturgeheimnis, das ihrer Absicht entsprechend, der Zeit trotzen würde.

Dennoch, während die Piroge sich von Frégate entfernt, vom Wind seitlich geneigt nach Westen segelt, empfinde ich etwas wie Bedauern. Das klare Wasser der Lagune, die nackten Kinder, die über den Strand liefen, und dieses alte verlassene Holzhaus inmitten der Vanillebäume, das alles erinnert mich an die Zeit am Boucan. Es ist eine Welt ohne Geheimnis, und deshalb empfinde ich dieses Bedauern.

Was werde ich auf Rodriguez finden? Und wenn es so sein sollte wie hier, wenn es auch dort drüben nichts außer Sand und Bäumen gibt? Das Meer funkelt jetzt unter den schrägen Strahlen der sinkenden Sonne. Der Fischer steht immer noch im Heck, auf sein Ruder gestützt. Sein dunkles Gesicht drückt nichts aus, keine Ungeduld, keine Langeweile. Er betrachtet nur die Silhouette der beiden Erhebungen, die vor uns aufwachsen, der Schildwachen von Port Victoria, das schon in der Nacht versunken ist.

Wiederum Port Victoria. Vom Deck der *Zeta* aus beobachte ich das Hin und Her der Pirogen, die das Öl ausladen. Die Luft ist warm und schwer, ohne einen Hauch. Das Licht, das der Meeresspiegel zurückwirft, fasziniert mich, versetzt mich in einen Traumzustand. Ich lausche auf die fernen Geräusche des Hafens. Manchmal zieht ein Vogel über den Himmel, und sein Schrei schreckt mich auf. Ich habe angefangen, Laure einen Brief zu schreiben, aber werde ich ihn jemals abschicken? Viel lieber wäre mir, sie käme hierher, jetzt, um ihn über meine Schulter zu lesen. Im Schneidersitz auf Deck hockend, mit offenem Hemd, wirrem Haar, langem und salzweißem Bart, wie ein Sträfling: so schreibe ich an sie. Ich berichte ihr auch von Bradmer, vom Rudergänger, der niemals schläft, von Casimir.

Die Stunden fliegen spurlos dahin. Ich habe mich im Schatten des Fockmasts aufs Deck gelegt. Ich habe alles wieder im Koffer verstaut, Schreibzeug und das Blatt Papier, auf das ich nur ein paar Zeilen schreiben konnte. Später weckt mich die Sonnenhitze auf meinen Lidern. Der Himmel ist noch immer so blau, und derselbe Vogel kreist schreiend über mir. Ich hole das Blatt Papier wieder hervor, und ich schreibe mechanisch die Verse nieder, die mir im Schlaf wieder eingefallen sind:

Jamque dies auraeque vocant, rursusque capessunt
Aequora, qua rigidos eructat Bosporos amnes...

Ich setze den Brief fort, wo ich aufgehört hatte. Aber schreibe ich wirklich an Laure? In der warmen Stille des Hafens, inmitten des Funkelns und der Reflexe, vor mir die graue Küste und die hohen blauen Schatten der Kuppen, drängen sich mir andere Worte auf: Warum habe ich alles verlassen, um welcher Chimäre willen? Dieser Schatz, den ich seit so vielen Jahren im Traum zu heben suche, existiert er denn überhaupt? Liegt er tatsächlich in der Höhle, Geschmeide und Edelsteine, die darauf warten, das Tageslicht zu spiegeln? Birgt er diese Macht, welche die Zeit zurückdrehen, Unglück und Ruin ungeschehen machen würde, den Tod meines Vaters in dem verfallenden Haus in Forest Side? Aber vielleicht besitze ich als einziger den Schlüssel zu diesem Geheimnis, und jetzt nähere ich mich ihm. Dort drüben, am Ende meiner Reise, ist Rodriguez, wo sich endlich alles zum Guten wenden wird. Den alten Traum meines Vaters, diesen Traum, dem er seine Suche widmete und der mich durch meine ganze Kindheit hindurch verfolgt hat, ich werde ihn endlich verwirklichen können! Ich bin der einzige, der das tun kann. Es ist der Wille meines Vaters, nicht mein eigener, denn mein Vater wird die Erde von Forest Side nie mehr verlassen. Das will ich jetzt schreiben, aber nicht, um es an Laure zu schicken. Ich bin nur ausgezogen, um den Traum zu beenden, damit das Leben beginne. Ich werde bis ans Ziel meiner Reise gehen, ich weiß, daß ich etwas finden werde.

Das habe ich Laure sagen wollen, als wir uns trennten. Aber sie hat es aus meinem Blick gelesen, sie hat sich abgewandt und mich ziehen lassen.

Wie lange schon warte ich auf diese Reise! Mir scheint, daß ich nie aufgehört habe, an sie zu denken.

Sie war im Brausen des Windes, wenn in Tamarin das Meer in die Flußmündung eindrang, in den Wellen, die über die grüne Weite der Zuckerrohrfelder liefen, im Rauschen des Windes in den Schuppenblättchen der Kasuarinen. Ich erinnere mich an den makellosen Himmel über La Tourelle und an seinen schwindelerregenden Absturz zum Horizont in der Dämmerung. Am Abend wurde das Meer violett, mit Lichtreflexen gesprenkelt. Jetzt bricht der Abend über dem Hafenbecken von Port Victoria herein, und mir scheint, ich bin ganz nah an der Stelle, wo Himmel und Meer sich begegnen. Ist dies nicht das Zeichen, dem das Schiff *Argo* auf seiner Fahrt in die Ewigkeit folgte?

Als es Nacht wird, kommt der wachhabende Matrose aus dem Laderaum, wo er den ganzen Nachmittag nackt in der erstickenden Hitze geschlafen hat. Er hat lediglich einen Lendenschurz angelegt, und sein Körper glänzt vor Schweiß. Er hockt sich im Vorderschiff vor eine Ladeluke und uriniert lange ins Meer. Dann setzt er sich neben mich, lehnt sich an den Mast und raucht. Im Halbdunkel wird sein braunes Gesicht vom Weiß seiner Augen seltsam erhellt. Wir bleiben lange Seite an Seite sitzen, ohne ein Wort zu wechseln.

Freitag, glaube ich

Kapitän Bradmer hatte recht gehabt, daß er nicht gegen den Südwind anzukämpfen suchte. Bei Tagesanbruch, sobald die Ladung gelöscht war, ist die *Zeta* durch die Fahrrinne ausgelaufen, und vor den Inseln hat sie den Westwind bekommen, der uns die Rückkehr gestattet. Ihrer Fracht ledig rauscht die *Zeta* mit vollen Segeln dahin, ein wenig zur Seite geneigt wie ein richtiger Clipper. Das dunkle Meer wird von langen Dünungen bewegt, die von Osten kommen, vielleicht von einem fernen Sturm an den Küsten Malabars. Die Wogen schlagen über den Steven und überschwemmen das Deck. Der Kapitän hat die Luken im Bug festschrauben lassen, und die Männer, die nicht an Deck gebraucht werden, sind in den Laderaum hinuntergegangen. Ich durfte auf dem Achterdeck bleiben, vielleicht einfach, weil ich meine Passage bezahlt habe. Kapitän Bradmer scheint keine Notiz von den Wellen zu nehmen, die bis zu den Füßen seines Sessels über das Deck fegen. Der Rudergänger steht breitbeinig am Steuerrad, und der Klang seiner Worte verliert sich im Wind und im Brausen des Meeres.

Den halben Tag lang eilt das Schiff so dahin, windgebeugt, schaumtriefend. Meine Ohren sind erfüllt vom Lärmen der Elemente, es dringt in meinen Körper und vibriert in meinem Inneren. Ich kann an nichts anderes mehr denken. Ich sehe den Kapitän an, der die Sessellehnen umklammert, sein Gesicht ist rot von Wind und Sonne, und ich glaube in seiner Miene etwas Unbekanntes, Gewalttätiges, Verbissenes zu erblicken, das beängstigt wie der Wahnsinn. Ist die *Zeta* nicht am Ende ihrer Widerstandskraft? Sie neigt sich gefährlich unter den schweren Dünungen, die backbords anprallen, und trotz der lärmenden See höre ich das Schiff in allen Fugen krachen. Die Männer haben sich vor den überkommenden Seen nach Achtern geflüchtet. Auch sie schauen geradeaus vor sich hin, auf das Heck, mit dem gleichen starren Blick. Alle erwarten wir irgend etwas, ohne zu wissen, was, als wären wir verloren, wenn wir auch nur eine Sekunde lang den Blick abwendeten.

Lange, stundenlang verharren wir so, an die Taue, an die Reling geklammert, und beobachten, wie das Heck ins dunkle Meer taucht, hören auf das Tosen von Wellen und Wind. Die Stöße des Meers gegen das Ruder sind so stark, daß der Steuermann Mühe hat, das Rad festzuhalten. Auf seinen Armen treten die Adern hervor, und sein Gesicht ist verzerrt, fast wie im Schmerz. Über den Segeln fliegen die dampfenden Gischtwolken, von Regenbogen beleuchtet. Mehrmals denke ich daran, aufzustehen und den Kapitän zu fragen, warum wir unter vollen Segeln fahren. Aber sein harter Gesichtsausdruck schreckt mich ab, auch fürchte ich zu stürzen.

Plötzlich, ohne ersichtlichen Grund, gibt Bradmer Befehl Fock und Stag einzuholen und Segel zu reffen. Um das Manöver zu ermöglichen, dreht der Rudergänger das Steuerrad nach Backbord, und das Schiff richtet sich auf. Die Segel flattern, knattern wie Fahnen. Alles ist wieder normal geworden. Als die *Zeta* erneut auf Kurs geht, läuft sie ruhig und neigt sich nicht zur Seite. Dem ungeheueren Lärm der Segel folgt das Pfeifen im Tauwerk.

Indes hat Bradmer sich nicht geregt. Sein Gesicht ist noch immer rot, verschlossen, der Blick hat sich nicht abgewandt. Jetzt ist der Steuermann in den Laderaum hinabgestiegen, um auszuruhen, die Augen ohne einen Wimpernschlag zur geschwärzten Decke gerichtet. Casimir aus Rodriguez steht am Ruder, und ich höre seine singende Stimme, wenn er zum Kapitän spricht. Auf dem nassen Deck haben die Matrosen ihre Würfelpartie und ihr Palaver wieder aufgenommen, als sei nichts gewesen. Aber ist denn irgend etwas gewesen? Nur die Raserei dieses blauen Himmels, dieses Meeres, das Schwindel erregt, des Windes, der die Ohren erfüllt, diese Einsamkeit, diese Gewalt.

Die *Zeta* kommt mühelos voran, kaum von den Wellen gebremst. Unter der brennenden Mittagssonne ist das Deck schon getrocknet, von Salzkristallen glitzernd. Der Horizont ist unbewegt, scharf, und das Meer wild. In mir kommen die Gedanken, die Erinnerungen zurück, und ich bemerke, daß ich Selbstgespräche führe. Aber wer achtet hier darauf? Sind wir nicht alle so, dem Meer verfallen, Bradmer, der schwarze Rudergänger, Casimir und alle anderen? Wer hört uns zu?

In mir kommen die Erinnerungen zurück, das Geheimnis des Schatzes am Ziel dieser Fahrt. Aber das Meer tilgt die Zeit. Diese Wellen, aus welcher Zeit kommen sie? Sind es nicht die Wellen von vor zweihundert Jahren, als Avery mit seiner sagenhaften Beute von den Küsten Indiens floh, als auf diesem Meer Missions weiße Flagge wehte, die in goldenen Lettern die Worte trug:

Pro Deo et Libertate

Der Wind altert nicht, das Meer ist zeitlos. Sonne und Himmel sind ewig.

Ich betrachte jede Schaumkrone in der Ferne. Ich glaube, ich weiß jetzt, wonach ich auf der Suche bin. Ich glaube, ich sehe in mich hinein, wie jemand, den ein Traumbild heimgesucht hat.

Saint Brandon

Nach diesen Tagen, diesen Wochen, in denen man nichts sah als das Blau von Meer und Himmel und die Wolken, die ihren Schatten über die Wellen schicken ließen, erspäht oder vielmehr erahnt der Matrose, der am Bug Ausschau hält, einen grauen Streifen Land, und ein Name schwirrt auf Deck hin und her, »Saint Brandon!... Saint Brandon«, und es ist, als hätten wir alle in unserem ganzen Leben niemals etwas so Wichtiges gehört. Alle beugen sich über die Reling, möchten es sehen. Hinter dem Steuerrad kneift der Rudergänger die Augen zusammen, sein Gesicht ist gespannt, besorgt. »Wir werden vor Nacht dort sein«, sagt Bradmer. Seine Stimme ist voll kindlicher Ungeduld.

»Ist das wirklich Saint Brandon?«

Meine Frage überrascht ihn. Er antwortet barsch:

»Was soll es denn sonst sein? Im Umkreis von vierhundert Meilen gibt es kein Land, außer Tromelin, das hinter uns liegt, und Nazareth, ein Felshaufen kaum über Wasser, im Nordwesten.« Er fügt sofort hinzu: »Ja, es ist wirklich Saint Brandon.« Vor allem der Rudergänger späht nach den Inseln aus, und mir fällt ein, was er erzählt hat vom himmelblauen Wasser, in dem die schönsten Fische der Welt sind, von den Schildkröten, den Völkern der Seevögel. Von den Inseln, die für Frauen verboten sind, und die Legende von dem Mädchen, das der Sturm weggerissen hat.

Aber der Rudergänger spricht nicht. Er steuert das Schiff auf die noch dunkle Linie zu, die im Südosten erscheint. Er will noch vor der Nacht dort drüben sein, die Fahrrinne passieren. Wir alle schauen ungeduldig in dieselbe Richtung.

Die Sonne berührt den Horizont, als wir in die Wasser des Archipels gelangen. Plötzlich erhellt sich der Meeresgrund. Der Wind flaut ab. Das Sonnenlicht ist sanfter, diffuser. Die

Inseln weichen vor dem Schiffsbug auseinander, sie sind so zahlreich wie ein Schwarm Wale. In Wahrheit ist es eine einzige große kreisförmige Insel, ein Ring, aus dem ein paar kahle Koralleninselchen auftauchen. Ist dies das Paradies, von dem der Komorianer sprach? Aber je weiter wir in das Atoll gelangen, um so mehr empfinden wir die Seltsamkeit des Ortes. Einen Frieden und eine Gelassenheit, die ich nirgendwo sonst empfand, die aus der Durchsichtigkeit des Wassers kommen, der Reinheit des Himmels, der Stille.

Der Rudergänger lenkt die *Zeta* geradewegs auf die Reihe der ersten Klippen zu. Der Grund ist ganz nah, mit Korallen und Algen bewachsen, türkisfarben trotz der dämmernden Nacht. Wir schieben uns zwischen die schwarzen Riffe, wo das hohe Meer von Zeit zu Zeit einen Dampfstrahl ausstößt. Die seltsamen Inseln sind noch fern, sie gleichen schlafenden Meerestieren, aber plötzlich stelle ich fest, daß wir inmitten des Archipels sind. Unversehens haben wir das Zentrum des Atolls erreicht.

Auch Kapitän Bradmer hat sich über die Reling gebeugt. Er betrachtet den Grund, der so nah ist, daß man jede Muschel, jeden Korallenzweig ausmachen kann. Das Licht der Sonne, die hinter den Inseln erlischt, vermag die Klarheit des Meeres nicht zu trüben. Wir alle schweigen, um den Zauber nicht zu brechen. Ich höre Bradmer vor sich hinmurmeln. Er sagt auf englisch: »Land of the sea«, das Land des Meeres.

Aus der Ferne hört man schwach die Felsbrandung. Wie einst am Tamarin singt sie ihr ewiges Arbeitslied.

Die Nacht sinkt über das Atoll. Es ist die mildeste Nacht, die ich je erlebte. Nach dem Sengen von Sonne und Wind entschädigt uns diese Nacht mit ihren zahllosen Sternen, die den violetten Himmel sprenkeln. Die Matrosen haben ihre Kleider ausgezogen, einer nach dem anderen springen sie ins Meer und schwimmen lautlos im leichten Wasser.

Ich tue es ihnen nach, ich schwimme lange in dem Wasser, das so weich ist, daß ich es kaum spüre, nur als leichtes Kribbeln rings um mich her. Das Wasser der Lagune wäscht mich, reinigt mich von aller Gier, aller Unruhe. Lange gleite ich auf der spiegelglatten Fläche, bis die Stimmen der Matrosen undeutlich zu mir dringen, zusammen mit dem Geschrei der Seevögel. Ganz nah vor mir sehe ich den dunklen Umriß der Insel, die der Rudergänger La Perle nennt, und ein wenig weiter, wie einen von Vögeln umschwärmten Wal, die Insel Frégate. Morgen bin ich dort auf den Stränden, und das Wasser wird noch schöner sein. Die Lichter, die durch die Luken der *Zeta* glänzen, weisen mir beim Schwimmen den Weg. Als ich mich an dem Kletterseil hochhangele, das vom Bugspriet hängt, fröstle ich in der Brise.

In dieser Nacht hat niemand wirklich geschlafen. Die Männer haben die ganze Nacht auf Deck geredet und geraucht, und der Rudergänger ist im Heck sitzen geblieben und hat die Spiegelbilder der Sterne auf den Wassern des Atolls betrachtet. Sogar der Kapitän ist in seinem Sessel wach geblieben. Von meinem Platz beim Fockmast aus sehe ich von Zeit zu Zeit die Glut seiner Zigarette aufglimmen. Der Meerwind trägt die Worte der Matrosen fort, vermischt sie mit dem Grollen der Felsbrandung. Hier ist der Himmel endlos und rein, als gebe es auf Erden kein anderes Stück Land, als stehe alles am Beginn.

Ich schlafe ein bißchen, den Kopf auf den Arm gestützt, und als ich erwache, scheint die Morgenröte. Das Licht ist durchsichtig wie das Wasser der Lagune, azurblau und perlmuttfarben, seit dem Boucan habe ich keinen so schönen Morgen gesehen. Das Meeresgrollen ist lauter geworden, es scheint das Geräusch des Tageslichts zu sein. Als ich um mich blicke, sehe ich, daß die meisten Matrosen noch schlafen, sie liegen auf dem Deck oder sitzen an die Reling gelehnt, wie der

Schlaf sie überwältigt hat. Bradmer ist nicht mehr in seinem Sessel. Vielleicht ist er in seiner Koje und schreibt. Nur der schwarze Rudergänger steht noch auf demselben Platz im Heck. Er beobachtet den Tagesanbruch. Ich gehe zu ihm, weil ich etwas sagen möchte, aber er spricht als erster:

»Gibt es einen schöneren Ort auf der Welt?«

Seine Stimme ist rauh, die Stimme eines Mannes, dessen Gemüt erregt ist.

»Als ich zum erstenmal hierherkam, war ich noch ein Kind. Jetzt bin ich ein alter Mann, aber hier hat sich nichts verändert. Ich könnte glauben, es sei gestern gewesen.«

»Warum ist der Kapitän hierhergekommen?«

Er sieht mich an, als sei meine Frage absurd.

»Na, Ihretwegen! Er wollte, daß Sie Saint Brandon sehen, er erweist Ihnen einen Gefallen.«

Er zuckt die Achseln und spricht nicht weiter. Er weiß vermutlich, daß ich abgelehnt habe, an Bord der *Zeta* zu bleiben, und deshalb interessiere ich ihn nicht mehr. Er versenkt sich wieder in die Betrachtung der Sonne, die über dem riesigen Atoll aufgeht, des Lichts, das aus dem Wasser zu springen und zum wolkenlosen Himmel aufzusteigen scheint. Die Vögel furchen den Himmel, Kormorane, die dicht über dem Wasser fliegen, auf dem ihre Schatten gleiten, Sturmvögel hoch im Wind, winzige wirbelnde Silbertupfen. Sie kreuzen einander, schreien und keckern so laut, daß sie die Männer auf dem Deck wecken, die gleichfalls zu reden anfangen.

Später habe ich begriffen, warum Bradmer die Insel Saint Brandon angelaufen hat. Die Piroge wird mit sechs Mann der Besatzung zu Wasser gelassen. Der Kapitän steht am Ruder, der Steuermann im Bug, eine Harpune in der Hand. Die Piroge gleitet lautlos über das Wasser der Lagune auf La Perle zu. Ich stehe im Bug der Piroge neben dem Steuermann, und wenn ich mich vorbeuge, sehe ich deutlich die dunklen Flecke der Schildkröten nahe dem Strand. Wir nähern uns ihnen geräuschlos. Als die Piroge sie erreicht, bemerken sie uns, aber es ist zu spät. Mit kraftvollem Schwung schleudert der Steuermann die Harpune, die knirschend durch den Panzer fährt, und das Blut spritzt hoch. Sofort, mit einem wilden Schrei, holen die Männer an, und die Piroge schießt auf das Ufer der Insel zu, zieht die Schildkröte hinter sich her. Als die Piroge ganz nah am Strand ist, springen zwei Matrosen ins Wasser, haken die Schildkröte ab und drehen sie am Strand auf den Rücken.

Schon kehren wir in die Lagune zurück, wo die anderen Schildkröten arglos warten. Mehrere Male durchdringt die Harpune des Rudergängers die Panzer der Schildkröten. Auf dem weißsandigen Strand fließt das Blut in Strömen, trübt das Meer. Es muß schnell gehen, ehe der Blutgeruch die Haie anlockt, die die Schildkröten ins tiefe Wasser jagen werden. Auf dem weißen Strand verenden die Schildkröten. Es sind zehn. Die Matrosen schneiden sie mit Schlachtermessern in Stücke, legen die Fleischviertel auf dem Sand aus. Die Stücke werden in die Piroge verladen, um an Bord des Schiffs geräuchert zu werden, denn auf den Inseln gibt es kein Holz. Hier ist nur unfruchtbarer Boden, ein Ort, an den die Geschöpfe des Meeres kommen, um zu sterben.

Als das Gemetzel beendet ist, steigen alle mit bluttriefenden Händen wieder in die Piroge. Ich höre die schrillen Schreie der Vögel, die sich um die Schildkrötenpanzer balgen. Das Licht ist blendend grell, mich schwindelt. Ich will nur weg von dieser Insel, dieser blutbesudelten Lagune. An Bord der *Zeta* machen sich dann die Männer stundenlang um die Feuerstelle zu schaffen, auf der die Fleischviertel braten. Aber ich kann nicht vergessen, was geschah, und an diesem Abend verschmähe ich das Essen. Morgen früh, bei Tagesanbruch, wird die *Zeta* das Atoll verlassen, und nichts wird an unseren Aufenthalt erinnern als diese zertrümmerten Rückenpanzer, die bereits von den Seevögeln sauber ausgeputzt wurden.

Sonntag, auf dem Meer

Wie lang meine Abreise schon her ist! Einen Monat, mehr vielleicht? Noch nie ist so viel Zeit vergangen, ohne daß ich Laure sah, ohne Mam. Als ich Laure adieu sagte, als ich ihr zum ersten Mal von meiner Reise nach Rodriguez sprach, hat sie mir als Beitrag zu meiner Schiffspassage ihre Ersparnisse gegeben. Aber ich habe in ihren Augen jenen dunklen Blitz gesehen, jenes zornige Licht, das sagte: Wir werden uns vielleicht nie wiedersehen. Sie hat adieu gesagt, nicht auf Wiedersehen, und sie hat mich nicht zum Hafen begleiten wollen. Alle diese Tage auf dem Meer waren notwendig, dieses Licht, dieses Brennen von Sonne und Wind, diese Nächte, damit ich verstehe. Jetzt weiß ich, daß die *Zeta* mich einem Abenteuer ohne Wiederkehr entgegenträgt. Wer kann seine Bestimmung kennen? Das Geheimnis, das mich erwartet, das kein anderer als ich entdecken soll, hier steht es geschrieben. Es ist aufgezeichnet im Meer, auf dem Schaum der Wellen, am Tageshimmel, in den unwandelbaren Mustern der Sternbilder. Wie soll man es erfassen? Ich denke immer noch an das Schiff *Argo,* wie es auf das unbekannte Meer hinausfuhr, geleitet vom Sternbild der Schlange. Es war die *Argo,* die selbst ihre Bestimmung erfüllte, nicht die Besatzung. Was bedeuteten die Schätze, die Länder? Mußten diese Männer nicht ihre Schicksale besiegeln, einige in den Kämpfen oder im Glanz der Liebe, andere im Tode? Ich denke an die *Argo,* und das Deck der *Zeta* wird ein anderes, verwandelt sich. Und diese Matrosen, die dunkelhäutigen Komorianer und Inder, der

Rudergänger, der immer an seinem Steuerrad steht, sein Gesicht aus Lava mit den niemals blinzelnden Lidern, und sogar Bradmer mit seinen zusammengekniffenen Augen und dem Trinkergesicht, irren sie nicht seit jeher von Insel zu Insel, auf der Suche nach ihrer Bestimmung?

Hat mir die Brechung der Sonne auf den beweglichen Spiegeln der Wellen den Verstand verwirrt? Ich fühle mich außerhalb der Zeit, in einer anderen Welt, die so verschieden, so fern von allem ist, was ich gekannt habe, daß ich nie wieder finden werde, was ich hinter mir ließ. Deshalb empfinde ich diesen Schwindel, diese Übelkeit: Ich habe Angst aufzugeben, was ich gewesen bin, ohne Hoffnung auf ein Wiederfinden. Jede Stunde, jeder Tag, der vergeht, gleicht den Meereswellen, die gegen den Steven laufen, das Schiff kurz hochheben und dann in der Kielspur verschwinden. Jede entfernt mich weiter von der Zeit, die ich liebe, von der Stimme Mams, von der Gegenwart Laures.

Kapitän Bradmer ist heute früh im Heck zu mir gekommen:

»Morgen oder übermorgen sind wir auf Rodriguez.«

Ich wiederhole:

»Morgen oder übermorgen?«

»Morgen, wenn der Wind sich hält.«

Also geht die Reise zu Ende. Deshalb wohl erscheint mir alles so anders.

Die Männer haben den Fleischvorrat aufgegessen. Ich habe mich mit gewürztem Reis begnügt, mir graust vor diesem Fleisch. Seit ein paar Tagen verspüre ich jeden Abend Fieber. In meine Decke gewickelt zittere ich vor Kälte, trotz der Gluthitze im Laderaum. Was tun, wenn mein Körper mich im Stich läßt? Im Koffer habe ich das Chininfläschchen gefunden, das ich vor der Abreise kaufte, und ich schlucke eine Tablette mit meinem Speichel hinunter.

Es ist Nacht geworden, ohne daß ich es bemerke.

Spät nachts erwache ich, in Schweiß gebadet. Neben mir sitzt mit untergeschlagenen Beinen, den Rücken an die Schiffswand gelehnt, ein Mann mit schwarzem Gesicht, das der Schein der Ölfunzel seltsam erhellt. Ich richte mich auf einem Ellbogen hoch und erkenne den Rudergänger, seine starren Augen. Er spricht mit seiner singenden Stimme zu mir, aber ich kann den Sinn seiner Worte nicht recht begreifen. Ich höre, daß er mir Fragen über den Schatz stellt, den ich auf Rodriguez heben will. Woher weiß er das? Vermutlich hat Kapitän Bradmer es ihm gesagt. Er fragt, und ich antworte nicht, aber das ficht ihn nicht an. Er wartet, stellt dann eine weitere Frage und dann noch eine. Endlich verliert er das Interesse und fängt an, mir von Saint Brandon zu erzählen, wohin er gehen wird, um zu sterben, wie er sagt. Ich stelle mir seine Leiche vor, wie sie inmitten der Schildkrötenpanzer ausgestreckt liegt. Eingelullt vom Klang seiner Worte schlafe ich wieder ein.

Rodriguez in Sicht

Die Insel erscheint auf der Linie des Horizonts. Sie taucht aus dem Meer im gelben Abendhimmel auf, mit ihren hohen blauen Bergen über dem dunklen Wasser. Vielleicht haben die Seevögel, die über uns schreien, mich als erste alarmiert.

Ich gehe zum Bug, um besser zu sehen. Die vom Westwind geschwellten Segel treiben den Steven hinter den Wellen her. Das Schiff fällt in die Wellentäler, hebt sich wieder. Der Horizont ist sehr scharf, gespannt. Die Insel steigt und fällt hinter den Wogen, und die Berggipfel scheinen aus der Tiefe des Ozeans emporzuwachsen.

Noch nie hat ein Stück Land mir diesen Eindruck gemacht:

Dieses hier ähnelt den Spitzen der Trois Mamelles, nur noch höher, wie eine unüberwindliche Mauer. Casimir steht neben mir im Bug. Er freut sich, mir die Berge vorstellen, ihre Namen nennen zu können.

Die Sonne ist jetzt hinter der Insel versteckt. Die hohen Berge heben sich gegen den blassen Himmel ab.

Der Kapitän läßt Segel streichen. Die Männer klettern in die Wanten, um das Reff zu schnüren. Wir fahren im Wellentempo der dunklen Insel entgegen, die Focksegel glänzen im Licht der Dämmerung wie die Schwingen der Seevögel. Ich fühle, wie meine Erregung wächst, während das Schiff sich der Küste nähert. Irgend etwas geht zu Ende, die Freiheit, das Glück des Meeres. Jetzt heißt es, Unterkunft suchen, sprechen, fragen, den Kontakt mit der Erde aufnehmen.

Die Nacht sinkt sehr langsam. Wir sind jetzt im Schatten der hohen Berge. Gegen sieben Uhr passieren wir die Fahrrinne, halten auf das rote Leuchtfeuer am Ende der Mole zu. Das Schiff fährt an den Riffen entlang. Ich höre die Stimme eines Matrosen, der steuerbords die Lotung vornimmt und die Zahlen ausruft: »Siebzehn, siebzehn, sechzehn, fünfzehn, fünfzehn...

Am Ende der Fahrrinne beginnt die Steinmole.

Ich höre den Anker ins Wasser fallen, die Kette abrollen. Die *Zeta* legt längsseits am Kai an, und ohne auf das Fallreep zu warten, springen die Männer an Land, reden laut zu der wartenden Menge. Ich stehe auf Deck, zum erstenmal seit Tagen, vielleicht seit Monaten, trage ich einen Anzug und habe Schuhe an. Meine Schiffskiste steht zu meinen Füßen bereit. Die *Zeta* fährt morgen nachmittag wieder aus, wenn der Warenaustausch beendet sein wird.

Ich verabschiede mich von Kapitän Bradmer. Er drückt mir die Hand, weiß sichtlich nicht, was er sagen soll. Ich wünsche ihm viel Glück. Der schwarze Rudergänger ist schon drunten im Laderaum, er wird sich hingelegt haben und mit seinen starren Augen die verräucherte Decke betrachten.

Auf dem Kai taumle ich unter den Windstößen wegen des schweren Koffers auf meinen Schultern. Ich drehe mich um, ich betrachte noch einmal die Silhouette der *Zeta* vor dem blassen Himmel, mit ihren schrägen Masten und dem Netzwerk ihrer Takelage. Vielleicht sollte ich kehrtmachen, wieder an Bord gehen. In vier Tagen würde ich in Port Louis sein, in den Zug steigen, unter dem feinen Regen zum Haus in Forest Side gehen, ich würde Mams Stimme hören, ich würde Laure sehen.

Ein Mann erwartet mich am Kai. Im Schein des Leuchtfeuers erkenne ich die athletische Gestalt Casimirs. Er nimmt meine Schiffskiste und geht mit mir. Er wird mir das einzige Hotel der Insel zeigen, neben dem Government House, es gehört einem Chinesen, anscheinend kann man dort auch essen. Ich gehe hinter Casimir durch die Nacht, durch die Gäßchen von Port Mathurin. Ich bin auf Rodriguez.

Rodriguez, Anse aux Anglais, 1911

Eines Wintermorgens 1911 (es war im August, glaube ich, oder Anfang September) komme ich also auf den Hügeln an, die über der Bucht Anse aux Anglais aufragen und wo meine Suche ablaufen wird.

Während der letzten Wochen, ja Monate, habe ich Rodriguez durchstreift, vom Süden, wo vor der Insel Gombrani die andere Zufahrt mündet, bis zum schwarzen Lava-Chaos der Madagaskar-Bucht im Norden, und dazwischen die hohen Berge in der Mitte der Insel, Mangues, Patate, Montagne Bon Dié. Dabei bin ich den Anweisungen gefolgt, die ich aus Pingrés Buch abgeschrieben hatte. »Östlich des Großen Hafens«, schreibt er anno 1761, »fand sich kein schiffbares Wasser für unsere Piroge, oder der Wasserlauf war direkt mit der Meeresflut verbunden und daher zu bewegt, um ein so schwaches Fahrzeug zu tragen. Monsieur de Pingré schickte also die Pirogen auf dem Weg zurück, auf dem sie hergekommen waren, und gab Befehl, daß sie anderntags am *Enfoncement des Grandes Pierres à Chaux* wieder zu uns stoßen sollten...« Und an anderer Stelle: »Die Berge von Quatre Passes ragen senkrecht auf, und da es dort fast keine Riffe gibt und die Küste direkt dem Wind ausgesetzt ist, schlägt das Meer so heftig gegen die Küste, daß es mehr als unvorsichtig sein würde, sich hier heranzuwagen.« Pingrés Bericht, den ich in meinem Hotelzimmer in Port Mathurin beim flackernden Licht einer Kerze las, erinnert mich an den berühmten Brief eines alten Seemanns, der in der Bastille gefangen saß. Dieser Brief hatte meinen Vater auf die Spur des Piratenschatzes gebracht: »An der Westküste der Insel, an einer Stelle, wo das Meer stark brandet, befindet sich ein Fluß. Wenn man dem

Flußlauf folgt, wird man eine Quelle finden, daneben eine Tamarinde. Achtzehn Schritt von der Tamarinde beginnt das Mauerwerk, das einen riesigen Schatz birgt.«

Heute morgen bin ich sehr früh, in einer Art fiebriger Eile, an der Küste entlanggelaufen. Ich bin über die Jenner-Brücke gegangen, die Grenze des Stadtbereichs von Port Mathurin. Danach durchwatete ich den Fluß Bambous und kam zum kleinen Friedhof. Dahinter gibt es keine Häuser mehr, und der Küstenweg wird schmäler. Ich bin nach rechts in die Fahrstraße eingebogen, die zu den Gebäuden von Cable & Wireless, der englischen Telegrafengesellschaft führt und auf den Gipfel der Pointe Vénus.

Ich habe einen Bogen um die Gebäude gemacht, vielleicht weil ich keinem dieser Engländer begegnen wollte, vor denen die Leute von Rodriguez ein bißchen angst haben.

Klopfenden Herzens steige ich bis zur Hügelkuppe hinauf. Ja, das ist ganz sicher die Stelle, von der aus Pingré 1761 den Durchgang des Planeten Venus beobachtet hat, noch vor den Astronomen, die 1874 mit Lieutenant Neate hierher gekommen sind und der Pointe Vénus ihren Namen gaben.

Der heftige Ostwind bringt mich fast aus dem Gleichgewicht. Am Fuß der Klippe sehe ich die kurzen Wellen aus dem Ozean, die die Fahrrinne queren. Direkt unter mir liegen die Gebäude der Cable & Wireless, lange Holzbaracken, grau bemalt und mit aufgeschraubten Blechplatten gepanzert wie Dampfschiffe. Ein wenig höher bemerke ich zwischen den Pandangs das weiße Haus des Direktors und die Veranda, vor der die Markisen herabgelassen sind. Um diese Zeit sind die Telegrafenbüros noch geschlossen. Nur ein Schwarzer sitzt auf den Stufen eines Schuppens und raucht, ohne mich zu beachten.

Ich bahne mir einen Weg durchs Gestrüpp. Bald komme ich an den Rand der Klippe, und ich entdecke das große Tal.

Ein einziger Blick sagt mir, daß ich endlich den Ort gefunden habe, den ich suchte.

Zu beiden Seiten der Trichtermündung des Roseaux öffnet sich breit die Anse aux Anglais. Von meinem Platz aus überblicke ich das ganze Tal bis zu den Bergen. Jeden Busch, jeden Baum, jeden Stein kann ich unterscheiden. Es ist nichts und niemand im Tal, kein Haus, keine Spur von Menschen. Nur die Steine, der Sand, das schmale Band des Flusses, die grünen Flecke der Wüstenvegetation. Mein Blick folgt dem Wasserlauf bis zum Talgrund, aus dem die hohen, noch dunklen Berge aufragen. Einen Moment denke ich an die Schlucht von Mananava, wo Denis und ich immer haltmachten wie an der Schwelle eines verbotenen Bereichs und auf den schrillen Schrei der Tropikvögel lauerten.

Hier gibt es keine Vögel am Himmel. Nur die Wolken, die im Norden, vom Meer her auftauchen und auf die Berge zueilen, jagen ihre Schatten über den Talgrund.

Ich bleibe lange im heftigen Wind auf der Klippe stehen. Ich suche einen Abstieg. Hier, wo ich bin, ist es unmöglich. Die Felsen fallen senkrecht zur Flußmündung ab. Ich muß wieder bergauf steigen, mir einen Weg durchs Gestrüpp bahnen. Der Wind fährt durch die Blätter der Pandang und sein Seufzen verstärkt den Eindruck der Verlassenheit dieses Orts.

Kurz bevor ich den Hügelkamm erreiche, finde ich einen Abstieg: eine Geröllrinne, die bis ins Tal führt.

Jetzt gehe ich im Flußtal des Roseaux, ohne zu wissen, wohin. Von hier aus gesehen wirkt das Tal breit, die fernen schwarzen Hügel und die hohen Berge bilden den Abschluß. Der Nordwind, der durch die Flußmündung hereinfährt, bringt das Rauschen des Meeres mit, wirft kleine aschengleiche Staubwirbel hoch, so daß ich einen Augenblick lang glaubte, Reiter kämen heran. Aber hier, in all diesem Licht, ist die Stille besonders seltsam.

Jenseits der Hügel von Pointe Vénus spielt sich das lärmende Leben von Port Mathurin ab, der Markt, das Hin und Her der Pirogen in der Lascars-Bucht. Und hier ist alles still wie auf einer einsamen Insel. Was werde ich hier finden? Was erwartet mich?

Bis zum Tagesende durchquere ich auf gut Glück den Talgrund. Ich will mir klarwerden, wo ich bin. Ich will mir klarwerden, warum ich bis hierher kam, was mich ruhelos gemacht, getrieben hat. In den trockenen Sand am Flußufer zeichne ich mit Hilfe eines Zweigs den Plan des Tals: den Zugang zur Bucht, der im Osten und Westen von großen Basaltfelsen begrenzt wird. Den Flußlauf des Roseaux, der sich in fast gerader Linie nach Süden erstreckt, dann abbiegt, ehe er in den Schluchten zwischen den Bergen verschwindet. Ich kann mir den Vergleich mit dem Plan des Korsaren ersparen, der unter den Dokumenten meines Vaters ist: Ich weiß, daß hier der Schatz versteckt liegt.

Aufs neue empfinde ich die Trunkenheit, den Taumel. Hier herrscht so viel Stille, so viel Einsamkeit! Nur der Wind in den Felsen und im Gestrüpp bringt das ferne Rauschen des Meeres auf den Riffen mit, aber es ist das Geräusch einer Welt ohne Menschen. Die Wolken jagen wie Rauch über den gleißenden Himmel, verschwinden hinter den Hügeln. Ich kann das Geheimnis nicht länger für mich behalten! Ich möchte schreien, so laut ich kann, damit man mich noch jenseits der Hügel hört, sogar über diese Insel hinaus, am anderen Ufer des Meeres in Forest Side, und mein Schrei soll durch die Mauern dringen bis in Laures Herz.

Habe ich wirklich geschrien? Ich weiß es nicht, schon gleicht mein Leben diesen Träumen, in denen Wunsch und Erfüllung eins geworden sind. Ich laufe durch den Talgrund, springe über die schwarzen Felsen, über die Bäche, ich laufe, so schnell ich kann, durchs Gestrüpp, zwischen den sonnenverbrannten Tamarinden. Ich weiß nicht, wohin ich laufe, es ist, als stürzte ich, der Wind saust in meinen Ohren. Dann falle ich auf die graue Erde, auf die spitzen Steine, ohne den Schmerz zu spüren, außer Atem, schweißgebadet. Ich bleibe lange auf der Erde liegen, den Kopf zu den Wolken gewendet, die noch immer nach Süden fliegen.

Jetzt weiß ich, wo ich bin. Ich habe den Ort gefunden, den ich suchte. Nach diesem monatelangen Umherirren empfinde ich einen Frieden, einen neuen Eifer. In den Tagen, die auf meine Entdeckung der Anse aux Anglais folgten, habe ich meine Grabungen vorbereitet. Bei Jérémie Biram an der Douglas Street habe ich die notwendigsten Dinge gekauft: eine Hacke, eine Schaufel, ein Seil, eine Sturmlaterne, Segeltuch, Seife und Mundvorrat. Ich habe die Forscherausrüstung durch einen jener großen Hüte aus Pandang-Faser ergänzt, wie die Eingeborenen sie tragen, die Schwarzen aus den Bergen. Im übrigen habe ich entschieden, daß meine wenigen Kleidungsstücke und meine Pferdedecke genügen dürften. Den kümmerlichen Rest meiner Barschaft deponierte ich bei der Barclay's Bank, deren Direktor, ein zuvorkommender Engländer mit pergamentenem Gesicht, sich mit der Angabe begnügt, daß ich geschäftehalber nach Rodriguez gekommen sei, und da er auch die Postgesellschaft Elias Mallac vertritt, will er Briefe für mich aufbewahren.

Als meine Vorbereitungen abgeschlossen sind, gehe ich wie jeden Mittag zum Chinesen und esse Reis und Fisch. Er weiß, daß ich abreise, und kommt nach der Mahlzeit an meinen Tisch. Er stellt mir keine Fragen hinsichtlich meiner Abreise. Wie die meisten Leute, die ich auf Rodriguez traf, glaubt er, ich wolle in den Gebirgsflüssen Gold waschen. Ich habe mich wohl gehütet, diesen Gerüchten zu widersprechen. Erst vor zwei Tagen, als ich in diesem selben Lokal meine Mahlzeit beendete, wollten mich zwei Männer sprechen, zwei Bewohner von Rodriguez. Sie haben sogleich eine kleine Lederbörse vor mir geöffnet und aus ihr ein wenig schwarze Erde mit kleinen glänzenden Krümeln darin auf den Tisch geschüttet. »Ist das hier Gold, Monsieur?« Dank dessen, was mein Vater mir beigebracht hatte, habe ich sofort den Kupferkies erkannt, der schon so viele Goldgräber irregeführt hat und den man deshalb »Narrengold« nennt. Beim Licht der Öllampe betrachteten die beiden Männer mich gespannt. Ich wollte sie nicht zu jäh enttäuschen. »Nein, es ist kein Gold, aber es deutet vielleicht darauf hin, daß Sie welches finden werden.« Ich habe ihnen auch geraten, daß sie sich ein Fläschchen Königswasser besorgen, um Irrtümer zu vermeiden. Halb und halb zufrieden sind sie mit ihrer Lederbörse wieder abgezogen. Bei dieser Gelegenheit habe ich mir wohl den Ruf erworben, Goldgräber zu sein.

Nach dem Mittagessen besteige ich den Pferdekarren, den ich für die Reise gemietet habe. Der Kutscher, ein fröhlicher alter Schwarzer, verlädt meine Schiffskiste und meine Einkäufe. Ich setze mich neben ihn, und wir fahren durch die leeren Straßen von Port Mathurin in Richtung Anse aux Anglais. Zuerst die Hitchens Street entlang, vorbei am Haus Begué, dann durch die Barclay's Street bis zum Haus des Gouverneurs. Danach geht es westwärts, am Bethaus und am Depot vorüber, durch die Domaine Raffaut. Schwarze Kinder laufen eine Weile hinter dem Karren her, dann sind sie es leid und machen kehrt, um im Wasser des Hafens schwimmen zu gehen. Wir fahren auf der hölzernen Brücke über den Fluß Lascars. Ich habe meinen großen Basthut wegen der Sonne tief in die Stirn gezogen, und ich muß unwillkürlich denken, wie sehr Laure lachen müßte, wenn sie mich in diesem Aufzug sehen könnte, auf diesem rüttelnden Karren mit dem alten schwarzen Kutscher.

Als wir auf dem Hügel von Pointe Vénus vor den Gebäuden der Telegrafengesellschaft ankommen, lädt der Kutscher meine Schiffskiste und das übrige Gerät sowie die Jutesäcke mit meinen Vorräten ab. Nachdem er seinen Obolus kassiert hat, wünscht er mir viel Glück (immer wieder diese Legende vom Goldsucher) und fährt davon, und ich bleibe mit meinem ganzen Gepäck allein am Rand der Klippe zurück, im leisen Raunen des Windes, mit dem wunderlichen Gefühl, auf einer einsamen Insel gestrandet zu sein.

Die Sonne neigt sich zu den Hügeln im Westen, und schon wächst der Schatten auf dem Talgrund des Roseaux, macht die Bäume größer und schärft die Blattspitzen der Pandangs. Jetzt verspüre ich Ratlosigkeit. Ich wage nicht, zum Grund dieses Tales hinabzusteigen, als sei es verbotenes Gelände. Ich verharre unbeweglich am Rand der Klippe und betrachte die Landschaft, so wie ich sie zum erstenmal erblickte.

Der heftige Wind gibt den Ausschlag. Auf halber Höhe der Böschung habe ich eine Felsterrasse ausgemacht, wo ich vor der nächtlichen Kälte und dem Regen geschützt sein würde. Dort beschließe ich, mein erstes Lager aufzuschlagen, schultere die schwere Schiffskiste und steige hinunter. Trotz der späten Stunde brennt die Sonne auf den Hang, und ich komme schweißüberströmt auf der Terrasse an. Ich muß eine ganze Weile rasten, ehe ich nochmals hinaufsteige, um das Gerät zu holen, Schaufel und Hacke, die Säcke mit den Vorräten und die Plane, die mir als Zelt dienen soll.

Die Terrasse gleicht ganz und gar einem Balkon, sie ruht auf gewaltigen Lavablöcken, die sich über der Leere türmen. Die Anlage ist gewiß sehr alt, denn die hohen Pandangbäume sind auf der Terrasse gewachsen, ihre Wurzeln drängen sich sogar zwischen die Lavawände. In der Ferne sehe ich über dem Tal weitere ähnliche Terrassen an den Hügelflanken. Wer hat diese Balkone konstruiert? Ich denke an die Matrosen früherer Zeiten, an die amerikanischen Walfänger, die hier jagten. Aber ich kann nicht umhin, mir vorzustellen, daß der Korsar, dem ich auf der Spur bin, sich hier aufgehalten hat. Vielleicht hat er diese Basteien errichten lassen, um von dort aus die Arbeiten am »Mauerwerk« zu überwachen, in dem er seinen Schatz zu verstecken gedachte!

Wiederum verspüre ich eine Art Schwindel, ein Fieber. Während ich den Hügel auf und ab pendle und meine Habe zusammentrage, ist mir plötzlich, als könne ich sie sehen, im Talgrund, zwischen den verdorrten Bäumen und den Silhouetten der Pandangs: Ein Zug von Schatten bewegt sich vom Meer her mit schweren Säcken und Hacken beladen, auf die Hügelschatten im Westen zu!

Mein Herz hämmert, mein Gesicht trieft von Schweiß. Ich muß mich oben auf der Klippe auf den Boden legen und zum gelben Abendhimmel hochblicken, um meine Erregung zu dämpfen.

Die Nacht kommt schnell. Ich beeile mich, mein Biwak aufzuschlagen, ehe es völlig dunkel wird. Im Flußbett finde ich Äste, die das Hochwasser zurückgelassen hat, und Reisig zum Feuermachen. Die dicken Äste dienen mir zum Bau eines behelfsmäßigen Gerüsts, das ich mit dem Segeltuch bespanne. Das Ganze beschwere ich mit ein paar Steinbrocken. Als alles versorgt ist, bin ich zu müde zum Feuermachen, und ich begnüge mich damit, auf der Terrasse sitzend ein paar Schiffszwiebacke zu verzehren. Die Nacht ist jäh eingefallen und hat das Tal unter mir verschluckt, Meer und Berge ausgelöscht. Es ist eine kalte, mineralische Nacht ohne überflüssige Geräusche, ich höre nur das Pfeifen des Windes im Gestrüpp, das Knacken der Steine, die sich nach der Gluthitze des Tages wieder zusammenziehen, und, in der Ferne, das Donnern der Wellen auf den Riffen.

Trotz der Müdigkeit und obwohl ich vor Kälte schlottere,

bin ich glücklich, hier zu sein, an diesem Ort, von dem ich so lange geträumt habe, ohne überhaupt zu wissen, ob es ihn gibt. Im Inneren empfinde ich ein ständiges Beben, und ich warte mit weit geöffneten Augen, spähe in die Nacht. Langsam gleiten die Sterne nach Westen, zum unsichtbaren Horizont. Der starke Wind rüttelt am Segeltuch hinter mir, als wäre ich noch immer auf hoher See. Morgen werde ich angelangt sein, ich werde den Durchzug der Schatten sehen. Irgend etwas erwartet mich, irgend jemand. Um es, um ihn zu finden, bin ich hierher gekommen, habe Mam und Laure verlassen. Ich muß für das bereit sein, was in diesem Tal, am Ende der Welt, erscheinen wird. So bin ich eingeschlafen, vor meinem Zelt sitzend, den Rücken an einen Felsen gelehnt, die offenen Augen zum schwarzen Himmel gerichtet.

Ich bin jetzt schon lange in diesem Tal. Wie viele Tage, Monate? Ich hätte einen Kalender führen sollen, wie Robinson Crusoe Kerben in ein Stück Holz schneiden. In diesem einsamen Tal bin ich verloren wie in der Unendlichkeit des Meeres. Die Tage folgen auf die Nächte, jeder neue Tag löscht den vorhergegangenen aus. Deshalb mache ich mir Notizen in die Hefte, die ich beim Chinesen in Port Mathurin gekauft habe, damit von der flüchtigen Zeit eine Spur zurückbleibt.

Was bleibt? Tätigkeiten, die sich Tag für Tag wiederholen, wenn ich die Talsohle nach Landmarken absuche. Ich stehe vor Morgengrauen auf, um die kühlen Stunden zu nutzen. Bei Tagesanbruch ist das Tal außerordentlich schön. Im ersten Frühlicht schimmern die Lavablöcke und der Schiefer von Tau. Die Büsche, die Tamarinden und die Pandangs sind noch dunkel, in der nächtlichen Kälte erstarrt. Der Wind regt sich kaum, und über der regelmäßigen Linie der Kokospalmen erblicke ich die dunkle glanzlose Bläue des Meeres, das sein Grollen zügelt. Diesen Augenblick liebe ich am meisten, wenn alles in der Schwebe ist wie in gespannter Erwartung. Immer der sehr reine und leere Himmel, über den die ersten Seevögel ziehen, die Tölpel, die Kormorane, die Fregattvögel, die über die Anse aux Anglais hinweg zu den kleinen Inseln im Norden fliegen.

Sie sind die einzigen Lebewesen, die ich seit meiner Ankunft hier sehe, ausgenommen ein paar Landkrebse, die in den Dünen der Flußmündung ihre Löcher graben, und die Populationen winziger Meereskrabben, die über den Schlamm laufen. Wenn die Vögel über dem Tal zurückkommen, weiß ich, daß der Tag zu Ende ist. Mir ist, als kennte ich jeden einzelnen von ihnen, und als kennten auch sie mich, diese lächerliche schwarze Ameise, die im Talgrund dahinkrabbelt.

Jeden Morgen nehme ich, anhand der Pläne, die ich am Vortag erstellt habe, meine Erkundung erneut auf. Ich gehe von einer Landmarke zur nächsten und messe mit Hilfe meines Theodoliten das Tal aus, dann kehre ich in einem immer weiter gezogenen Kreisbogen zurück, um jeden Fußbreit Boden zu prüfen. Schon bald erstrahlt die Sonne, entzündet ihre Lichtfunken auf den spitzen Felsen, umreißt die Schatten. Unter der Mittagssonne verändert das Tal sein Aussehen. Es ist jetzt ein sehr harter, feindseliger Ort, der von Spitzen und Stacheln starrt. Trotz der Windböen steigt die Temperatur durch die Sonnenabstrahlung noch an. Ich fühle die Hitze eines Glutofens auf meinem Gesicht, und ich taumle mit tränenden Augen auf der Talsohle dahin.

Ich muß haltmachen, warten. Ich gehe zum Fluß, um aus der hohlen Hand ein wenig Wasser zu trinken. Ich setze mich in den Schatten einer Tamarinde, lehne mich an die vom Hochwasser freigelegten Wurzeln. Ich warte, ohne eine Bewegung, ohne einen Gedanken, während die Sonne den Baum umrundet und ihren Abstieg zu den schwarzen Hügeln beginnt.

Manchmal glaube ich wieder, auf den Hügelrücken diese Schatten zu sehen, diese flüchtigen Gestalten. Ich gehe mit brennenden Augen das Flußbett entlang. Aber die Schatten verschwinden, sie kehren in ihre Verstecke zurück, verschmelzen mit den schwarzen Stämmen der Tamarinden. Diese Stunde fürchte ich am meisten, wenn Stille und Licht auf meinem Kopf lasten und der Wind wie ein glühendes Messer ist.

Ich bleibe im Schatten der alten Tamarinde am Fluß. Sie war das erste, was ich sah, als ich droben auf dem Felsvorsprung erwachte. Ich bin zu ihr hingegangen, und vielleicht habe ich an den Brief über den Piratenschatz gedacht, worin von dieser Tamarinde, nahe der Quelle, die Rede ist. Damals erschien sie mir als die wahre Herrin dieses Tals. Sie ist nicht besonders groß, und dennoch empfindet man tiefen Frieden, wenn man im Schutz ihrer Äste, in ihrem Schatten sitzt. Jetzt kenne ich sie gut, ihren knorrigen Stamm, den die Zeit, die Sonne und die Trockenheit geschwärzt haben, ihre gewundenen Äste, die das fein gezähnte, so leichte, so junge Laubwerk tragen. Auf dem Boden rings um sie liegen die langen goldgelben, samenprallen Schoten. Jeden Tag komme ich mit meinen Heften und meinen Stiften hierher, ich lutsche die säuerlichen Samenkörner und denke über neue Pläne nach, fern von der Gluthitze, die unter meinem Zelt herrscht.

Ich versuche, die Parallelen und die fünf Punkte zu orten, die auf dem Plan des Korsaren als Landmarken gedient haben. Die Punkte waren bestimmt die Berggipfel, die man von der Öffnung der Bucht aus erblickt. Am Abend, vor Einbruch der Nacht, bin ich bis zur Flußmündung gegangen und habe die Berggipfel noch im letzten Sonnenlicht gesehen, und ich habe wieder diese Erregung gespürt, als müsse irgend etwas erscheinen.

Ich zeichne immer wieder die gleichen Linien auf das Papier: die Krümmung des Flusses, die ich kenne, dann das rechteckige Tal, das zwischen den Bergen verschwindet. Die Hügel zu beiden Seiten sind Basaltfestungen über dem Tal.

Heute, bei sinkender Sonne, beschließe ich, die Flanke des östlichen Hügels zu ersteigen und nach den Schäkel-Zeichen zu suchen, die der Korsar hinterlassen hat. Wenn er wirklich hier gewesen ist, woran ich kaum noch zweifle, so ist es unmöglich, daß der Seefahrer keine derartigen Zeichen auf den Felsen der Klippe oder irgendeinem ortsfesten Steinblock zurückgelassen hat. Der Aufstieg über den Hang ist auf dieser

Seite leichter, aber je höher ich klettere, um so weiter weicht der Gipfel zurück. Was mir, von fern gesehen, als gleichmäßige Schrägung erschien, ist eine Abfolge von Stufen, die mir die Orientierung erschweren. Bald bin ich so weit vom gegenüberliegenden Hang entfernt, daß ich kaum noch den weißen Fleck des Segeltuchs ausmachen kann, das mir als Unterkunft dient. Die Talsohle ist eine graugrüne, mit schwarzen Blökken übersäte Wüste, in der das Flußbett verschwindet. Am Eingang des Tals sehe ich die hohe Klippe der Pointe Vénus. Wie allein ich hier bin, obwohl die Menschen nahe sind! Vielleicht beunruhigt mich dies am meisten: Ich könnte hier sterben, und niemand würde es wissen. Vielleicht würde ein Fischer eines Tages die Reste meines Biwaks erspähen und herkommen. Oder alles würde von den Wassern und vom Wind davongetragen und eins werden mit den Steinen und den verbrannten Bäumen.

Ich spähe angestrengt hinüber zum westlichen Hügel. Ist es eine Sinnestäuschung? Ich sehe ein großes M in den Felsen geschlagen, knapp über der Pointe Vénus. Im flach einfallenden Licht der Abenddämmerung erscheint es ganz deutlich, wie von einer Riesenhand aus dem Berg gebrochen. Noch weiter weg, auf dem Scheitel eines Felskopfs, steht ein halb verfallener steinerner Turm, den ich nicht gesehen hatte, als ich direkt darunter mein Lager aufschlug.

Die Entdeckung dieser beiden Landmarken wühlt mich auf. Unverzüglich eile ich den Hügel hinab, durchquere im Laufschritt das Tal, um noch vor Einbruch der Nacht hinzukommen. Ich wate durch den Fluß Roseaux, so schnell, daß das kalte Wasser aufspritzt, dann erklimme ich den westlichen Hügel, indem ich wie beim erstenmal der Geröllrinne folge.

Als ich oben bin, suche ich den Buchstaben M vergebens: er hat sich vor meinen Augen aufgelöst. Die Felspfeiler, die die senkrechten Teile des M bildeten, sind auseinandergewichen, und in der Mitte ist eine Art Plateau, wo windzerzauste Sträucher wachsen. Während ich mich, gebückt gegen die Windstöße, daraufzubewege, höre ich Steine herunterrollen. Zwischen den Euphorbien und den Pandangs glaube ich braune Körper zu sehen, die vor mir fliehen. Es sind junge Wildziegen, die vielleicht aus einer Herde der Bergbewohner ausgebrochen sind.

Endlich erreiche ich den Turm. Er ragt auf dem Gipfel der Klippe über das schon im Schatten liegende Tal. Warum habe ich ihn nicht schon bei meiner Ankunft gesehen? Er besteht aus großen Basaltblöcken, die ohne Mörtel aufeinandergesetzt sind, und ist auf einer Seite eingestürzt. Auf der anderen Seite sind Reste eines Tors oder einer Schießscharte zu sehen. Ich betrete die Ruine und kauere mich in ihrem Inneren nieder, wo ich vor dem Wind geschützt bin. Durch die Öffnung sehe ich das Meer. In der Dämmerung ist es grenzenlos, ein dunkles, von Gewalt geprägtes Blau, am Horizont durch den grauen Nebel verschleiert, der es mit dem Himmel vereint.

Vom Gipfel der Klippe aus überblickt man das Meer von der Reede von Port Mathurin bis zur Ostspitze der Insel. Jetzt begreife ich, daß dieser eilig errichtete Turm nur hier ist, damit man weit über das Meer sehen kann und vor anrückenden Feinden gewarnt ist. Wer hat diesen Ausguck bauen lassen? Die britische Admiralität bestimmt nicht, sie hatte vom Meer her nichts mehr zu fürchten, seit sie den Seeweg nach Indien beherrschte. Auch hätte weder die englische Marine noch die des Königs von Frankreich eine so provisorische, so abgelegene Warte errichtet.

Pingré erwähnt in seinem Reisebericht dieses Bauwerk nicht, während er im Jahr 1761 als erster den Durchgang der Venus beobachtete. Hingegen erinnere ich mich jetzt an das erste Lager der Engländer auf der Pointe Vénus 1810, auf dem Platz des künftigen Observatoriums, genau hier, wo ich stehe. Der Mauritius Almanach, den ich in der Carnegie-Bibliothek las, sprach von einer »kleinen Batterie« in der Klamm hoch über dem Meer. Während die Nacht hereinbricht, arbeitet mein Verstand in einer Art nervöser Hast, wie in den Halbträumen, die dem Schlaf vorangehen. Mit lauter Stimme sage ich mir die Sätze vor, die ich so oft in dem Brief des Nageon de Lestang gelesen habe, in zügiger und geneigter Handschrift auf zerfleddertem Papier:

Als erste Marke einen gpzt. Stein nehmen
Davon die 2. V Süd Nord,
bis desgleichen.
Und von der Ost-Quelle einen Winkel machen wie ein Schäkel nzeigt am Rand der Quelle.
Bei einer Marke 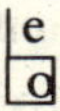

links vorbei
Von dort zu jedem der Punkte BnShe
Dann Marke streifen, worauf Gedachtes finden.
Suche : : S
Weiter x – 1 do m der Diagonale in Richtung Comble du Commandeur.

Ich sitze jetzt auf den Resten des Wachturms Comble du Commandeur, während der Schatten schon das Tal ausfüllt. Ich fühle weder die Müdigkeit noch die kalten Böen, noch die Einsamkeit. Ich habe soeben die erste Marke des unbekannten Korsaren entdeckt.

An den Tagen, die auf die Entdeckung des Comble du Commandeur folgten, durchstreifte ich den Talgrund. Ein Fieber hatte mich erfaßt, das sich von Zeit zu Zeit bis zum Delirium steigerte. Ich erinnere mich (wenn auch wirr und flüchtig wie an einen Traum) an diese sengenden Sonnentage im April, in der Zeit der großen Zyklone, erinnere mich wie an einen senkrechten Sturz ins Leere, und ich erinnere mich an das Brennen der Luft, wenn meine Brust ein Schmerzgewicht hebt. Von Tagesanbruch bis zur Dämmerung folge ich dem Weg der Sonne am Himmel, von den einsamen Hügeln im Osten bis zu den Bergen, die in der Mitte der Insel aufragen. Wie die Sonne bewege ich mich in einem Kreisbogen, die Hacke über der Schulter, messe mit dem Theodoliten die Unebenheiten des Geländes, die meine einzigen Landmarken sind. Ich sehe die Baumschatten langsam schwenken, sich über den Boden strecken. Die Sonnenglut brennt durch meine Kleider, brennt die Nächte hindurch weiter und hindert mich am Schlafen, sie und die Kälte, die von der Erde aufsteigt. An manchen Abenden bin ich so müde vom Laufen, daß ich mich dort, wo die Nacht mich überrascht, zwischen zwei Lavablöcken niederlege und schlafe bis zum Morgen, bis Hunger und Durst mich wecken.

Eines Nachts erwache ich mitten im Tal und spüre den Atem des Meeres auf mir. Auf meinem Gesicht, in meinen Augen liegt noch das blendende Mal der Sonne. Es ist eine »Nacht des schwarzen Mondes«, wie mein Vater einst sagte. Die Sterne füllen den Himmel, und ich betrachte sie hingerissen. Ich spreche laut, ich sage: Ich sehe das Muster, dort ist es, ich sehe es. Der Plan des unbekannten Korsaren ist nichts anderes als eine Skizze vom Kreuz des Südens und seinen »Begleiterinnen«, den »Schönen der Nacht«.

Auf der riesigen Fläche des Tals sehe ich die Lavafelsen glänzen. Sie leuchten wie Sterne im staubigen Dunkel. Mit weit geöffneten Augen gehe ich auf sie zu, ich spüre die Glut ihrer Lichter auf meinem Gesicht. Durst, Hunger, Einsamkeit wirbeln immer schneller in mir. Ich höre eine Stimme, die im Tonfall meines Vaters spricht. Das tröstet mich anfangs, dann erfaßt mich ein Schauder, denn ich begreife, daß es meine eigene Stimme ist. Um nicht zu fallen, setze ich mich auf die Erde neben die große Tamarinde, die mich bei Tag schützt. Der Schauder schickt seine Wellen noch immer durch meinen Körper, ich fühle die Kälte der Erde und des Raums in mich eindringen.

Wie lange habe ich hier gesessen? Als ich die Augen wieder öffne, sehe ich über mir das Laubwerk der Tamarinde und die Sonnentupfen zwischen den Blättern. Ich liege zwischen den Wurzeln. Neben mir stehen ein Kind und ein junges Mädchen mit dunklen Gesichtern, in Lumpen gehüllt wie die *manafs*. Das Mädchen hält ein Tuch in den Händen und wringt es aus, um Wasser auf meine Lippen tropfen zu lassen.

Das Wasser rinnt mir in den Mund, auf meine geschwollene Zunge. Jeder Schluck, den ich trinke, tut mir weh.

Der kleine Junge entfernt sich, kommt wieder, er hat das Tuch mit Flußwasser getränkt. Ich trinke wieder. Jeder Tropfen weckt meinen Körper, weckt einen Schmerz, aber das ist gut so.

Das Mädchen spricht zu dem Kind in einem Kreolisch, das ich kaum verstehe. Ich bin allein mit der jungen *manaf*. Als ich mich aufzurichten versuche, stützt sie mich. Ich möchte etwas sagen, aber noch will sich meine Zunge nicht bewegen. Die Sonne steht schon hoch am Himmel, ich fühle die Hitze, die vom Tal aufsteigt. Hinter dem Schatten der alten Tamarinde ist die Landschaft grell, grausam. Beim Gedanken, daß ich diese Lichtzone durchqueren müßte, befällt mich Übelkeit.

Das Kind kommt zurück. Es hat einen Gewürzkuchen in der Hand, bietet ihn mir mit einer so feierlichen Bewegung an, daß ich lachen möchte. Langsam esse ich den Kuchen, und meinem schmerzenden Mund tut das Gewürz wohl. Ich teile den Rest des Kuchens, biete ihn dem Mädchen und dem Jungen an. Aber sie lehnen ab.

»Wo wohnt ihr?«

Ich habe nicht kreolisch gesprochen, aber die junge *manaf* scheint verstanden zu haben. Sie deutet auf die hohen Berge im Hintergrund des Tals. Sie sagt, glaube ich: »Dort oben.« Sie ist eine echte *manaf*, schweigsam, scheu. Seit ich aufrecht sitze und spreche, ist sie von mir abgerückt, wie auf dem Sprung. Auch der kleine Junge ist zurückgewichen, er betrachtet mich verstohlen.

Plötzlich machen sie sich davon. Ich möchte rufen, sie zurückhalten. Sie sind die ersten Menschen, die ich seit Monaten gesehen habe. Doch wozu sie rufen? Sie entfernen sich ohne Hast, aber ohne sich umzuschauen, von Stein zu Stein springend verschwinden sie im Dickicht. Bald darauf sehe ich sie wie Bergziegen an der Flanke des östlichen Hügels. Dann verschwinden sie im Hintergrund des Tals. Die beiden haben mir das Leben gerettet.

Ich bleibe bis zum Abend fast regungslos im Schatten der Tamarinde. Große schwarze Ameisen laufen an den Wurzeln entlang, unermüdlich, ziellos. Gegen Ende des Tages höre ich die Schreie der Seevögel, die den Himmel über der Anse aux Anglais durchqueren. Die Moskitos tanzen. Umständlich wie ein Greis mache ich mich auf den Weg durch das Tal, erreiche meinen Lagerplatz. Morgen will ich nach Port Mathurin gehen und dort auf das nächste auslaufende Schiff warten. Vielleicht wird es die *Zeta* sein?

Es folgen die Tage in Port Mathurin, fern von der Anse aux Anglais, diese Tage im Krankenhaus – der Chefarzt Camal Budu, der nur ein paar Worte zu mir sagt: »You could have died of exposure.« *Exposure,* an dieses Wort denke ich, mir scheint, kein anderes könnte besser ausdrücken, was ich in jener Nacht empfunden hatte, ehe die *manaf*-Kinder mir zu trinken gaben. Dennoch kann ich mich nicht zur Abreise entschließen. Es würde eine furchtbare Niederlage bedeuten; das Haus am Boucan, unser ganzes Leben würde für Laure und mich verloren sein.

Also verlasse ich des Morgens noch vor Tagesanbruch das Hotel von Port Mathurin und kehre zur Anse aux Anglais zurück. Diesmal benötige ich kein Fuhrwerk: Meine ganze Habe ist im Biwak geblieben, in das Segeltuch gehüllt und mit einigen Steinen befestigt.

Ich habe ferner beschlossen, einen Mann anzuheuern, der mir bei meiner Suche helfen soll. In Port Mathurin hat man mir gesagt, auf dem Hof der Familie Castel, hinter den Gebäuden der Cable & Wireless, würde ich bestimmt jemand finden.

Bei Sonnenaufgang erreiche ich die Anse aux Anglais. In der Morgenkühle, beim Geruch des Meeres erscheint mir alles neu, verwandelt. Der Himmel über den östlichen Hügeln ist zartrosa, das Meer glänzt smaragden. Im Frühlicht haben die Bäume und die Pandangs unbekannte Formen.

Wie konnte ich diese Schönheit so schnell vergessen? Die Erregung, die ich heute empfinde, hat nichts mehr mit dem Fieber zu tun, das mich verrückt gemacht und durch das Tal gejagt hat. Jetzt begreife ich, was mich hierher trieb: eine

Kraft, größer als meine eigene, eine Erinnerung, die bis vor meine Geburt zurückreicht. Zum erstenmal seit Monaten scheint mir, Laure sei jetzt näher, die Entfernung, die uns trennt, zählt nicht mehr.

Ich denke an sie, die Gefangene vom Haus in Forest Side, und ich betrachte die Landschaft des Sonnenaufgangs, um Laure diese Schönheit und diesen Frieden zu schicken. Ich erinnere mich an das Spiel, das wir manchmal auf dem Dachboden von Haus Boucan spielten: Wir hockten in entgegengesetzten Winkeln des düsteren Speichers, jeder mit einer aufgeschlagenen *Illustrated London News* vor sich, und bemühten uns, einander Bilder oder Wörter durch Gedankenübertragung mitzuteilen. Wird Laure noch immer bei diesem Spiel gewinnen, wie sie damals zu gewinnen verstand? Ich schicke ihr das alles: die reine Linie der Hügel, die sich vor dem rosigen Himmel abhebt, das smaragdene Meer, den Wind, die langsamen Flüge der Seevögel, die von der Lascars-Bucht herkommen und die aufgehende Sonne ansteuern.

Gegen Mittag – ich war zum Comble du Commandeur aufgestiegen, dem verfallenen Wachturm des Korsaren – entdecke ich die Schlucht. Von der Talsohle aus konnte ich sie nicht sehen, denn der Zugang ist von Geröll verdeckt. Im Mittagslicht sehe ich deutlich die dunkle Wunde, die sie in die Flanke des östlichen Hügels schlägt.

Ich vermerke sorgfältig die Lage der Schlucht im Bezug zu den Bäumen des Tals. Dann will ich mit dem Bauern sprechen, in der Nähe der Telegraphengebäude. Der Hof, so wie ich ihn von der Straße von Port Mathurin aus gesehen habe, ist eher eine wackelige Schutzhütte gegen Wind und Regen, halb in einer Bodensenke versteckt. Als ich näher komme, erhebt sich knurrend eine schwarze Masse, ein halbwildes Schwein. Dann ein Hund mit gefletschten Reißzähnen. Ich erinnere mich, was Denis mich einst in den Feldern gelehrt hat:

Ein Stock, ein Stein nützen nichts. Man braucht zwei Steine, den einen wirft man, mit dem anderen droht man. Der Hund weicht zurück, verstellt mir aber die Haustür.

»Monsieur Castel?«

Ein Mann erscheint, sein Oberkörper ist nackt, er trägt eine Fischerhose. Es ist ein großer kräftiger Schwarzer mit runzeligem Gesicht. Er verscheucht den Hund, läßt mich eintreten.

Das Hausinnere ist dunkel und verräuchert. An Möbeln gibt es nur zwei Stühle und einen Tisch. Im Hintergrund des einzigen Raums kocht eine Frau im verschossenen Kleid. Neben ihr ein kleines hellhäutiges Mädchen.

Castel bietet mir Platz an. Er selber bleibt stehen und hört höflich zu, während ich ihm meinen Wunsch vortrage. Er nickt. Er wird von Zeit zu Zeit kommen und mir helfen, und sein Adoptivsohn Fritz wird mir jeden Tag das Essen bringen. Er fragt nicht, warum wir in der Erde graben sollen. Er stellt keine einzige Frage.

An diesem Nachmittag habe ich beschlossen, meine Suche weiter südlich fortzusetzen, am oberen Teil des Tals. Ich verlasse den Schutz der Tamarinde, wo ich jetzt mein Lager aufgeschlagen habe, und steige am Roseaux flußaufwärts. Der Fluß schlängelt sich in seinem sandigen Bett, bildet Mäander, Inseln, ein dünnes Rinnsal, das nur der sichtbare Teil eines unterirdischen Wasserlaufs ist. Weiter oben ist der Fluß nur noch ein Bach in einem Bett aus schwarzem Gestein inmitten tiefer Schluchten. Ich bin schon ganz nah an den Ausläufern der Berge. Die Vegetation ist noch spärlicher, Dornengestrüpp, Akazien, und immer wieder die Pandangs mit den Schwertblättern.

Hier ist die Stille kompakt, und ich bewege mich möglichst lautlos. Am Fuß der Berge teilt der Bach sich in mehrere Quellen, die aus Schiefer- und Lavaschluchten kommen. Plötzlich bedeckt sich der Himmel, es regnet. Die Tropfen sind groß und kalt. In der Ferne, am unteren Ende des Tals, sehe ich das Meer, vom Unwetter verschleiert. Im Schutz einer Tamarinde beobachte ich, wie der Regen in dem engen Tal vorrückt.

Dann sehe ich sie: Es ist die junge *manaf*, die mich neulich gerettet hat, als ich vor Durst und Erschöpfung im Fieberwahn lag. Sie hat ein Kindergesicht, aber sie ist groß und schlank, trägt einen kurzen Rock wie alle *manaf*-Frauen und ein zerlumptes Hemd. Ihr Haar ist lang und wellig wie das Haar der Inderinnen. Sie kommt das Tal entlang, den Kopf hält sie wegen des Regens gesenkt. Sie geht auf meinen Baum zu. Ich weiß, daß sie mich noch nicht gesehen hat, und ich fürchte mich vor dem Moment, in dem sie mich erblikken wird. Wird sie vor Angst aufschreien und weglaufen? Sie bewegt sich lautlos, geschmeidig wie ein Tier. Sie bleibt stehen, um zur Tamarinde hinüberzuspähen, und sieht mich. Sekundenlang verrät ihr schönes glattes Gesicht Beunruhigung. Sie verharrt regungslos, auf einem Bein balancierend, auf ihre lange Harpune gestützt. Vom Regenwasser kleben ihr die Kleider am Körper, und das lange schwarze Haar läßt die Kupferfarbe ihrer Haut noch leuchtender erscheinen.

»Guten Tag!«

Das sage ich zuerst, um die beängstigende Stille zu verscheuchen, die hier herrscht. Ich trete einen Schritt auf sie zu. Sie bewegt sich nicht, sieht mich nur an. Das Regenwasser rinnt über ihre Stirn, die Wangen, das Haar entlang. Ich sehe, daß sie in der linken Hand eine Lianenschnur hält, auf der Fische aufgereiht sind.

»Warst du beim Fischen?«

Meine Stimme hallt wunderlich. Versteht das Mädchen, was ich sage? Sie geht zur Tamarinde, und sie setzt sich auf eine Wurzel, wo der Regen nicht hinkommt. Ihr Gesicht bleibt den Bergen zugewandt.

»Wohnst du in den Bergen?«

Sie nickt. Sie sagt mit ihrer singenden Stimme:

»Stimmt es, daß du nach Gold suchst?«

Ich staune, weniger über die Frage als über die Sprache. Sie spricht ein fast akzentfreies Französisch.

»Hat man dir das gesagt? Ja, es stimmt, ich suche nach Gold.«

»Hast du welches gefunden?«

Ich lache.

»Nein, ich habe noch keins gefunden.«

»Und du glaubst wirklich, daß es hier Gold gibt?«

Ihre Frage amüsiert mich.

»Warum, glaubst du es nicht?«

Sie blickt mich an. Ihr Gesicht ist glatt, ohne Furcht, ein Kindergesicht.

»Alle Leute hier sind so arm.«

Sie wendet den Kopf wieder dem Berg Limon zu, der in der Regenwolke verschwunden ist. Eine Weile sehen wir dem Fallen des Regens zu, ohne etwas zu sagen. Ich sehe ihre durchnäßten Kleider, die schlanken Beine, die nackten Füße, die ganz flach auf dem Boden ruhen.

»Wie heißt du?«

Ich habe es fast unwillkürlich gefragt, vielleicht, weil ich irgend etwas behalten möchte von dieser jungen Fremden, die bald in die Berge entschwinden wird. Sie sieht mich mit ihren dunklen tiefen Augen an, als denke sie an etwas anderes. Schließlich sagt sie:

»Ich heiße Uma.«

Sie steht auf, nimmt die Liane mit den aufgereihten Fischen, die Harpune und entfernt sich mit raschen Schritten den Bach entlang, im nachlassenden Regen. Ich sehe ihre geschmeidige Gestalt, die wie ein Zicklein von Stein zu Stein springt, dann ins dichte Gestrüpp taucht. Das alles ist so schnell gegangen, daß ich kaum glauben kann, diese Erscheinung nicht nur geträumt zu haben, dieses scheue und schöne Mädchen, das mir das Leben gerettet hat. Die Stille berauscht mich. Der Regen hat ganz aufgehört, und die Sonne leuchtet mit Macht am blauen Himmel. Im Licht erscheinen die Berge höher, unzugänglicher. Vergeblich suche ich mit den Augen die Hänge auf der Seite des Limon ab. Das Mädchen ist verschwunden, mit den Wänden aus schwarzem Gestein verschmolzen. Wo lebt sie, in welchem Bergdorf der *manafs?* Ich denke an ihren seltsamen Namen, einen indischen Namen, dessen zwei Silben sie gesungen hat, einen Namen, der mir keine Ruhe läßt. Schließlich renne ich hinunter zu meinem Lagerplatz auf dem Talgrund, unter der alten Tamarinde.

Im Baumschatten verbringe ich den Rest des Tages mit dem Studium der Planzeichnungen des Tals, und ich trage mit Rotstift die Punkte ein, an denen ich sondieren muß. Als ich sie vor Ort aufsuche, kann ich, nicht weit vom zweiten Punkt entfernt, deutlich auf einem Felsblock ein Zeichen erkennen: vier Löcher, in den Stein gebohrt, die ein Quadrat ergeben. Sofort erinnere ich mich an die Stelle im Brief des unbekannten Korsaren: »Suche : :.« Mein Herz schlägt schneller, als ich mich gen Sonnenaufgang wende und tatsächlich in der Diagonale der Nord-Süd-Achse den Wachturm des Comble du Commandeur erblicke.

Spät am selben Tag entdecke ich das erste Zeichen des Ankerschäkels auf der Schanze des östlichen Hügels.

Ich versuchte, die Ost-West-Verbindung zu ziehen, die am Rand des ehemaligen Sumpfs den Fluß Roseaux schneidet, und dabei habe ich den Schäkel gefunden.

Mit dem Kompaß in der Hand, den Rücken zur Sonne,

überquere ich eine Bodensenke, die ich für das Bett eines früheren Flußarms halte. Ich komme zur östlichen Klippe, die hier sehr steil ist. Es ist eine fast senkrechte, zum Teil abgebröckelte Basaltwand. Auf einer glatten Fläche nah dem Gipfel sehe ich das Zeichen.

»Der Schäkel! Der Schäkel!«

Ich sage es halblaut vor mich hin. Ich suche einen Aufstieg zur Klippe. Die Steine kullern unter meinen Füßen weg, ich klammere mich beim Klettern an die Sträucher. Als ich fast oben bin, finde ich nicht gleich den Felsen mit dem Zeichen. Von unten war die Figur deutlich zu sehen gewesen, ein gleichseitiges, auf der Spitze stehendes Dreieck, die Form der Ankerschäkel zu der Zeit der Korsaren. Während ich das Zeichen suche, fühle ich mein Blut in den Schläfen hämmern. Ist es möglich, daß ich einer Sinnestäuschung erlegen bin? Auf allen Felsen sehe ich jetzt Dreiecke, die Spuren früherer Brüche. Mehrmals laufe ich um den Rand der Klippe, rutsche auf dem Geröll aus.

Unten im Tal hat der junge Fritz Castel, der mir meine Mahlzeit bringen will, am Fuß der Klippe haltgemacht und schaut nach oben. Seine Blickrichtung zeigt mir meinen Irrtum. Die Basaltwände ähneln sich alle, und diejenigen, die mir als Landmarken gedient haben, sind höher, da bin ich sicher. Ich klettere weiter und erreiche wirklich einen zweiten Absatz, der mit der Vegetationsgrenze zusammenfällt. Dort, direkt vor mir auf einem großen schwarzen Felsblock leuchtet in voller Pracht das Dreieck, es ist mit einer Regelmäßigkeit in den harten Stein gehauen, wie nur die mit einem Meißel bewehrte Hand sie erzielt. Zitternd vor Aufregung nähere ich mich dem Stein, streiche mit den Fingern darüber. Der Basalt ist sonnenwarm, zart und glatt wie Haut, und ich spüre unter meinen Fingern die scharfe Kante des Dreiecks, das auf der Spitze steht, so:

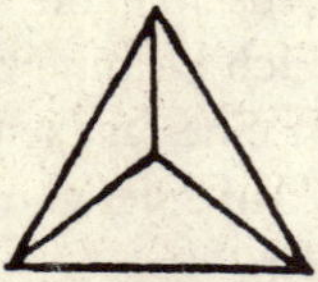

Ich muß unweigerlich das gleiche Zeichen auf der anderen Seite des Tals finden, auf einer Ost-West-Linie. Der jenseitige Hang ist weit weg, selbst mit einem Fernrohr könnte ich das Zeichen nicht ausmachen. Die westlichen Hügel sind bereits im Schatten, und ich verschiebe die Suche nach dem anderen Schäkel auf morgen.

Sobald der junge Fritz gegangen ist, steige ich wieder hinauf. Ich sitze lange auf dem bröckeligen Felsen und blicke über die Anse aux Anglais, wo es Nacht wird. Mir ist, als sähe ich sie zum erstenmal nicht mit meinen eigenen Augen, sondern mit den Augen des unbekannten Korsaren, der vor einhundertfünfzig Jahren hierhergekommen ist, der den Plan seines Verstecks in den grauen Sand des Flusses gezeichnet und dann wieder gelöscht hat, so daß nur die Zeichen blieben, die er in den harten Stein gemeißelt hat. Ich stelle mir vor, wie er Meißel und Hammer führte, um diese Figur einzugravieren, und wie die Schläge bis in den Grund des verlassenen Tals dröhnten. Im Frieden der Bucht, den nur gelegentlich ein kurzes Rascheln des Windes und in Abständen das Grollen des Meeres durchbricht, kann ich die Meißelschläge auf dem Gestein hören, die in den Hügeln widerhallen. Als ich in dieser Nacht zwischen den Wurzeln der alten Tamarinde auf dem nackten Boden liege, in meine Decke gewickelt wie auf dem Deck der *Zeta,* träume ich von dem neuen Leben.

Heute bin ich seit Tagesanbruch am Fuß der westlichen Klippe. Das Licht erhellt kaum die schwarzen Felsen, und im Halbrund der Anse aux Anglais ist das Meer von durchscheinendem Blau, heller als der Himmel. Wie an jedem Morgen höre ich die Schreie der Seevögel, die über die Bucht fliegen, Geschwader von Kormoranen, Möwen und Tölpeln, die zur Lascars-Bucht unterwegs sind und ihre heiseren Rufe ausstoßen. Noch nie habe ich mich so gefreut, sie zu hören. Mir scheint, ihre Schreie seien Grüße, die sie mir bei ihrem Flug über die Anse aux Anglais entbieten, und ich antworte gleichfalls mit lauten Rufen. Ein paar Vögel fliegen über mir, Seeschwalben mit riesigen Flügeln, schnelle Sturmvögel. Sie kreisen dicht um die Klippe, dann gesellen sie sich zu den anderen über dem Meer. Ich beneide sie um ihre Leichtigkeit, die Schnelligkeit, mit der sie durch die Luft segeln, losgelöst von der Erde. Ich sehe mich selbst, wie ich auf dem Grund dieses kargen Tals klebe und Tage, Monate brauche, um zu erkennen, was der Blick der Vögel in einer Sekunde erfaßt. Ich liebe ihren Anblick, ich habe ein wenig teil an der Schönheit ihres Flugs, ein wenig an ihrer Freiheit.

Bedürfen sie des Goldes, der Reichtümer? Ihnen genügen der Wind, der Morgenhimmel, das Meer, das von Fischen strotzt, und diese Felsen, die aus ihm emporragen, ihrem einzigen Schutz vor den Unwettern.

Ich habe mich von meiner Intuition zur schwarzen Klippe leiten lassen, wo ich vom jenseitigen Talhang aus Unebenheiten feststellen konnte. Der Wind wirft mich fast um, berauscht mich, während ich, an das Buschwerk geklammert, weiterklettere. Plötzlich erscheint über den östlichen Hügeln die Sonne, prächtig, blendend, und entzündet die Funken auf dem Meer.

Ich suche die Klippe Stück für Stück ab. Ich fühle die Wärme der Sonne, die langsam steigt. Gegen Mittag höre ich Rufe. Es ist der junge Fritz, der unten beim Lager auf mich wartet. Ich steige hinunter, um auszuruhen. Meine Begeisterung vom Morgen ist beträchtlich abgeflaut. Ich bin müde, entmutigt.

Im Schatten der Tamarinde esse ich zusammen mit Fritz den weißen Reis. Als Fritz fertiggegessen hat, wartet er schweigend, den Blick in die Ferne gerichtet, mit dem Gleichmut, der für die Schwarzen dieser Gegend charakteristisch ist.

Ich denke an Uma, die Schüchterne, die Flüchtige. Wird sie wiederkommen? Jeden Abend vor Sonnenuntergang streife ich am Roseaux entlang und suche ihre Spuren. Warum? Was könnte ich ihr sagen? Aber mir scheint, sie ist die einzige, die begreifen würde, wozu ich hierhergekommen bin, was ich hier zu finden hoffe.

In dieser Nacht, als die Sterne, einer nach dem anderen, am nördlichen Himmel erscheinen, der kleine Wagen, dann Orion, Sirius, begreife ich plötzlich, was ich falsch gemacht habe: Als ich die Ost-West-Verbindung vom Zeichen des Schäkels aus zog, bediente ich mich als Meßpunkt des magnetischen Nordpols, den mein Kompaß anzeigt. Der Korsar benutzte keinen Kompaß, als er seine Pläne zeichnete und an den Felsen die Landmarken anbrachte. Er orientierte sich zweifellos am Polarstern und war bei der Festlegung der Ost-West-Achse von dieser Richtung ausgegangen. Da der magnetische Pol vom astronomischen Pol um 7°36′ abweicht, ergibt sich ein Unterschied von fast dreißig Metern am Fuß der Klippe, folglich auch auf der jenseitigen Felswand, die das erste Vorwerk des Comble du Commandeur bildet.

Diese Entdeckung regt mich so auf, daß ich es nicht über mich bringe, bis zum Morgen zu warten. Mit meiner Sturmlaterne ausgerüstet, laufe ich barfuß bis zur Klippe. Der Wind bläst heftig und führt Gischtwolken heran. Im Schutz der Wurzeln der alten Tamarinde hatte ich den Sturm nicht gehört. Aber hier bringt er mich aus dem Gleichgewicht, er pfeift mir in die Ohren und läßt die Flamme der Sturmlaterne tanzen.

Ich bin jetzt am Fuß der schwarzen Klippe und suche einen

Aufstieg. Die Wand ist so steil, daß ich beim Klettern meine Lampe zwischen die Zähne nehmen muß. So gelange ich bis zu einem Gesims auf halber Höhe, und ich mache mich daran, die bröckelige Klippe nach dem Zeichen abzusuchen. Im Schein der Laterne gewinnt die Basaltwand ein seltsames, infernalisches Aussehen. Bei jeder Höhlung, jedem Spalt erzittere ich. So umrunde ich das Gesims bis zur Schlucht, die diese Seite der Klippe von dem Gipfel trennt, der über dem Meer aufragt. Ich bin benommen vom kalten Wind, vom Grollen des nahen Meeres, vom Wasser, das mir übers Gesicht rinnt. Schon will ich mich erschöpft wieder an den Abstieg machen, als ich über mir einen großen Felsblock erblicke, und ich weiß, dort wird das Zeichen sein, muß es sein. Es ist der einzige Felsen, der von jedem Punkt des Tals aus zu sehen ist. Um ihn zu erreichen, muß ich einen Umweg machen, einem Geröllpfad folgen. Als ich endlich vor dem Felsen stehe, die Laterne zwischen den Zähnen, sehe ich den Schäkel. Er ist so deutlich eingemeißelt, daß ich ihn ohne Lampe hätte sehen können. Die Ränder fühlen sich so scharf an, als wären sie erst gestern eingeritzt worden. Der schwarze Stein ist kalt, glitschig. Das Dreieck steht, im Gegensatz zum westlichen Schäkel, mit der Spitze nach oben. Auf dem Felsen sieht es aus wie ein geheimnisvolles Auge, das über die Zeiten hinausblickt, in Ewigkeit den Hang jenseits des Tals anstarrt, unermüdlich, jeden Tag, jede Nacht. Ein Schauder durchläuft mich. Ich bin in ein Geheimnis eingedrungen, das stärker, dauerhafter ist als ich. Wohin wird es mich führen?

Danach habe ich in einer Art Wachtraum gelebt, in dem sich Laures Stimme und die Stimme Mams auf der Veranda mit der Botschaft des unbekannten Korsaren vermischten und mit der flüchtigen Erscheinung Umas, die durch die Büsche des Tals hinaufglitt. Die Einsamkeit hat sich um mich geschlossen. Ich sehe keinen Menschen außer dem jungen Fritz Castel. Aber er kommt nicht mehr so regelmäßig. Gestern (oder vorgestern, ich weiß es nicht mehr) hat er den Reistopf auf einen Stein vor dem Lager gestellt, und dann ist er weggelaufen, über den westlichen Hügel geklettert, ohne auf mein Rufen zu antworten, als machte ich ihm angst.

Bei Tagesanbruch bin ich wie jeden Morgen zur Flußmündung gegangen. Ich habe meinen Toilettenbeutel mit Rasierzeug, Seife und Bürste mitgenommen und die schmutzige Wäsche. Den Spiegel habe ich auf einen Stein gestellt und angefangen, mich zu rasieren, dann habe ich mir die Haare geschnitten, die bis auf die Schultern fielen. Im Spiegel habe ich mein mageres, von der Sonne schwarz gebranntes Gesicht betrachtet, meine fieberglänzenden Augen. Meine Nase, die schmal und gebogen ist wie bei allen Männern der Familie L'Étang, betont noch den verlorenen, fast verhungerten Ausdruck, und ich glaube, ich lebe schon so lange in den Fußstapfen des unbekannten Korsaren, daß ich anfange, ihm zu gleichen.

Mir gefällt es gut hier an der Mündung des Roseaux, wo die Stranddünen beginnen, wo man das Meer ganz nah hört, seinen langsamen Atem, während der Wind in Stößen zwischen die Euphorbien und das Schilfrohr fährt und die Palmen knarren läßt. Bei Tagesanbruch ist hier das Licht so sanft, so ruhig und das Wasser glatt wie ein Spiegel. Als ich mich rasiert, gewaschen und meine Wäsche erledigt habe und mich auf den Rückweg zum Lager machen will, sehe ich Uma. Sie steht am Fluß, die Harpune in der Hand, und betrachtet mich ungeniert, mit einer Spur von Spott in ihrem Blick. Ich habe oft gehofft, sie hier anzutreffen, auf dem Strand, bei Ebbe, wenn sie vom Fischfang kommt, und doch bin ich überrascht und stehe regungslos da, und die nasse Wäsche tropft auf meine Füße.

Im Licht des anbrechenden Tages, hier am Wasser, in Rock und Hemd, die vom Meer durchnäßt sind, das Gesicht kupferfarben, salzglänzend, ist sie noch schöner. Sie steht aufrecht da, ein Bein vorgestreckt und den Körper in der linken Hüfte geneigt, in der rechten Hand die Schilfharpune mit der Ebenholzspitze, die Linke auf die rechte Schulter gelegt, in ihr nasses Gewand gehüllt – eine antike Statue. Ich betrachte sie unverwandt, ich wage nicht zu sprechen und denke unwillkürlich an die schöne und geheimnisvolle Nada, wie sie einst auf den Abbildungen der alten Zeitschriften im Halbdunkel des Dachbodens unseres Hauses erschienen war. Ich mache einen Schritt nach vorn, und ich habe das Gefühl, einen Zauber zu brechen. Uma dreht sich um, sie entfernt sich mit großen Schritten am Flußbett entlang.

»Warte!« Ich habe es gerufen, ohne zu überlegen, und laufe ihr nach.

Uma bleibt stehen, sie sieht mich an. In ihren Augen lese ich Furcht, Mißtrauen. Ich möchte sprechen, um sie zurückzuhalten, aber ich habe schon so lange zu keiner lebenden Seele gesprochen, daß mir die Worte fehlen. Ich wollte ihr von den Spuren erzählen, die ich am Abend vor der Flut auf dem Strand gesucht hatte. Aber statt dessen spricht sie als erste. Sie fragt mit ihrer singenden und spöttischen Stimme:

»Hast du endlich Gold gefunden?«

Ich schüttle den Kopf, und sie lacht. Sie hockt sich ein wenig abseits auf dem Kamm einer Düne auf die Fersen. Beim Hinsetzen klemmt sie den Rock zwischen die Beine, eine Bewegung, die ich noch bei keiner Frau gesehen habe. Sie stützt sich auf die Harpune.

»Und du, hast du etwas gefangen?«

Auch sie schüttelt den Kopf.

»Gehst du jetzt nach Hause, in die Berge?«

Sie blickt zum Himmel.

»Es ist noch früh. Ich will es nochmals versuchen, beim Kap.«

Sie steht wortlos auf. Dann dreht sie sich zu mir um:

»Komm.«

Sie geht, ohne auf mich zu warten. Sie schreitet rasch über den Sand, in ihrem animalischen Gang, die lange Harpune geschultert.

Ich werfe das nasse Wäschebündel in den Sand, es ist mir egal, ob der Wind es forträgt. Ich laufe Uma nach. Erst nah am Meer hole ich sie ein. Sie geht an den anbrandenden Wellen entlang, die Augen aufs offene Meer gerichtet. Der Wind preßt das nasse Kleid an ihren schlanken Körper. Über den noch grauen Morgenhimmel ziehen kreischend und knarrend meine Freunde, die Vögel.

»Liebst du die Seevögel?«

Sie bleibt stehen, hebt den Arm hoch. Ihr Gesicht strahlt im Licht. Sie sagt:

»Sie sind schön!«

In den Felsen am Ende des Strandes springt das Mädchen leicht, mühelos, barfuß über die scharfen Kanten. Sie läuft bis zum Kap, ans tiefe stahlblaue Wasser. Als ich nachkomme, bedeutet sie mir stehenzubleiben. Die hochgewachsene Gestalt beugt sich mit erhobener Harpune über das Meer, sie späht in die Tiefe bei den Korallenbänken. Lange verharrt sie so, in völliger Regungslosigkeit, dann schnellt sie plötzlich vor und verschwindet im Wasser. Ich beobachte die Oberfläche, suche ein Schäumen, ein Wirbeln, einen Schatten. Als ich nicht mehr weiß, wo ich noch suchen soll, taucht das Mädchen ein paar Meter von mir entfernt atemlos auf. Sie schwimmt langsam heran und wirft einen durchbohrten Fisch auf die Felsen. Sie steigt mit ihrer Harpune aus dem Wasser, ihr Gesicht ist blaß vor Kälte. Sie sagt:

»Dort ist noch einer.«

Ich nehme die Harpune, und jetzt springe auch ich in Kleidern ins Meer.

Unter Wasser sehe ich den aufgewühlten Grund, die funkelnden Pailletten der Algen. Das Geräusch der Wellen über dem Korallenriff ist ein schrilles Knirschen. Ich schwimme unter Wasser auf die Korallen zu, die Harpune an mich gedrückt. Zweimal umrunde ich die Korallen, ohne etwas zu sehen. Als ich wieder auftauche, steht Uma weit vorgebeugt da und ruft: »Dort! Dort ist er!«

Sie taucht. Unter Wasser sehe ich ihren schwarzen Schatten, der dicht über dem Boden dahingleitet. In einer Sandwolke verläßt der Lippfisch sein Versteck und zieht langsam an mir vorbei. Fast von allein saust die Harpune aus meiner Hand und spießt den Fisch auf. Das Blut bildet eine Wolke rings um mich im Wasser. Ich tauche sogleich auf. Uma schwimmt neben mir, sie steigt vor mir auf die Felsen. Sie nimmt mir die Harpune ab und tötet den Fisch, indem sie ihn auf den schwarzen Felsen schlägt. Außer Atem bleibe ich sitzen, ich schlottere vor Kälte. Uma zieht mich am Arm.

»Komm, wir müssen laufen!«

Schon springt sie von Fels zu Fels auf den Strand zu, die beiden Fische hält sie an den Kiemen gepackt. In den Dünen sucht sie eine Liane, um die Fische aufzufädeln. Jetzt gehen wir gemeinsam zum Flußbett des Roseaux. An der Stelle, wo der Fluß einen tiefen himmelbauen Teich bildet, legt Uma die Fische auf die Böschung, dann springt sie in das Süßwasser und spritzt es sich über Kopf und Leib wie ein badendes Tier. Ich sehe am Flußufer aus wie ein großer nasser Vogel, und darüber muß sie lachen. Ich springe ebenfalls ins Wasser, daß es hoch aufschwappt, und eine ganze Weile verbringen wir damit, uns gegenseitig unter Gelächter anzuspritzen. Als wir aus dem Wasser steigen, bin ich erstaunt, daß ich keine Kälte mehr spüre. Die Sonne steht schon hoch, und die Dünen an der Flußmündung sind glühend heiß. Die nassen Kleider kleben uns an der Haut. Uma kniet im Sand und wringt Rock und Hemd aus, von oben nach unten, schlüpft aus einem Ärmel, dann aus dem anderen. Ihre kupferfarbene Haut glänzt in der Sonne, und Wasserströme rinnen ihr von den vollgesogenen Haaren die Wangen entlang und über den Nacken. Der Wind bläst in Stößen und kräuselt das Wasser des Flusses. Wir sprechen nicht. Hier, vor diesem Fluß, unter dem harten Licht der Sonne, wo wir dem traurigen Geräusch des Windes im Schilf lauschen und dem Grollen des Meeres, sind wir allein auf der Erde, vielleicht ihre letzten Bewohner, von nirgendwo gekommen, vom Zufall eines Schiffsuntergangs vereint. Nie habe ich mir vorgestellt, daß mir dies widerfahren, daß ich etwas Derartiges empfinden könnte. Es ist eine Kraft, die sich in mir bildet, sich in meinem ganzen Körper ausbreitet, ein Verlangen, eine Glut. Wir bleiben lang im Sand sitzen und warten, daß unsere Kleider trocknen. Auch Uma bewegt sich nicht, sie hockt auf den Fersen, wie alle *manafs* das können, die langen Arme um die Beine geschlungen, das Gesicht zum Meer gewandt. Das Licht glänzt auf ihrem wirren Haar, ich sehe ihr reines Profil, die gerade Stirn, den Nasenrücken, die Lippen. Ihre Kleider wehen im Wind. Mir scheint, daß überhaupt nichts anderes mehr zählt.

Uma bestimmt den Aufbruch. Ohne sich zu stützen, steht sie plötzlich auf und nimmt die Fische. Sie kauert sich ans Flußufer und richtet sie auf eine Weise zu, wie ich es noch nie gesehen habe. Mit der Spitze ihrer Harpune schlitzt sie ihnen den Bauch auf und nimmt sie aus. Das Innere wäscht sie mit Sand und schwenkt die Fische im Flußwasser. Die Abfälle schleudert sie weit fort für die wartende Armee der Krabben.

Das alles tut sie flink und schweigend. Dann tilgt sie die Spuren am Flußufer mit Wasser. Als ich sie frage, warum sie das mache, antwortet sie:

»Wir *manafs,* wir sind entflohene Sklaven.«

Unterwegs hebe ich meine fast trockene Wäsche auf, die mit weißem Sand bedeckt ist. Ich gehe hinter Uma her bis zum Lager. Als sie dort ankommt, legt sie den Fisch, den ich harpuniert habe, auf einen flachen Stein, und sie sagt:

»Der gehört dir.«

Als ich ihn ihr wiedergeben will, sagt sie:

»Du bist hungrig, ich mache dir zu essen.«

Sie sammelt eilig trockenes Reisig. Aus ein paar Schilfrohren flicht sie eine Art Rost, den sie über die Zweige legt. Ich reiche ihr mein Luntenfeuerzeug, aber sie schüttelt den Kopf. Sie schichtet Moosflechten auf, kauert sich mit dem Rücken zum Wind nieder und schlägt Flintsteine aneinander, sehr schnell und ohne abzusetzen, bis aus den erhitzten Steinen ein Funkenregen sprüht. Die Moosflechte in der Mitte der Feuerstelle beginnt zu rauchen. Uma nimmt sie vorsichtig in beide Hände und bläst langsam hinein. Als die Flamme aufspringt, schiebt Uma das Moos unter die trockenen Zweige, und bald knistert das Feuer. Uma richtet sich auf. Ihr Gesicht strahlt vor kindlicher Freude. Auf dem Rost aus grünem Schilf brät der Fisch, und mir steigt der verlockende Duft in die Nase. Uma hat recht: Ich sterbe vor Hunger.

Als der Fisch fertig ist, legt Uma den Rost auf den Boden. Abwechselnd reißen wir kleine Bissen heraus, wobei wir uns die Finger verbrennen. Ich glaube, noch nie etwas Besseres gegessen zu haben als diesen ungesalzenen Fisch, der auf dem Rost aus grünem Schilf gegrillt wurde.

Als wir gegessen haben, steht Uma auf. Sie löscht sorgfältig das Feuer, indem sie es mit schwarzem Sand bedeckt. Dann nimmt sie den anderen Fisch, den sie zum Schutz vor der Sonne mit Erde bedeckt hat. Ohne ein Wort, ohne einen Blick geht sie weg. Der Wind zeichnet die Form ihres Körpers unter den von Meerwasser und Sonne gebleichten Kleidern nach.

Auf ihrem Gesicht glänzt das Licht, aber ihre Augen sind zwei Schattenflecke. Ich begreife, daß sie nicht sprechen darf. Ich begreife, daß ich hier bleiben muß, es gehört zu ihrem Spiel, dem Spiel, das wir gemeinsam spielen.

Geschmeidig und flink wie ein Tier gleitet sie durchs Gebüsch, springt im Talgrund von Fels zu Fels. Ich stehe neben der alten Tamarinde und kann sie noch eine Weile sehen, wie sie einer Wildziege gleich die Hügelflanke erklimmt. Sie dreht sich nicht um, sie bleibt nicht stehen. Sie eilt auf die Berge zu, auf den Lubin, und verschwindet im Schatten, der die westlichen Hänge bedeckt. Ich höre mein Herz schlagen, meine Gedanken bewegen sich langsam. In die Anse aux Anglais kehrt die Einsamkeit zurück, furchtbarer denn je. Neben meinem Lager sitzend, dem Sonnenuntergang zugewandt, sehe ich zu, wie die Schatten näher rücken.

Die folgenden Tage führen mich noch tiefer in meinen Traum. Was ich suche, erscheint mir mit jedem Tag deutlicher, mit einer Macht, die mich mit Glück erfüllt. Von Sonnenaufgang bis zur Nacht durchmesse ich das Tal, suche die Landmarken, die Anzeichen. Das blendende Licht, das dem Winterregen vorangeht, die Schreie der Seevögel, die Böen des Nordwinds lösen in mir eine Art Trunkenheit aus. Manchmal erblicke ich zwischen den Basaltblöcken, auf halber Höhe zum Glacis, an den Ufern des Roseaux einen flüchtigen Schatten, so kurz nur, daß ich nie sicher bin, ihn wirklich gesehen zu haben. Uma ist von ihrem Berg herabgestiegen und beobachtet mich, hinter einem Felsen oder in den Pandang-Gehölzen versteckt. Manchmal begleitet sie ein kleiner Junge von ungewöhnlicher Schönheit, ihr Halbbruder, wie sie sagt, der stumm ist. Er bleibt an ihrer Seite, wagt nicht näher zu kommen, sieht zugleich scheu und neugierig aus. Er heißt Sri, ein Beiname, wie Uma mir erklärt, den sein

Vater ihm gegeben habe, weil das Kind wie ein Bote Gottes sei.

Uma bringt mir zu essen, seltsame Gerichte, in Margosablätter gewickelt, Reisfladen und getrocknete Tintenfische, Maniok, Gewürzkuchen. Sie legt die Speisen auf einen flachen Stein vor meinem Lager, wie Opfergaben. Ich erzähle ihr von meinen Entdeckungen, und sie muß lachen. Ich habe die Zeichen, die ich im Lauf des Tages fand, in einem Heft festgehalten. Uma hört gern zu, wenn ich sie ihr laut vorlese: Steine mit einem eingeschnittenen Herz, zwei Löchern, einer Mondsichel. Stein mit dem Buchstaben M nach der Clavicula Salomonis, Stein mit einem Kreuz. Ein Schlangenkopf, ein Frauenkopf, drei Löcher, im Dreieck angeordnet. Stein mit einem Stuhl oder einem Z, erinnert an die Botschaft des Korsaren. Abgestumpfter Felsen. Dachförmig gemeißelter Felsen. Stein mit großem Kreis verziert. Stein, dessen Schatten einen Hund darstellt. Stein mit einem S und zwei Löchern. Stein mit »türkischem Hund« (kriechender Hund ohne Pfoten). Mehrere Felsen mit einer Reihe von Löchern in Süd-Südwest-Richtung weisend. Zerbrochener und verbrannter Felsen.

Uma will auch die Zeichen sehen, die ich mitgebracht habe, seltsam geformte Lavasteine, Obsidiane, Steine mit Fossilienabdrücken. Uma nimmt sie in die Hände und betrachtet sie so aufmerksam, als wären es Zaubersteine. Manchmal bringt sie mir seltsame Gegenstände, die sie gefunden hat. Eines Tages bringt sie einen eisenfarbenen, glatten und schweren Stein. Es ist ein Meteorit, und bei der Berührung meiner Hand mit diesem Himmelskörper, der vielleicht vor Jahrtausenden zur Erde fiel, erschaudere ich wie vor einem Geheimnis.

Uma kommt jetzt fast jeden Tag zur Anse aux Anglais. Sie wartet im Schatten eines Baumes oben im Tal, während ich die Entfernungen messe und auch wenn ich Sondierlöcher grabe, weil sie fürchtet, das Geräusch könne Leute aus der

Umgebung herbeilocken. Mehrmals haben mich der junge Fritz und der Bauer Begué besucht und mir geholfen, in der Nähe der Flußmündung zu graben. An solchen Tagen zeigt Uma sich nicht, aber ich weiß, daß sie irgendwo in der Nähe ist, hinter den Bäumen versteckt, in einem Schlupfwinkel, wo ihre Hautfarbe sich nicht abhebt.

Mit Fritz stelle ich Richtstangen auf. Es sind Schilfrohre, die ich zu diesem Zweck präpariert habe und die man alle hundert Schritt in den Boden stecken muß, um gerade Linien ziehen zu können. Nun gehe ich das Tal hinauf, zwischen all den Zeichen, die ich erkannt habe: gestanzten Steinen, markierten Kanten, zu Dreiecken geschichteten Kieseln etc. , und mit Hilfe des Theodoliten ziehe ich die Verlängerungen der Geraden, um sie in den ursprünglichen Quadranten (das Schema des Korsaren) einzutragen. Die Sonne brennt und läßt die schwarzen Steine funkeln. Von Zeit zu Zeit rufe ich den jungen Fritz herbei, und er stellt zu meinen Füßen eine weitere Stange auf. Wenn ich die Augen zusammenkneife, kann ich all die Linien sehen, die sich über dem Flußbett des Roseaux treffen, und die Knotenpunkte, an denen ich meine Sondierlöcher bohren kann.

Später bohren Fritz und ich Löcher am westlichen Hügel, am Fuß des Comble du Commandeur. Die Erde ist hart und trocken, und unsere Piken stoßen bald auf den Basalt. Sooft ich eine neue Bohrung beginne, bin ich voll Ungeduld. Werden wir endlich eine Spur finden, ein Zeichen, daß der Korsar hier gewesen ist, vielleicht den Anfang des »Mauerwerks«? Was den Schatz angeht, so fühle ich eines Morgens, als Fritz und ich am Fuß des Hügels im sandigen Boden graben, wie plötzlich unter meiner Hacke eine leichte Kugel davonrollt, die ich in meinem Wahn vermutlich für den Schädel eines hier begrabenen Seemans gehalten habe. Das Ding rollt auf den Sand und fährt plötzlich seine Beine und Scheren aus! Es ist eine riesige Landkrabbe, die ich aus dem Schlaf geweckt habe. Der junge Fritz, geistesgegenwärtiger als ich, erschlägt sie mit einem Schaufelhieb. Höchst vergnügt unterbricht er seine Arbeit, holt im Kochtopf Wasser, macht Feuer und kocht aus der Krabbe eine Brühe!

Am Abend, wenn das Licht abnimmt und das Tal still und ruhig ist, weiß ich, daß Uma nicht weit ist. Ich fühle ihren Blick, der mich von den Hügeln herab beobachtet, manchmal rufe ich sie, und das Echo wiederholt ihren Namen noch ganz hinten im Tal: »U-ma-a!«

Ihr Blick ist zugleich nah und weit weg, wie der Blick eines fliegenden Vogels, dessen Schatten man nur bemerkt, wenn er die Sonne zwinkern läßt. Aber wenn ich Uma lange nicht gesehen habe, weil Fritz Castel oder Begué bei mir sind (denn keine *manaf* zeigt sich jemals den Küstenbewohnern), bin ich glücklich, ihren Blick auf mir, auf dem Tal zu fühlen. Vielleicht gehört das alles ihr, vielleicht ist sie, ist ihre ganze Rasse, die wahre Herrin des Tals. Glaubt sie überhaupt an den Schatz, den ich suche? Manchmal, wenn das Tageslicht noch nicht ganz klar ist, glaube ich, sie zusammen mit Sri zwischen den Lavablöcken zu sehen, wie sie sich im Gehen bückt, um die Steine zu untersuchen, als folge sie einer unsichtbaren Fährte. Oder aber sie läuft am Fluß entlang bis zur Mündung, auf den Strand, wo das Meer aufprallt. Sie steht am durchsichtigen Wasser und blickt zum Horizont über das Korallenriff hinweg. Ich nähere mich ihr, betrachte ebenfalls das Meer. Ihr Gesicht ist gespannt, fast traurig.

»Woran denkst du, Uma?«

Sie erschrickt, sie wendet mir ihr Gesicht zu, und ihre Augen sind voll Traurigkeit.

»Ich denke an nichts, ich denke nur an Dinge, die unmöglich sind.«

»Was ist unmöglich?«

Aber sie antwortet nicht. Dann kommt das Sonnenlicht, das alles steigert. Uma steht unbeweglich im kalten Wind, das Flußwasser rinnt zwischen ihren Füßen und stößt die lekkende Welle zurück. Uma schüttelt den Kopf, als wolle sie etwas Lästiges abschütteln, sie nimmt meine Hand und zieht mich zum Meer.

»Komm, wir wollen Tintenfische fangen.«

Sie nimmt die lange Harpune, die sie zwischen die Schilfrohre in die Düne gesteckt hat. Wir laufen nach Westen, dorthin, wo die Küste noch im Schatten liegt. Das Flußbett des Roseaux verschwindet in einem Bogen hinter den Dünen und kommt ganz nah an der schwarzen Klippe wieder zum Vorschein. Schilfbüschel reichen bis zum Meer. Bei unserem Nahen fliegen Wolken winziger silbriger Vögel piepsend auf, wiit, wiit.

»Hier gibt es Tintenfische, das Wasser ist wärmer.«

Sie geht auf das Schilf zu, dann zieht sie plötzlich Hemd und Rock aus. Ihr Körper lang und schmal, glänzt im Sonnenlicht wie dunkles Kupfer. Sie geht über die Felsen ins Meer und verschwindet unter Wasser. Einen Moment taucht ihr Arm mit der langen Harpune auf, dann ist nichts mehr da, nur der Meeresspiegel, die kurzen Wellen. Nach ein paar Sekunden teilt sich das Wasser, und Uma gleitet heraus, wie sie hineingeglitten ist. Sie kommt zu mir auf den Strand, sie hakt die tintentriefende Krake los, stülpt sie um. Sie sieht mich an. Es ist keine Befangenheit an ihr, nur wilde Schönheit.

»Komm!«

Ich zögere nicht. Ich ziehe mich auch aus und tauche ins kalte Wasser. Plötzlich erinnere ich mich an das, was ich seit so vielen Jahren nicht mehr habe, das Meer von Tamarin, wo Denis und ich nackt durch die Wellen schwammen. Es ist ein Gefühl von Freiheit, von Glück. Ich schwimme mit offenen

Augen unter Wasser, dicht über dem Grund. Drüben bei den Felsen sehe ich Uma, die mit ihrer Harpune in den Spalten stochert, und die aufsteigende Tintenwolke. Gemeinsam schwimmen wir an die Oberfläche. Uma wirft den zweiten Tintenfisch auf den Strand, nachdem sie ihn umgestülpt hat. Sie reicht mir die Harpune. Ihr Lächeln glänzt auf ihrem Gesicht, ihr Atem ist ein wenig rauh. Jetzt tauche ich auf die Felsen zu. Ich verfehle einen ersten Tintenfisch, den zweiten nagle ich in den sandigen Grund, in dem Augenblick, als er zurückschnellt und seine Tinte verspritzt.

Gemeinsam schwimmen wir im klaren Wasser der Lagune. Als wir ganz nah am Barriere-Riff sind, taucht Uma vor mir, verschwindet so schnell, daß ich ihr nicht folgen kann. Kurz darauf erscheint sie wieder, an ihrer Harpune steckt ein Lippfisch. Aber sie hakt den noch lebenden Fisch los und schleudert ihn weit fort, aufs Ufer zu. Sie bedeutet mir, ich solle nicht sprechen. Sie nimmt meine Hand, und gemeinsam lassen wir uns in die Tiefe sinken. Jetzt sehe ich einen drohenden Schatten, der vor uns hin- und herschwimmt: einen Hai. Er kreist – zwei-, dreimal, dann entfernt er sich. Außer Atem steigen wir an die Oberfläche. Ich schwimme aufs Ufer zu, während Uma nochmals taucht. Als ich den Strand erreiche, sehe ich, daß sie den Fisch wieder angehakt hat. Neben mir läuft sie über den weißen Sand. Ihr Körper funkelt in der Sonne wie der Basalt. Mit geschickten und raschen Bewegungen sammelt sie die Tintenfische und den Lippfisch auf und begräbt sie im Sand nahe der Dünen.

»Komm, wir müssen uns trocknen.«

Ich liege auf dem Sand. Uma kniet nieder, schöpft mit den Händen trockenen Sand und bestreut mich damit von oben bis unten.

»Jetzt bestreust du mich mit Sand.«

Ich nehme den leichten Sand in beide Hände, und ich lasse

ihn auf ihre Schultern rieseln, auf den Rücken, auf die Brust. Jetzt sehen wir beide aus wie mehlbestäubte Pierrots, und darüber müssen wir lachen.

»Wenn der Sand abfällt, sind wir trocken«, sagt Uma.

In den weißen Sand gehüllt liegen wir auf der Düne neben dem Schilf. Nichts ist zu hören außer dem Wind im Röhricht und dem Grollen des steigenden Meeres. Nichts zu sehen außer den Krabben, die eine nach der anderen aus ihren Löchern kommen, die Scheren aufgerichtet. Am Himmel steht die Sonne schon im Zenith, sie brennt im Mittelpunkt dieser Einsamkeit.

Ich beobachte, wie der Sand auf Umas Schultern und Rükken trocknet und in kleinen Rinnsalen abfällt, die schimmernde Haut freigibt. Das Begehren steigt jäh in mir hoch, brennt wie die Sonne auf meiner Haut. Als ich meine Lippen auf Umas Haut lege, erbebt sie, aber sie entzieht sich nicht. Sie schlingt die langen Arme um die Beine, stützt den Kopf auf die Knie, ihr Blick ist abgewandt. Meine Lippen wandern ihren Nacken entlang, über die weiche und glänzende Haut, von der der Sand in silbrigem Regen gleitet. Mein Körper zittert jetzt, und Uma hebt den Kopf, sieht mich beunruhigt an.

»Frierst du?«

»Ja... Nein.« Ich weiß nicht mehr recht, was mit mir los ist. Ich schlottere nervös, mein Atem geht mühsam.

»Was hast du?«

Uma steht plötzlich auf. Mit raschen Bewegungen zieht sie sich an. Sie hilft mir in die Kleider, als wäre ich ein Kranker. »Komm, leg dich in den Schatten, komm!«

Ist es das Fieber, die Müdigkeit? Mir schwindelt. Mit Mühe folge ich Uma durch das Schilf. Sie geht sehr aufrecht, an der Spitze ihrer Harpune hängen die Kraken wie Wimpel, den Fisch hält sie an den Kiemen.

Als wir im Lager eintreffen, lege ich mich ins Zelt und

schließe die Augen. Uma ist draußen geblieben. Sie macht Feuer, um den Fisch zu braten. In der Glut bäckt sie auch Brotfladen, die sie am Morgen mitgebracht hat. Als das Essen fertig ist, bringt sie es mir ins Zelt, und sie sieht mir zu, ohne etwas anzurühren. Der gegrillte Fisch schmeckt köstlich. Ich esse mit den Fingern, ich schlinge, und ich trinke das kühle Wasser, das Uma oben am Fluß geschöpft hat. Jetzt fühle ich mich besser. In meine Decke gewickelt trotz der Hitze, betrachte ich Uma, ihr Profil, das nach draußen gewandt ist, als halte sie Ausschau. Später fängt es an zu regnen, zuerst leicht, dann in großen Tropfen. Der Wind beutelt das Segeltuch über mir, die Äste der Tamarinde ächzen.

Als der Tag zur Neige geht, erzählt Uma mir von sich, von ihrer Kindheit. Die singende Stimme spricht zögernd, mit langen Pausen, und das Geräusch von Wind und Regen auf dem Zeltdach mischt sich in ihre Worte.

»Mein Vater ist ein *manaf* aus den Bergen von Rodriguez. Aber er ist von hier fort und auf einem Schiff der British India gefahren, einem großen Schiff, das bis nach Kalkutta ging. In Indien hat er dann meine Mutter kennengelernt, er hat sie geheiratet und hierher gebracht, weil ihren Eltern die Heirat nicht recht war. Er war älter als sie, und er ist am Fieber gestorben, auf einer Seereise, als ich acht Jahre alt war, und meine Mutter hat mich zu den Nonnen nach Mauritius geschickt, nach Ferney. Sie hatte nicht genug Geld, um mich großzuziehen. Ich glaube auch, sie wollte wieder heiraten und hatte Angst, ich könnte ihr im Weg sein... Im Kloster hatte ich die Mutter Oberin sehr gern, und sie hatte mich auch gern. Als sie nach Frankreich zurück mußte und meine Mutter mich nicht mehr haben wollte, hat die Oberin mich mitgenommen, zuerst nach Bordeaux und dann in die Nähe von Paris. Ich habe im Kloster die Schule besucht und gearbeitet. Ich glaube, die Oberin wollte, daß ich Nonne werde, deshalb hat sie mich mitgenommen. Aber als ich dreizehn war, bin ich krank geworden, und alle haben geglaubt, ich muß sterben, weil es Tuberkulose war... Da hat meine Mutter aus Mauritius geschrieben, daß ich zu ihr heimkommen soll. Zuerst wollte ich nicht, ich habe geweint, ich habe geglaubt, daß ich nicht von der Mutter Oberin fortwollte, aber in Wirklichkeit habe ich Angst vor dem Wiedersehen mit meiner richtigen Mutter gehabt und vor der Armut auf der Insel, in den Bergen. Die Oberin hat auch geweint, weil sie mich lieb gehabt und gehofft hat, daß ich auch Nonne werde; und weil meine Mutter keine Christin ist und den indischen Glauben behielt, deshalb hat die Oberin gewußt, daß ich von der Religion abkommen würde. Und dann bin ich trotzdem weg und habe eine lange Reise gemacht, allein, auf einem Schiff, durch den Suezkanal und das Rote Meer. Auf Mauritus habe ich meine Mutter getroffen, aber nicht wiedererkannt, ich habe mich gewundert, daß sie so klein war und in Schleier gehüllt. Sie hat einen kleinen Jungen dabeigehabt und gesagt, er ist Sri, der Bote Gottes auf Erden...«

Sie hört auf zu sprechen. Die Nacht ist jetzt nah. Draußen liegt das Tal bereits im Schatten. Es regnet nicht mehr, aber man hört das Wasser auf das Dach klatschen, wenn der Wind die Äste der alten Tamarinde schüttelt.

»Am Anfang war das Leben hier schwierig, weil ich nichts vom Leben der *manafs* wußte. Ich konnte nichts, nicht laufen, nicht fischen, nicht Feuer machen, nicht einmal schwimmen. Und ich konnte mit niemand reden, weil niemand Französisch sprach und meine Mutter nur Bhojpuri und Kreolisch. Es war schrecklich, ich war vierzehn und wie ein kleines Kind. Anfangs haben die Nachbarn über mich gelacht und gesagt, meine Mutter hätte mich bei den Bourgeois lassen sollen. Auch ich wäre gern wieder fort, aber ich habe nicht gewußt, wohin. Nach Frankreich zurück konnte ich nicht, weil ich eine *manaf* war, die keiner hätte haben wollen. Und außerdem hatte ich meinen kleinen Bruder Sri zu lieb, er war so sanft, so unschuldig, ich glaube, meine Mutter hatte recht, wenn sie sagte, er ist ein Bote Gottes... Also habe ich angefangen, alles zu lernen, was ich nicht konnte. Barfußgehen auf den Felsen, die Ziegen im Lauf einfangen, Feuer machen und schwimmen und tauchen, um die Fische zu fangen. Ich habe gelernt, eine *manaf* zu sein, wie die entlaufenen Sklaven in den Bergen versteckt zu leben. Aber es hat mir bei ihnen gefallen, weil sie nie lügen, niemandem Böses tun. Die Leute an der Küste, in Port Mathurin, sind wie die Leute von Mauritius, die lügen und einen betrügen, und deshalb bleiben wir in den Bergen versteckt...«

Jetzt ist es vollends Nacht geworden. Die Kälte kommt ins Tal. Wir liegen dicht beieinander, ich fühle die Wärme von Umas Körper an meinem Körper, unsere Beine sind ineinander verschlungen. Ja, es ist ganz so, als wären wir die einzigen lebenden Menschen auf Erden. Das Tal der Anse aux Anglais ist versunken, es treibt im kalten Seewind davon.

Ich zittere jetzt nicht mehr, ich spüre keine Eile, keine Furcht mehr. Auch Uma hat vergessen, daß sie unaufhörlich fliehen, sich verstecken muß. Wie vorhin im Schilf zieht sie sich aus, hilft auch mir aus den Kleidern. Ihr Körper ist glatt und warm, stellenweise noch von Sand bedeckt. Lachend wischt sie die Sandreste von meinem Rücken, meiner Brust. Dann sind wir vereint, ohne daß ich begreifen könnte, wie. Ihr Gesicht ist zurückgebeugt, ich höre ihren Atem, ich spüre ihren Herzschlag, und ihre Wärme ist in mir, grenzenlos, stärker als alle glühenden Tage auf dem Meer und im Tal. Wir schweben, wir fliegen in den Nachthimmel, mitten in die Sterne, ohne zu denken, schweigend lauschen wir dem Gleichklang unserer Atemzüge. Wir bleiben dicht aneinandergeschmiegt, so fühlen wir die Kälte der Steine nicht.

Ich habe endlich die Schlucht gefunden, in der einst eine Quelle entsprang, die heute versiegt ist. Es ist dieselbe Schlucht, die ich in der ersten Zeit nach meiner Ankunft in der Anse aux Anglais sah und die mir zu weit vom Ufer entfernt schien, als daß sie auf dem Lageplan des Korsaren verzeichnet sein könnte.

Aber als ich die Verlängerung der Geraden von den ersten Landmarken aus abstecke, komme ich im Tal immer weiter nach Osten. Eines Morgens – ich vermesse allein das Hinterland der Bucht in der Nähe des westlichen Schäkelzeichens – beschließe ich, entlang der Linie zu suchen, die vom Schäkel zu dem Stein mit den vier Punkten führt, den ich auf der ersten Schanze der östlichen Klippe gefunden habe und über den das Dokument des unbekannten Korsaren bemerkt: »Suche S : :.«

Da ich als Meßstangen nur die in unregelmäßigen Abständen eingesteckten Schilfrohre habe, gehe ich auf dem Talgrund langsam voran. Kurz vor Mittag habe ich mehr als tausend französische Fuß (ungefähr 325 Meter) abgeschritten und gekennzeichnet und gelange auf den Gipfel der östlichen Klippe.

Von dort oben sehe ich sofort die Spalte der Schlucht und den Markstein, der sie bezeichnet. Es ist ein etwa sechs Fuß hoher Basaltblock, der so in der staubigen Erde des Hügels sitzt, daß man ihn von der ehemaligen Flußmündung in der Talsohle aus sehen muß. Er ist der einzige dieser Art und wohl von dem überhängenden Basaltfelsen hoch an der Klippe abgestürzt. Ich bin überzeugt, daß er von Menschenhand hierher transportiert wurde, vielleicht auf Rundhölzern gerollt und hier aufgestellt wie die Druidensteine. An den Seiten sieht man noch deutlich die Kerben, in denen die Seile liefen. Aber vor allem fasziniert mich das Zeichen, das der Block ganz oben, genau in der Mitte trägt: eine gerade Rinne, einen Finger breit, etwa sechs Zoll lang, mit einem Meißel in den Stein geschnitten. Diese Rille verläuft exakt in der Verlängerung der Linie, der ich vom westlichen Schäkel aus gefolgt bin, und bezeichnet den Zugang zur Schlucht.

Klopfenden Herzens trete ich näher, und zum erstenmal sehe ich die Schlucht. Sie ist ein Erosionskorridor, der sich durch die ganze Klippe zieht und immer enger werdend bis zur Anse aux Anglais führt. Ein Geröllhaufen versperrt den Zugang, und deshalb ist es mir bisher nicht in den Sinn gekommen, den Korridor zu erforschen. Vom Tal aus ist der Eingang zur Schlucht nicht von den anderen Einstürzen der Klippe zu unterscheiden. Und vom Gipfel des östlichen Hügels aus, wo ich sie zum erstenmal sah, erscheint die Schlucht wie eine nicht besonders tiefe Senke.

Nur ein einziger Weg könnte mich bis zur Schlucht bringen, nämlich die Linie, der ich gefolgt bin. Sie geht vom westlichen Schäkel aus, überquert das Flußbett des Roseaux beim Punkt 95 (der Kreuzung mit der Nord-Süd-Achse), verläuft durch den Mittelpunkt des mit vier Löchern markierten Steins (Punkt S im Dokument des Korsaren), der mich zum Basaltblock geführt hat, wo sie mit dem Verlauf der Rinne zusammenfällt, die der Meißel des Korsaren gegraben hat.

Ich bin von dieser Entdeckung wie betäubt und muß mich setzen, um mich zu fassen. Der kalte Wind bringt mich wieder zur Besinnung. Ich haste den Abhang der Schlucht hinunter bis zum Grund. Jetzt bin ich in einer Art hufeisenförmigem Schacht, etwa fünfundzwanzig französische Fuß breit, dessen Korridor ungefähr hundert Fuß weit zur Schutthalde führt, die den Eingang versperrt.

Kein Zweifel mehr, hier liegt der Schlüssel des Geheimnisses. Hier, irgendwo unter meinen Füßen, muß die Gruft sein, in die der unbekannte Korsar seine sagenhaften Schätze versenkte, um sie vor den Engländern und vor der Gier der eigenen Leute zu schützen. Welches bessere Versteck hätte er finden können als diesen natürlichen Hohlraum in der Klippe, der weder vom Meer noch vom Tal aus zu sehen und durch die natürliche Sperre aus dem Geröll und den Ablagerungen des Wildbachs verschlossen war? Ich kann nicht warten, bis ich Hilfe habe. Ich gehe zum Lager und hole alles Nötige hierher: die Hacke, die Schaufel, die lange Sondierstange, ein Seil und einen Vorrat an Trinkwasser. Bis zum Abend sondiere und grabe ich ohne Pause auf dem Grund der Schlucht, an der Stelle, die, wie ich glaube, durch die Rille im Basaltblock bezeichnet ist.

Gegen Ende des Tages, als der Schatten den Grund der Schlucht zu verdunkeln beginnt, trifft mein Bohrer schräg im Boden auf und legt den Zugang zu einem halb mit Erde gefüllten Versteck frei. Diese Erde ist übrigens von hellerer Farbe, für mich ein Beweis, daß sie absichtlich vor der Grotte aufgehäuft wurde.

Mit den Händen wälze ich die Basaltbrocken beiseite und vergrößere so die Öffnung. Meine Schläfen pochen, meine Kleider sind von Schweiß durchtränkt. Das Loch wird größer, es erscheint eine alte Höhle, die durch ein aus trockenem Gestein errichtetes Gewölbe abgestützt wurde. Bald stehe ich bis zur Taille in der Grube. Ich habe nicht genügend Platz, um die Hacke zu schwingen, und muß mit den Händen graben, die Steinblöcke freilegen, indem ich die Sondierstange als Hebel benutze. Dann klirrt das Metall gegen Stein. Ich kann nicht mehr weitermachen, ich bin auf den Grund gestoßen: das Versteck ist leer.

Es ist schon Nacht. Der leere Himmel über der Schlucht wird langsam dunkel. Aber die Luft ist so heiß, daß mir scheint, die Sonne brenne noch immer auf die Steinwände, auf mein Gesicht, meine Hände bis ins Innere meines Körpers. Ich setze mich auf den Boden der Schlucht und trinke alles Wasser, das noch in meiner Feldflasche ist, warmes und schales Wasser, das mich nicht zu erfrischen vermag.

Zum erstenmal seit langer Zeit denke ich an Laure. Ich habe das Gefühl, aus meinem Traum aufzutauchen. Was würde sie von mir denken, wenn sie mich so sehen könnte, in dieser Grube, staubbedeckt, mit blutig aufgeschürften Händen? Sie würde mich mit ihrem dunklen und glänzenden Blick ansehen, und ich müßte mich schämen. Jetzt bin ich zu erschöpft, um mich zu rühren, zu denken, irgend etwas zu empfinden. Ich dürste, sehne mich nach der Nacht, ich lege mich an Ort und Stelle nieder, auf dem Boden der Schlucht, den Kopf auf einen der schwarzen Blöcke gestützt, die ich der Erde entrissen habe. Über mir, zwischen den hohen Felswänden, ist der Himmel schwarz. Ich sehe die Sterne. Es sind Brocken zerbrochener Bilder, die ich nicht mehr benennen kann.

Am Morgen, als ich aus der Schlucht steige, sehe ich die Gestalt Umas. Sie sitzt in der Nähe des Lagers im Baumschatten und wartet auf mich. Neben ihr ist Sri, der mir entgegenblickt, ohne sich zu bewegen.

Ich trete zu Uma und setze mich neben sie. Im Schatten ist ihr Gesicht dunkel, aber ihre Augen glänzen lebhaft. Sie sagt:

»In der Schlucht gibt es kein Wasser mehr. Die Quelle ist versiegt.«

Sie sagt es so sanft, als wäre ich auf der Suche nach Wasser in der Schlucht gewesen.

Das Morgenlicht glänzt auf den Steinen, im Laubwerk der Bäume. Uma hat im Kochtopf Wasser aus dem Fluß geholt, und jetzt kocht sie indischen Mehlbrei, den *kir*. Als der Brei fertig ist, setzt sie ihn mir in einem Emailleteller vor. Sie selber ißt mit den Fingern direkt aus dem Kochtopf.

Mit ihrer ruhigen und singenden Stimme erzählt sie mir wieder von ihrer Kindheit im Nonnenkloster in Frankreich und von ihrem Leben nach der Rückkehr zu ihrer Mutter bei den *manafs*. Ich mag es gern, wie sie erzählt. Ich versuche, sie mir vorzustellen an jenem Tag, als sie von dem großen Schiff an Land ging in ihrer schwarzen Tracht, die Augen vom Licht geblendet.

Auch ich erzähle ihr von meiner Kindheit am Boucan, von Laure, davon, wie Mam uns abends unter der Veranda unterrichtete, und von meinen Abenteuern mit Denis. Als ich von unserer Fahrt mit der Piroge zum Morne berichte, leuchten ihre Augen.

»Ich möchte auch gern aufs Meer hinausfahren.«

Sie steht auf und blickt hinüber zur Lagune.

»Drüben gibt es viele Inseln, Inseln, auf denen die Seevögel leben. Fahr mit mir zum Fischen hin.«

Es ist schön, wenn ihre Augen so leuchten. Ja, wir werden auf die Inseln fahren, zur Insel der Tölpel, nach Baladirou, vielleicht sogar bis nach Gombrani im Süden. Ich werde nach Port Mathurin gehen und eine Piroge mieten.

Zwei Tage und zwei Nächte hindurch wütet der Sturm. Ich bleibe fast die ganze Zeit in meinem Zelt kauern und lebe nur von gesalzenem Zwieback. Dann, am Morgen des dritten Tages, legt sich der Wind. Der Himmel ist strahlend blau, wolkenlos. Am Strand sehe ich Uma stehen, als hätte sie sich die ganze Zeit nicht von der Stelle bewegt. Sie sieht mich und sagt:

»Hoffentlich bringt der Fischer heute die Piroge.«

Eine Stunde später legt die Piroge tatsächlich am Strand an. Mit dem Wasservorrat und einer Dose Zwieback steigen wir ein. Uma steht im Bug, die Harpune in der Hand. Sie späht über die Lagune.

In der Lascars-Bucht setzen wir den Fischer ab, und ich verspreche, ihm die Piroge morgen zurückzubringen. Wir fahren aus, das Segel vom Ostwind gebläht. Hinter uns ragen die hohen Berge von Rodriguez auf, noch blaß im Frühlicht. Umas Gesicht leuchtet vor Glück. Sie zeigt mir den Limon, den Piton, den Bilactére. In der Fahrrinne läßt die Grundsee unsere Piroge tanzen, und die Gischten hüllen uns ein. Aber dann sind wir wieder in der Lagune, im Schutz der Riffe. Doch das Meer ist dunkel, von geheimnisvollen Lichtreflexen durchzuckt.

Vor dem Bug erscheint eine Insel: die Insel der Tölpel. Noch ehe wir die Vögel sehen, hören wir ihre Stimmen. Es ist ein stetes Dröhnen, das den Himmel und das Meer erfüllt.

Die Vögel haben uns gesehen, sie überfliegen die Piroge. Seeschwalben, Albatrosse, schwarze Fregattvögel und die riesigen Tölpel, die uns kreischend umrunden.

Die Insel liegt steuerbords, nur noch etwa fünfzig Faden entfernt. Hinter der Lagune ist sie ein Sandstreifen, und auf der Meerseite sind nur Felsen, an denen die Wellen des Ozeans sich brechen. Uma ist zu mir ans Ruder gekommen, sie sagt mir leise ins Ohr:

»Es ist schön!...«

Noch nie habe ich so viele Vögel gesehen. Sie sind zu Tausenden auf den vom Guano weißen Felsen, sie tanzen, fliegen auf und ruhen aus, und ihr Flügelschlag rauscht wie das Meer. Die Wellen branden über die Riffe, bedecken die Felsen mit einem gleißenden Wasserfall, aber die Tölpel haben keine Angst. Sie breiten die kräftigen Flügel und schwingen sich in den Wind über das anflutende Wasser, dann lassen sie sich wieder auf die Felsen fallen.

Ein dichter Schwarm zieht schreiend über uns hinweg. Sie kreisen um unsere Piroge, sie verdunkeln den Himmel, flüchten gegen den Wind, die riesigen Flügel ausgespannt, den schwarzen Kopf mit den grausamen Augen den Fremden zugewandt, die ihnen verhaßt sind. Sie werden jetzt immer zahlreicher, ihre schrillen Schreie machen uns taub. Einige greifen uns an, stoßen auf das Heck der Piroge herab, wir müssen uns vor ihnen schützen. Uma hat Angst. Sie preßt sich an mich, hält sich die Ohren zu.

»Weg von hier! Weg von hier!«

Ich lege das Ruder nach Steuerbord um, und das Segel nimmt knallend Wind auf. Die Tölpel haben begriffen. Sie entfernen sich, steigen höher und kreisen, lassen uns nicht aus den Augen. Das Volk der Seevögel auf den Felsen springt weiter über die Schaumkronen.

Uma und mir steckt die Angst noch in den Knochen. Wir fliehen unter dem Wind, und noch lange nachdem wir das Gebiet um die Insel verlassen haben, hören wir die schrillen Schreie der Vögel und das Brausen ihrer Flügel. Eine Meile von der Insel der Tölpel entfernt finden wir auf dem Barriere-Riff ein weiteres Inselchen. Im Norden branden die Wogen des Ozeans mit Donnergetöse über die Felsen. Hier gibt es fast keine Vögel, nur ein paar Seeschwalben segeln über dem Strand.

Sobald wir gelandet sind, zieht Uma sich aus und taucht. Ich sehe ihren dunklen Körper unter Wasser glänzen, dann verschwindet sie. Sie taucht mehrmals auf, um Atem zu schöpfen, die Harpune himmelwärts gerichtet.

Ich ziehe mich gleichfalls aus und tauche. Ich schwimme mit offenen Augen dicht über dem Grund. In den Korallen sind Tausende von Fischen, deren Namen ich nicht kenne, silbern, mit gelben oder roten Streifen. Das Wasser ist sehr weich, und ich gleite mühelos bis zu den Korallen. Vergebens suche ich Uma.

Als ich wieder auf dem Strand bin, lege ich mich in den Sand und lausche auf das Geräusch der Wellen hinter mir.

Die Seeschwalben segeln im Wind. Sogar ein paar Tölpel sind von ihrer Insel herübergekommen, um mich kreischend zu beäugen.

Lange danach, als der weiße Sand auf meinem Körper schon trocken ist, steigt Uma vor mir aus dem Wasser. Ihr Körper glänzt im Licht wie schwarzes Metall. Um die Taille trägt sie eine Lianenschnur, an der ihre Beute hängt, vier Fische, ein Ambrafisch, ein Knurrhahn, zwei Panzerwangen. Sie pflanzt die Harpune mit der Spitze nach oben in den Sand, löst den Lianengürtel und legt die Fische in eine Sandgrube, die sie mit nassen Algen bedeckt. Dann setzt sie sich zu mir und bestreut sich mit Sand.

Ich höre neben mir ihren Atem, der noch rauh ist vor Erschöpfung. Auf ihrem dunklen Körper glitzert der Sand wie Goldstaub. Wir sprechen nicht. Wir blicken auf das Wasser der Lagune, lauschen auf das gewaltige Donnern des Meeres hinter uns. Es ist, als wären wir schon seit ungezählten Tagen hier und hätten die ganze Welt vergessen. In der Ferne verfärben sich langsam die hohen Berge von Rodriguez, in den Buchten liegt schon Schatten. Es herrscht Flut. Die Lagune ist voll, glatt, tiefblau. Der Rumpf der Piroge berührt kaum den Strand. Mit ihrem hochgereckten Bug gleicht sie einem Seevogel.

Später, als die Sonne sinkt, essen wir. Uma steht auf, der Sand rieselt wie ein leichter Regen von ihrem Körper. Sie sammelt den trockenen Tang, die Holzstückchen, die die Flut zurückgelassen hat. Mit meinem Luntenfeuerzeug setze ich das Reisig in Brand. Als die Flamme aufzuckt, strahlt Umas Gesicht in einer wilden Freude, die auf mich überspringt. Uma macht aus feuchtem Reisig einen Rost, sie brät die Fische. Dann erstickt sie die Flammen mit ein paar Handvoll Sand, und sie legt den Rost direkt in die Glut. Der Geruch der gegrillten Fische macht uns froh, und bald essen wir gierig, verbrennen uns die Finger.

Ein paar Seevögel sind von den Abfällen herbeigelockt worden. Sie beschreiben große Kreise vor der Sonne, dann setzen sie sich auf den Strand. Ehe sie zu fressen anfangen, beäugen sie uns mit schräg geneigten Köpfen.

»Jetzt sind wir keine Feinde mehr, sie kennen uns.«

Die Tölpel setzen sich nicht auf den Strand. Sie tauchen nach den Brocken und schnappen sie im Flug, lassen Sandwolken aufstäuben. Sogar ein paar Landkrabben kommen aus ihren Löchern, sie wirken furchtsam und fürchterlich zugleich.

»Was für ein Gedränge«, sagt Uma lachend.

Nach dem Essen hängt Uma unsere Kleider an die Harpune, und wir legen uns auf den glühenden Sand in den Schatten dieses improvisierten Sonnenschirms. Wir graben uns Seite an Seite in den Sand ein. Vielleicht schläft Uma einfach ein, während ich ihr Gesicht mit den geschlossenen Augen betrachte, die schöne glatte Stirn, wo die Haare sich im Wind bewegen. Wenn sie atmet, rieselt der Sand von ihrer Brust, und ihre Schulter glänzt im Licht wie ein Stein. Mit den Fingerspitzen streichle ich ihre Haut. Aber Uma regt sich nicht. Sie atmet langsam, den Kopf auf den angewinkelten Arm gelegt, während der Wind den Sand in kleinen Rinnsalen über ihren Körper fegt. Vor mir sehe ich den leeren Himmel und wie im Nebel Rodriguez über dem Spiegel der Lagune. Die Seevögel fliegen über uns, haben sich ein paar Schritte von uns entfernt auf dem Strand niedergelassen. Sie sind nicht mehr ängstlich, sie sind unsere Freunde geworden.

Ich glaube, daß dieser Tag endlos ist wie das Meer.

Dennoch kommt der Abend, und ich gehe über den Strand, Vögel umkreisen mich unter bangem Geschrei. Für eine

Rückkehr nach Rodriguez ist es schon zu spät. Die Ebbe gibt die Korallenbänke in der Lagune frei, und es besteht Gefahr, daß wir auflaufen und die Piroge zu Bruch geht. Uma ist zu mir ans Kap der Insel gekommen. Wegen des Meerwinds haben wir uns wieder angekleidet. Die Seevögel fliegen uns nach, setzen sich vor uns auf die Felsen und stoßen merkwürdige Schreie aus. Hier ist das Meer frei. Wir sehen die Wellen, die am Ende ihrer Reise verebben.

Als ich mich neben Uma setze, schlingt sie die Arme um mich und legt den Kopf an meine Schulter. Ich atme ihren Geruch, spüre ihre Wärme. Der Wind ist jetzt ein Abendwind, der schon den Schatten bringt. Ich fühle, wie Uma erschauert. Der Wind ist schuld, daß sie unruhig wird, daß auch die Vögel unruhig werden und schreiend aus ihren Schlupfwinkeln hoch in den Himmel fliegen, ins letzte Sonnenlicht über dem Meer.

Die Nacht kommt schnell. Schon verschwimmt der Horizont, und der Schaum verliert seinen Glanz. Wir kehren zurück zur anderen Seite der Insel, wo es windstill ist. Uma richtet ein Nachtlager. Auf der Düne, über dem Strand breitet sie trockenen Tang aus. Wir wickeln uns in unsere Kleidungsstücke, um die Feuchtigkeit nicht zu fühlen. Die Vögel haben ihr aufgeregtes Treiben eingestellt. Sie haben sich nicht weit von uns auf dem Strand niedergelassen, und wir hören im Dunkeln ihr Gekakel, ihr Schnäbelklappern. Dicht an Uma geschmiegt atme ich den Geruch ihres Körpers und ihres Haars, schmecke das Salz auf ihrer Haut und auf ihren Lippen.

Dann fühle ich, wie ihr Atem ruhig wird, und ich bleibe unbeweglich liegen, die Augen in die Nacht geöffnet, ich lausche auf das Donnern der Wogen, die hinter uns steigen, immer näher kommen. Die Sterne sind so zahlreich, so schön wie damals, als ich auf dem Deck der *Zeta* lag. Vor mir, nah an den schwarzen Flecken der Berge von Rodriguez, stehen Orion und die Schönen der Nacht, und genau im Zenith, nahe der Milchstraße, suche ich wie früher die funkelnden Punkte der Plejaden. Wie früher versuche ich, den siebenten Stern auszumachen, Pleione, und Alkor am Ende des Großen Wagens. Unten links zeigt sich das Kreuz des Südens, und langsam, als segelte es wirklich über das dunkle Meer, erscheint das große Schiff Argo. Ich möchte gern Umas Stimme hören, aber ich wage nicht, sie zu wecken. Ich fühle an meiner Seite die langsame Bewegung ihrer atmenden Brust im Gleichklang mit dem rhythmischen Aufschlag des Meeres. Nach diesem so langen lichterfüllten Tag sind wir in einer tiefen und trägen Nacht, die uns durchdringt. Dazu sind wir hier, um diesen Tag und diese Nacht zu durchleben, fern von den anderen Menschen, beim Eintritt der Flut, inmitten der Vögel.

Haben wir wirklich geschlafen? Ich weiß es nicht mehr. Ich liege lange unbeweglich unter dem Atem des Windes, spüre die furchtbaren Schläge der Wellen am Korallensockel, und die Sterne kreisen langsam bis zum Tagesanbruch.

Am Morgen liegt Uma in die Beuge meines Körpers geschmiegt, sie schläft, obwohl die Sonne ihre Lider blendet. Der taufeuchte Sand klebt an ihrer dunklen Haut, rinnt in kleinen Bächen über ihren Nacken, mischt sich in die zerwühlten Kleider. Vor mir liegt das grüne Wasser der Lagune, und die Vögel haben den Strand verlassen: Sie beginnen aufs neue ihre Runden, die Flügel sind gebreitet, die scharfen Augen spähen die Meeresgründe aus. Ich sehe die Berge von Rodriguez, den Piton, den Bilactére und den allein stehenden Diamant an der Küste, alle klar und deutlich. Pirogen gleiten mit geschwellten Segeln dahin. Bald werden wir unsere sandknirschenden Kleider wieder anziehen müssen, in die Piroge steigen, und der Wind wird am Segel zerren. Uma wird noch halb schlafend im Bug auf dem Boden der Piroge liegen. Wir werden unsere Insel verlassen, wir werden nach Rodriguez aufbrechen, und die Seevögel werden uns nicht begleiten.

Montag, 10. August (1914)
Ich bin heute morgen allein in der Anse aux Anglais und rechne die Tage nach. Vor ein paar Monaten habe ich damit angefangen, nach dem Vorbild Robinson Crusoes, nur daß ich, da ich kein Holz habe, in das ich Kerben schneiden könnte, Striche auf den Umschlägen meiner Schulhefte gemacht habe. Auf diese Weise berechne ich das heutige Datum, für mich ein besonderes Datum, denn auf den Tag genau vor vier Jahren bin ich auf Rodriguez gelandet. Diese Entdekkung erregt mich so sehr, daß es mich nicht im Lager hält. Eilig schlüpfe ich in meine staubigen Stiefel, barfuß, denn ich habe schon längst keine Socken mehr. Aus der Schiffskiste hole ich das graue Jackett hervor, ein Andenken an meine Zeit in den Büros von W. W. West in Port Louis. Ich knöpfe mein Hemd bis zum Kragen zu, aber auf eine Krawatte muß ich verzichten, ich habe sie in einer Sturmnacht benützt, um das Segeltuch festzuzurren, das mir als Zelt diente. Ohne Hut, mit langem Haar und Bart wie ein Schiffbrüchiger, das Gesicht sonnenverbrannt, in dieses spießige Jackett gekleidet und mit diesen alten Stiefeln an den Füßen wäre ich in der Rempart Street von Port Louis zum Gespött geworden. Aber hier auf Rodriguez nimmt man es nicht so genau, und niemand hat sich nach mir umgedreht.

Die Büros der Cable & Wireless sind um diese Tageszeit noch leer. Nur ein indischer Angestellter sieht mich gleichgültig an, auch noch, als ich ihm mit ausgesuchter Höflichkeit meine bizarre Frage stelle:

»Verzeihung, Monsieur, welchen Tag haben wir heute?«

Er scheint nachzudenken. Ohne sich von seinem Platz auf der Vortreppe zu erheben, sagt er:

»Montag.«

Ich bohre weiter:

»Aber welches Datum?«

Nach einer weiteren Denkpause verkündet er:

»Montag, den 10. August 1914.«

Während ich zwischen den Pandangs den Weg zum Meer entlanggehe, fühle ich eine Art Schwindel. So lange also habe ich schon in diesem verlassenen Tal gelebt, allein mit dem Phantom des unbekannten Korsaren! Allein mit dem Schatten Umas, die sich manchmal so lange nicht blicken läßt, daß ich nicht mehr weiß, ob es sie wirklich gibt. So lange schon bin ich fern von zu Hause, von meinen Lieben. Die Erinnerung an Laure, an Mam schnürt mir das Herz ein wie eine schlimme Ahnung. Der blaue Himmel blendet mich, das Meer scheint zu brennen. Mir ist, als käme ich aus einer anderen Welt, aus einer anderen Zeit.

Als ich Port Mathurin erreiche, bin ich unvermittelt in einer Menschenmenge: Fischer, die nach Hause in die Lascars-Bucht zurückkehren, Bauern aus den Bergen, die zum Markt gekommen sind. Schwarze Kinder laufen lachend neben mir her, verstecken sich, wenn ich sie ansehe. Ich glaube, ich habe so lange im Reich des Korsaren gelebt, daß ich ihm ein bißchen ähnlich geworden bin. Ein komischer Korsar, ohne Schiff, der da staubig und zerlumpt aus seiner Höhle kommt.

Vorbei an der Hütte der Portalis komme ich ins Stadtzentrum, in die Barclay's Street. In der Bank, wo ich meine letzten Ersparnisse abhebe (um mir Schiffszwieback zu kaufen, Zigaretten, Öl, Kaffee und eine Harpunenspitze zum Krakenfang), höre ich die ersten Gerüchte über diesen Krieg, in den die Welt sich kopflos hineinzustürzen scheint. Eine Nummer des *Mauricien,* die vor der Bank aushängt, bringt die telegraphischen Nachrichten aus Europa: Kriegserklärung Österreichs an Serbien nach dem Mord von Sarajewo; Mobilmachung in Frankreich und Rußland; Kriegsvorbereitungen in England. Diese Meldungen sind schon zehn Tage alt!

Lange Zeit irre ich durch die Straßen dieser Stadt, wo niemand zu begreifen scheint, von welchen Zerstörungen die Welt bedroht ist. Die Menge drängt sich vor den Geschäften der Duncan Street, bei den Chinesen der Douglas Street, auf der Straße zum Landeplatz. Einen Augenblick überlege ich, ob ich mit Doktor Camal Boudou im Krankenhaus sprechen soll, aber ich schäme mich wegen meiner zerlumpten Kleider und meiner zu langen Haare.

Im Büro der Compagnie Elias Mallac erwartet mich ein Brief. Ich erkenne ihre schöne schräge Handschrift auf dem Kuvert, aber ich wage nicht, ihn sofort zu öffnen. Es sind zu viele Leute im Postamt. Die ganze Zeit, während ich durch die Straßen von Port Mathurin gehe und meine Einkäufe mache, halte ich den Brief in der Hand. Erst als ich wieder in der Anse aux Anglais bin und in meinem Lager unter der alten Tamarinde sitze, kann ich ihn öffnen. Auf dem Kuvert lese ich das Datum der Absendung: 6. Juli 1914. Der Brief ist erst einen Monat alt.

Er ist auf das leichte, dünne und undurchsichtige indische Papier geschrieben, das ich allein schon daran erkenne, wie es in den Fingern knistert. Auf diesem Papier hat unser Vater am liebsten geschrieben, seine Pläne gezeichnet. Ich glaubte, diese Blätter seien seit unserem Auszug aus dem Haus Boucan alle verschwunden. Wo hat Laure sie entdeckt? Ich glaube, sie muß sie die ganze Zeit über verwahrt, eigens aufgehoben haben, um mir darauf zu schreiben. Der Anblick ihrer schrägen eleganten Schrift bewegt mich so sehr, daß ich nicht sofort lesen kann. Dann lese ich mir halblaut vor:

Mein lieber Ali,

Du siehst, ich kann nicht Wort halten. Ich hatte geschworen, wenn ich Dir jemals schreibe, dann nur ein einziges Wort: »Komm!« Und jetzt schreibe ich Dir, ohne zu wissen, was ich Dir sagen werde.

Zuerst will ich Dir ein paar Neuigkeiten mitteilen, die, wie Du dir denken kannst, nicht überwältigend sind. Nach Deiner Abreise ist alles hier noch trauriger geworden. Mam hat jede Aktivität eingestellt, sie will nicht einmal mehr in die Stadt gehen und versuchen, unsere Angelegenheiten zu regeln. So habe ich selber mehrmals unsere Gläubiger aufgesucht, um sie zur Milde zu bewegen. Zu ihnen gehört ein Engländer, ein gewisser Mr. Notte (so ein Name läßt sich nicht erfinden!), der damit droht, die paar Möbel pfänden zu lassen, die wir in Forest Side noch haben. Es ist mir gelungen, ihn mit Versprechungen hinzuhalten, aber wie lange noch? Genug davon. Mam ist sehr schwach. Sie spricht noch immer davon, in Frankreich Zuflucht zu suchen, aber alle Nachrichten, die uns von dort erreichen, sprechen von Krieg. Ja, zur Zeit ist alles recht düster, es gibt kaum noch eine Zukunft.

Mein Herz zieht sich zusammen, während ich diese Zeilen lese. Wo ist die Stimme Laures, die niemals klagte, sich nie zu, wie sie es nannte, »Jeremiaden« bereit fand? Meine Besorgnis gilt nicht dem Krieg, der die Welt bedroht. Sie gilt vielmehr der Leere, die zwischen mir und meinen Lieben entstanden ist, die mich unwiderruflich von ihnen trennt. Dennoch lese ich die letzten Zeilen, in denen ich einen kurzen Augenblick Laures Stimme, ihren neckenden Ton wiederzufinden glaube.

Ich denke unaufhörlich an die Zeit am Boucan, als wir glücklich waren, an die Tage, die kein Ende nahmen. Ich hoffe, daß Dir dort, wo Du bist, auch schöne Tage und Glück beschieden sind, wenn es schon keine verborgenen Schätze gibt.

Sie unterschreibt nur mit dem Anfangsbuchstaben ihres Nameris, »L«, ohne Grußformel. Händedrucke und Umarmungen sind ihr immer zuwider gewesen. Was bleibt mir von ihr, in meiner Hand, auf diesem alten Blatt Indienpapier?

Ich falte den Brief sorgfältig und lege ihn zu meinen Papieren in den Schiffskoffer neben das Schreibzeug. Draußen flimmert das Mittagslicht, läßt mit Macht die Steine auf dem Talgrund erglänzen, schärft die Blätter der Pandangs. Der Wind trägt das Donnern der steigenden Flut heran. Die Mükken tanzen vor dem Zelt, vielleicht spüren sie das Unwetter? Mir ist, als hörte ich noch immer Laures Stimme, die von jenseits des Meeres zu mir spricht, mich zu Hilfe ruft. Trotz des Rauschens von Meer und Wind ist das Schweigen hier überall, die Einsamkeit gleißt im Licht.

Ich laufe ziellos durch das Tal, noch immer trage ich das Jackett, das mir zu weit geworden ist, meine Füße in den hartgewordenen Lederstiefeln sind wundgescheuert. Ich folge den mir bekannten Spuren entlang der Linien auf dem Plan des Korsaren und der einzelnen Abschnitte, ein großes, durch sechs Punkte begrenztes Hexagon, das nichts anderes ist als der Stern des Siegels Salomos, und den beiden auf der Spitze stehenden Dreiecken der Schäkel entspricht.

Mehrmals durchquere ich die Anse aux Anglais, mein Blick sucht den Boden ab, ich höre das hallende Geräusch meiner Schritte. Ich sehe jeden Stein, den ich kenne, jeden Strauch, und im Sand der Dünen an der Flußmündung meine eigenen Fußspuren, die kein Regen weggewaschen hat. Ich hebe den Kopf, und ich sehe im Hintergrund des Tals die blauen unzugänglichen Berge. Es ist, als wolle ich mich an etwas Fernes, Vergessenes erinnern, an die große düstere Schlucht von Mananava vielleicht, dort, wo die Nacht begann.

Ich kann nicht mehr warten. An diesem Abend, als die Sonne sich über der Pointe Vénus zu den Hügeln neigt, gehe ich bis zum Eingang der Schlucht. Fieberhaft überklettere ich die Blöcke, die den Zugang versperren, und ich schlage mit der Hacke wild auf die Wände der Schlucht ein, auf die Gefahr hin, unter einem Geröllabsturz begraben zu werden. Ich will nicht mehr an meine Berechnungen, an meine Meßstangen denken. Ich höre meinen eigenen Herzschlag, das Keuchen meines mühsamen Atems und das Poltern der herabfallenden Erd- und Schieferbrocken. Das erleichtert mich, befreit mich von meinen Ängsten.

Wütend schleudere ich hundert Pfund schwere Felsblöcke auf den Basalt im Grund der Schlucht, ich rieche den Salpeterhauch, der in der überhitzten Luft schwebt. Ich bin trunken, trunken von Einsamkeit, trunken von Stille glaube ich, und deshalb zertrümmere ich Steine, und deshalb führe ich Selbstgespräche, sage ich: »Da! Da!... So! Und nochmals so!...«

Auf dem Grund der Schlucht nehme ich eine Gruppe von Basaltsteinen in Angriff, die so mächtig und alt sind, daß sie ohne Zweifel von den schwarzen Hügeln heruntergestoßen worden sein mußten. Es bedürfte mehrerer Männer, um sie von der Stelle zu bewegen, aber ich kann mich nicht entschließen, bis zur Ankunft der schwarzen Hilfskräfte Raboud, Adrien Marcure oder Fritz Castel zu warten. Nachdem ich unter dem ersten Basaltstein mit der Sondierstange ein Loch gegraben habe, gelingt es mir unter äußerster Anstrengung, die Spitze meiner Hacke hineinzuschieben, und ich drücke auf den Stiel wie auf einen Hebel. Der Block bewegt sich ein wenig, ich höre Erde in eine tiefe Höhlung fallen. Aber da zerbricht der Stiel der Hacke, und ich werde gegen die Felswand geschleudert.

Lange Zeit bin ich halb bewußtlos. Als ich wieder zu mir komme, spüre ich die warme Flüssigkeit, die durch die Haare über meine Wange rinnt: mein Blut. Ich bin zu schwach, um aufzustehen, und ich bleibe, auf einen Ellbogen gestützt, auf dem Grund der Schlucht liegen, presse mein Taschentuch auf den Hinterkopf, um das Blut zu stillen.

Kurz vor Einbruch der Nacht reißt ein Geräusch am Eingang der Schlucht mich aus meiner Erstarrung. In meinem Fieberwahn greife ich nach dem Stiel der Hacke, um mich zu wehren, falls es ein wilder Hund oder eine ausgehungerte Ratte sein sollte. Dann erkenne ich die kleine Gestalt Sris, die sich dunkel vom blendenden Himmelslicht abhebt. Er geht am oberen Rand der Schlucht entlang, und als ich ihn rufe, kommt er über das Glacis herunter.

Sein Blick ist schreckerfüllt, aber er hilft mir aufzustehen und bis zum Eingang der Schlucht zu gehen. Ich bin verwundet und geschwächt, aber ich muß zu ihm sagen wie zu einem verschreckten Tier: »Komm, na, komm schon!« Gemeinsam gehen wir durch den Talgrund auf das Lager zu. Uma wartet auf mich. Sie holt im Kochtopf Wasser, schöpft es mit der hohlen Hand und wäscht meine Wunde, das verkrustete Blut aus meinem Haar. Sie sagt:

»Liebst du das Gold wirklich so sehr?«

Ich erzähle ihr von dem Versteck, das ich unter den Basaltsteinen gefunden habe, von den Zeichen, die zu diesen Steinen und zu dieser Schlucht führen, aber ich bin hektisch und wirr, und sie muß mich für verrückt halten. Für sie zählt der Schatz nicht, sie verachtet das Gold wie alle *manafs*.

Das blutige Taschentuch um den Kopf gewickelt, esse ich, was sie mir mitgebracht hat, getrockneten Fisch und *kir*. Nach dem Essen setzt sie sich zu mir, und wir bleiben lange schweigend vor dem klaren Himmel sitzen, der die Nacht ankündigt. Die Seevögel fliegen in Gruppen über die Anse aux Anglais zu ihren Schlupfwinkeln. Jetzt empfinde ich keine Ungeduld, keinen Zorn mehr.

Uma legt den Kopf an meine Schulter, wie in der ersten Zeit unseres Zusammenseins. Ich atme den Geruch ihres Körpers, ihres Haars.

Ich spreche ihr von allem, was ich liebe, von den Feldern am Boucan, den Trois Mamelles, dem düsteren und gefährlichen Tal von Mananava, wo immer die beiden Weißschwänze schweben. Sie hört zu, ohne sich zu bewegen, sie denkt an etwas anderes. Ich fühle, daß ihr Körper sich nicht entspannt. Als ich sie beruhigen, sie streicheln will, löst sie sich von mir, sie schlingt die Arme um die langen Beine, wie sie es tut, wenn sie allein ist.

»Was hast du? Bist du mir böse?«

Sie antwortet nicht. In der sinkenden Nacht gehen wir gemeinsam bis zu den Dünen. Die Luft ist jetzt bei Sommeranfang so mild, so leicht, am blanken Himmel leuchten die Sterne auf. Sri ist beim Lager sitzen geblieben, regungslos und aufrecht wie ein Wachhund.

»Erzähle weiter, wie du ein Kind warst.«

Ich spreche langsam, rauche dabei eine Zigarette, rieche den Honigduft des englischen Tabaks. Ich spreche von all dem, von unserem Haus, von Mam, die uns unter der Veranda vorlas, von Laure, die sich in ihrem Baum des Guten und Bösen versteckte, von unserer Schlucht. Uma unterbricht mich, um mir Fragen zu stellen, über Mam, vor allem über Laure. Sie fragt mich über Laure aus, welche Kleider sie trug, ob sie mich liebte, ich glaube, Uma ist eifersüchtig. Soviel Interesse bei diesem Naturkind für ein junges Mädchen aus dem Bürgertum amüsiert mich. Ich glaube, daß ich damals in keinem einzigen Moment begriffen habe, was in ihr vorging, was sie quälte, was sie so empfindlich machte. Im Dunkeln kann ich kaum ihre Gestalt unterscheiden, die neben mir in den Dünen sitzt. Als ich aufstehen will, um ins Lager zurückzukehren, hält sie mich am Arm fest.

»Bleib noch ein bißchen. Erzähle mir mehr von dort drüben.«

Sie will, daß ich ihr noch mehr von Mananava erzähle, von den Zuckerrohrfeldern, durch die ich mit Denis gelaufen bin, von der Schlucht, die sich im geheimnisvollen Wald öffnete, und vom langsamen Flug der weiß schimmernden Vögel.

Dann spricht sie noch einmal von sich, von ihrer Reise nach Frankreich, dem Himmel, der so düster und niedrig war, daß man glaubte, das Licht werde für immer erlöschen, von den Gebeten in der Kapelle und den Gesängen, die sie so liebte. Sie erzählt mir von Hari und von Govinda, die inmitten von Viehherden drüben im Land ihrer Mutter aufwuchs. Eines Tages hat Sri aus einem Schilfrohr eine Flöte geschnitzt, und er hat zu spielen begonnen, ganz allein in den Bergen, und so hat seine Mutter gewußt, daß er der Bote Gottes ist. Sri hat Uma auch, als sie zurückgekommen war, um bei den *manafs* zu leben, gelehrt, die Wildziegen im Lauf zu fangen, er hat sie geführt, als sie zum erstenmal ans Meer ging, um Krabben und Tintenfische zu angeln. Sie erzählt auch von Sukha und Sari, den beiden Lichtvögeln, die sprechen können und im Lande Vrindavan für den Schöpfer singen, sie sagt, diese beiden hätte ich damals gesehen, vor dem Eingang von Mananava.

Später kehren wir zum Lager zurück. Noch nie haben wir so miteinander gesprochen, behutsam, mit leiser Stimme, ohne uns zu sehen, im Schutz des großen Baums. Es ist, als gäbe es keine Zeit mehr, auch nichts anderes mehr auf der Welt als diesen Baum, diese Steine. Spät nachts habe ich mich vor dem Zelt zum Schlafen gelegt, den Kopf auf den Arm gelehnt. Ich warte darauf, daß Uma zu mir kommt. Aber sie bleibt regungslos auf ihrem Platz, sie betrachtet Sri, der ein wenig abseits auf einem Stein sitzt, und ihre vom Himmel erleuchteten Gestalten gleichen zwei Wachposten in der Nacht.

Als die Sonne am Himmel über den Bergen hochsteigt, hocke ich im Schneidersitz vor der Schiffskiste, die mir als Schreibtisch dient, und ich zeichne eine neue Karte der Anse aux Anglais, in die ich alle Verbindungslinien zwischen den Meßstangen eintrage, so daß allmählich eine Art Spinnennetz zustande kommt, dessen sechs Knotenpunkte den großen Davidstern bilden, bildlich dargestellt durch die beiden auf der Spitze stehenden Dreiecke des östlichen und des westlichen Schäkels.

Heute denke ich nicht mehr an den Krieg. Alles erscheint mir neu und rein. Als ich plötzlich den Kopf hebe, sehe ich Sri, der mich beobachtet. Ich erkenne ihn nicht sofort. Zuerst glaube ich, es handle sich um eines der Kinder vom Hof der Raboud, das mitgekommen ist, um den Vater zum Fischfang zu begleiten. Dann erkenne ich ihn an seinem Blick, der unzugänglich, rastlos, aber auch sanft und leuchtend ist und direkt auf mich gerichtet, unverwandt. Ich lasse ab von meinen Papieren und gehe auf ihn zu, langsam, um ihn nicht zu erschrecken. Als ich ihm bis auf zehn Schritt genaht bin, dreht der Junge sich um und geht weg. Er geht ohne Eile, springt über die Felsen und dreht sich um, um auf mich zu warten.

»Sri! Komm her!...« Ich habe geschrien, obwohl ich weiß, daß er mich nicht hören kann. Aber er läuft weiter auf den Talgrund zu. Also folge ich ihm, versuche aber nicht, ihn einzuholen. Sri springt leichtfüßig über die schwarzen Felsen, und ich sehe seine zarte Gestalt, die vor mir herzutanzen scheint und dann im Gestrüpp verschwindet. Ich glaube, ihn verloren zu haben, aber er ist da, im Schatten eines Baums oder in der Einbuchtung eines Felsens. Ich sehe ihn nur, wenn er sich wieder weiterbewegt.

Stundenlang folge ich Sri in die Berge. Wir sind hoch, über den Hügeln an den kahlen Bergflanken. Unter mir sehe ich die steinigen Hänge, die dunklen Flecken der Pandangs und des

Dornengesträuchs. Hier ist alles nackt, mineralisch. Der Himmel ist prachtvoll blau, die von Osten kommenden Wolken ziehen über das Meer, das Tal, werfen einen flüchtigen Schatten. Wir steigen immer weiter. Manchmal verliere ich meinen Führer sogar aus den Augen, und wenn ich ihn weit vor mir rasch und leicht hertanzen sehe, bin ich nicht sicher, ob es sich nicht um eine Ziege oder einen wilden Hund handelt.

Einmal bleibe ich stehen, um in der Ferne das Meer zu betrachten, als hätte ich es noch nie gesehen: grenzenlos, glänzend und hart im Sonnenlicht, vom langen schweigenden Saum der Riffe durchzogen.

Der Wind bläst in kalten Böen, die mir die Tränen in die Augen treiben. Ich bleibe auf einem Stein sitzen, um wieder zu Atem zu kommen. Als ich mich erneut in Marsch setze, fürchte ich, Sri verloren zu haben. Mit zusammengekniffenen Augen suche ich die Berghöhen ab, die düsteren Hänge der Täler. Als ich gerade aufgeben will, sehe ich ihn in einer Kinderschar bei einer Ziegenherde am jenseitigen Berghang. Ich rufe, aber das Echo meiner Stimme verjagt die Kinder, sie verschwinden mit ihren Ziegen zwischen Gestrüpp und Gestein.

Hier bemerke ich die Spuren von Menschen: eine Art Kreise aus trockenen Steinen, ähnlich jenen, die ich bei meiner ersten Ankunft in der Anse aux Anglais gefunden hatte. Ich kann auch Pfade über die Berge ausmachen, undeutlich nur, aber das Leben in der freien Natur, das ich seit vier Jahren in der Anse aux Anglais führe, hat mich gelehrt, menschliche Fährten zu lesen. Als ich mich zum Abstieg auf der anderen Bergseite anschicke, um die Kinder zu suchen, sehe ich plötzlich Uma. Sie kommt zu mir, nimmt mich wortlos bei der Hand und führt mich die Klippe hinauf, dorthin, wo das Gelände eine Art überhängendes Glacis bildet.

Jenseits des kleinen Tals, am kargen Abhang, entlang eines

ausgetrockneten Wildbachs, sehe ich Hütten aus Steinen und Ästen und ein paar winzige Felder, die durch Mäuerchen gegen den Wind geschützt sind. Hunde haben uns gewittert und bellen. Es ist das Dorf der *manafs*.

»Weiter darfst du nicht gehen«, sagt Uma. »Wenn ein Fremder käme, müßten die *manafs* noch tiefer in die Berge ziehen.«

Wir gehen an der Klippe entlang bis zum Nordhang des Berges. Wir haben den Wind im Gesicht. Drunten ist das Meer endlos, düster, mit Schaumkronen gefleckt. Im Osten liegt der türkisgrüne Spiegel der Lagune.

»Nachts sieht man die Lichter der Stadt«, sagt Uma. Sie zeigt aufs Meer: »Dort kann man die Schiffe kommen sehen.«

»Wie schön!« Ich flüstere beinah. Uma hat sich nach ihrer Gewohnheit auf die Fersen gehockt und die Arme um die Knie geschlungen. Ihr dunkles Gesicht ist dem Meer zugewandt, der Wind wühlt in ihrem Haar. Sie wendet sich nach Westen, zu den Hügeln.

»Du solltest wieder hinunter, es wird bald Nacht.«

Aber wir bleiben unbeweglich im brausenden Wind sitzen, wir können uns nicht trennen vom Meer, wie Vögel, die hoch am Himmel schweben. Uma spricht nicht, aber ich glaube zu fühlen, was in ihr ist, ihr Verlangen, ihre Verzweiflung. Sie spricht es niemals aus, aber das ist der Grund, warum sie so gern ans Meer geht, hineinspringt, zu den Riffen schwimmt mit ihrer langen Harpune und hinter den Felsen versteckt die Leute von der Küste beobachtet.

»Willst du mit mir fortgehen?«

Der Klang meiner Stimme oder vielmehr meine Frage bringt sie auf. Ihre Augen glänzen, blicken mich voll Zorn an.

»Fortgehen? Wohin? Wer möchte mich schon haben?«

Ich suche nach Worten, um sie zu besänftigen, aber sie sagt hitzig:

»Mein Großvater war ein entlaufener Sklave, wie viele Schwarze von Le Morne. Er ist gestorben, als sie ihm die Beine in der Zuckerpresse zerquetscht haben, weil er zu Sacalavous Leuten in den Wald gegangen war. Mein Vater ist dann hierher, nach Rodriguez, er ist Matrose geworden, weil er in der Welt herumkommen wollte. Meine Mutter ist in Bengalen geboren, ihre Mutter war Sängerin, sie hat für Govinda gesungen. Ich, wohin sollte ich gehen? Nach Frankreich, in ein Kloster? Oder nach Port Louis und denen dienen, die meinen Großvater umgebracht haben, die uns als Sklaven gekauft und verkauft haben?«

Ihre Hand ist eiskalt, als habe sie Fieber. Plötzlich steht Uma auf und geht zum Westhang, dorthin, wo die Pfade sich trennen und wo sie vorhin auf mich gewartet hat. Ihr Gesicht ist wieder ruhig, aber ihre Augen funkeln noch vor Zorn.

»Du mußt jetzt gehen. Du darfst nicht hier bleiben.«

Ich möchte sie bitten, daß sie mir ihr Haus zeigt, aber sie entfernt sich schon, ohne sich umzudrehen, steigt hinunter in das dunkle kleine Tal, wo die Hütten der *manafs* stehen. Ich höre Kinderstimmen, Hundegebell. Die Dunkelheit bricht schnell herein.

Ich steige Abhänge hinunter, laufe durch Dornengestrüpp und zwischen Pandangs. Ich sehe das Meer nicht mehr, auch nicht den Horizont, nur noch den Schatten der Berge, der in den Himmel wächst. Als ich im Tal der Anse aux Anglais ankomme, ist es Nacht, und es regnet leicht. Ich kauere mich in mein Zelt unter meinem Baum und bewege mich nicht, ich fühle die Kälte, die Einsamkeit. Ich denke an den Lärm der Zerstörung, der mit jedem Tag wächst, der dröhnt wie Donnergrollen, dieser Lärm, der jetzt über der ganzen Erde ist und den niemand überhören kann. In dieser Nacht habe ich beschlossen, in den Krieg zu ziehen.

Heute morgen sind sie alle am Eingang der Schlucht versammelt: Adrien Mercure, ein großer Schwarzer von herkulischer Kraft, einst Vormann auf den Kopra-Plantagen von Juan de Nova, Ernest Raboud, Célestin Prosper und der junge Fritz Castel. Als sie erfahren, daß ich das Versteck entdeckt habe, lassen sie alles liegen und stehen und kommen sofort, jeder mit seiner Schaufel und einem Seil. Wer uns hätte sehen können, wie wir das Tal der Anse aux Anglais durchquerten, sie mit ihren Schaufeln und ihren großen Basthüten, ich vorneweg mit meinem viel zu langen Bart und Haar und meinen zerlumpten Kleidern, den Kopf noch immer mit dem Taschentuch bandagiert, hätte an einen Maskenzug denken können, der spielte, wie die Männer des Korsaren zurückkommen, um ihren Schatz zu heben!

Die Morgenkühle ermuntert uns, und wir beginnen, rings um die Basaltblöcke auf dem Grund der Schlucht zu graben. Die Erde, bröckelig an der Oberfläche, wird steinhart, als wir tiefer schürfen. Abwechselnd schwingt immer einer von uns die Hacke, während die anderen das Erdreich in den breiteren Teil der Schlucht schaufeln. Dabei kommt mir der Gedanke, daß die Anhäufung von Steinen und Erde am Eingang der Schlucht, die ich für einen natürlichen Verschluß hielt, den das Wasser des ehemaligen Wildbachs angeschwemmt hat, in Wahrheit angefallen war, als die Männer des Korsaren die Verstecke auf dem Grund der Schlucht ausgehoben haben. Wieder überkommt mich das seltsame Gefühl, daß die ganze Schlucht von Menschenhand geschaffen ist. Ausgehend von einem natürlichen Spalt in der Basaltklippe wurde gegraben, geschürft, bis diese Höhle entstanden war, der das Regenwasser im Lauf von fast zweihundert Jahren ihre heutige Form gab. Es ist ein seltsames, fast erschreckendes Gefühl, so muß es den Forschern zumute sein, die im Schweigen und im unmenschlichen Licht der Wüste die altägyptischen Gräber freilegen.

Gegen Mittag ist die Basis des größten Basaltblocks so weit untergraben, daß ein einziger Stoß den Felsen auf den Grund der Schlucht befördern muß. Gemeinsam stemmen wir uns gegen eine Seite des Felsens, der ein paar Meter weit rollt und eine Lawine aus Staub und Steinen auslöst. Vor uns, genau dort, wohin die ganz oben in die Klippe gemeißelte Rinne weist, klafft hinter der Staubwolke ein Loch. Ohne Zögern lege ich mich auf den Bauch und zwänge mich in die Öffnung. Es dauert ein paar Sekunden, bis meine Augen sich an die Dunkelheit gewöhnen. »Was ist drin? Was ist drin?« höre ich hinter mir die Stimmen der ungeduldigen Schwarzen. Nach sehr langer Zeit krieche ich zurück, ziehe den Kopf aus dem Loch. Ich fühle eine Art Schwindel, das Blut hämmert in meinen Schläfen, in meinen Halsadern. Allem Anschein nach ist auch dieses zweite Versteck leer.

Mit der Hacke vergrößere ich die Öffnung. Allmählich legen wir eine Art Brunnenschacht frei, der bis an den Fuß der Klippe hinabreicht. Den Boden des Schachts bilden die gleichen rostfarbenen Felsen, die auf dem Grund der Schlucht mit den Basaltbrocken abwechseln. Der junge Fritz steigt in den Brunnen, er verschwindet gänzlich darin, dann steigt er wieder heraus. Er schüttelt den Kopf.

»Nichts ist drin.«

Mercure zuckt verächtlich die Achseln.

»Es ist der Ziegenbrunnen.«

Handelt es sich wirklich um eine dieser alten Tränken für die Viehherden? Aber warum soviel Mühe aufwenden, wenn der Fluß ganz in der Nähe ist? Die Männer ziehen mit ihren

Schaufeln und Seilen ab. Ich höre ihr Lachen verklingen, als sie die Schlucht verlassen. Nur der junge Fritz ist bei mir geblieben und steht vor dem offenen Versteck, als warte er auf meine Anweisungen. Er ist willens, die Arbeit wieder aufzunehmen, aufs neue Meßstangen zu stecken, Sondierlöcher zu bohren. Vielleicht wurde er vom gleichen Fieber gepackt wie ich, hat alles vergessen, die Welt und die Menschen, auf der Suche nach einem Trugbild, einem Blendwerk.

»Hier gibt es nichts mehr zu tun.« Ich sage es leise zu ihm, als spräche ich mit mir selbst. Er blickt mich mit seinen glänzenden Augen an, er begreift nicht.

»Alle Verstecke sind leer.«

Jetzt verlassen auch wir den Glutkessel der Schlucht.

Vom Glacis aus blicke ich in dieses weite Tal, sehe die dunkelgrünen Flecke der Tamarinden und Pandangs, die phantastischen Gebilde der Basaltfelsen und vor allem den himmelblauen Wasserlauf, der sich zum Sumpf und zu den Dünen schlängelt. Die Latanien und die Kokospalmen bilden einen lebenden Schirm vor dem Meer, und wenn der Wind bläst, höre ich das Geräusch der Brandung, einen schlafenden Atem.

Wo soll ich jetzt suchen? Drüben bei den Dünen, im Sumpf, wo einst das Meer anflutete? In diesen Höhlen am anderen Ufer, am Fuß des verfallenen Wachturms des Commandeur? Oder ganz weit oben in den Bergen der *manafs,* bei den Quellen des Roseaux, dort, wo die Ziegenherden leben, in den vom Dornengestrüpp verborgenen Senken? Jetzt ist mir, als verblaßten alle die Linien auf meinen Plänen, als seien die Zeichen auf den Steinen nur die Spuren von Unwettern, Blitzschlägen, Winderosionen. Verzweiflung überkommt mich, macht mich mutlos. Ich möchte zu Fritz sagen:

»Es ist aus. Hier gibt es nichts mehr zu finden, gehen wir.«

Der Junge blickt mich so eindringlich an, seine Augen glänzen so sehr, daß ich nicht wage, ihm meine Verzweiflung zu gestehen. Entschlossenen Schritts marschiere ich auf dem Talgrund zu meinem Lager unter der Tamarinde. Ich sage:

»Wir werden dort drüben suchen, auf der Westseite. Wir müssen sondieren, abstecken. Du wirst sehen, am Ende finden wir den Schatz. Wir wollen drüben alles absuchen und dann auch am oberen Ende des Tals. Keinen Daumenbreit wollen wir unerforscht lassen. Und wir werden ihn finden!«

Glaubt er, was ich ihm sage? Meine Worte scheinen ihm neuen Mut zu geben. Er sagt:

»Ja, wir werden ihn finden, das heißt, wenn ihn die *manafs* nicht schon vor uns gefunden haben.«

Der Gedanke an den Korsarenschatz in den Händen der *manafs* erheitert ihn. Aber er wird sofort wieder ernst, und er fügt hinzu:

»Wenn die *manafs* das Gold finden, werfen sie es ins Meer!« Sollte er recht haben?

Die Unruhe, die ich nunmehr seit Wochen empfinde, der Lärm, der von jenseits der Meere kommt wie Donnergrollen, ich kann beides nicht vergessen, weder bei Tag noch bei Nacht, und heute bedrängt es mich in seiner ganzen Heftigkeit.

In der Hoffnung auf einen neuen Brief Laures habe ich mich früh nach Port Mathurin auf den Weg gemacht, quer durch Buschland und unter Pandanuspalmen, komme vor den Gebäuden der Cable & Wireless an der Pointe Vénus an und sehe die Ansammlung von Männern vor dem Telegrafenbüro. Die Leute von Rodriguez warten vor der Veranda, einige diskutieren im Stehen, andere sitzen im Schatten auf den Stufen, blicken ins Leere und rauchen eine Zigarette.

Während der Tage, die ich auf dem Grund der Schlucht verbrachte, um das zweite Versteck des Korsaren zu finden, hatte ich in meinem Wahn nicht mehr wirklich an den Ernst der Lage in Europa gedacht. Aber als ich unlängst am Haus der Mallac & Co. vorüberkam, habe ich, zusammen mit einer Menschenmenge, das Plakat neben der Tür gelesen, das der Postdampfer aus Port Louis gebracht hatte. Es war die Rede von einer Generalmobilmachung für den Krieg, der dort drüben, in Europa, ausgebrochen war. England hat an der Seite Frankreichs den Deutschen den Krieg erklärt. Lord Kitchener appelliert an alle Freiwilligen in den Kolonien und den Dominions, in Kanada, in Australien und auch in Asien, in Indien, in Afrika. Ich habe das Plakat gelesen, dann bin ich zur Anse aux Anglais zurückgekehrt, vielleicht, weil ich dort Uma finden, mit ihr darüber sprechen wollte. Aber sie ist nicht gekommen, und danach muß der Lärm der Arbeiten auf dem Grund der Schlucht ihr angst gemacht haben.

Als ich auf das Telegrafenbüro zugehe, achtet niemand auf mich, trotz meiner zerrissenen Kleidung und meiner viel zu langen Haare. Ich erkenne Mercure, Raboud und ein wenig abseits den Riesen Casimir, den Matrosen von der *Zeta*. Er erkennt mich auch, und seine Miene hellt sich auf. Mit freudig glänzenden Augen erklärt er mir, die Leute hier erwarteten die Instruktionen für die freiwillige Meldung. Deshalb sind hier nur lauter Männer! Die Frauen lieben den Krieg nicht.

Casimir spricht zu mir von der Armee, von den Kriegsschiffen, auf die man ihn hoffentlich schicken wird, der arme gute Riese! Er spricht bereits von den Schlachten, in denen er kämpfen wird, in Ländern, die er nicht kennt, gegen einen Feind, dessen Namen er noch nie gehört hat. Dann erscheint ein Mann, ein Inder, der im Telegrafenbüro arbeitet, auf der Veranda. Er beginnt mit der Verlesung einer Liste der Namen, die man an die Anwerbestelle in Port Louis weiterleiten wird. Er liest die Namen sehr langsam in der Stille, die sich jetzt über den Platz gesenkt hat, mit seiner singenden und näselnden Stimme, deren englischer Akzent die Silben entstellt.

»Hermitte, Corentin, Latour, Sifflette, Lamy, Raffaut...«

Er verliest diese Namen, und die Windstöße tragen sie fort und verstreuen sie über das Ödland, zwischen die Blattzeilen der Pandanuspalmen und die schwarzen Felsen, diese Namen, die schon jetzt seltsam klingen wie die Namen Toter, und plötzlich möchte ich am liebsten fliehen, zurück in mein Tal, wo niemand mich finden kann, spurlos verschwinden in der Welt Umas, zwischen dem Schilf und den Dünen. Die langsame Stimme betet die Namen her, und mich fröstelt. Noch nie habe ich dergleichen empfunden, als werde die Stimme unter diesen Namen auch meinen Namen aussprechen, als müsse sie meinen Namen mit den Namen dieser Männer nennen, die ihre Welt verlassen, um gegen unsere Feinde zu kämpfen. »Portalis, Haouet, Céline, Bégué, Hitchen, Castor, Pichette, Simon...«

Noch kann ich hier weg, ich denke an die Schlucht, an die Linien, die sich auf dem Talgrund überschneiden und die Orientierungspunkte wie Baken aufleuchten lassen, ich denke an alles, was ich seit Monaten, seit Jahren erlebe, an diese Schönheit voller Licht, an das Geräusch des Meeres, an die freien Vögel. Ich denke an Uma, ihre Haut, ihre glatten Hände, ihren Körper aus schwarzem Metall, der unter Wasser durch die Lagune gleitet. Ich kann weg von hier, noch ist es Zeit, weg von diesem Wahnsinn, von den Männern, die lachen und jubeln, wenn der Inder ihren Namen aufruft. Ich kann weg von hier, einen Ort suchen, wo ich das alles vergessen werde, wo das Getöse des Krieges untergeht im Geräusch von Meer und Wind. Aber die singende Stimme fährt fort, die Namen zu verlesen, diese Namen, die schon unwirklich geworden sind, Namen der Männer von hier, die dort drüben sterben werden für eine Welt, die sie nicht kennen.

»Ferney, Labutte, Jérémiah, Rosine, Médicis, Jolicoeur, Victorine, Imboulla, Ramilla, Illke, Ardor, Grancourt, Salomon, Ravine, Roussety, Perrine, Perrine junior, Azie, Cendrillon, Casimir...«

Als der Inder seinen Namen nennt, richtet der Riese sich auf und springt jubelnd in die Höhe. Sein Gesicht drückt eine so naive Freude aus, daß man glauben könnte, er habe eine Wette gewonnen oder eine gute Nachricht erhalten. Und doch hat er soeben den Namen seines Todes gehört.

Vielleicht ist dies der Grund, warum ich nicht zur Anse aux Anglais geflohen bin, um einen Ort zu suchen, wo ich den Krieg vergessen kann. Ich glaube, Casimir ist der Grund, sein Glück in dem Augenblick, als er seinen Namen gehört hat.

Als der Inder alle Namen auf seiner Liste verlesen hat, bleibt er eine Weile unbeweglich stehen, in der Hand das Blatt, das in den Windstößen flattert, und er fragt auf englisch:

»Ist sonst noch jemand da, der sich freiwillig melden möchte?«

Und fast wider Willen steige ich die Eisentreppe zur Veranda hinauf, und ich nenne ihm meinen Namen, damit er ihn der Liste anfügen kann. Casimir hat vorhin das Signal zur Freude gegeben, und jetzt tanzen die meisten Männer von Rodriguez auf der Stelle und singen. Als ich die Stufen hinabsteige, drängen sich einige um mich und drücken mir die Hand. Das Fest geht weiter auf der Straße, die am Meer entlang nach Port Mathurin führt, und wir ziehen durch die von Lärm und Menschen erfüllte Stadt, bis zum Krankenhaus, wo die ärztliche Untersuchung vorgenommen werden soll. Was diese Untersuchung angeht, so ist sie eine bloße Formalität, die nur ein paar Minuten dauert. Wir treten einer nach dem anderen mit nacktem Oberkörper in das erstickend heiße Büro, wo Camal Budu, flankiert von zwei Pflegern, die Freiwilligen flüchtig untersucht und ihnen einen gestempelten Marschbefehl aushändigt. Ich erwarte, daß er mir Fragen stellt, aber er schaut sich nur meine Zähne und meine Augen an. Mit ausdruckslosem Gesicht reicht der indische Arzt mir das Papier, und in dem Moment, als ich hinausgehen will, sagt er nur mit seiner sanften und ernsten Stimme: »Sie ziehen also auch ins Schlachten?« Dann ruft er den Nächsten, ohne auf meine Antwort zu warten. Auf dem Papier lese ich das Datum der Abreise: 10. Dezember 1914. Der Name des Schiffes ist freigelassen, aber das Reiseziel ist eingetragen: Portsmouth. Ja, jetzt bin ich Soldat. Ich werde nicht einmal mehr Laure und Mam wiedersehen, ehe ich nach Europa aufbreche, denn die Route führt über die Seychellen.

Aber ich kehre jeden Tag in die Schlucht zurück, als müsse ich endlich finden, was ich suche. Ich kann mich nicht losreißen von diesem Spalt in der Talflanke, wo kein Grashalm, kein Baum wächst, wo nichts lebt oder sich regt, nur das Licht, das von den rostigen Berghängen und den Basaltfelsen strahlt. Morgens, ehe die Sonne zu sehr brennt, und in der Abenddämmerung gehe ich bis zum Ende der Schlucht und betrachte die Löcher, die ich am Fuß der Klippe entdeckt habe. Ich lege mich auf die Erde, streiche mit den Fingern über die Brunnenöffnung, über die vom uralten Wasser geglättete Wand, und ich träume. Der Boden der Schlucht ist überall von den wütenden Pickenhieben geschrammt, und die Erde ist von Kratern gehöhlt, die der Staub schon aufzufüllen beginnt. Wenn der Wind heulend ins Innere der Schlucht fährt, in heftigen Stößen über die Klippe rast, gehen in diesen Löchern kleine Lawinen schwarzer Erde ab, scheppern mit den Kieseln auf dem Grund des Verstecks. Wie lange Zeit wird es dauern, bis die Natur den Brunnen des Korsaren, den ich freigelegt habe, wieder schließt? Ich denke an all jene, die nach mir kommen werden, vielleicht in zehn Jahren, in hundert Jahren, und ihretwegen beschließe ich jetzt, die Verstecke wieder zu verstopfen. Im Tal finde ich große flache Steine, die ich mit viel Mühe zur Brunnenöffnung schleppe. Weitere, kleinere Steine dienen mir dazu, die Zwischenräume zu füllen, und ich schaufle rote Erde darüber, die ich mit gewaltigen Schlägen feststampfe. Der junge Fritz Castel hilft mir bei dieser Arbeit, ohne etwas zu begreifen. Aber er stellt niemals Fragen. Für ihn war das alles von Anfang an nur eine Abfolge unverständlicher und ein wenig erschreckender Riten.

Als alles fertig ist, betrachte ich zufrieden den kleinen Hügel, der das Versteck des Korsaren auf dem Grund der Schlucht birgt. Mir scheint, daß ich mit dieser Arbeit meiner Suche eine neue Richtung gegeben habe, daß ich gewissermaßen zum Komplizen dieses geheimnisvollen Mannes wurde, dessen Spur ich seit so langer Zeit verfolge.

Vor allem abends verweile ich gern in der Schlucht. Wenn die Sonne sich beim Comble du Commandeur der gezackten Linie der Hügel im Westen nähert, dann dringt das Licht fast bis zur Sohle des langen Steinkorridors, erhellt wunderlich die Felsflächen, entzündet den Glimmerschiefer. Ich bleibe hier, am Zugang zur Schlucht, und ich beobachte, wie der Schatten über das stille Tal vorrückt. Ich spähe aus nach jeder Kleinigkeit, jeder Bewegung in diesem Land der Steine und Dornen. Ich warte auf die Ankunft der Seevögel, meiner Freunde, die jeden Abend die Küsten im Süden verlassen, die Inseln Pierrot, Gombrani, und zu ihrem Rastplatz im Norden fliegen, dorthin, wo das Meer sich am Korallenriff bricht.

Warum tun sie das? Welcher geheime Befehl führt sie jeden Abend diese Strecke über die Lagune? So, wie ich auf die Seevögel warte, warte ich auch auf Uma, ich warte darauf, sie durch das Flußbett schreiten zu sehen, schlank und dunkel, eine Kette aus Fischen um den Hals.

Manchmal pflanzt sie ihre Harpune in den Sand, nah bei den Dünen, wie ein Signal, daß ich zu ihr kommen soll. Als ich ihr sage, daß ich das zweite Versteck des Korsaren gefunden habe und daß es leer gewesen ist, lacht Uma laut auf: »Also gibt es kein Gold mehr, es gibt hier überhaupt nichts mehr!« Ich bin zuerst verärgert, aber ihr Lachen ist anstekkend, und bald lache ich mit ihr. Sie hat recht.

Als wir feststellten, daß der Brunnen leer war, müssen wir recht komisch ausgesehen haben! Uma und ich laufen zu den Dünen, wir durchqueren das Schilf, und die Wolken silberner Vögel stieben kreischend vor uns auf. Wir legen hastig unsere Kleider ab und tauchen gemeinsam ins klare Wasser der Lagune, das so weich ist, daß man kaum spürt, wie der Körper in das andere Element wechselt. Wir gleiten nah bei den Korallen unter Wasser dahin, lange, ohne Atem zu holen. Uma versucht nicht einmal, Fische zu fangen. Sie amüsiert sich nur damit, sie unter Wasser zu verfolgen, die roten Lippfische in ihren dunklen Schlupfwinkeln aufzustöbern. Nie waren wir so vergnügt wie jetzt, da wir wissen, daß die Schatzkammern leer sind! Eines Abends, während wir das Erscheinen der Sterne über den Bergen beobachten, sagt sie:

»Warum suchst du hier nach Gold?«

Ich wollte ihr von unserem Haus am Boucan erzählen, von unserem grenzenlosen Garten, von allem, was wir verloren haben, denn nur danach suche ich. Aber ich vermag es ihr nicht zu sagen, und sie fügt hinzu, ganz leise, als spreche sie zu sich selbst:

»Das Gold ist nichts wert, man muß keine Angst vor ihm haben, es ist wie die Skorpione, die nur den stechen, der Angst hat.«

Sie sagt das ganz einfach, ohne Pathos, aber mit Härte, wie jemand, der sicher ist. Sie sagt noch:

»Ihr Leute aus der großen Welt glaubt, das Gold sei das

Mächtigste und Begehrenswerteste, was es gibt, und deshalb führt ihr Kriege. Überall werden Menschen sterben, weil sie Gold besitzen möchten.«

Bei diesen Worten hämmert mein Herz, denn ich denke an meine Anwerbung. Einen Moment lang möchte ich Uma alles sagen, aber meine Kehle ist wie zugeschnürt. Nur ein paar Tage noch werde ich hier leben, bei ihr, in diesem Tal, so fern von der Welt. Wie soll ich Uma vom Krieg sprechen? Für sie ist er das Böse, ich glaube, daß sie es mir nicht verzeihen und auf der Stelle fliehen würde.

Ich kann nicht mit ihr sprechen. Ich halte ihre Hand in der meinen, ganz fest umschlossen, um ihre Wärme zu fühlen, ich atme den Hauch von ihren Lippen. Die Nacht ist mild, eine Sommernacht, und der Wind hat sich beim Flutwechsel gelegt, die Sterne sind zahlreich und schön, alles ist erfüllt von Frieden und Freude. Zum erstenmal, glaube ich, genieße ich die Zeit ohne Ungeduld oder Verlangen, aber mit Trauer bei dem Gedanken, daß nichts von alledem wiederkehren, daß dies alles zerstört werden wird. Mehrmals bin ich nahe daran, Uma zu gestehen, daß wir einander nicht wiedersehen werden, aber ihr Lachen, ihr Atem, der Geruch ihres Körpers, der Salzgeschmack ihrer Haut hindern mich daran. Wie soll man diesen Frieden stören? Ich kann nicht festhalten, was zerbrechen wird, aber ich kann noch an Wunder glauben.

Wie die meisten Leute von Rodriguez gehe ich jeden Morgen zum Telegrafenbüro, um Neuigkeiten zu erfahren.

Die Communiqués, die aus Europa kommen, sind unter der Veranda angeschlagen, neben der Tür des Telegrafenbüros. Wer lesen kann, übersetzt für die anderen ins Kreolische. Im Gedränge gelingt es mir, ein paar Zeilen zu lesen: Es ist die Rede von den Armeen der Marschalle French und Haig, von den französischen Truppen der Generäle Langle und Iarrezac, von den Schlachten in Belgien, von den Bedrohungen am Rhein, von der Oise-Front bei Dinant an der Maas in den Ardennen. Ich kenne diese Namen, weil ich sie im Collége gelernt habe, doch was können sie den meisten Leuten von Rodriguez bedeuten? Denken sie bei diesen Namen an Inseln, auf denen der Wind Kokospalmen und Latanien wiegt, wo man wie hier das unaufhörliche Anbranden des Meeres an die Klippen hört? Mich überkommen Zorn und Ungeduld, denn ich weiß, daß ich bald, in einigen Wochen vielleicht, dort sein werde, an den Ufern dieser unbekannten Flüsse, in diesem Krieg, der alle Namen wegfegt.

Heute morgen, als der junge Fritz Castel gekommen ist, habe ich etwas gemacht, was einem Testament gleichkommt. Mit meinem Theodoliten habe ich zum letzten Mal die Ost-West-Gerade berechnet, die genau durch die beiden Schäkelzeichen auf den Talhöhen geht, und ich habe den Ort bestimmt, wo diese Gerade auf die vom Kompaß angezeigte Nord-Süd-Achse trifft, unter Berücksichtigung der leichten magnetischen Mißweisung. Im Schnittpunkt dieser beiden Geraden, das heißt in der Mitte des Roseaux-Tals, am Rande des Sumpfgeländes, das zwischen den beiden Flußarmen eine Landzunge bildet, habe ich einen schweren, marksteinförmigen Basaltbrocken aufgestellt. Diesen Stein mußten wir, der junge Schwarze und ich, auf einer mit Schilf und runden Asten ausgelegten Bahn das Flußbett hinunterschleifen. Ich habe ein Seil um den Basaltbrocken gewickelt, und abwechselnd ziehend und schiebend haben wir den Stein ans andere Ende des Tals geschafft, über eine Entfernung von gut einer Meile, bis zu dem Punkt, den ich auf meinen Plänen mit B markiert habe, ein wenig hochgelegen auf einem Erdbuckel, der in die Trichtermündung vorspringt und bei Flut vom Meer umspült wird.

Diese Arbeit hat uns den ganzen Tag beschäftigt. Fritz Castel hat mir geholfen, ohne Fragen zu stellen. Dann ist er nach Hause gegangen.

Die Sonne steht niedrig am Himmel, als ich mit einem Kaltschrotmeißel und einem großen Kiesel, den ich als Hammer benütze, meine Botschaft für die Zukunft aufzeichne. Oben auf dem Stein habe ich eine drei Zoll lange Rille gezogen, die der Verbindungslinie zwischen den Ost-West-Schäkeln entspricht. Auf der Südseite habe ich die Hauptorientierungspunkte markiert, die den Landmarken des Korsaren entsprechen: das M, das die Spitzen des Comble du Commandeur darstellt, die in den Fels gestochenen ::, die Rinne, welche die Schlucht, und den Punkt, der den nördlichsten Stein am Eingang der Trichtermündung bezeichnet. In die Nordseite des Basaltbrockens habe ich die fünf Hauptlandmarken des Korsaren eingestochen: den Charlot, den Bilactére, den Mont des Quatre Vents, welche die erste Südsüdost-Fluchtlinie bilden, sowie den Commandeur und den Piton, die eine zweite, leicht abweichende Linie darstellen.

Gerne hätte ich auch die Dreiecke eingraviert, die sich nach dem Schema des Korsaren in dem Kreis befinden, der durch die Schäkel und den nördlichsten Stein geht und dessen Mittelpunkt, wie ich jetzt bemerke, dieser Basaltbrocken bildet. Die Steinoberfläche ist jedoch nicht glatt genug, daß ich mit meinem stumpfen Meißel eine so präzise Zeichnung auftragen könnte. Ich begnüge mich damit, an der Basis meine Initialen, AL, anzubringen. Darunter das Datum, in römischen Ziffern:

X XII MCMXIV

An diesem Nachmittag, dem letzten wohl, den ich hier in der Anse aux Anglais verbringe, wollte ich die Hochsommerhitze ausnützen, um lange in der Lagune zu schwimmen. Ich habe mich im Schilf vor dem menschenleeren Strand ausgezogen, dort, wohin ich immer mit Uma ging. Heute scheint mir alles noch stiller, abgelegener, verlassener. Keine Schwärme silberfarbener Vögel mehr, die kreischend aufstieben. Am Himmel sind nur noch Seevögel zu sehen und auf dem Sand nur Krabben, die mit hochgereckten Scheren sich in den Schlamm des Sumpflands flüchten. Ich schwimme lange im weichen Wasser, ganz nahe an den Korallen vorbei, die das Meer allmählich freigibt. Mit unter Wasser weit geöffneten Augen sehe ich die Flachseefische vorbeiziehen, Kofferfische, perlmuttfarbene Hornhechte und sogar einen prachtvollen, giftigen Skorpionfisch, der seine Rückenflossen wie Tackelagen aufgestellt hat. Ich habe keine Harpune, doch selbst wenn ich eine hätte, würde ich wohl nicht das Herz haben, sie gegen eine dieser stummen Kreaturen zu benützen und zuzusehen, wie ihr Blut das Wasser purpurn färbt!

Am Ufer habe ich mich in den Dünen mit Sand bedeckt und darauf gewartet, daß die sinkende Sonne ihn in kleinen Bächen über meine Haut fließen läßt, wie damals, als ich mit Uma hier war.

Ich schaue lange aufs Meer, ich warte. Ich warte vielleicht, daß Uma in der Dämmerung auf dem Strand erscheint, mit ihrer Harpune, auf deren Ebenholzspitze Tintenfische wie Trophäen aufgespießt sind. Unruhig, sehnsüchtig schaue ich auf die hohen blauen Berge am Talende, als würde ich heute endlich eine menschliche Form aus dieser steinernen Landschaft heraustreten sehen.

Habe ich »Uum-ah« gerufen? Vielleicht, aber dann mit einer so schwachen, so erstickten Stimme, daß sie kein Echo erweckt hat. Warum ist sie ausgerechnet heute abend nicht hier? Ich sitze auf meinem flachen Stein unter der alten Tamarinde, ich rauche und sehe zu, wie die Nacht in die Mulde der

Anse aux Anglais einfällt. Ich denke an Uma, wie sie mir zuhörte, wenn ich ihr vom Boucan erzählte, ich denke an ihr Gesicht, das unter den Haaren verborgen war, an den Salzgeschmack auf ihrer Schulter. Sie wußte also alles, sie kannte mein Geheimnis, und gestern abend war sie nur gekommen, um Abschied zu nehmen. Deshalb verbarg sie ihr Gesicht, und darum war ihre Stimme so hart und bitter, als sie mir vom Gold sprach, als sie sagte »ihr Leute aus der großen Welt«.

Weil ich nicht begriffen habe, spüre ich nun den Zorn in mir hochsteigen, auf sie, auf mich selbst. Ich renne hektisch im Tal herum, dann setze ich mich wieder unter den großen Baum, wo die Nacht schon begonnen hat, ich zerknülle die Papiere, die Pläne. Nichts von alledem ist mir noch wichtig! Jetzt weiß ich, daß Uma nicht mehr kommen wird. Ich bin wie die anderen geworden, wie die Leute von der Küste: Die *manafs* beobachten sie aus der Ferne und warten, bis sie aus dem Weg sind.

Im schwankenden Licht der Dämmerung laufe ich durch das Tal, klettere auf die Hügel, um diesem Blick zu entgehen, der von allen Seiten zugleich kommt. Ich stolpere über Kiesel, klammere mich an Basaltblöcke, ich höre die Erde unter meinen Füßen ins Tal stürzen. Vor dem gelben Himmel sind die Berge in der Ferne schwarz und massig, ohne ein Licht, ohne ein Feuer. Wo leben die *manafs*? Auf dem Piton, auf dem Limon im Osten oder auf dem Bilactére, oberhalb von Port Mathurin? Aber sie sind nie zwei Nächte lang am selben Ort. Sie schlafen in der warmen Asche ihrer Feuer, die sie in der Dämmerung ersticken, wie ehemals die flüchtigen Negersklaven in den Bergen von Mauritius, oberhalb des Morne. Ich will höher hinaufsteigen, bis zu den Vorbergen, aber die Nacht ist gekommen, ich stoße mich an den Felsen, ich zerreiße mir Kleider und Hände. Ich rufe immer wieder, jetzt mit aller Kraft: »U-maaa«, und mein Ruf hallt in den nächtlichen Schluchten wider, verursacht ein seltsames Grollen, einen Tierschrei, der mich selbst erschreckt. Dann warte ich, an den Hang gelehnt, bis das Tal wieder still wird. Alles ist nun glatt und rein, unsichtbar in der Nacht, und ich will nicht mehr an das denken, was morgen sein wird. Ich will so tun, als wäre nichts geschehen.

Ypern, Winter 1915
An der Somme, 1916

Wir sind keine Neulinge mehr, weder wir noch die anderen. Alle haben wir unser Teil Elend abbekommen, unsere Ration an Gefahren. Die Frankokanadier der 13. Infanteriebrigade, die indischen Kolonialtruppen der 27. und 28. Division, alle haben sie den flandrischen Winter kennengelernt, in dem das Bier in den Fässern gefror, die Schlachten im Schnee, den Nebel und die Giftschwaden, den unaufhörlichen Beschuß, die Brände in den Unterständen. So viele Männer sind gestorben. Wir empfinden kaum mehr Furcht. Wir sind gleichgültig wie in einem Traum. Wir sind Überlebende...

Seit Monaten schaufeln wir Tag um Tag Erde und Schlamm an den Ufern des Flusses, ohne zu wissen, was wir tun, ja ohne daß es uns irgend jemand befehlen müßte. Wir sind nun schon seit so langer Zeit in dieser Erde, hören auf den Donner der Kanonen und den Gesang der Todesraben, daß wir jedes Zeitgefühl verloren haben. Geht das seit Tagen, Wochen, Monaten? Es ist eher ein einziger und gleicher Tag, der unaufhörlich wiederkehrt, uns überrascht, wenn wir vom Hunger geschwächt und müde auf der Erde liegen, ein einziger und gleicher Tag, der langsam mit der bleichen, hinter den Wolken versteckten Sonne kreist.

Es ist noch immer der Tag, an dem wir dem Aufruf Lord Kitcheners gefolgt sind, vor nun so langer Zeit, wir wissen nicht mehr, wann das alles angefangen hat, wenn es denn je einen Anfang gab. Die Einschiffung auf der *Dreadnought*, einer Stahlburg im Dunst von Portsmouth. Dann die Zugfahrt durch Belgien, die Kolonnen von Pferden und Menschen, die im Regen an der Bahnlinie entlang nach Ypern ziehen. Wann war das? Vor Monaten, vor Jahren? Die Männer, die mit mir auf den winterlichen Straßen Flanderns marschiert sind, Rémy aus Québec, Le Halloco aus Neufundland und Perrin, Renouart, Simon, deren Heimatorte ich nicht kenne, alle, die im Frühling 1915 dabei waren, um die in den Kämpfen um La Bassée dezimierte Expeditionary Force abzulösen... Jetzt kennen wir niemand. Wir pflügen den Lehmboden um, wir heben Schützengräben aus, wir robben auf die Ancre zu, Tag um Tag, Meter um Meter, wie grauenhafte Maulwürfe, hin zu den düsteren Hügeln, die dieses Tal überragen. In der drückenden Stille dieser leeren Felder läßt uns manchmal das Tack-Tack eines Maschinengewehrs auffahren, das Platzen einer Granate weit hinter der Baumlinie.

Wenn wir miteinander reden, dann mit leiser Stimme, Wörter, die hin- und hergehen, wiederholte, widerrufene, verstümmelte Befehle, Fragen, Nachrichten von Unbekannten. Nachts, wenn die Kälte uns in unseren Löchern nicht schlafen läßt, ein Gesang, der sofort wieder abbricht, und niemand denkt daran zu sagen, sing weiter, die Stille schmerzt uns noch mehr.

Trotz des Regens fehlt es an Wasser. Wir werden von den Läusen, von den Flöhen aufgefressen. Wir sind mit einer Schlammkruste überzogen, die mit Dreck und Blut vermischt ist. Ich denke an die ersten Tage, als wir stolz unsere hellbeigen Uniformen der Freiwilligen aus Übersee, unsere Filzhüte in den Straßen Londons spazierentrugen, inmitten der rot gekleideten Infanteristen, der Grenadierschwadrone, der Lancers von der 27. und 28. Division der Indienarmee, mit ihren Tuniken und weißen hohen Turbanen in der eisigen Luft und der Dezembersonne. Ich denke an das Fest im Saint-Paul-Viertel, diese Neujahrstage, die nicht zu Ende gehen sollten, an das lärmende Treiben in den mit Rauhreif überzogenen Gärten, an den Taumel der letzten Nächte und an die fröhliche Abfahrt von der Waterloo Station, an das dunstige Morgengrauen auf dem Deck der riesigen *Dreadnought*. An die vom Gischt übersprühten Männer in ihren khakifarbenen Mänteln, diese Freiwilligen, die voll Hoffnung aus allen vier Ecken der Welt zusammengekommen waren und die am Horizont die dunkle Linie der französischen Küste zu erspähen suchten.

Das alles liegt nun so weit zurück, wir sind nicht einmal mehr sicher, es wirklich erlebt zu haben. Die Müdigkeit, der Hunger, das Fieber haben unser Gedächtnis verwirrt, haben die Spuren unserer Erinnerungen verwischt. Warum sind wir heute hier? Eingebuddelt in diese Schützengräben, das Gesicht rauchgeschwärzt, die Kleider in Fetzen, schlammverkrustet, seit Monaten in diesem Geruch nach Latrinen und Tod.

Der Tod ist uns vertraut geworden, gleichgültig. Allmählich hat er die Ränge derer dezimiert, die ich in den ersten Tagen kennengelernt hatte, als wir in den gepanzerten Waggons zum Bahnhof von Boves fuhren. Durch einen Spalt in den Brettern, mit denen die Fenster vernagelt waren, habe ich zuweilen die riesige Menge gesehen, die über die Straßen zerstreut im Regen zum Yser-Tal marschierte, diese bald dichte, bald weit auseinandergezogene Menschenmasse. Die 5. Division unter Morland, die 27. unter Snow, die 28. unter Bulfin, die 1. Kanadische Division unter Alderson, Oktoberveteranen, zu denen wir stoßen sollten, zusammen mit der Landwehr und den Resten des Expeditionskorps. Wir dachten damals an den Tod, immer wieder, aber an einen ruhmvollen Tod, an den Tod, über den wir unter uns am Abend in den Biwaks sprachen: der Offizier der Schotten, der an der Spitze seiner Männer mit gezücktem Säbel gegen die deutschen Maschinengewehre angestürmt war. Am Kanal von Comines warteten die Männer ungeduldig, wie berauscht auf den Angriffsbefehl, horchten auf den Lärm der Kanonen, der Tag und Nacht wie unterirdischer Donner grollte. Als der Befehl dann kam, als bekannt wurde, daß die Truppen des Generals Douglas Haig ihren Marsch auf Brügge begonnen hatten, brach ein Sturm kindlicher Begeisterung los. Die Soldaten schrien »hurra«, wobei sie ihre Mützen in die Luft warfen, und ich dachte an die Männer von Rodriguez, die vor dem Telegrafengebäude warteten. Die französischen Reiterschwadronen sind am Ufer der Lys zu uns gestoßen. Im winterlichen Dämmerlicht schienen ihre blauen Uniformen unwirklich wie Vogelgefieder.

Dann haben wir unseren langen Marsch nach Nordwesten begonnen, den Kanal von Ypern hinauf zum Wald von Hooges, in die Richtung, aus der das Donnergrollen kam. Täglich begegneten uns Truppen, zerlumpte und blutverschmierte Franzosen und Belgier, die dem Massaker von Dixmude entronnen waren, aus Ramscapelle kamen, wo die Belgier die Schieber der Wehre geöffnet und eine riesige Überschwemmung verursacht hatten. Sie erzählten grauenhafte Geschichten von Deutschen, die unaufhörlich in frenetischen und heulenden Horden von überallher auftauchten, von Kämpfen im Schlamm mit der blanken Waffe, dem Bajonett, dem Dolch, von Leichen, die auf dem Wasser dahintrieben, im Stacheldraht hingen, im Schilf steckten.

Das muß ich mir immer wieder anhören. Um uns hat sich der Feuerring geschlossen, im Norden bei Dixmude, bei Saint-Julien, im Forst von Houthhulst, im Süden auf den Ufern der Lys, bei Menin, Wervicq. Wir rücken in einer zerschossenen Wüstenlandschaft vor, aus der nur noch die astlosen Stümpfe der verkohlten Bäume ragen. Wir rücken langsam, wie kriechend vor: An manchen Tagen sehen wir frühmorgens am Ende eines Felds die Schlucht, das zerstörte Gehöft, von denen wir wissen, daß wir erst am Abend hinkommen werden. Die

Erde ist schwer, zieht an unseren Beinen, klebt an unseren Sohlen, so daß wir oft mit dem Gesicht auf den Boden fallen. Manche stehen nicht wieder auf.

Wir kriechen in den Schützengräben, die wir vor Morgengrauen ausgehoben haben, und horchen dabei auf das jetzt ganz nahe Grollen der Kanonen, auf das Geknatter der Maschinengewehre. Weit hinter den Hügeln, bei Ypern, schlagen sich auch die Franzosen. Aber wir sehen keine Menschen: nur die schwarzen Spuren, mit denen sie den Himmel beschmutzen.

Am Abend spricht Barneoud, der aus Trois Rivières stammt, von Frauen. Er beschreibt ihre Körper, ihre Gesichter, ihre Haare. Er sagt das alles mit einer merkwürdig heiseren und traurigen Stimme, als seien die Frauen, die er beschreibt, alle tot. Zuerst haben wir gelacht, weil das absurd war, alle diese nackten Frauen, mitten im Krieg, bei uns. Der Krieg ist keine Frauensache, er ist sogar das Gegenteil, er ist die sterilste aller Männervereinigungen. Und dann, die Frauenkörper in diesem Schlamm, im Gestank nach Urin und Fäulnis, in dem Feuerkreis, der Tag und Nacht um uns herum brannte, das hat uns schaudern gemacht, mit Entsetzen erfüllt. Wir haben also zu ihm auf englisch, auf französisch gesagt: Jetzt reicht's, shut up, tais-toi. Hör auf, von Frauen zu sprechen, schweig! Wie er dann eines abends wieder in seinen Wahn verfallen ist, hat ein Riesenkerl von Engländer blindwütig mit den Fäusten auf ihn eingedroschen und hätte ihn vielleicht erschlagen, wenn der diensthabende Offizier, ein Leutnant, nicht mit dem Ordonnanz-Revolver in der Hand eingeschritten wäre. Am nächsten Tag war Barneoud verschwunden. Er war, wie es hieß, zur 13. Infanteriebrigade abgestellt worden und ist bei den Kämpfen um Saint-Julien gefallen.

Wir waren damals dem Tod gegenüber schon gleichgültig

geworden, glaube ich. Täglich, stündlich drang dieser Todeslärm zu uns, die dumpfen Aufschläge der Granaten, das Knattern der Maschinengewehre und das merkwürdige Geräusch, das darauf folgte. Stimmen, hastende Schritte im Schlamm, knappe Kommandos, die Hektik vor dem Gegenangriff.

23. April: Nach Erscheinen der ersten Gasschwaden über den französischen Linien gehen wir unter dem Befehl von Oberst Geddes mit der 13. Brigade und den Bataillonen der 3. Kanadischen Brigade zum Gegenangriff über. Den ganzen Tag rücken wir nach Nordosten vor, in Richtung auf das Gehölz von Houthhulst. Mitten auf der Ebene zwingen uns die immer dichter einschlagenden Granaten, Unterstände für die Nacht auszuheben. Hastig schaufeln wir zehn Fuß tiefe Gräben, wo wir uns zu sechst oder siebent wie die Heringe aneinandergedrängt verschanzen. Zusammengekrümmt, den Stahlhelm auf den Kopf gepreßt, warten wir bis zum nächsten Tag, wagen uns kaum zu bewegen. Hinter uns hören wir die englischen Kanonen, die auf die deutschen antworten. Am Morgen reißt uns das Pfeifen einer Granate jäh aus dem Schlaf. Die Explosion ist so heftig, daß wir trotz der Enge des Schlauchs durcheinanderfliegen. Das Gewicht meiner Kameraden drückt mich zu Boden, und ich spüre eine warme Flüssigkeit über mein Gesicht laufen: Blut. Ich bin verletzt, liege vielleicht im Sterben? Ich schiebe die Körper weg, die auf mich gefallen sind, und sehe, daß es meine Kameraden erwischt hat und daß ihr Blut auf mich fließt.

Ich krieche zu den anderen Schützenlöchern, rufe die Überlebenden. Zusammen schleppen wir die Verwundeten nach hinten, suchen wir einen Unterstand. Aber wo? Die Hälfte unserer Kompanie ist aufgerieben worden. Dem Leutnant, der Barneoud festgenommen hatte, wurde von einer Granate der Kopf abgerissen. Wir erreichen die rückwärtigen Linien. Um fünf Uhr abends treten wir mit den Engländern des Generals Snow wieder zum Sturmangriff an, arbeiten uns sprungweise über das Unglücksfeld vor. Um halb sechs Uhr steigt in der schwindenden Abenddämmerung plötzlich fünfzig Meter vor uns eine große gelb grüne Wolke in den Himmel auf. Der leichte Wind bläst sie langsam nach Süden, zerdehnt sie. Weitere, näher gelegene Explosionen lassen immer wieder tödliche Rauchfahnen aufsteigen.

Mir bleibt das Herz stehen, das Entsetzen lähmt mich! Jemand schreit: »Gas!« »Zurück!« Wir rennen zu den Schützengräben, fertigen hastig Gasmasken aus Taschentüchern, zerrissenen Mänteln, Stoffetzen, die wir in unsere spärlichen Wasservorräte tauchen. Die Wolke kommt immer noch auf uns zu, leicht, drohend, kupferfarben im Licht der Dämmerung. Schon dringt uns der scharfe Geruch in die Lungen, und wir müssen husten. Die Männer kehren um, ihr Gesicht drückt Haß aus, Furcht. Als wir den Befehl erhalten, uns nach Saint-Julien abzusetzen, haben viele schon, auf den Boden geduckt, zu laufen angefangen. Ich denke an die Verwundeten, die in ihren Löchern geblieben sind und zu denen jetzt der Tod kommt. Auch ich laufe über das von Granattrichtern aufgerissene Feld, durch die verkohlten Wäldchen, das mit dem schlammigen Wasser benäßte Taschentuch aufs Gesicht gepreßt.

Wie viele sind tot? Wie viele sind noch kampffähig? Nach dem, was wir gesehen haben, nach dieser tödlichen Wolke, die sich langsam auf uns zu bewegte, gelb und goldbraun wie die Abenddämmerung, bleiben wir in unseren Löchern hokken und belauern Tag und Nacht unermüdlich den Himmel. Mechanisch zählen wir ab, vielleicht in der Hoffnung, diejenigen wieder zum Vorschein zu bringen, deren Namen zur

Verfügung stehen, aber niemanden mehr bezeichnen: »Simon, Lenfant, Garradec, Schaffer... Und Adrien, der kleine Rotschopf, Gordon, so hieß er, Gordon... Und Pommier und Antoine, der aus Joliette stammte und dessen Familiennamen ich vergessen habe, und Léon Berre und Raymond, Dubois, Santeuil, Reinert...« Aber sind das überhaupt Namen? Hat es sie wirklich gegeben? Als wir von so weit her zum ersten Mal in die Schlacht gezogen sind, haben wir uns den Tod ganz anders vorgestellt: einen ruhmreichen Tod, am hellen Tag, mit einem Blutstern auf der Brust. Aber der Tod ist trügerisch und tückisch, er schlägt heimlich zu, er rafft die Männer in der Nacht fort, während sie schlafen, ohne daß die anderen es merken. Er ertränkt in den Wasserlöchern, den Schlammtümpeln auf dem Grund der Schluchten, er erstickt unter Erdbrocken, er läßt den Körper derjenigen erstarren, die in den Lazaretten liegen, unter einer zerlöcherten Zeltbahn, die Männer, deren Gesicht bleich und deren Brust eingefallen ist, ausgehöhlt von Ruhr, Lungenentzündung, Typhus. Wer stirbt, wird ausgelöscht, und eines Tages bemerken wir ihre Abwesenheit. Wo sind sie? Vielleicht haben sie das Glück gehabt, in die Etappe geschickt zu werden, vielleicht haben sie ein Auge verloren, ein Bein und müssen nie wieder in den Krieg. Aber etwas sagt uns, etwas an ihrer Abwesenheit, an der Stille, die ihre Namen einhüllt: Sie sind tot.

So, als komme nachts, während wir unruhig schlafen, ein Ungeheuer, bemächtige sich einiger von uns und schleppe sie fort, um sie in seiner Höhle zu verschlingen. Das verursacht einen Schinerz, ein Brennen im Innersten unseres Körpers, das man, was immer man auch tut, nicht vergißt. Seit dem Gasangriff vom 24. April haben wir uns nicht mehr gerührt. Wir sind in den Schützengräben geblieben, in diesen Gräben, die wir vor sechs Monaten bei unserer Ankunft ausgehoben haben. Damals war die Landschaft vor uns noch unversehrt, Hügel mit rostroten Bäumen, Gehöfte auf ihren Feldern, mit Wasserpfützen gesprenkelte Weiden, Koppeln, Apfelgärten und in der Ferne die Silhouette von Ypern, mit der Turmspitze, die aus dem Dunst ragte. Jetzt sehe ich durch das Visier des Maschinengewehrs nur ein Chaos aus Erde und verbrannten Bäumen. Die Granaten haben Hunderte von Trichtern gegraben, sie haben die Wälder und Weiler zerstört, und der Kirchturm von Ypern neigt sich wie ein geknickter Zweig. Der Feuerkreis hat abgenommen, wie ein Brand, der alles verzehrt hat und mangels Brennbarem erlischt. Nur noch ab und zu hört man das Donnern der Geschütze, sieht man die Rauchfahnen dort, wo die Granaten der Alliierten eingeschlagen haben.

Ist alles tot? Dieser Gedanke fährt mir eines Nachts durch den Kopf, während ich auf einer Kiste sitze und im Schutz der Maschinengewehrpanzerung Wache halte. Um mich von meiner Rauchlust abzulenken, kaue ich an einer Lakritzstange, die mir ein kanadischer Soldat geschenkt hat, von dem ich nicht einmal weiß, wie er heißt. Die Nacht ist kalt, wolkenlos, wieder eine Winternacht. Ich sehe die Sterne des nördlichen Himmels, von denen ich einige nicht kenne. Im Schein des aufgehenden Mondes wirkt die von den Granaten zerrissene Erde noch seltsamer, noch verlassener.

In der Stille der Nacht scheint die Welt leer zu sein, ohne Menschen und Tiere, wie ein Hochplateau in einer verlorenen Gegend, aus der das Leben sich für immer zurückgezogen hat. Der Eindruck von Tod, den ich empfinde, ist so stark, daß ich ihn nicht ertragen kann. Ich gehe zu einem Kameraden, der im Sitzen, mit dem Rücken an die Wand des Schützengrabens gelehnt, schläft. Ich schüttle ihn. Er schaut mich benommen an, als wisse er nicht mehr, wo er ist. »Komm mit! Komm!« Ich ziehe ihn zu meinem Posten, ich zeige ihm durch die Schießscharte des Maschinengewehrs diese eisige Mondlandschaft. »Schau: kein Mensch mehr da. Es ist alles aus. Der Krieg ist aus!« Ich spreche leise, doch der Ton meiner Stimme, mein Blick müssen beunruhigend sein, denn der Soldat weicht zurück. Er sagt: »Du bist verrückt!« Ich wiederhole mit der gleichen erstickten Stimme: »Aber so schau doch! Schau! Ich sage dir, da ist niemand mehr, sie sind alle tot! Der Krieg ist aus!« Weitere, aus dem Schlaf aufgeschreckte Soldaten nähern sich. Der Offizier ist da, er redet laut: »Was ist denn los?« Sie sagen: »Er ist verrückt! Er sagt, der Krieg ist aus.« Andere: »Er sagt, alle sind tot.« Der Offizier schaut mich an, als versuche er zu begreifen. Vielleicht merken sie nun, daß es stimmt, daß alles aus ist, weil alle tot sind. Der Offizier scheint auf die Stille der Nacht zu lauschen. Dann sagte er: »Geht jetzt schlafen! Der Krieg ist nicht aus, morgen gibt es wieder genug zu tun!« Zu mir sagt er: »Sie gehen auch wieder schlafen. Sie sind müde.« Ein anderer Mann übernimmt die Wache, ich wühle mich in die Mulde des Schützengrabens.

Ich lausche auf den Atem der Männer, die wieder eingeschlafen sind, die einzigen Lebewesen auf der Welt, verscharrt in der zerfetzten Erde.

An der Somme, 1916

Wie Ameisen marschieren wir durch diese Ebene am Ufer des schlammigen Stroms entlang. Wir folgen ohne Unterlaß denselben Wegen, denselben Furchen, wir bearbeiten dieselben Felder, graben unzählige Löcher, ohne zu wissen, wohin wir gehen. Graben unterirdische Schächte, Gänge, Tunnels durch die schwere und schwarze Erde, die nasse Erde, die um uns herum abrutscht. Wir stellen keine Fragen mehr, wir wollen nicht mehr wissen, wo wir sind, warum wir hier sind. Seit Monaten bearbeiten wir Tag um Tag die Erde gegenüber den Hügeln, graben, wühlen uns am Fluß entlang. Als wir an den Ufern der Ancre angekommen sind, gingen die Granaten in der ersten Zeit links und rechts nieder, und wir haben uns in den Schlamm geworfen und auf das unheimliche Pfeifen der Geschosse kurz vor dem Einschlag gehorcht. Die Granaten sind in der Erde explodiert, haben Bäume, Häuser weggeblasen, und die Brände loderten die ganze Nacht. Aber es gab keinen Gegenangriff. Wir haben gewartet, dann haben wir wieder Schützengräben ausgehoben. Und die Kolonnen von Mauleseln, beladen mit Holzpfählen, Zement und dem Blech für die Dächer. Im Frühling ist ein feiner leichter Regen gefallen, ein Nebel, den der Glanz der Sonne aufgelöst hat. Dann sind die ersten Flugzeuge erschienen, die unterhalb der Wolken flogen. Odilon und ich haben sie mit zusammengekniffenen Augen verfolgt und herauszubringen versucht, wer sie waren. Sie haben abgedreht und sind wieder nach Süden geflogen. »Das sind Franzosen«, sagte Odilon. Gegenüber, bei den Boches, haben sie nur Zeppeline. Man sieht sie manchmal wie große bebänderte Schnecken in der Morgendämmerung hochsteigen. »Du wirst sehen, die französischen Flugzeuge schießen ihnen die Augen aus!«

Odilon ist mein Kamerad. Er stammt aus Jersey und spricht mit einem so komischen Akzent, daß ich ihn nicht immer verstehe. Ein achtzehnjähriger Bursche mit einem Engelsgesicht. Er hat noch keinen Bart, und die Kälte rötet seine Haut. Seit Monaten arbeiten wir Seite an Seite, teilen wir dieselben Plätze, um zu essen, um zu schlafen. Wir sprechen nicht eigentlich miteinander, nur einige Wörter, das Wesentliche, bloß Fragen und Antworten. Er hat sich nach mir zum Militär gemeldet, und da ich nach der Schlacht von Ypern zum Gefreiten befördert worden bin, habe ich ihn mir als Ordonnanz ausgesucht. Als man ihn nach Verdun schicken wollte, habe ich gebeten, man solle ihn bei mir lassen. Seit ich ihn kennengelernt habe, scheint es mir, ich müsse ihn vor diesem Krieg schützen, als sei ich sein älterer Bruder.

Die schönen Tage sind gekommen, die Nächte sind klarer, mit einem tiefen, sternenübersäten Himmel. Am Abend, wenn alles schläft, lauschen wir dem Gesang der Kröten in den Flußniederungen. Dort errichten die Rekruten Stacheldrahtverhaue, MG-Stände, zementieren Bettungen für die Kanonen. Nachts aber, wenn man weder die Drähte noch die wie offene Gräber aussehenden Schützenlöcher sieht, kann man beim sanften Gesang der Kröten vergessen, daß Krieg ist.

Die Pferdekadaver sind mit dem Zug im Bahnhof von Albert angekommen. Sie sind in Karren über schlammige Wege zum Ufer der Ancre gebracht worden. Tagtäglich werden Berge von toten Pferden angekarrt und auf die Flußniederungen geworfen. Wir hören das Krächzen der Raben, die den Karren folgen. Eines Tages marschieren wir am Ufer der Ancre entlang zu unserer Arbeit an den Schützengräben, und wir durchqueren ein großes Stoppelfeld, auf dem die Kadaver der im Krieg umgekommenen Pferde liegen. Sie sind bereits schwarz und stinken, und die Krähen schwärmen lärmend darüber. Wir sind keine Neulinge, wir haben alle den Tod gesehen: Kameraden, die von Maschinengewehrkugeln nach hinten geschleudert werden, wie von einem unsichtbaren Fausthieb zusammengeschlagen, Kameraden, denen die Granaten den Bauch aufreißen oder das Gehirn aus dem Schädel spritzen. Doch als wir über das Feld gehen, auf dem Hunderte von Pferdekadavern liegen, zittern uns die Beine, und es würgt uns vor Übelkeit.

Das war der Beginn des Krieges, und wir wußten es nicht. Wir dachten damals, daß das Ende der Kämpfe nahe und das

Land ringsum menschenleer sei wie dieser Abladeplatz für tote Pferde. Vor uns war es wie ein Meer: diese trotz des Sommerlichts so dunklen, fast unwirklichen Hügel und Wälder, über die nur die Raben fliegen durften.

Was war dort drüben? Unsere Feinde, lautlos, unsichtbar. Da drüben lebten sie, sprachen sie, aßen sie, schliefen sie wie wir, aber wir sahen sie nie. Manchmal sagte uns der Lärm der Maschinengewehre in der Ferne gegen Nordosten oder gegen Süden, daß es sie immer noch gab. Oder das helle Surren eines Flugzeugs, das zwischen zwei Wolken dahinglitt und das wir nicht wiedersehen würden.

Dann werden wir zum Straßenbau eingesetzt. Tagtäglich bringen die Lastwagen Ladungen von Kieselsteinen, die sie an den Ufern der Ancre in Abständen auskippen. Die Landwehr und die Nouvelle Armée helfen uns beim Bau dieser Straßen, bei der Arbeit an der Bahnlinie, die über den Fluß nach Hardecourt gehen soll. Niemand würde das Land nach diesen paar Monaten wiedererkennen. Dort, wo zu Beginn des Winters nur Weiden waren, Felder, Wälder, einige alte Bauerngehöfte, erstreckt sich nun ein Netz von Schotterstraßen, von Bahnlinien, mit ihren Blechunterständen, ihren Schuppen für Flugzeuge, Tanks, Kanonen, Munition. Über das alles haben die Tarntrupps große braune Planen, Leinwandbahnen gelegt, die räudige Wiesen vortäuschen. Wenn der Wind weht, knattern die Leinwandbahnen wie Schiffssegel, und man hört die schrille Musik im Stacheldraht. Die mächtigen Kanonen sind in großen Kratern verschanzt worden und sehen aus wie riesige Ameisenlöwen, wie bösartige Landkrabben. Pausenlos fahren die Waggons hin und her, bringen Ladungen von Granaten: die 37er und 47er der Marine, aber auch die 58er, die 75er. Jenseits der Bahnlinie heben die Männer Schützengräben an den Ufern der Ancre aus, fertigen Kanonenbettungen, bauen befestigte Unterstände. In den Ebenen südlich von

Hardecourt bei Albert, Aveluy und Mesnil, dort, wo das Tal sich verengt, hat man zur Täuschung des Feindes Attrappen aufgestellt: falsche Ruinen, falsche Brunnen, die Maschinengewehre bergen. Mit Strohpuppen, denen man verschlissene Uniformen angezogen hat, werden auf dem Boden liegende Soldatenleichen vorgetäuscht. Aus Blechstücken und Zweigen errichtet man falsche hohle Bäume für Späher, leichte Maschinengewehre und Haubitzen. Auf die Straßen hat man grasfarbene Bastmatten gelegt, Heubündel. Einen alten, aus Flandern herbeigeschafften Lastkahn hat das Expeditionskorps in ein Kanonenboot verwandelt, das die Ancre bis zur Somme hinabfahren wird.

Jetzt, wo der Sommer da ist mit seinen langen Tagen, fühlen wir neue Energie, als sei alles, was hier unter unseren Augen vorbereitet wird, nur ein Spiel, und wir denken nicht mehr an den Tod. Nach der Verzweiflung der im Schlamm der Ancre verbrachten Wintermonate ist Odilon wieder fröhlich und zuversichtlich geworden. Am Abend, nach dem Tagewerk auf den Straßen und Bahnlinien, spricht er vor dem Zapfenstreich bei einem Becher Kaffee mit den Kanadiern. Die Nächte sind sternenklar, und ich erinnere mich an die Nächte am Boucan, an den Himmel über der Anse aux Anglais. Zum ersten Mal seit Monaten schütten wir uns gegenseitig das Herz aus. Die Männer sprechen von ihren Eltern, von ihrer Braut, ihrer Frau und von ihren Kindern. Fotos werden herumgereicht, alte, fleckige Pappstücke, auf denen im zitternden Licht der Lampen lächelnde Gesichter erscheinen, ferne, spukhafte Silhouetten. Odilon und ich, wir haben keine Fotos, aber ich habe in meiner Jackentasche den letzten Brief, den ich von Laure in London erhalten habe, vor der Einschiffung auf der *Dreadnought*. Ich habe ihn so oft gelesen und wieder gelesen, daß ich ihn auswendig hersagen könnte, mit seinen halb spöttischen und ein wenig traurigen

Worten, die ich so liebe. Sie spricht mir von Mananava, wo wir uns eines Tages wiedersehen werden, wenn das alles zu Ende ist. Glaubt sie daran? Doch eines Nachts muß ich einfach Odilon von Mananava erzählen, von den beiden Tropikvögeln, die in der Dämmerung über der Schlucht kreisen. Hat er zugehört? Ich glaube, er ist eingeschlafen, den Kopf auf seinem Tornister in dem Unterstand, der uns als Lager dient. Das ist mir egal. Ich muß immer weitersprechen, nicht für ihn, sondern für mich selbst. Damit meine Stimme über diese Hölle hinaus bis zur Insel dringt, wo Laure in der Stille der Nacht mit weit offenen Augen auf das Rauschen des Regens lauscht, wie damals im Haus am Boucan.

Wir arbeiten schon so lange an der Aufstellung dieser Attrappen, daß wir nicht mehr an die Realität des Krieges glauben. Ypern, die Gewaltmärsche durch Flandern liegen weit zurück. Die meisten meiner Kameraden haben das alles nicht kennengelernt. Zuerst mußten sie über diese Arbeiten lachen, denn schließlich haben sie erwartet, Pulverdampf zu riechen und Kanonendonner zu hören. Jetzt verstehen sie nichts mehr, werden ungeduldig. »Das soll der Krieg sein?« fragt Odilon, nach einem ermüdenden Tag, an dem wir Stollen, Laufgräben ausgehoben haben. Der Himmel über uns ist bleiern, drückend. Die Gewitter gehen mit heftigen Güssen nieder, und als die Zeit der Ablösung kommt, sind wir durchnäßt, als seien wir in den Fluß gefallen. Am Abend spielen die Männer im Unterstand Karten und träumen laut vor sich hin bis zum Zapfenstreich. Die Meldungen vom Tage machen die Runde, die Kämpfe bei Verdun, und wir hören zum ersten Mal diese seltsamen Namen, von denen nun so oft die Rede sein wird: Douaumont, Ravin de la Dame, Fort de Vaux und dieser Name, bei dem wir unwillkürlich schaudern, der Tote Mann. Ein Soldat, ein Anglokanadier berichtet uns vom Tunnel von Tavannes, in dem die Verwundeten und die Sterbenden zusammengepfercht werden, während darüber die Granaten krepieren. Er erzählt vom Schein der Explosionen, den Rauchschwaden, den ohrenbetäubenden Geräuschen der 370er Mörser, von all diesen Männern, die in diesem Augenblick verstümmelt und verbrannt werden. Ist es möglich, daß wir bereits Sommer haben? An manchen Abenden ist der Sonnenuntergang über den Schützengräben von so überwältigender Schönheit. Große scharlachrote und violette Wolken hängen am graugoldenen Himmel. Sehen das die Sterbenden in Douaumont? Ich stelle mir das Leben im Himmel vor, so hoch über der Erde wie auf den Flügeln der Tropikvögel. Man würde weder die Schützengräben sehen, noch die Granatlöcher, man wäre weit weg.

Wir alle wissen, daß die Schlacht jetzt nahe ist. Die Vorbereitungsarbeiten, die wir seit Winteranfang durchführen, sind beendet. Die Trupps gehen nicht mehr zum Kanal, die Züge fahren kaum noch. In den Unterständen, unter den Planen sind die Kanonen schußbereit, die Maschinengewehre sind in den Rotunden am Ende der Schützengräben.

Gegen Mitte Juni sind die Soldaten Rawlinsons nach und nach zu uns gestoßen. Engländer, Schotten, indische, südafrikanische, australische Bataillone, Divisionen, die aus Flandern, aus dem Artois zurückkommen. Noch nie haben wir so viele Menschen gesehen. Sie strömen von allen Seiten herbei, rücken auf den Straßen vor, auf den Bahndämmen, installieren sich in den Kilometern von Laufgräben, die wir ausgehoben haben. Es heißt, der Angriff wird am 29. Juni stattfinden. Am 24. treten bereits die Kanonen in Aktion. Am ganzen Ufer der Ancre, im Süden am Ufer der Somme, dort, wo die französischen Streitkräfte sind, macht das Trommelfeuer der Kanonen einen betäubenden Lärm. Nach diesen Tagen der Stille, nach dieser langen Wartezeit fühlen wir den Rausch, das Fieber in unserem Körper, wir zittern vor Ungeduld.

Tagsüber, nachtsüber donnern die Kanonen, und ein roter Schein färbt den Himmel um uns, über den Hügeln.

Drüben, auf der anderen Seite, bleiben sie stumm. Warum antworten sie nicht? Sind sie fort? Wie können sie diesem Feuerhagel widerstehen? Seit sechs Tagen und sechs Nächten werden wir wach gehalten, mustern wir die Landschaft vor uns. Am sechsten Tag setzt der Regen ein, ein sintflutartiger Regen, der die Schützengräben in Schlammbäche verwandelt. Die Kanonen schweigen einige Stunden, als sei der Himmel selbst in den Krieg eingetreten!

In den Unterständen kauernd, schauen wir dem Regen zu, der den ganzen Tag über fällt bis zum Abend, und eine Unruhe steigt in uns hoch über diese Flut, die anscheinend kein Ende findet. Die Engländer sprechen von den Überschwemmungen in Flandern, von den Horden von Grünröcken, die in den Sumpfniederungen der Lys schwimmen. Die meisten sind enttäuscht darüber, daß der Angriff aufgeschoben worden ist. Sie mustern den Himmel, und als gegen Abend Odilon verkündet, daß die Wolken weniger dicht seien, daß man sogar ein Stück Himmel sehe, schreit alles: »Hurra!« Vielleicht ist es noch nicht zu spät? Vielleicht findet der Angriff heute nacht statt? Wir beobachten, wie die Schatten allmählich in das Ancre-Tal vorrücken, die Wälder und Hügel vor uns verschlucken. Eine seltsame Nacht zieht herauf, keiner von uns schläft wirklich. Gegen Morgen, als ich mit dem Kopf auf den Knien eingedöst bin, läßt mich das Angriffsgetöse hochschrecken. Das Licht ist bereits intensiv, blendend, die Luft, die im Tal weht, ist trocken und heiß, wie damals auf Rodriguez. Von den noch feuchten Ufern steigt ein leichter, glänzender Nebel auf, und in diesem Augenblick bemerke ich, daß etwas in mich eindringt, mich verwirrt: der Duft nach Sommer, Erde und Gras. Ich sehe auch zwischen den Streben des Unterstands die Mücken, die tanzen und vom Wind durcheinandergewirbelt werden. Es herrscht ein solcher Friede, alles scheint in der Schwebe, zum Stillstand gebracht.

Wir stehen alle im schlammigen Schützengraben, den Stahlhelm übergestülpt, das Bajonett aufgepflanzt. Wir schauen über die Grabenwand zum Himmel hinauf, wo sich leichte, weiße Wolken blähen wie Flaum. Wir sind angespannt, horchen auf die Geräusche, die sanften Geräusche des Sommers, das strömende Flußwasser, die sirrenden Insekten, die singende Lerche. Wir warten mit schmerzhafter Ungeduld in der Stille dieses Friedens, und als das erste Kanonengrollen im Norden, im Süden, im Osten zu hören ist, fahren wir zusammen. Dann setzen hinter uns die schweren englischen Geschütze ein, und auf ihre mächtigen Feuerstöße antwortet das grollende Echo der Erdbeben, die auf der anderen Seite vom Einschlag der Granaten ausgelöst werden. Der Beschuß ist gewaltig, er klingt für uns unbegreiflich nach diesem Regentag, bei diesem völlig klaren Himmel und diesem schönen, strahlenden Sommerlicht.

Nach einer endlosen Zeit hört der Lärm der Explosionen auf. Die eintretende Stille ist voll rauschhafter, schmerzlicher Spannung. Genau um sieben Uhr dreißig geht der Befehl zum Angriff von Schützengraben zu Schützengraben und wird von den Unteroffizieren und Gefreiten aufgenommen. Als ich meinerseits zum Angriff rufe, schaue ich Odilon ins Gesicht, fange seinen letzten Blick auf. Schon renne ich geduckt, mit beiden Händen an das Gewehr geklammert, auf das Ufer der Ancre zu, wo die Pontons von Soldaten bedeckt sind. Ich höre das Tack-Tack der Maschinengewehre vor mir, hinter mir. Wo sind die feindlichen Kugeln? Im Laufschritt überquere ich die vertäuten Pontons im Lärm des Stiefelgetrampels auf den Holzlatten. Das Flußwasser ist schwer, blutfarben. Auf dem anderen Ufer gleiten die Männer im Schlamm aus, fallen. Bleiben liegen.

Die düsteren Hügel sind über mir, ich fühle ihre Bedrohung wie einen Blick, der mich durchbohrt. Auf allen Seiten steigen schwarze Rauchschwaden auf, Rauch ohne Feuer, Todesrauch. Vereinzelte Gewehrschüsse knallen. Die Maschinengewehrsalven kommen aus der Erde, weit weg, ohne daß man weiß, woher. Ich laufe hinter der Gruppe von Männern her, ohne Deckung zu suchen, hin zu dem Ziel, das man uns seit Monaten bezeichnet hat: die verbrannten Hügel, die uns von Thiepval trennen. Die Männer rennen, stoßen von rechts auf einem von Granaten umgepflügten Feld zu uns: Es sind die Leute vom 10. Korps, vom 3. Korps und die Divisionen Rawlinsons. In der Mitte des riesigen und leeren Feldes stehen vom Gas und von den Granaten verbrannte Sträucher, die wie Vogelscheuchen aussehen. Plötzlich setzt direkt vor mir am Ende des Feldes Maschinengewehrfeuer ein. Kaum mehr als eine leichte, bläuliche Rauchwolke, die da und dort am Rand der dunklen Hügel in der Luft schwebt; die Deutschen haben sich in Granattrichtern verschanzt, streichen mit ihren MGs über das Feld. Schon fallen die ersten Männer wie Marionetten ohne Schnüre, stürzen in Zehner-, in Zwanzigergruppen zu Boden. Wurden Befehle gegeben? Ich habe nichts gehört, aber ich habe mich flach hingeworfen, suche mit den Augen eine Deckung: ein Granatloch, einen Schützengraben, einen Erdklumpen an einem Baumstummel. Um mich sehe ich Gestalten, die wie ich schneckengleich dahinkriechen, den Kopf hinter dem Gewehr verborgen. Andere liegen reglos mit dem Gesicht im Schlamm. Und vor uns, hinter uns, überall das Knallen der Gewehre und das Geknatter der MGs, das im leeren Himmel widerhallt, die kleinen, blauen, durchsichtigen Wolken, die im lauen Wind treiben. Ich krieche so lange über die weiche Erde, bis ich finde, was ich suche: einen Felsbrocken, kaum größer als einen Markstein, den man auf dem Feld vergessen hat. Ich presse mich an ihn, das Gesicht so nahe am Stein, daß ich jeden Riß, jeden Moosfleck sehen kann. Ich verharre reglos, mit schmerzendem Körper, die Ohren noch erfüllt vom Lärm des Geschoßhagels, der jetzt aufgehört hat. Ich denke, ich sage ganz laut: Jetzt müßte man es ihnen geben! Wo sind die anderen Männer? Gibt es überhaupt noch Menschen auf dieser Erde oder nur noch diese jämmerlichen, lächerlichen Larven, die dahinkriechen, anhalten, im Schlamm verschwinden? Den Kopf an den Stein gepreßt, horche ich auf die MGs und die Gewehre und bleibe so lange liegen, bis mein Gesicht kalt wird wie der Stein. Dann höre ich die Kanonen hinter mir. Die Granaten explodieren auf den Hügeln, die schwarzen Brandwolken steigen in den heißen Himmel.

Ich höre die Offiziere Angriffsbefehle rufen wie vorhin. Wieder renne ich geradeaus auf die Granattrichter zu, in denen die MGs verschanzt sind. Und wirklich, da sind sie, wie große verbrannte Insekten, und die Körper der toten Deutschen scheinen ihre Opfer zu sein. Die Männer rennen in geschlossenen Reihen auf die Hügel zu. Die in anderen Löchern verborgenen MGs streichen über das Feld, töten die Männer zu Dutzenden. Mit zwei Kanadiern rolle ich in einen Granattrichter, in dem tote Deutsche liegen. Gemeinsam werfen wir die Leichen über den Rand. Meine Kameraden sind bleich, ihre Gesichter sind voller Schlamm- und Rauchflecke. Schweigend blicken wir uns an. Der Waffenlärm würde ohnehin unsere Worte übertönen. Er übertönt sogar unsere Gedanken. Im Schutz der MG-Panzerung schaue ich auf unser Ziel: Die Hügel von Thiepval sind immer noch genauso düster, genauso fern. Nie werden wir dorthin kommen.

Gegen zwei Uhr nachmittags höre ich zum Rückzug blasen. Sofort stürzen die beiden Kanadier aus der Deckung. Sie laufen zum Fluß, so schnell, daß ich ihnen nicht folgen kann. Vor mir spüre ich die Druckwelle der Kanonen, ich höre das

Heulen der schweren Granaten, die über uns hinwegfliegen. Es bleiben uns nur noch ein paar Minuten, um unser Ausgangslager, um den Unterstand in den Schützengräben zu erreichen. Der Himmel ist voller Rauch, das Sonnenlicht, das am Morgen so schön war, ist nun stumpf, schmutzig. Als ich schließlich atemlos im Schützengraben ankomme, mustere ich die Männer, die bereits da sind, versuche ihren Blick in den müden Gesichtern zu erkennen, diesen leeren, abwesenden Blick der Männer, die dem Tod entronnen sind. Ich suche den Blick Odilons, und mein Herz schlägt schnell, weil ich ihn nicht finde. Ich laufe hastig durch den Graben bis zum Nachtunterstand. »Odilon? Odilon?« Die Männer sehen mich verständnislos an. Wissen sie überhaupt, wer Odilon ist? So viele werden vermißt. Den Rest des Tages, während der Beschuß weitergeht, hoffe ich wider alle Vernunft, daß ich ihn am Rand des Schützengrabens werde auftauchen sehen, mit seinem ruhigen Kindergesicht, seinem Lächeln. Beim Abendappell setzt der Offizier ein Kreuz vor die Namen der Abwesenden. Wie viele werden bei uns vermißt? Zwanzig Männer, dreißig, vielleicht mehr. An den Erdwall gelehnt, trinke ich bitteren Kaffee, während ich rauche und den so schönen nächtlichen Himmel betrachte.

An den folgenden Tagen geht das Gerücht um, daß wir bei Thiepval sowie bei Ovillers und Beaumont-Hamel besiegt worden seien. Es heißt, Joffre, der Oberkommandierende der französischen Streitkräfte, habe von General Haig verlangt, er solle Thiepval um jeden Preis nehmen, und Haig habe sich geweigert, seine Truppen einem neuen Massaker auszusetzen. Haben wir diesen Krieg verloren?

Niemand spricht. Jeder ißt schnell, wortlos, trinkt den lauwarmen Kaffee, raucht, ohne den Nachbarn anzusehen. Die Vermißten machen den Lebenden zu schaffen, beunruhigen sie. Im Halbschlaf denke ich manchmal an Odilon wie an einen Lebenden, und wenn ich aufwache, suche ich ihn mit den Augen. Vielleicht ist er verwundet, im Lazarett von Albert, zurückgeschickt worden nach England? Aber im Grund weiß ich sehr wohl, daß er mit dem Gesicht nach unten in das Schlammfeld gefallen ist, trotz all dieser Sonne vor der dunklen Linie der Hügel, die wir nicht erreichen konnten.

Jetzt hat sich alles geändert. Unsere bei dem Angriff auf Thiepval dezimierte Division ist auf das 12. und 15. Korps im Süden und Norden von Albert aufgeteilt worden. Wir kämpfen unter dem Befehl Rawlinsons mit »Feuersturmdeckung«. Jede Nacht rücken die Kolonnen der leichten Infanterie von einem Schützengraben zum anderen vor, kriechen lautlos über die nassen Felder. Wir dringen tief ins Innere des feindlichen Gebiets ein, und ohne den glänzenden Sternenhimmel wüßte ich nicht, daß wir jede Nacht weiter nach Süden vorstoßen. Ich merke das dank der Erfahrung, die ich an Bord der *Zeta* gemacht habe, und der Nächte in der Anse aux Anglais.

Vor Tagesanbruch beginnen die Kanonen ihr Zerstörungswerk, schießen die Felder, die Weiler, die Hügel vor uns in Brand. Sobald es dämmert, setzen die Männer zum Sturmangriff an, beziehen in den Granatlöchern Stellung, schießen mit dem Gewehr auf die feindlichen Linien. Gleich darauf wird zum Rückzug geblasen, und alle kommen wieder heil nach hinten. Am 14. Juli greift die englische Kavallerie zum ersten Mal ohne Deckung inmitten der Granattrichter an. Mit dem kanadischen Korps dringen wir in Pozières ein, das nur noch ein Trümmerhaufen ist.

Der Sommer ist sengend heiß, Tag für Tag. Wir schlafen dort, wo der Angriff uns hingeführt hat, irgendwo auf der nackten Erde, unter einem Stück Zelttuch zum Schutz gegen die Abendkühle. Wir können nicht mehr an den Tod denken.

Jede Nacht rücken wir unter den Sternen im Gänsemarsch inmitten der Hügel vor. Manchmal zuckt der Blitz einer Rakete auf, man hört das Knallen blindlings abgefeuerter Schüsse.

Anfang September stoßen wir zur 5. Armee des Generals Gough, und mit den Truppen, die unter dem Befehl Rawlinsons verblieben sind, marschieren wir noch weiter nach Süden, auf Guillemont zu. Nachts gehen wir an der Bahnlinie entlang nach Nordosten, in Richtung der Wälder. Sie sind um uns, noch düsterer, drohender: der Bois des Trones hinter uns, der Wald von Leuze im Süden und vor uns der Bois des Bouleaux, der Birkenwald. Die Männer warten in der Stille der Nacht, ohne zu schlafen. Ich glaube, daß jeder von uns unwillkürlich an das denkt, was hier vor dem Krieg war: diese Schönheit, diese reglosen Birkenwälder, in denen man den Ruf der Schleiereule, das Murmeln der Bäche und das Geraschel der Wildkaninchen hörte. Diese Wälder, wohin die Liebenden nach dem Tanz gehen, das von der Sonne noch warme Gras, in dem die jungen Leute sich lachend wälzen und umschlingen. Die Wälder am Abend, wenn von den Dörfern friedlich blauer Rauch aufsteigt und alte Frauen auf den Forstwegen Reisig bündeln. Keiner von uns schläft, wir schauen mit weit geöffneten Augen in die Nacht – die letzte vielleicht? Unsere Ohren lauschen aufmerksam, unser Körper registriert die geringste Schwingung, das geringste Zeichen dieses Lebens, das verschwunden zu sein scheint. Mit schmerzhafter Furcht warten wir auf den Augenblick, in dem die ersten Kanonenschüsse hinter uns die Nacht zerreißen werden, auf den »Feuersturm«, der auf die großen Bäume niederprasselt, die Erde aufreißt, den schrecklichen Weg zum Angriff bahnt.

Vor Tagesanbruch fängt es zu regnen an. Ein feiner und kühler Sprühregen, der durch die Kleider dringt, das Gesicht näßt und vor Kälte schaudern macht. Die Männer setzen jetzt in aufeinanderfolgenden Wellen und fast ohne Artillerieunterstützung zum Angriff auf die drei Wälder an. Hinter uns, in der Nähe der Ancre, wo die IV. Armee einen Ablenkungsangriff durchführt, hellt die Nacht sich gespenstisch auf. Wir aber führen einen lautlosen, grausamen Kampf, oft mit der blanken Waffe. Die Wellen der Infanteristen setzen, eine nach der anderen, über die Schützengräben hinweg, bemächtigen sich der MGs, verfolgen den Feind bis in die Wälder. Ich höre ganz nahe bei uns im Birkenwald Schüsse knallen. Auf der nassen Erde liegend, schießen wir auf gut Glück ins Unterholz. Leuchtraketen bersten lautlos über den Bäumen, fallen in einem Funkenregen nieder. Als ich auf den Wald zulaufe, stoße ich mich an einem Hindernis: die Leiche eines Deutschen, der auf dem Rücken im Gras liegt. Er hält noch seine Mauser in der Hand, aber sein Helm ist ein paar Schritte weit weggerollt. Die Offiziere schreien: »Feuer einstellen!« Der Wald gehört uns. Überall sehe ich im grauen Licht der Morgendämmerung Leichen von Deutschen, die unter dem feinen Regen im Gras liegen. Überall auf den Feldern sind Pferdekadaver, und schon hört man das traurig klingende Krächzen der Raben. Trotz der Müdigkeit lachen die Männer, singen vor sich hin. Unser Offizier, ein rotgesichtiger und jovialer Engländer, versucht mir zu erklären: »Diese Saukerle, sie haben uns nicht erwartet! Aber ich wende mich ab, und ich höre ihn seinen Satz zu einem anderen sagen. Ich spüre eine tiefe Müdigkeit, die mich taumeln läßt und mir Übelkeit verursacht. Die Männer biwakieren im Unterholz, in den deutschen Feldlagern. Alles war fürs Wecken vorbereitet, selbst der Kaffee schien schon heiß zu sein. Jetzt trinken ihn lachend die Kanadier. Ich habe mich unter die großen Bäume gelegt, den Kopf an der frischen Rinde, und schlafe im hellen Morgenlicht ein.

Die schweren Winterregen kommen. Die Wasser der Somme und der Ancre treten über die Ufer. Wir sind die Gefangenen der eroberten Schützengräben, versinken im Schlamm, kauern uns in die Notunterstände. Schon haben wir den Rausch der Schlachten vergessen, die uns hierher geführt haben. Wir haben Guillemont erobert, das Gehöft Falfemont, Ginchy und im Tagesverlauf des 15. September Morval, Gueudecourt, Lesbœufs, wobei wir die Deutschen auf ihre Schützengräben in der Etappe zurückgeworfen haben, oben auf den Anhöhen von Bapaume, Le Transloy. Jetzt sind wir Gefangene der Schützengräben auf der anderen Seite des Flusses, Gefangene des Regens und des Schlamms. Die Tage sind grau, kalt, ereignislos. Manchmal ertönt in der Ferne der Lärm der Kanonen an der Somme, in den Wäldern um Bapaume. Manchmal werden wir mitten in der Nacht von Blitzen geweckt. Aber das ist kein Wetterleuchten. »Auf!« schreien die Offiziere. Wir schnüren im Dunkeln unsern Tornister, marschieren mit hängenden Schultern ab durch den eisigen Schlamm, der an den Stiefeln kleben bleibt. Wir rücken nach Süden vor, die Hohlwege an der Somme entlang, ohne zu sehen, wohin wir gehen. Wie sehen die Flüsse aus, von denen so viel die Rede ist? Die Yser, die Marne, die Maas, die Aisne, die Ailette, die Scarpe? Schlammflüsse unter einem niedrigen Himmel, träge Wasser, die Baumteile, verbrannte Balken, tote Pferde mit sich führen.

Bei Combles stoßen wir zu den französischen Divisionen. Die Soldaten sind bleicher, mitgenommener als wir. Gesichter mit tiefliegenden Augen, zerrissene, schlammbefleckte Uniformen. Manche haben nicht einmal mehr Stiefel, sondern blutige Fetzen um die Füße gewickelt. In der Kolonne, ein deutscher Offizier. Die Soldaten gehen auf ihn los, beschimpfen ihn wegen des Gases, das so viele der unseren getötet hat. Er, sehr stolz trotz seiner zerlumpten Uniform, stößt sie plötzlich zurück. Er schreit in perfektem Französisch: »Aber ihr habt doch als erste Gas verwendet! Ihr habt uns doch zu dieser Kampfart gezwungen! Ihr wart das!« Die Stille, die nun folgt, ist beeindruckend. Jeder wendet den Blick ab, der Offizier nimmt wieder seinen Platz unter den Kriegsgefangenen ein.

Später kommen wir in ein Dorf. Den Namen dieses im Morgengrauen liegenden Dorfes mit seinen menschenleeren Straßen und seinen zerschossenen Häusern habe ich nie erfahren. Im Regen klingen unsere Schritte seltsam, als seien wir ans Ende der Welt gelangt, an die Grenze zum Nichts. Wir kampieren in den Ruinen des Dorfes, und den ganzen Tag fahren Rotkreuzwagen vorbei. Als der Regen aufhört, verschleiert eine Staubwolke den Himmel. Weiter weg, in den Schützengräben, die eine Verlängerung der Dorfstraßen sind, hört man von neuem das Grollen der Kanonen und sehr weit entfernt das dumpfe Ächzen der Granaten.

Vor Holzfeuern, an Schuttbergen, fraternisieren Kanadier, Landwehrmänner, Franzosen, tauschen Namen aus. Andere wieder bleiben abseits, sagen nichts. Sie irren in den Straßen herum, wissen nicht, wo sie haltmachen sollen. Sie sind erschöpft. In der Ferne hört man Gewehrschüsse, schwach wie Knallfrösche. Wir treiben dahin auf einem unbekannten Land, hinein in eine unverständliche Zeit. Der ewig gleiche Tag, die ewig gleiche endlose Nacht bedrängen uns. So lange schon haben wir nicht mehr geredet. So lange schon haben wir keinen Frauennamen mehr ausgesprochen. Wir hassen den Krieg aus tiefster Seele.

Überall um uns geborstene Straßen, zusammengestürzte Häuser. Auf dem wunderbarerweise unversehrten Bahngleis sind die Wagen umgestürzt, aufgeschlitzt. Leichen hängen an den Lokomotiven wie Stoffpuppen. In den Feldern rings ums Dorf sieht man, so weit das Auge reicht, Pferdekadaver, dick und schwarz wie tote Elefanten. Die Raben kreisen über dem Aas, ihr Krächzen jagt den Lebenden Schauder ein. Scharen jämmerlicher, von Krankheiten und Verwundungen gezeichneter Gefangener werden ins Dorf gebracht. Mit ihnen Maultiere, hinkende Pferde, dürre Esel. Die Luft ist vergiftet: Rauchschwaden, Kadavergestank. Ein Kellergeruch. Eine deutsche Granate hat einen Tunnel verstopft, in dem Franzosen zum Schlafen Schutz gesucht hatten. Ein Versprengter sucht seine Kompanie. Er klammert sich an mich, sagt immer wieder: »Ich bin vom 110ten Infanterieregiment. Vom 110ten. Wißt ihr, wo die sind?« In einem Granatloch am Fuß der zertrümmerten Kapelle hat das Rote Kreuz einen Tisch aufgestellt, auf dem Tote und Sterbende übereinander geschichtet sind. Wir schlafen im Schützengraben von Frégicourt, dann, in der folgenden Nacht, im Schützengraben der Portes de Fer. Wir setzen unseren Marsch in der Ebene fort. Nachts sind die winzigen Lichter der Artillerieposten unsere einzigen Orientierungspunkte. Sailly-Saillisel liegt vor uns, in eine schwarze Wolke gehüllt, die von einem Vulkan stammen könnte. Die Kanone donnert ganz nah im Norden auf den Hügeln von Battack, im Süden im Wald von Saint-Pierre-Vaast. Nachts Straßenkämpfe in den Dörfern, ausgetragen mit Handgranate, Gewehr, Revolver. Aus eingefallenen Kellerluken bestreichen MGs die Straßenkreuzungen, mähen die Männer nieder. Ich höre das Hämmern, ich rieche den Schwefel, den Phosphor, in den Wolken tanzen die Schatten. »Achtung! Nicht schießen!« Mit Männern, die ich nicht kenne (Franzosen? Engländer von Haig?), liege ich zusammengerollt in einem Graben. Der Schlamm. Seit Tagen kein Wasser mehr. Das Fieber verbrennt meinen Körper, der Brechreiz schüttelt mich. Der scharfe Geruch füllt meine Brust, unwillkürlich schreie ich: »Gas! Jetzt kommt das Gas! ... Mir ist, als sähe ich in der Morgendämmerung, wie das Blut fließt, unaufhörlich, wie es die Löcher überschwemmt, die Gräben, in die zerstörten Häuser dringt, über die aufgerissenen Felder rieselt.

Zwei Männer tragen mich. Sie haben mich untergefaßt und schleppen mich zum Rotkreuz-Unterstand. Ich bleibe auf dem Boden liegen, so lange, daß ich, wie mir scheint, zu einem glühenden Stein geworden bin. Dann bin ich im Ambulanzwagen, der schwankt und im Zickzack fährt, um den Granatlöchern auszuweichen. Im Lazarett in Albert sieht der Arzt aus wie Camal Budu. Er prüft meine Temperatur, betastet meinen Bauch. Er sagt: »Typhus.« Dann (aber das habe ich wohl geträumt): »Im Krieg gewinnen nur die Läuse.«

Kurs auf Rodriguez, Sommer 1918–1919

Endlich die Freiheit: das Meer. Während all dieser schrecklichen Jahre, dieser toten Jahre, habe ich darauf gewartet: auf den Augenblick, da ich auf dem Deck des Ozeandampfers sein würde, in der Menge der demobilisierten Soldaten auf dem Heimweg nach Indien, nach Afrika. Wir würden aufs Meer schauen von morgens bis abends und selbst nachts, wenn der Mond das Kielwasser zum Leuchten bringt. Jenseits des Suezkanals sind die Nächte so lau. Wir verlassen die Laderäume und schlafen auf dem Deck. Ich wickle mich in meine Militärdecke, das einzige Andenken an die Armee, das ich zusammen mit meiner Khakijacke und dem Segeltuchtornister, in dem alle meine Papiere sind, mit nach Hause bringe. Ich habe so lange draußen im Schlamm geschlafen, daß mir das Holz des Decks mit dem Sternengewölbe über mir wie das Paradies vorkommt. Wir verständigen uns auf kreolisch, auf pidgin-englisch, wir singen, wir erzählen endlose Geschichten. Schon ist der Krieg eine Legende, geformt von der Phantasie des Erzählers. Mit mir auf dem Deck sind Soldaten von den Seychellen, aus Mauritius, aus Südafrika. Doch kein einziger der Männer aus Rodriguez, die sich damals zur selben Zeit wie ich vor dem Telegrafenamt freiwillig gemeldet hatten. Ich erinnere mich noch an die Freude Casimirs, als sein Name aufgerufen wurde. Sollte ich der einzige sein, der dank der Läuse dem Massaker entgangen ist?

Jetzt denke ich an Laure. Wenn es erlaubt ist, gehe ich ganz nach vorne zum Bug, in die Nähe des Ankerspills und schaue auf den Horizont. Während ich hinabschaue auf das Dunkelblau des Meeres und hinauf zu den Wolken, denke ich an

Laures Gesicht. Wir sind auf der Höhe von Aden, fahren dann am Kap Gardafui vorbei, hin zu den großen Häfen, deren Namen Laure und mir damals am Boucan traumhaft erschienen: Mombasa, Sansibar. Wir nähern uns dem Äquator, die Luft ist bereits sengend heiß, die Nächte sind trocken, sternfunkelnd. Ich spähe nach fliegenden Fischen aus, nach Albatrossen, nach Delphinen. Ich habe den Eindruck, Laure von Tag zu Tag deutlicher zu sehen, ihre Stimme immer besser zu hören, die Ironie ihres Lächelns, das Leuchten ihrer Augen wahrzunehmen. Im Golf von Oman bricht ein herrlicher Sturm los. Keine Wolke am Himmel, ein wütender Wind, der die Wogen auf das Schiff zutreibt, diese bewegliche Klippe, die den Rammböcken des Meeres ausgesetzt ist. Unter den seitwärts anrollenden Brechern schlingert das Schiff beträchtlich, die Wellen spülen über das Unterdeck, wo wir sind. Wohl oder übel müssen wir unsere Sommerfrische aufgeben und wieder in den ekelhaften Brutofen des Kielraums hinuntersteigen. Die Matrosen erklären uns, daß es sich um den Ausläufer eines Sturms handelt, der über Socotora hinweggeht, und wirklich, noch am Abend prasseln sintflutartige Regengüsse auf das Schiff nieder, überschwemmen den Kielraum. Wir pumpen abwechselnd, während die Bäche zwischen unseren Beinen hindurch über den Boden fließen und Abfälle und Unrat mit sich reißen! Doch als Meer und Himmel wieder ruhig werden, wie leuchten sie dann! Um uns die blaue Unendlichkeit der See, auf der die langen Schaumwellen langsam neben uns herrollen.

Die Zwischenlandungen im Hafen von Mombasa, von Sansibar, die Fahrt nach Tamatave, das alles ist sehr schnell vorbeigegangen. Ich habe kaum meinen Platz auf dem Deck verlassen, nur wenn die Sonne am Nachmittag brennt oder Regengüsse niedergehen. Ich habe das Meer sozusagen nicht aus den Augen gelassen, ich habe zugesehen, wie es die Farbe gewechselt hat und die Stimmung, manchmal glatt, ohne Wellen, vom Wind leicht gekräuselt, dann wieder so rauh, ohne Horizont, regengrau, brüllend, mit seinen gegen uns entfesselten Wasserpacken. Ich denke wieder an die *Zeta*, an die Fahrt zur Anse aux Anglais. Das alles scheint mir so fern, Uma, die mit ihrer Harpune in der Hand auf dem Flußsand dahingleitet, ihr schlafender, an mich gepreßter Körper unter dem leuchtenden Himmel. Durch das Meer finde ich hier den Rhythmus, die Farbe des Traums wieder. Ich weiß, daß ich nach Rodriguez zurück muß. Das ist in mir, ich muß wieder dorthin. Wird Laure das verstehen?

Als die lange Piroge, die in der Reede von Port Louis als Fähre dient, endlich am Kai anlegt, bin ich wie in Mombasa von der Menge, dem Lärm, den Gerüchen wie betäubt, und einen Augenblick lang möchte ich zurück auf das große Schiff, das seine Fahrt fortsetzt. Doch im Schatten der Bäume an der Intendantur sehe ich plötzlich Laures Gestalt. Und schon schließt sie mich in die Arme, zieht mich durch die Straßen zum Bahnhof. Trotz der Erregung sprechen wir ohne Hast, als hätten wir uns erst gestern getrennt. Sie stellt mir Fragen über die Fahrt, über das Lazarett, sie spricht von den Briefen, die sie mir geschrieben hat. Dann sagt sie: »Warum hat man dir den Kopf geschoren wie einem Sträfling?« Darauf kann ich antworten: wegen der Läuse! Das verschlägt ihr eine Weile die Stimme. Dann fängt sie wieder an mich auszufragen, über England, über Frankreich, während wir durch Straßen, die ich nicht wiedererkenne, zum Bahnhof gehen.

In all diesen Jahren hat Laure sich verändert, und hätte sie nicht ein wenig abseits gestanden, in dem weißen Kleid, das sie auch bei meiner Abreise nach Rodriguez anhatte, ich glaube, ich hätte sie nicht wiedererkannt. Im Wagen zweiter Klasse, der nach Rose Hill und Quatre Bornes fährt, bemerke ich ihre Blässe, die Ringe unter den Augen, die bitteren Falten zu beiden Seiten des Mundes. Sie ist immer noch schön, mit dieser Flamme im Blick, dieser unruhigen Lebhaftigkeit, die ich liebe, jedoch mit einer Spur Müdigkeit, Erschöpfung.

Mein Herz zieht sich zusammen, als wir uns dem Haus in Forest Side nähern. Im Regen, der seit Jahren zu fallen scheint, sieht es noch düsterer und trauriger aus. Auf den ersten Blick sehe ich die baufällige Veranda, das Unkraut, das den kleinen Garten überwuchert, die zerbrochenen Scheiben, die man mit Ölpapier verklebt hat. Laure folgt meinem Blick, sie sagt ganz leise: »Wir sind jetzt arm.« Mam kommt uns entgegen, sie bleibt auf den Verandastufen stehen. Ihr Gesicht ist angespannt, unruhig, ohne Lächeln, sie beschirmt die Augen mit der Hand, als halte sie nach uns Ausschau. Dabei sind wir nur ein paar Meter von ihr entfernt. Ich begreife, daß sie fast blind ist. Als ich dicht vor ihr stehe, ergreife ich ihre Hände. Sie drückt mich wortlos lange an sich.

Trotz der Trostlosigkeit, der Verwahrlosung dieses Hauses bin ich an diesem Abend und während der folgenden Tage glücklich wie schon lange nicht mehr. Mir ist, als habe ich mich wiedergefunden, als sei ich wieder ich selbst geworden.

Dezember: Trotz des Regens, der jeden Nachmittag auf Forest Side fällt, ist dieser Sommer der schönste und freieste, den ich seit langem gekannt habe. Das Geld, das ich am Tag der Demobilisierung bekommen habe – zusammen mit der Tapferkeitsmedaille und der D.C.M. (Medal for Distinguished Conduct in the Field) und dem Grad des Warrant Officer erster Klasse –, hilft uns für einige Zeit aus der Not, und ich kann nach Belieben in der Gegend herumschweifen. Oft kommt Laure mit mir, und wir fahren mit den Rädern, die ich in Port Louis gekauft habe, durch die Zuckerplantagen nach Henrietta, nach Quinze Cantons. Oder aber wir schlagen die mit Karren verstopfte Straße nach Mahébourg ein bis Nouvelle France, dann die schlammigen Wege nach Cluny, oder wir fahren über die Teeplantagen von Bois Chéri. Am Morgen, wenn wir aus dem Dunst von Forest Side kommen, glänzt die Sonne auf dem dunklen Laub, und die Zuckerrohrfelder wogen im Wind. Wir fahren sorglos dahin, kurven um die Wasserpfützen, ich in meiner Uniformjacke, Laure in ihrem weißen Kleid und mit einem großen Strohhut auf dem Kopf. Auf den Feldern hören die Frauen im *gunny* zu arbeiten auf, um uns zu beobachten, wenn wir vorbeifahren. Auf der Straße nach Quinze Cantons begegnen wir gegen ein Uhr den Frauen, die von den Feldern zurückkommen. Sie gehen langsam, wobei sie ihre langen Röcke schwingen lassen und die Hacke auf dem Kopf balancieren. Sie rufen uns auf kreolisch spöttische Bemerkungen zu, machen sich über Laure lustig, die ihren Rock zwischen die Beine geklemmt hat.

Eines Nachmittags fahren Laure und ich über Quinze Cantons hinaus und überqueren die Rivière du Rempart. Der Weg wird so schwierig, daß wir mit den Rädern nicht mehr weiterkommen. Wir lassen sie in einem Zuckerrohrfeld verborgen zurück. Trotz der brennenden Sonne gleicht der Weg stellenweise einem Sturzbach aus Schlamm, und wir müssen die Schuhe ausziehen. Wie früher gehen wir barfuß im lauen Schlamm, und Laure hat ihr weißes Kleid wie eine indische Hose geschürzt.

Klopfenden Herzens gehe ich voraus in Richtung der Trois Mamelles, die wie seltsame Termitenhügel über die Zuckerrohrfelder ragen. Der vorhin noch so klare Himmel hat sich mit großen Wolken bedeckt. Wir achten jedoch nicht darauf. Von demselben Wunsch bewegt, gehen wir, so rasch wir können, durch die spitzen Blätter der Zuckerrohre, ohne uns unterwegs aufzuhalten. Die Plantage endet am Papayes-Fluß. Danach kommen die großen Unkrautfelder, auf denen in Abständen schwarze Steinhaufen aufragen, die Laure Märtyrergräber nennt, wegen der Leute, die bei der Arbeit auf den Zuckerrohrfeldern gestorben sind. Am Ende dieser Steppe, zwischen den Gipfeln der Trois Mamelles, steht man dann vor den Ländereien am Meerufer, die sich von Wolmar bis Rivière Noire erstrecken. Als wir auf dem Paß sind, peitscht uns der Seewind. Große Wolken ziehen über das Meer. Nach der Hitze der Zuckerrohrfelder ist der Wind eine Erlösung. Wir bleiben einen Augenblick reglos stehen vor dieser Landschaft, die sich vor uns ausbreitet, als sei die Zeit nicht vergangen, als hätten wir gestern erst den Boucan verlassen. Ich schaue Laure an. Ihr Gesicht ist hart und verschlossen, sie atmet mühsam, und als sie sich zu mir dreht, sehe ich Tränen in ihren Augen. Zum ersten Mal sieht sie wieder die Szenerie unserer Kindheit. Sie setzt sich ins Gras, und ich lasse mich neben ihr nieder. Wir schauen stumm auf die Hügel, die Schatten der Bäche, die Unebenheiten des Geländes. Vergeblich suche ich unser Haus am Ufer des Boucan, hinter der Tourelle du Tamarin. Jede Spur einer Behausung ist verschwunden, wo früher Dickicht war, ist kahlgebranntes Brachland. Laure spricht als erste, als wolle sie auf die Fragen antworten, die ich mir stelle.

»Unser Haus ist nicht mehr da, Onkel Ludovic hat es abreißen lassen, damals schon, als du auf Rodriguez warst, glaube ich. Er hat nicht einmal das Gerichtsurteil abgewartet.«

Der Zorn erstickt meine Stimme:

»Aber warum, wie konnte er nur?«

»Er hat gesagt, er wolle das Land für den Zuckerrohranbau verwenden, er brauche das Haus nicht.«

»Dieser Feigling! Wenn ich das gewußt hätte, wenn ich da gewesen wäre...«

»Was hättest du gemacht? Da war nichts zu machen. Ich habe es Mam verheimlicht, damit sie sich nicht noch mehr grämt. Sie hätte es nicht ertragen, daß unser Haus so brutal dem Erdboden gleichgemacht wurde.«

Mit verschleierten Augen schaue ich auf die herrliche Fläche vor mir, das Meer, das unter der sinkenden Sonne glitzert, und den Schatten der Tourelle du Tamarin, der immer länger wird. So angestrengt mustere ich die Ufer des Boucan, daß ich glaube, etwas zu sehen, eine Art Narbe im Buschwerk, dort, wo Haus und Garten waren, und den dunklen Fleck der Schlucht, wo wir auf dem alten Baum immer vor uns hingeträumt haben. Laure spricht wieder, um mich zu trösten. Ihre Stimme ist ruhig, ihre Erregung ist jetzt vorbei. »Weißt du, daß das Haus verschwunden ist, das hat keine Bedeutung mehr. Das liegt so weit zurück, in einem anderen Leben. Wichtig ist jetzt nur, daß du zurückgekommen bist, und dann, Mam ist sehr gealtert, sie hat nur noch uns. Was ist das schon, ein Haus? Eine alte löcherige Bruchbude, in die es hineinregnete. Der braucht man nicht nachzutrauern.«

Ich aber, mit dumpfer Stimme, voller Wut: »Nein, ich kann es nicht vergessen, ich werde es nie vergessen!«

Endlos betrachte ich die erstarrte Landschaft unter dem beweglichen Himmel. Ich erforsche jede Einzelheit, jede Wasserstelle, jede Baumgruppe von den Schluchten der Rivière Noire bis zum Tamarin. An der Küste steigt Rauch auf, in Richtung Grande Rivière Noire und Gaulette. Vielleicht ist Denis dort wie früher in der Hütte des alten Cook, und ich habe den Eindruck, ich brauchte bei diesem goldenen Licht über Küste und Meer nur intensiv genug hinzustarren, um die Schatten dieser beiden Kinder zu erahnen, die damals barfuß, mit zerkratztem Gesicht und zerrissenen Kleidern in dieser Welt ohne Grenzen durch das hohe Unkraut liefen und in der Dämmerung nach dem Flug der beiden Tropikvögel über dem Geheimnis von Mananava spähten.

Der Rausch der Rückkehr ist rasch verflogen. Da war zunächst dieser Arbeitsplatz in den Büros von W. W. West gewesen, dieser Platz, den ich so lange innegehabt hatte und von dem man zu glauben vorgab, ich hätte ihn verlassen, um in den Krieg zu ziehen. Wieder der Staubgeruch, die feuchte Hitze, die zusammen mit dem Lärm der Rempart Street durch die Fensterläden dringt. Die gleichgültigen Angestellten, die Kunden, die Händler, die Buchhalter... Für alle diese Leute hatte sich nichts ereignet. Die Welt war unverändert. Und doch hatte sich eines Tages im Jahr 1913, erzählte mir Laure, damals, als ich auf Rodriguez war, das hungernde, durch die Zyklone verelendete Volk vor dem Bahnhof zusammengerottet: Indische und schwarze Plantagenarbeiter, Frauen im *gunny* mit ihren Kindern auf dem Arm hatten sich, ohne zu schreien, ohne zu lärmen, vor dem Bahnhof versammelt und auf die Ankunft des Zuges aus dem Oberland gewartet, des Zuges, der jeden Tag von Vacoas, von Curepipe die Weißen herunterbringt, die Bankbesitzer, die Ladenbesitzer, die Plantagenbesitzer. Sie hatten lange auf sie gewartet, geduldig zunächst, dann, je mehr die Zeit verging, immer verbitterter, immer verzweifelter. Was wäre passiert, wenn die Weißen damals gekommen wären? Doch die Weißen waren vor der Gefahr gewarnt worden und nicht mit dem Zug nach Port Louis gefahren. Sie waren zu Hause geblieben und warteten, bis die Polizei die Sache geregelt haben würde. Die Menge war dann zerstreut worden. Vielleicht wurden einige chinesische Läden geplündert, die Scheiben der Bodenkreditanstalt oder sogar von W. W. West mit Steinen eingeworfen. Und alles war geregelt worden.

In den Büros herrscht mein Cousin Ferdinand, der Sohn Onkel Ludovics. Er gibt vor, mich nicht zu kennen, behandelt mich wie seinen Diener. Der Zorn steigt in mir hoch, und wenn ich der Versuchung widerstehe, ihn anzurempeln, dann um Laures willen, die so gerne möchte, daß ich bleibe. Wie früher benütze ich jeden freien Augenblick, um auf den Hafenkais unter den Matrosen und Dockern am Fischmarkt herumzuschlendern. Vor allem aber möchte ich die *Zeta* wiedersehen, den Kapitän Bradmer und den Steuermann von den Komoren. Lange habe ich im Schatten der Bäume vor der Intendantur gewartet, in der Hoffnung, den Schoner mit seinem auf dem Deck angeschraubten Sessel ankommen zu sehen. Es ist schon in mir, ich weiß, daß ich wieder fortgehen werde.

In meinem Zimmer in Forest Side öffne ich am Abend die alte, von den Aufenthalten in der Anse aux Anglais verrostete Eisentruhe und schaue mir die Papiere des Schatzes an, die Pläne, Skizzen und Notizen, die ich gemacht und vor meiner Abreise nach Europa von Rodriguez aus nach Hause geschickt habe. Wenn ich sie mir anschaue, sehe ich Uma, wie sie mit einem Sprung ins Meer taucht und mit ihrer langen, mit einer Ebenholzspitze versehenen Harpune in der Hand herumschwimmt.

Jeden Morgen wächst in mir der Wunsch, nach Rodriguez zurückzukehren, die Stille und den Frieden dieses Tals wiederzufinden, den Himmel, die Wolken, das Meer, die niemand gehören. Ich will weg von diesen Leuten der »großen Welt«, weg von der Bosheit, der Heuchelei. Seit der *Cernéen* einen Artikel über »Unsere Weltkriegshelden« veröffentlicht hat, in dem mein Name zitiert wird und man mir völlig erfundene Heldentaten zuschreibt, stehen Laure und ich plötzlich auf allen Einladungslisten für die Feste in Port Louis, Curepipe und Floréal. Laure begleitet mich in ihrem weißen abgetragenen Kleid, wir plaudern und wir tanzen. Wir gehen zum

Champ-de-Mars oder trinken Tee in La Flore. Ich denke pausenlos an Uma, an die Schreie der Vögel, die jeden Morgen über die Anse dahinziehen. Unwirklich, imaginär scheinen mir nur die Leute von hier zu sein. Ich habe diese falschen Ehren satt. Ohne mit Laure vorher darüber gesprochen zu haben, lasse ich eines Tages meinen grauen Büroangestelltenanzug in Forest Side, ziehe meine alte, in den Schützengräben verdreckte und zerrissene Montur an, die Khakijacke und die Hose, die ich aus dem Krieg mit nach Hause gebracht habe, lege meine Offiziersabzeichen und meine Orden an, die Tapferkeitsmedaille und die D.C.M., und gehe am Nachmittag, nach Büroschluß, immer noch in dieser Maskerade, in die Teestube von La Flore, nachdem ich einige Gläser Arrak getrunken habe. Von diesem Tag an haben die Einladungen der feinen Welt wie durch Zauber aufgehört.

Die Langeweile, die ich verspüre, der Drang, ihr zu entfliehen, sind so stark, daß sie Laure unmöglich entgehen können. Eines Tages erwartet sie mich wie früher am Bahnhof in Curepipe. Der Sprühregen von Forest Hill hat ihr weißes Kleid und ihre Haare genäßt, und sie steht Schutz suchend unter einem breiten Blatt. Ich sage zu ihr, daß sie wie Virginie aussehe, worüber sie lächeln muß. Wir gehen auf der schlammigen Straße, mit den Indern, die vor Einbruch der Nacht nach Hause streben. Plötzlich sagt Laure:

»Du gehst wieder fort, nicht wahr?«

Ich suche nach einer Antwort, die sie beruhigen könnte, aber sie wiederholt:

»Du gehst bald wieder fort, nicht wahr? Sag mir die Wahrheit.«

Ohne meine Antwort abzuwarten, oder weil sie vielleicht diese Antwort kennt, gerät sie in Zorn:

»Warum sagst du nichts? Warum muß ich alles von anderen erfahren?«

Dann zögert sie, sagt es aber doch:

»Diese Frau, mit der du dort lebst wie ein Wilder! Und dieser blöde Schatz, den du unbedingt finden willst!«

Woher weiß sie das? Wer hat ihr von Uma erzählt?

»Nie kann es für uns wieder sein wie früher, für uns ist hier kein Platz mehr!« Laures Worte tun mir weh, weil ich weiß, daß sie die Wahrheit sagen. Ich sage zu ihr:

»Genau darum muß ich fort. Genau darum muß ich Erfolg haben.«

Wie soll ich es ihr erklären? Sie hat sich schon wieder gefaßt. Mit dem Handrücken wischt sie sich die Tränen von den Wangen, sie schneuzt sich wie ein Kind. Das Haus in Forest Side liegt vor uns, düster, wie ein Schiff, das nach einer Sintflut oben auf diesen Hügeln gestrandet ist.

Nach dem Abendessen mit Mam ist Laure fröhlicher. Unter der Veranda sprechen wir von der Reise, vom Schatz. Laure sagt heiter:

»Wenn du den Schatz gefunden hast, kommen wir auch zu dir. Wir schaffen uns ein Gehöft an und arbeiten ganz allein, wie die Pioniere von Transvaal.«

Allmählich träumen wir laut, wie damals auf dem Dachboden von Haus Boucan. Wir sprechen von diesem Hof, den Tieren, die wir haben werden, denn es wird ein neuer Anfang sein, fern von den Banken und Rechtsanwälten. Unter den Büchern meines Vaters habe ich den Bericht François Leguats gefunden, und ich lese die Passagen vor, in denen von der Flora, dem Klima und der Schönheit von Rodriguez die Rede ist.

Vom Geräusch unserer Stimmen angezogen, verläßt Mam ihr Zimmer. Sie kommt zu uns ins Freie, und ihr von der Sturmlampe der Veranda beleuchtetes Gesicht scheint mir so jung, so schön wie zu der Zeit am Boucan, als sie uns Grammatikunterricht gab oder Passagen aus der Bibel vorlas. Sie lauscht unseren verrückten Reden, unseren Plänen, dann küßt sie uns, drückt uns an sich: »Das alles sind Träume.«

In jener Nacht ist das alte baufällige Haus in Forest Side wirklich und wahrhaftig ein Schiff, das schlingernd und ächzend im sanften Geräusch des Regens übers Meer zur neuen Insel fährt.

Als ich die *Zeta* wiederfinde, ist mir, als hätte ich auch nach so vielen Jahren des Exils das Leben, die Freiheit wiedergefunden. Ich bin an meinem gewohnten Platz, im Heck, neben Kapitän Bradmer, der auf seinem festgeschraubten Stuhl sitzt. Seit zwei Tagen segeln wir vor dem Wind nach Nordosten, den 20. Breitengrad entlang. Als die Sonne hoch am Himmel steht, stemmt Bradmer sich von seinem Stuhl hoch und dreht sich zu mir um: »Wollen Sie's versuchen?«

Als hätten wir die ganze Zeit über nicht aufgehört, zusammen zu segeln.

Ich stehe barfuß da, habe die Hände ums Steuerrad geklammert und bin glücklich. Niemand ist an Deck, außer zwei komorianischen Matrosen mit ihrem weißen Schleier um den Kopf. Voll Glück höre ich den Wind wieder in den Wanten pfeifen, sehe ich den Bug gegen die Wellen hochsteigen. Ich habe den Eindruck, daß die *Zeta* zum Horizont hinaufsegelt, bis zum Himmelsrand.

Ich glaube, daß ich erst gestern zum ersten Mal nach Rodriguez gefahren bin und auf dem Deck die tierhafte Bewegung des Schiffes gespürt habe, das Strömen der schweren Wellen unter dem Vordersteven, den Salzgeschmack auf meinen Lippen, die Stille, das Meer. Ja, ich glaube, daß ich nie diesen Platz am Steuer der *Zeta* verlassen habe, auf einer immerwährenden Fahrt, deren Ziel dauernd zurückweicht, und daß der Rest nur ein Traum gewesen ist. Der Traum vom Gold des unbekannten Korsaren in der Schlucht der Anse aux Anglais, der Traum von der Liebe Umas, von ihrem lavafarbenen Körper, dem Wasser der Lagunen, den Seevögeln. Der Traum vom Krieg, den eisigen Nächten in Flandern, dem Regen auf die Ancre, auf die Somme, den Gaswolken und den Blitzen der Geschosse.

Als die Sonne hinter uns sinkt und ich die Schatten der Segel auf dem Meer sehe, übernimmt Kapitän Bradmer wieder das Steuerrad. Wie er so dasteht, das rote Gesicht wegen der Lichtreflexe auf den Wellen in Falten gezogen, hat er sich nicht verändert. Ohne daß ich ihn danach frage, erzählt er mir vom Tod des Rudergängers.

»Das war 1916 oder vielleicht Anfang 1917. Bei unserer Ankunft in Agalega ist er krank geworden. Der Arzt ist gekommen, er hat Quarantäne verordnet, weil es Typhus war... Sie haben Angst vor Ansteckung gehabt. Er hat schon nicht mehr essen und nicht mehr trinken können. Am nächsten Tag ist er gestorben, der Arzt hat sich nicht die Mühe gemacht, nochmals vorbeizuschauen... Da, Monsieur, hat mich die Wut gepackt. Da sie von uns nichts wissen wollten, habe ich die ganze Warenladung vor Agalega ins Meer werfen lassen, und wir sind losgesegelt nach Süden, bis Saint Brandon... Dort hat er immer sein Leben beenden wollen... Also haben wir ihm ein Gewicht an die Beine gebunden und ihn ins Meer geworfen, vor den Riffen, dort, wo die See hundert Faden tief und das Wasser so blau ist... Während er versunken ist, haben wir gebetet, und ich habe gesagt: Steuermann, mein Freund, jetzt bist du zu Hause, für immer. Der Friede sei mit dir. Und die anderen haben ›Amen‹ gesagt... Wir sind zwei Tage vor dem Atoll geblieben, es war so schön, nicht eine Wolke, und das Meer so ruhig... Wir haben den Vögeln zugeschaut und den Schildkröten, die ums Schiff herumgeschwommen sind... Wir haben ein paar Schildkröten gefangen zum Bukanieren, und dann sind wir wieder losgesegelt.«

Seine Stimme ist stockend, vom Wind überdeckt. Der alte Mann schaut gerade vor sich hin, über die geschwellten Segel hinaus. Im Licht des sinkenden Tages ist sein Gesicht plötzlich das eines Mannes geworden, der müde, dem die Zukunft gleichgültig ist. Jetzt fällt es mir wie Schuppen von den Augen: Die Geschichte ist hier wie anderswo hindurchgezogen, und die Welt ist nicht mehr dieselbe. Es hat Kriege gegeben, Verbrechen, Rechtsbrüche, und darum ist das Leben in die Binsen gegangen.

»Komisch, ich habe keinen Steuermann mehr gefunden. Er, er hat alles vom Meer gewußt, bis Oman... Jetzt habe ich den Eindruck, das Schiff weiß nicht mehr recht, wo es hinfährt... Komisch, nicht wahr? Er war der Herr und Meister, er hat das Schiff in seinen Händen gehalten...«

Beim Anblick des Meeres, das so schön ist, des blendenden Kielwassers, das eine Straße auf der undurchdringlichen See zieht, spüre ich wieder Unruhe. Ich habe Angst vor der Ankunft in Rodriguez, ich habe Angst vor dem, was ich dort finden werde. Wo ist Uma? Die beiden Briefe, die ich ihr geschickt habe, den ersten von London aus, vor der Abfahrt nach Flandern, den zweiten aus dem Lazarett in Sussex, sind unbeantwortet geblieben. Sind sie überhaupt angekommen? Schreibt man denn an die *manafs*?

Nachts steige ich nicht in den Kielraum hinunter. Ich lege mich auf Deck hinter die vertäuten Ballen, in meine Decke gewickelt, den Kopf auf meinem Tornister, und lausche beim Einschlafen den Schlägen des Meeres und dem Wind in den Segeln. Dann wache ich auf, uriniere über die Reling und gehe wieder zu meinem Platz zurück, wo ich mich hinsetze, um den sternenübersäten Himmel zu betrachten. Wie lange die Zeit auf dem Meer ist! Jede Stunde, die vergeht, wäscht von mir ab, was ich vergessen muß, bringt mich der ewigen Figur des Steuermanns näher. Muß ich nicht ihn, diesen Rudergänger, am Ende meiner Fahrten wiederfinden?

Heute ist das Wetter umgeschlagen, wir segeln hart vor

dem Wind, die Masten sind um sechzig Grad geneigt, während der Bug Gischtwolken aus der stürmischen See hochpeitscht. Der neue Steuermann ist ein Schwarzer mit unbeweglichem Gesicht. Neben ihm sitzt, trotz der Neigung des Decks, Kapitän Bradmer auf seinem alten angeschraubten Stuhl und schaut rauchend auf das Meer. Jeder Versuch meinerseits, eine Unterhaltung anzufangen, ist an zwei Wörtern abgeprallt, die er, ohne mich anzusehen, knurrt: »Ja, Monsieur?« »Nein, Monsieur.« Der Wind bläst in Böen, und mit Ausnahme der Händler aus Rodriguez, die ihre Ballen auf dem Deck nicht allein lassen wollen, haben sich die meisten Männer in den Kielraum geflüchtet. Die Matrosen haben über die Waren hastig eine Wachstuchplane gespannt und die Vorderdeckluken geschlossen. Ich habe meinen Tornister unter die Plane geschoben und mich trotz der Sonne in meine Decke gewickelt.

Die *Zeta* macht große Anstrengungen, um gegen die See anzukämpfen, und ich spüre in mir jedes Ächzen des Rumpfs und Stöhnen der Masten. Auf der Seite liegend empfängt die *Zeta* die Stöße der mächtigen Wellen, die schäumend auf uns zurollen. Um drei Uhr ist der Wind so heftig, daß ich an einen Wirbelsturm denke, doch der Himmel ist nur von langgestreckten, blassen Zirruswolken überzogen. Das ist kein Orkanhimmel. Die *Zeta* hat Mühe, den Kurs zu halten. Bradmer steht nun selbst breitbeinig am Steuerruder und schaut grimassierend durch die Gischtwolken. Trotz der gerefften Segel jammert das Schiff unter dem Gewicht des Windes. Wie lange wird es so noch standhalten?

Dann verlieren die Böen mit einem Schlag an Heftigkeit, das Mastwerk der *Zeta* richtet sich wieder auf. Es ist fast fünf Uhr nachmittags, und im schönen warmen Licht erscheinen über dem bewegten Horizont leicht verschwommen die Berge von Rodriguez.

Sofort sind alle auf Deck. Die Einheimischen lachen und schreien, selbst die schweigsamen Komorianer sprechen. Ich bin mit den anderen am Bug und schaue auf die blaue Linie, die trügerisch ist wie eine Fata Morgana und die mein Herz rascher schlagen läßt.

Genau so habe ich mir seit so langer Zeit, als ich in der Hölle des Kriegs, in den schlammigen, mit Unrat übersäten Schützengräben war, meine Ankunft erträumt. Während die *Zeta* unter den Schaumblitzen wie eine Gondel auf der Kugel des dunklen Meeres zu den durchsichtigen Bergen der Insel emporsteigt, erlebe ich diesen Traum.

Am Abend fahren wir begleitet von Fregattvögeln und Seeschwalben an Gombrani vorbei, dann am Kap Plateau, und das Meer wird ölig. Schon leuchten in der Ferne die Lichter der Bojen. Über dem Nordhang der Berge ist die Nacht hereingebrochen. Meine Furcht ist vorbei. Jetzt habe ich Eile, an Land zu kommen. Das Schiff gleitet mit vollen Segeln dahin, und ich schaue auf die näherkommende Mole. Mit den Leuten von Rodriguez stehe ich an die Reling gelehnt, den Tornister in der Hand, bereit an Land zu springen.

Bei der Ausschiffung, während die Kinder bereits an Bord kommen, drehe ich mich nach Kapitän Bradmer um. Doch er hat seine Befehle gegeben, und ich sehe nur sein vom Schein der Bojen vage erleuchtetes Gesicht, seine von Müdigkeit und Einsamkeit gezeichnete Gestalt. Ohne sich nach mir umzudrehen, steigt der Kapitän in den Kielraum hinunter, um zu rauchen und zu schlafen, und vielleicht, um an den Steuermann zu denken, der nie das Schiff verließ. Mit diesem bedrückenden Bild in mir gehe ich auf die Lichter von Port Mathurin zu und weiß noch nicht, daß es das letzte ist, das ich von Bradmer und von seinem Schiff bewahren werde.

Im Morgengrauen erreiche ich mein Revier an der Vigie du Commandeur, von wo aus ich vor so langer Zeit zum ersten Mal die Anse aux Anglais gesehen habe. Hier hat sich anscheinend nichts geändert. Das große Tal liegt immer noch schwarz und einsam vor dem Meer. Während ich zwischen den Schwertblättern der Schraubenpalmen den Abhang hinabsteige und dabei die Erde unter meinen Füßen lostrete, versuche ich die verschiedenen Orte, an denen ich gelebt habe und die mir vertraut waren, wiederzuerkennen: den dunklen Fleck der Schlucht am rechten Ufer mit der großen Tamarinde, die Basaltblöcke mit den eingravierten Zeichen, den dünnen Flußlauf des Roseaux, der sich zwischen den Büschen bis zur Sumpfniederung dahinschlängelt, und in der Ferne die Berggipfel, die als Orientierungspunkte dienten. Es sind Bäume da, die ich nicht kenne, Katappenbäume, Kokospalmen, Hyophorben.

Als ich zur Mitte des Tals komme, suche ich vergeblich die alte Tamarinde, unter der ich einst mein Lager aufgeschlagen hatte und die uns, Uma und mich, beschützte, wenn die Nächte lau waren. An der Stelle meines Baumes sehe ich einen Erdhügel, auf dem Dornbüsche wachsen. Ich begreife, daß der Baum unter der Erde ist, dort, wo ein Orkan ihn geknickt hat, und daß aus seinen Wurzeln und aus seinem Stamm dieser grabartige Hügel entstanden ist. Trotz der Sonne, die mir auf Rücken und Nacken brennt, bleibe ich lange auf diesem Hügel im Gestrüpp sitzen und versuche meine Spuren wiederzufinden. Ich beschließe, an der Stelle, wo mein Baum war, meine Schutzhütte zu bauen.

Ich kenne niemand mehr auf Rodriguez. Die meisten der Männer, die zusammen mit mir dem Aufruf Lord Kitchners gefolgt waren, sind nicht zurückgekommen. Während der Kriegsjahre herrschte Hungersnot, weil die Schiffe wegen der Blockade nichts mehr brachten, weder Reis noch Öl, noch

Konserven. Krankheiten haben die Bevölkerung dezimiert, vor allem der Typhus, an dem die Bergbewohner mangels Medikamenten gestorben sind. Die Ratten sind jetzt überall, sie laufen am hellichten Tag auf den Straßen von Port Mathurin herum. Was ist in diesem öden und kargen Bergland aus Uma geworden, was aus ihrem Bruder? Was ist aus den *manafs* geworden?

Nur Fritz Castel ist auf dem einsamen Hof in der Nähe des Telegrafenamts geblieben. Er ist jetzt ein junger Mann von siebzehn oder achtzehn Jahren, mit intelligentem Gesicht und tiefer Stimme, in dem ich kaum den Knaben wiedererkenne, der mir beim Aufstellen der Richtstangen geholfen hat. Die anderen Männer, Raboud, Prosper, Adrien Mercure, sind verschollen, wie Casimir, wie alle, die sich freiwillig gemeldet hatten. »Maustot«, wiederholt Fritz Castel, wenn ich ihre Namen ausspreche.

Mit Fritz Castels Hilfe habe ich vor dem Grab der alten Tamarinde eine Hütte aus Zweigen und Palmblättern gebaut. Wie lange werde ich bleiben? Ich weiß jetzt, daß die Tage gezählt sind. An Geld fehlt es nicht (die Entlassungsprämie aus dem Kriegsdienst ist so gut wie unangetastet), aber die Zeit wird mir fehlen: alle Tage und Nächte die meinem Leben abgezogen wurden, die mich geschwächt haben. Ich weiß das sofort, seit ich wieder in der Anse aux Anglais bin, in dieser Stille inmitten der mächtigen Basaltmauern, und das fortwährende Geräusch des Meeres höre. Kann ich, nach allem, was die Welt zerstört hat, wirklich noch etwas von diesem Ort erhoffen? Warum bin ich zurückgekommen?

Die ganzen Tage bleibe ich unbeweglich, gleich diesen Basaltbrocken, die wie die Reste einer verschwundenen Stadt auf dem Grund des Tales liegen. Ich will mich nicht rühren. Ich brauche diese Stille, diese Starre. Sowie der Morgen graut, gehe ich zum Strand, ins Schilf. Ich setze mich da hin, wo Uma mich einst mit Sand bedeckte, damit ich im Wind trocknete. Ich lausche auf das Grollen des Meeres an der Riffkrone, ich warte auf den Augenblick, an dem es durch den Engpaß der Fahrrinne hereinströmt und Schaumwolken vor sich herbläst. Dann höre ich ihm zu, wie es sich wieder zurückzieht, über den öligen Grund gleitet, die Geheimnisse der Tümpel freigibt. Am Abend, am Morgen der Flug der Seevögel über die Bucht, der die Grenzen des Tages markiert. Ich denke an die schönen Nächte, die so friedlich ins Tal zogen. Die Nächte, in denen ich auf Uma wartete, die Nächte, in denen ich auf niemanden wartete, die Nächte, in denen ich die Sterne beobachtete, die ihre ewigen Figuren in den Kosmos zeichneten. Jetzt stört, jetzt beunruhigt mich die Nacht, die kommt. Ich spüre den Biß der Kälte, ich horche auf die Geräusche der Steine. In den meisten Nächten liege ich mit offenen Augen zusammengekrümmt in der Hütte und schlottere, ohne Schlaf zu finden. Die Unruhe ist so groß, daß ich manchmal in die Stadt gehen muß, um dort im engen Zimmer des chinesischen Hotels zu schlafen, nachdem ich mit dem Tisch und dem Stuhl die Türe verbarrikadiert habe.

Was ist mit mir los? Die Tage sind lang in der Anse aux Anglais. Oft kommt der junge Fritz Castel und setzt sich auf den Baumtumulus vor meiner Hütte. Wir rauchen und reden, oder vielmehr ich spreche, vom Krieg, von den Kämpfen im Schützengraben mit der blanken Waffe, vom Feuerschein der Granaten. Er hört mir zu und sagt: »Ja, Monsieur«, »Nein, Monsieur«, ohne Ungeduld. Um ihn nicht zu enttäuschen, lasse ich ihn Sondierungslöcher bohren. Aber die alten Pläne, die ich gezeichnet habe, sind für mich sinnlos geworden. Die Linien verschwimmen vor meinen Augen, die Winkel öffnen sich, die Landmarken laufen ineinander.

Wenn Fritz Castel wieder gegangen ist, setze ich mich unter

die große Tamarinde am Eingang der Schlucht und betrachte rauchend das Tal, wo das Licht dauernd wechselt. Manchmal betrete ich die Schlucht, um wie früher das Brennen des Lichtes auf meinem Gesicht, auf meiner Brust zu spüren. Die Schlucht ist so, wie ich sie verlassen habe: die Felsen, die den Zugang zum ersten Versteck versperren, die Spuren der Hakken, die große, dachrinnenförmige Kerbe im überhängenden Basalt. Was suche ich eigentlich hier? Jetzt fühle ich überall die Leere, die Verlassenheit. Es ist wie ein vom Fieber ausgezehrter Körper, in dem alles, was brannte und pochte, nur noch Schauer und Schwäche ist. Und doch liebe ich dieses Licht in der Schlucht, diese Einsamkeit. Ich liebe auch den tiefblauen Himmel, die Form der Berge über dem Tal. Vielleicht bin ich deswegen zurückgekommen.

In der Abenddämmerung, wenn die Gedanken wandern, sitze ich im Sand der Dünen und träume von Uma, von ihrem Metallkörper. Mit der Spitze eines Kiesels habe ich ihren Körper auf einen Basaltblock gezeichnet, dort, wo das Schilf beginnt. Als ich das Datum schreiben wollte, habe ich gemerkt, daß ich weder den Tag noch den Monat wußte. Einen Augenblick dachte ich daran, zum Telegrafenamt zu laufen und dort zu fragen: Welchen Tag haben wir heute? Doch mir wurde sofort klar, daß das nichts für mich bedeuten würde, daß das Datum keine Rolle mehr spielte.

Heute morgen habe ich mich bei Sonnenaufgang aufgemacht, um in die Berge zu gehen. Anfangs scheint mir, daß ich einem bekannten Weg zwischen den Büschen und Schraubenpalmen folge. Doch bald brennen mir die Augen von der Reflexion der Sonne, und mein Blick trübt sich. Unter mir ist die blaue und harte Fläche des Meeres, das die Insel umschließt. Wenn Uma irgendwo hier ist, werde ich sie finden. Ich brauche sie, sie besitzt die Schlüssel zum Geheimnis des Goldsuchers. Genau das glaube ich, und mein Herz pocht, während ich über die Geröllhalden auf den Limon klettere. Bin ich hier zum ersten Mal vorbeigekommen, als ich Sris flüchtiger Gestalt folgte und glaubte, dabei dem Himmel entgegenzugehen? Die Sonne ist über mir, im Zenith, sie schluckt die Schatten. Kein Versteck, keine Landmarke.

Jetzt bin ich mitten im Gebirge vom Weg abgekommen, umgeben von Steinen und Büschen, die alle gleich aussehen. Die verbrannten Gipfel ragen ringsum in den strahlenden Himmel. Zum ersten Mal seit Jahren rufe ich ihren Namen: »U-maah!« Ich stehe vor den wilden Bergen und schreie: »U-ma-ah!« Ich höre das Geräusch des Windes, eines Windes, der brennt und blendet. Eines Lava- und Pandangwindes, der den Geist lähmt. »U-ma-ah!« Diesmal wieder nach Norden gewandt, zum brausenden Meer hin. Ich steige auf den Limon und sehe die anderen Berge rings um mich. Die Talsohlen sind bereits im Schatten. Im Osten verschleiert sich der Himmel. »U-ma-ah!« Mir ist, als riefe ich meinen eigenen Namen, um in dieser verlassenen Landschaft das Echo meines Lebens zu erwecken, das ich in all diesen Jahren der Zerstörung verloren habe. »Uma! U-ma-ah!« Meine Stimme wird heiser, während ich auf einem Hochplateau herumirre und vergebens die Spur einer Behausung suche, eines Ziegenpferchs, eines Feuers. Es gibt keine menschlichen Spuren, keinen abgerissenen Zweig, keine Schabstelle auf der trockenen Erde. Nur ab und zu der Weg eines Hundertfüßers zwischen zwei Steinen.

Wohin bin ich gelangt? Ohne es zu merken, muß ich stundenlang herumgeirrt sein. Als die Nacht kommt, ist es zu spät, um an einen Abstieg zu denken. Ich suche mit den Augen einen Unterstand, eine Höhlung in den Felsen, um mich vor der Kälte der Nacht und vor dem einsetzenden Regen zu schützen. Am Berghang, der bereits in den Schatten getaucht ist, finde ich eine Mulde mit niedrigem Gras, in der ich mein Nachtlager aufschlage. Der Wind pfeift über meinen Kopf hinweg. Erschöpft schlafe ich sofort ein. Die Kälte weckt mich wieder auf. Die Nacht ist schwarz, die Mondsichel strahlt vor mir in unwirklichem Glanz. Die Schönheit des Mondes läßt die Zeit stillstehen.

Bei Tagesanbruch unterscheide ich allmählich die Formen rings um mich. Bewegt stelle ich nun fest, daß ich, ohne es zu merken, in den Ruinen einer alten *manaf*-Siedlung geschlafen habe. Mit den Händen grabe ich in der trockenen Erde, entdecke zwischen den Steinen die Spuren, die ich suchte: Glasscherben, verrostete Büchsen, Muscheln. Jetzt sehe ich klar die Kreise der Pferche, die Fundamente der Hütten. Ist das alles, was von dem Dorf übriggeblieben ist, in dem Uma gewohnt hat? Und was ist aus ihnen geworden? Sind sie, von allen verlassen, an Fieber und Hunger gestorben? Wenn sie weggezogen sind, haben sie nicht die Zeit gehabt, ihre Spuren zu verwischen. Sie müssen vor dem Tod geflohen sein, der sie überfallen hat. Ich bleibe unbeweglich, von Entmutigung übermannt, inmitten dieser Ruinen stehen.

Als die Sonne wieder am Himmel brennt, steige ich zwischen den Dornbüschen den Berghang hinunter. Bald erscheinen die Schraubenpalmen, das dunkle Laub der Tamarinden. Am Ende des langen Roseaux-Tals sehe ich das Meer, das hart in der Sonne glänzt, die Fläche des Meeres, das uns gefangenhält.

Sommer, Winter, dann wieder die Regenzeit. Das alles habe ich in der Anse aux Anglais verträumt, ziellos, ohne zu begreifen, was in mir vorging. Allmählich habe ich meine Suche wiederaufgenommen, den Abstand zwischen den Felsen gemessen, neue Linien in das unsichtbare Netz gezogen, das sich über das Tal erstreckt. In diesem Spinnennetz lebe ich, bewege ich mich.

Nie habe ich mich dem Geheimnis so nahe gefühlt. Jetzt spüre ich nicht mehr die fieberhafte Ungeduld wie zu Beginn, vor sieben oder acht Jahren. Damals entdeckte ich tagtäglich ein Zeichen, ein Symbol. Ich pendelte zwischen den Talufern hin und her, ich sprang von Fels zu Fels, ich grub überall Sondierungslöcher. Ich brannte vor Ungeduld, vor Tatendrang. Damals konnte ich Uma nicht hören, konnte sie nicht sehen. Ich war von dieser Steinlandschaft geblendet, ich belauerte die Bewegung der Schatten, die mir ein neues Geheimnis enthüllen würde.

Heute ist das vorbei. In mir ist ein Glaube, den ich nicht kannte. Woher kommt er? Ein Glaube an diese Basaltblöcke, ein Glaube an das Gerinnsel des Flusses, an den Sand der Dünen. Vielleicht kommt das vom Meer, dem Meer, das die Insel umschließt und ein tiefes Geräusch macht, sein Atemgeräusch. Das alles ist in meinem Körper, ich habe es endlich begriffen, als ich wieder zur Anse aux Anglais kam. Es ist eine Kraft, die ich für verloren hielt. Also habe ich jetzt keine Eile mehr. Ich bleibe manchmal stundenlang unbeweglich in den Dünen an der Trichtermündung sitzen und schaue auf das Meer an den Riffen, verfolge den Flug der Fischreiher und Möwen. Oder aber ich bleibe, wenn die Sonne an ihrem mittäglichen Platz ist, wohlgeborgen in meiner Hütte und schreibe nach einer Mahlzeit aus gekochten Krabben und ein bißchen Kokosmilch in die Schulhefte, die ich beim Chinesen in Port Mathurin gekauft habe. Ich schreibe Briefe für Uma, für Laure, Briefe, die sie nicht lesen werden und in denen ich belanglose Dinge sage, das Meer, die Form der Wolken, die Gedanken, die mir hier auf dem Grund der Anse aux Anglais kommen. Nachts, wenn der Himmel kalt ist und der aufgeblähte Mond mich nicht schlafen läßt, kauere ich im Schneidersitz vor der Türe, zünde die Sturmlaterne an und rauche, wobei ich in andere Hefte Suchpläne zeichne, um meine Fortschritte bei der Ergründung des Geheimnisses zu notieren.

Bei meinen ziellosen Spaziergängen am Strand der Anse sammle ich bizarre, vom Meer angespülte Dinge auf, Muscheln, fossile Seeigel, Tek-Tek-Panzer. Ich verwahre diese Dinge sorgfältig in leeren Zwiebackdosen. Ich sammle das alles für Laure, und ich erinnere mich an die Gegenstände, die Denis einst von seinen Gängen mitbrachte. Auf dem Grund der Anse sondieren der junge Fritz Castel und ich den Sand, ich sammle merkwürdig geformte Steine auf, Glimmerschiefer, Kiesel. Eines Morgens, als wir abwechselnd mit der Picke graben, an der Stelle, wo der Roseaux nach dem Verlauf der alten Mündung ins Meer eine Biegung nach Westen macht, fördern wir einen dicken, rußfarbenen Basaltstein zutage, der auf der Spitze eine Reihe eingemeißelter Kerben aufweist. Vor dem Stein knieend, versuche ich zu begreifen. Mein Gefährte schaut mich neugierig, furchtsam an: Welchen Gott haben wir aus dem Flußsand gehoben?

»Schau! Guck!«

Der junge Schwarze zögert. Dann kniet er sich neben mich. Ich zeige ihm auf dem schwarzen Stein jede Kerbe, die den Bergen entspricht, die wir vor uns am Talende haben! »Schau: hier, Limon, Da, Lubin, Patate. Dort, der große Malartic. Hier, der Bilactère, die beiden Charlots, und da, der Comble du Commandeur mit seinem Wachturm. Alles ist auf diesem Stein markiert. Hier ist er einst an Land gegangen, er hat diesen Stein benützt, um seine Piroge festzumachen, da bin ich ganz sicher. Das sind alles Orientierungspunkte, die zur Zeichnung seines Geheimplanes gedient haben.« Fritz Castel steht wieder auf. Sein Blick drückt noch immer die gleiche, mit Furcht vermischte Neugierde aus. Wovor hat er Angst, vor wem? Vor mir oder vor dem Mann, der vor so langer Zeit diesen Stein markiert hat?

Seit diesem Tag ist Fritz Castel nicht wiedergekommen. Ist es nicht besser so? In dieser Einsamkeit wird mir immer klarer, warum ich hier bin, in diesem unfruchtbaren Tal. Mir ist nun, als trennte mich nichts mehr von diesem Unbekannten, der vor fast zweihundert Jahren hergekommen war, um hier sein Geheimnis zu bergen, bevor er starb.

Wie konnte ich nur leben, ohne auf meine Umgebung zu achten, nur darauf bedacht, hier Gold zu suchen und eiligst wieder wegzugehen, wenn ich es gefunden hätte? Diese Sondierungsschläge in die Erde, dieses Verschieben von Felsen, das alles war eine Profanierung. Jetzt, in der Einsamkeit, in der Verlassenheit, verstehe ich, sehe ich. Dieses ganze Tal ist wie ein Grab. Es ist geheimnisvoll, unnahbar, ein Ort des Exils. Ich erinnere mich an Umas Worte, als sie mich zum ersten Mal angeredet hat, an ihren zugleich ironischen und verletzten Ton, als sie meine Kopfwunde versorgte: »Liebst du das Gold wirklich so sehr?« »Damals hatte ich nicht begriffen, ich hatte mich über das amüsiert, was ich für Naivität hielt. Ich dachte nicht, daß es in diesem kargen Tal etwas anderes zu finden gab, kam nicht darauf, daß dieses scheue und seltsame Mädchen das Geheimnis kannte. War es jetzt nicht zu spät?

Allein inmitten dieser Steine, als einzigen Rückhalt diese

Papierstöße, diese Karten, diese Hefte, in die ich mein Leben geschrieben habe!

Ich denke an die Zeit, als ich in der Boucan-Senke allmählich die Welt entdeckte. Ich denke an die Zeit, als ich im Gras hinter den Vögeln herlief, die ewig über Mananava kreisen. Ich habe wieder angefangen, wie früher mit mir selbst zu sprechen. Ich singe die Worte des Flusses Tanier, den Refrain, den wir, uns langsam hin- und herwiegend, zusammen mit dem alten Cook sangen:

Wai, wai, mo zenfant,
faut travai pou gagne so pain

Diese Stimme ist wieder in mir. In der Abenddämmerung, die allen Dingen ihr Gewicht nimmt, schaue ich zu, wie das Wasser des Roseaux zur Mündung fließt. Ich vergesse das Brennen des Tages, die Unrast bei der Suche am Fuß der Klippe, die Sondierungslöcher, die ich für nichts gegraben habe. Wenn die Nacht kommt, mit diesem kaum merklichen Zittern im Schilf, dem sanften Geräusch des Meeres. War es nicht so, damals, an der Tourelle du Tamarin, als ich zusah, wie die Täler in den Schatten tauchten, mich bemühte, den Rauchfaden drüben beim Boucan zu sehen?

Endlich habe ich die Freiheit der Nächte wiedergefunden, als ich, mit offenen Augen auf der Erde ausgestreckt, Zwiesprache hielt mit der Himmelsmitte. Ich bin allein im Tal und beobachte, wie sich die Welt der Sterne entfaltet, die unbewegliche Wolke der Milchstraße. Ich erkenne die Bilder meiner Kindheit wieder, eins nach dem anderen, die Hydra, den Löwen, den Großen Hund, den stolzen Orion, der an den Schultern sein Geschmeide trägt, das Kreuz des Südens und seine Begleiter, und immer wieder das Schiff Argo, das durch den

Raum segelt, den von der unsichtbaren Welle der Nacht angehobenen Bug nach Westen gewandt. Ich bleibe im schwarzen Sand am Roseaux-Fluß liegen, schlaflos, traumlos. Ich spüre auf meinem Gesicht das sanfte Licht der Gestirne, ich fühle die Bewegung der Erde. In der befriedeten Stille des Sommers, unter dem fernen Brüllen der Riffe, werden die Sternbilder zu Legenden. Ich sehe alle Himmelswege, die Punkte, die hell strahlen wie Bojen. Ich sehe die geheimen Pfade, die Schächte, die Fallen. Ich denke an den unbekannten Korsaren, der vielleicht vor so langer Zeit auf diesem Strand geschlafen hat. Vielleicht hat er auch diese alte Tamarinde gekannt, die jetzt unter der Erde ruht? Hat er nicht begierig diesen Himmel betrachtet, der ihn zur Insel geführt hatte? Nach den blutigen Kämpfen, nach den Morden hat er hier auf der sanften Erde gelegen und den Frieden und die Ruhe genossen unter den Kokospalmen und Hyophorben, die ihn vor dem Seewind schützten. Ich habe bei der schwindelerregenden Betrachtung des Sternenhimmels die Zeitmauer überwunden. Der unbekannte Korsar ist hier, er atmet in mir, und ich betrachte den Himmel mit seinem Blick.

Warum bin ich nicht früher darauf gekommen? Die Anordnung der Anse aux Anglais ist die Anordnung des Universums. Der so einfache Plan des Tales hat sich immer mehr ausgeweitet, mit Zeichen, Landmarken gefüllt. Dieses Flechtwerk hat mir dann die Wahrheit dieses Ortes verhüllt. Mit klopfendem Herzen springe ich auf, laufe zu meiner Hütte, wo die Lampe noch brennt. Im zitternden Licht der Laterne suche ich in meinem Tornister die Karten, die Dokumente, die Schemas. Ich nehme die Papiere und die Lampe mit nach draußen, setze mich mit dem Gesicht nach Süden und vergleiche meine Pläne mit den Mustern des Himmelsgewölbes. In der Mitte des Plans, dort, wo ich einst meinen Markstein aufgestellt habe, entspricht der Schnittpunkt der Nord-Süd-Linien mit der Achse der Schäkel genau dem Kreuz, das vor mir in magischem Glanz leuchtet. Im Osten, über der Schlucht, deren Form er exakt nachzieht, krümmt der Skorpion seinen Körper. Sein Herz ist der rote Antares, der an der Stelle blinkt, wo ich die beiden Verstecke des unbekannten Korsaren freigelegt habe. Ich schaue nach Osten, ich sehe über den drei Spitzen, die das M der Vigie du Commandeur bilden, die drei Sterne des Jakobsstabs, die soeben über den Bergen auftauchen. Im Norden, dem Meer zu, ist der leichte und flüchtige Wagen, der den Eingang in die Fahrrinne anzeigt, und ein wenig weiter der Bogen des Schiffes Argo, das die Form der Bucht nachzeichnet und dessen Heck bis zu den Grenzen des ehemaligen Ufers in die Mündung ragt. Mir wird so schwindelig, daß ich die Augen schließen muß. Unterliege ich einer neuerlichen Halluzination? Doch diese Sterne sind lebendig, ewig, und die Erde unter ihnen ist nach ihrem Muster gestaltet. Am Firmament, wo kein Irrtum möglich ist, steht also seit jeher das Geheimnis geschrieben, das ich suchte. Ohne es zu wissen, habe ich es gesehen, seit ich in der Sternenallee anfing, den Himmel zu betrachten.

Wo ist der Schatz? Ist er im Skorpion, in der Hydra? Ist er im südlichen Dreieck, das in der Mitte des Tals auf die von mir von Anfang an georteten Punkte H, D und B stößt? Ist er im Bug des Schiffes Argo oder im Heck, der eine markiert vom Kanopus und das andere vom Miaplacidus, die tagtäglich in Form der beiden Basaltfelsen links und rechts der Bucht erstrahlen? Ist er im Geschmeide des Fomalhaut, des einsamen Gestirns, dessen Glanz über der hohen See verwirrt wie ein Blick und das gleich einer nächtlichen Sonne zum Zenit hochsteigt?

Heute nacht habe ich, ohne einen Augenblick zu schlafen, auf der Lauer gelegen und, hingerissen von dieser Offenbarung des Himmels, jedes Sternbild, jedes Zeichen betrachtet.

Ich erinnere mich an die sternklaren Nächte am Boucan, als ich geräuschlos aus dem warmen Zimmer in die Kühle des Gartens glitt. Damals glaubte ich wie heute das Muster der Sterne auf meiner Haut zu spüren, und als der Tag kam, zeichnete ich sie mit kleinen Steinen in die Erde oder in den Sand der Bucht.

Der Morgen ist gekommen, hat den Himmel aufgehellt. Wie früher bin ich endlich im Tageslicht eingeschlafen, nahe am Hügel, unter dem die alte Tamarinde ruht.

Seit ich das Geheimnis des Plans des unbekannten Korsaren ergründet habe, fühle ich keine Unrast mehr in mir. Zum ersten Mal, seit ich aus dem Krieg zurückgekommen bin, scheint mir, daß meine Suche nicht mehr den gleichen Sinn hat. Früher wußte ich nicht, was ich suchte, *wen* ich suchte. Ich war in einem Trugbild gefangen. Heute bin ich von einem Gewicht befreit, ich kann frei leben, frei atmen. Wieder kann ich wie mit Uma herumgehen, schwimmen, im Wasser der Lagune nach Seeigeln tauchen. Ich habe aus einem langen Schilfrohr und einer Hartholzspitze eine Harpune gefertigt. Ich gehe vor, wie Uma es mir gezeigt hat; ich tauche in das kalte Wasser der Morgendämmerung, wenn die Strömung der steigenden Flut durch die Riffpassage hereinkommt. An den Korallen spüre ich die Fische auf, die Panzerbacken, die Lippfische, die Ambrafische. Manchmal sehe ich den blauen Schatten eines Hais vorbeigleiten, und ich verharre unbeweglich, ohne Luftblasen zu verursachen, das Gesicht immer dem Fisch zugewandt. Jetzt kann ich ebensoweit und ebenso schnell schwimmen wie Uma. Ich kann am Strand Fische auf einem Rost aus grünem Schilf grillen. Bei meiner Hütte habe ich Mais gesät, dicke Bohnen, Süßkartoffeln, Chayote. Ich habe einen Papayasetzling, den Fritz Castel mir geschenkt hat, in einen eisernen Topf gepflanzt.

In Port Mathurin rätseln die Leute. Eines Tages, als ich in der Barclay's Bank Geld abhebe, sagt der Direktor zu mir:

»Nun? Kommen Sie jetzt öfter in die Stadt? Heißt das, daß Sie die Hoffnung aufgegeben haben, Ihren Schatz zu finden?«

Ich habe ihn lächelnd angesehen und selbstsicher geantwortet:

»Im Gegenteil. Das heißt, daß ich ihn gefunden habe.«

Ich bin gegangen, ohne weitere Fragen abzuwarten.

Ich gehe jetzt fast jeden Tag zum Deich, in der Hoffnung, die *Zeta* zu sehen. Sie hat seit Monaten nicht mehr in Rodriguez angelegt. Die Waren- und Passagierbeförderung wird nun von der *Frigate* besorgt, einem Dampfer der allmächtigen British India Steamship, deren Vertreter in Port Louis Onkel Ludovic ist. Dieses Schiff bringt auch die Post, die Briefe, die Laure mir seit einigen Wochen schickt und in denen sie mir von Mams Krankheit berichtet. Laures letzter Brief ist am 2. April 1921 abgestempelt: Ich halte den Umschlag in den Händen und wage nicht, ihn zu öffnen. Ich warte unter dem Schutzdach an der Pier inmitten des Gewimmels von Matrosen und Dockern und schaue auf die Wolken, die sich über dem Meer zusammenballen. Man spricht von einem ankommenden Sturm, das Barometer fällt von Stunde zu Stunde. Gegen ein Uhr nachmittags, als alles wieder ruhig wird, öffne ich endlich Laures Brief und lese die ersten Worte, die mich bestürzen:

»Mein lieber Ali, wenn dieser Brief Dich erreicht, sollte er Dich je erreichen, dann weiß ich nicht, ob Mam noch von dieser Welt sein wird...«

Mir schwimmt es vor den Augen. Ich weiß, daß jetzt alles zu Ende ist. Nichts kann mich hier noch zurückhalten, da es

Mam so schlechtgeht. Die *Frigate* kommt in einigen Tagen, ich werde mit ihr wegfahren. Ich schicke an Laure ein Telegramm, um ihr meine Rückkehr anzukündigen, aber die Stille ist in mir, sie begleitet mich überall hin.

Der Sturmwind hat in der Nacht zu wehen angefangen und mich geweckt: ein zuerst langsamer und stetiger Wind in einer Nacht von erstickender Schwärze. Am Morgen sehe ich die Wolken, die in Fetzen, zwischen denen die Sonne aufblitzt, über das Tal jagen. Im Schutz meiner Hütte höre ich das Grollen des Meeres an den Riffen, ein furchterregendes, fast tierisches Geräusch, und ich begreife, daß ein Orkan auf die Insel zukommt. Ich darf keinen Augenblick mehr verlieren. Ich nehme meinen Tornister, lasse alles andere in der Hütte und steige den Hügel zur Pointe Venus hinauf. Nur die Gebäude der Telegrafengesellschaft bieten Zuflucht vor dem Orkan.

Als ich vor den großen grauen Schuppen ankomme, sehe ich, daß die Leute aus der Nachbarschaft sich hier zusammendrängen: Männer, Frauen, Kinder, selbst Hunde und Schweine, die von den Bewohnern mitgebracht wurden. Ein indischer Angestellter des Telegrafenbüros verkündet, daß das Barometer schon unter dreißig sei. Gegen Mittag stürzt der Wind sich heulend auf die Pointe Vénus. Die Gebäude schwanken, das elektrische Licht erlischt. Wolkenbrüche klatschen mit wasserfallartigem Getöse auf das Blech von Wänden und Dach. Jemand zündet eine Sturmlampe an, deren Schein die Gesichter gespenstisch beleuchtet.

Der Orkan tobt den ganzen Tag. Am Abend schlafen wir unter dem Heulen des Winds und dem Stöhnen der Metallstreben erschöpft ein.

Frühmorgens erwache ich an der Stille. Draußen hat der Wind nachgelassen, aber man hört das Brüllen des Meeres an den Riffen. Die Leute drängen sich auf dem Plateau vor dem Hauptgebäude des Telegrafenamtes. Beim Nähertreten sehe ich, worauf sie schauen: Auf der Korallenbarriere vor der Pointe Vénus liegt das Wrack eines gestrandeten Schiffes. Es ist weniger als eine Meile von der Küste entfernt, und man kann sehr gut die zerbrochenen Masten, den aufgeschlitzten Rumpf erkennen. Vom Schiff ist nur eine Hälfte übriggeblieben, und die wütenden Wellen brechen sich am hochragenden Heck, über das sie Gischtwolken wirbeln. Der Name des Schiffes geht von Mund zu Mund, doch als ich ihn höre, kenne ich ihn bereits: Es ist die *Zeta*. Im Heck sehe ich deutlich den alten angeschraubten Stuhl, auf dem Kapitän Bradmer immer saß. Aber wo ist die Mannschaft? Niemand weiß etwas. Der Schiffbruch hat sich während der Nacht ereignet.

Ich laufe zum Strand hinunter, gehe die verwüstete, von Ästen und Steinen übersäte Küste entlang. Ich will eine Piroge finden, jemanden, der mir hilft, habe aber kein Glück. Niemand ist am Strand.

Vielleicht das Rettungsboot in Port Mathurin? Aber meine Sorge ist zu stark, ich kann nicht warten. Ich ziehe mich aus, wate auf den glitschigen Felsen und gegen die anbrandenden Wellen ins Meer. Die See ist mächtig, sie überschwemmt die Korallenbarriere, das Wasser ist trüb wie ein Fluß bei Hochwasser. Ich schwimme gegen die Strömung, die so reißend ist, daß ich nicht vorwärtskomme. Das Brüllen der anbrausenden Wellen ist direkt vor mir, ich sehe die in den schwarzen Himmel hochgeschleuderten Gischtbälle. Das Wrack ist kaum hundert Meter entfernt, die spitzen Zähne des Riffs haben es in Höhe der Masten entzweigeschnitten. Die See überflutet das Deck, hüllt den leeren Stuhl ein. Ich kann nicht näher heran, ohne Gefahr zu laufen, ebenfalls an den Riffen zermalmt zu werden. Ich will schreien, rufen: »Bradmer!« ... Aber meine Stimme wird vom Donner der Wogen übertönt, ich höre sie nicht einmal! Einen langen Augenblick schwimme ich gegen das Meer, das über die Barriere hereinkommt. Das Wrack ist leblos, es scheint vor Jahrhunderten dort gestrandet zu sein. Die Kälte durchdringt mich, drückt mir die Brust zusammen. Ich muß aufgeben, zurückschwimmen. Ich lasse mich inmitten der Wrackteile langsam von der Dünung tragen. Als ich das Ufer erreiche, bin ich so erschöpft, so verzweifelt, daß ich nicht spüre, wie ich mir das Knie an einem Felsen aufreiße.

Am Frühnachmittag hört der Wind völlig auf. Die Sonne scheint auf die verwüstete Erde und die aufgewühlte See. Es ist alles vorbei. Schwankend, am Rand einer Ohnmacht, gehe ich zur Anse aux Anglais. Die Leute stehen vor den Gebäuden des Telegrafenamtes, lachen, reden laut: Man ist noch einmal mit dem Schrecken davongekommen.

Als ich oberhalb der Anse aux Anglais ankomme, sehe ich eine verwüstete Landschaft. Der Roseaux ist ein dunkler Schlammfluß, der sich lärmend durch das Tal wälzt. Meine Hütte ist verschwunden, die Bäume und Pandangs sind entwurzelt worden, und von meinen Anpflanzungen ist nichts mehr übriggeblieben. Die Talsohle besteht nur noch aus der von Rinnsalen durchzogenen Erde und den Basaltblöcken, die aus dem Boden aufgetaucht sind. Alles, was ich in meiner Hütte gelassen hatte, ist verschwunden: meine Kleider, meine Kochtöpfe, vor allein aber mein Theodolit und die meisten meiner Dokumente über den Schatz.

Der Tag neigt sich schnell in dieser Atmosphäre des Weltuntergangs. Wieder gehe ich im Grund der Anse aux Anglais herum auf der Suche nach einem Gegenstand, nach einer Spur, die dem Orkan entgangen sind. Ich prüfe jede Stelle, aber schon hat sich alles verändert, ist unkenntlich geworden. Wo ist der Steinhaufen, der das Süddreieck nachbildete? Und diese Basaltbrocken am Glacis, sind das dieselben, die mich beim ersten Mal zu den Schäkeln geführt haben? Die Abendröte hat die Färbung von Kupfer, von geschmolzenem Metall. Zum ersten Mal fliegen die Seevögel nicht über die Anse zu ihren Unterschlupfen. Wo sind sie hin? Wie viele haben den Orkan überlebt? Zum ersten Mal sind auch die Ratten auf der Flucht vor den Schlammströmen bis zum Talgrund gekommen. Sie springen im Halbdunkel um mich herum und erschrecken mich mit ihren spitzen Schreien.

In der Talmitte sehe ich bei dem über die Ufer getretenen Fluß die große Basaltstele, in die ich, vor meiner Mobilisierung, die Ost-West-Linie graviert habe, und die beiden auf der Spitze stehenden Dreiecke der Schäkel, die den Stern Salomos nachzeichnen. Die Stele hat dem Regen und dem Wind widerstanden, sie ist nur ein bißchen mehr in der Erde versunken, und inmitten dieser verwüsteten Landschaft gleicht sie einem Monument aus der Frühzeit der Menschheit. Wer wird sie eines Tages finden und verstehen, was sie bedeutete? Das Tal der Anse aux Anglais hat das Geheimnis verschlossen, hat die Türen verschlossen, die einen Augenblick lang für mich allein aufgegangen waren. Ein letztes Mal zieht es mich zum Eingang der Schlucht an der Ostklippe, wo die Strahlen der untergehenden Sonne auftreffen. Doch als ich näher komme, bemerke ich, daß unter der Heftigkeit des Wasseranpralls ein Teil der Klippe eingestürzt ist und den Zugang versperrt. Der Schlammfluß, der aus dem Tal hervorgequollen ist, hat alles niedergewalzt und die alte Tamarinde, deren sanften Schatten ich so sehr liebte, aus dem Boden gerissen. In einem Jahr wird von ihrem Stamm nur noch ein Erdbuckel übriggeblieben sein, mit einigen Dornbüschen darauf.

Lange, bis in die Nacht hinein, horche ich auf die Geräusche des Tals. Der Fluß, der machtvoll dahinströmt und Erde und Bäume mit sich führt, das Wasser, das von den Schieferklippen rieselt, und, in der Ferne, das Donnern der See.

Während der zwei mir noch verbleibenden Tage betrachte ich unentwegt das Tal. Jeden Morgen verlasse ich in aller Frühe mein enges Zimmer im chinesischen Hotel und steige zur Vigie du Commandeur hinauf. Aber ich gehe nicht mehr ins Tal hinunter. Ich bleibe mitten im Gestrüpp am zusammengefallenen Turin sitzen und schaue auf das lange rotschwarze Tal, aus dem meine Spur schon verschwunden ist. In dem unwirklichen, an der Korallenbarriere aufgehängten Meer verharrt das Heck der *Zeta* unbeweglich unter den Schlägen der Wellen. Ich denke an Kapitän Bradmer, dessen Leiche nicht gefunden wurde. Er war, wie man sich erzählt, allein auf seinem Schiff und hat nicht versucht, sich zu retten.

Das ist das letzte Bild, das ich von Rodriguez mitnehme auf dem Deck der jungen *Frigate*, deren Blechaufbauten unter dem angestrengten Stampfen der Maschinen vibrieren, als sie aufs offene Meer hinausfährt. Vor den hohen, nackten Bergen, die in der Morgensonne glänzen, schwebt, wie das Gerippe eines vom Sturm angeschwemmten Pottwals, am Rand des tiefen Wassers das Wrack der *Zeta*, über dem einige Seevögel kreisen.

Mananava, 1922

Seit meiner Rückkehr ist alles fremd und stumm geworden in Forest Side. Das alte Haus – die Baracke, sagt Laure – ist wie ein rundum leckgeschlagenes Schiff, mit Blech und Teerpappe schlecht und recht zusammengeflickt. Feuchtigkeit und Holzfäule werden ihm bald den Rest geben. Mam spricht nicht mehr, bewegt sich nicht mehr, ißt fast nichts mehr. Ich bewundere Laures Ausdauer, die Tag und Nacht bei Mam bleibt. Ich habe diese Kraft nicht. Ich wandere durch die Zukkerrohrfelder, in der Gegend von Quinze Cantons, dort, wo man die Spitzen der Trois Mamelles und darüber die Himmelswölbung sieht.

Ich muß Arbeit finden, und Laures Idee folgend, fasse ich mir ein Herz und bewerbe mich wiederum bei W. W. West. Mein Cousin Ferdinand leitet jetzt die Firma. Onkel Ludovic ist alt geworden, er hat sich von den Geschäften zurückgezogen und lebt in dem Haus, das er in der Nähe von Jemen bauen ließ, dort, wo einst unser Besitz begann. Ferdinand hat mich mit einer spöttischen Verachtung empfangen, die mich früher in Wut gebracht hätte. Jetzt ist sie mir gleichgültig. Als er zu mir gesagt hat:

»Du kommst also zurück an die Stätte deiner...«,

»Untätigkeit?« schlage ich vor.

Sogar als er von den »Kriegshelden, von denen zwölfe auf ein Dutzend gehen« sprach, habe ich nicht mit der Wimper gezuckt. Schließlich hat er mir den Posten des Aufsehers auf seinen Plantagen von Medina angeboten, und ich mußte annehmen. Jetzt bin ich also ein *sirdar!*

Ich hause in einer Hütte nahe Bambous, und jeden Morgen reite ich über die Plantagen, um die Arbeit zu überwachen.

Den Nachmittag verbringe ich im Lärm der Zuckerfabrik, wo ich das Abladen des Zuckerrohrs kontrolliere, die Bagasse, die Qualität des Sirups. Es ist eine erschöpfende Arbeit, aber immer noch besser als die Stickluft der Büros von W. W. West. Der Leiter der Zuckerfabrik ist Engländer, ein gewisser Pilling, den die Agricultural Company von den Seychellen herübergeschickt hat. Er war von Ferdinand gegen mich aufgehetzt worden. Aber er ist fair, und wir kommen sehr gut miteinander aus. Er sagt, er hoffe, nach Chamarel versetzt zu werden. Wenn es klappt, will er versuchen, mich nachkommen zu lassen.

Jemen, das ist die Einsamkeit. Am Morgen ziehen die Arbeiter und die Frauen im *gunny* wie eine zerlumpte Armee auf die Felder. Die Sicheln sausen in langsamem, regelmäßigem Rhythmus. An den Feldrändern, auf der Seite von Walhalla, schlagen die Männer die »Stockzähne« in Stücke, die schweren Steine, aus denen die Pyramiden errichtet werden. Ich reite über die Plantage nach Süden, horche auf das Geräusch der Sicheln und das Gebell der *sirdars*. Mein Schweiß rinnt in Strömen. Auf Rodriguez hatte die Sonne mich berauscht, ich sah die Funken auf den Steinen, den Pandangs aufspringen. Aber hier ist die Hitze eine doppelte Einsamkeit über der dunkelgrünen Fläche der Zuckerrohrfelder.

Ich denke jetzt an Mananava, an den letzten Ort, der mir noch bleibt. Der Gedanke verfolgt mich seit so langer Zeit, seit den Tagen, als Denis und ich bis zum Eingang der Felsschluchten liefen. Oft blicke ich, während ich die Feldwege entlangreite, nach Süden, und ich stelle mir die Höhlen an den Flußquellen vor. Ich weiß, dorthin muß ich gehen, endlich.

Heute habe ich Uma gesehen.

Im Erstanbau, auf den hochgelegenen Pflanzungen, hat der Schnitt des Zuckerrohrs begonnen. Die Männer und Frauen sind aus allen Richtungen von den Küsten gekommen, ihre Mienen sind besorgt, denn sie wissen, daß nur ein Drittel von ihnen Arbeit finden wird. Die übrigen werden mit hungrigen Mägen wieder nach Hause gehen müssen.

Auf dem Weg zur Zuckerfabrik geht ganz allein eine Frau. Sie dreht sich halb nach mir um, sie sieht mich an. Obwohl ihr Gesicht hinter dem großen weißen Schleier verborgen ist, erkenne ich sie. Aber schon verschwindet sie in der Menge, die sich auf die Wege zwischen den Feldern verteilt. Ich will ihr nachlaufen, aber ich gerate zwischen die abgewiesenen Arbeiter und Frauen, und alles ist von einer Staubwolke verhüllt. Als ich die Felder erreiche, sehe ich nur diese dichte grüne Mauer, die im Wind wogt. Die Sonne verbrennt die trockene Erde, verbrennt mein Gesicht. Ich laufe auf gut Glück einen Pfad entlang, ich rufe: »Uma! Uma!...«

Hier und dort hebt eine Frau im *gunny* den Kopf, hört auf, das Unkraut zwischen den Stengeln zu mähen. Ein *sirdar* rüffelt mich, seine Stimme ist hart. Ein wenig verlegen erkundige ich mich bei ihm. Gibt es hier *manafs?* Er begreift nicht. Leute aus Rodriguez. Er schüttelt den Kopf. Ja, ein paar, aber nur in den Flüchtlingslagern drüben am Morne, am Ruisseau des Créoles.

Jeden Tag suche ich Uma auf der Straße, auf der die *gunnies* kommen, und abends vor dem Büro des Buchhalters, wenn der Tageslohn ausbezahlt wird. Die Frauen haben bereits begriffen, sie machen sich über mich lustig, rufen mir Anzüglichkeiten zu. Nun wage ich nicht mehr, die Feldwege abzusuchen. Ich warte die Nacht ab und laufe querfeldein. Ich begegne Kindern, die Nachlese halten. Sie haben keine Angst vor mir, sie wissen, daß ich sie nicht anzeige. Wie alt muß Sri jetzt sein?

Die Tage verbringe ich mit den Ritten über die Plantagen,

im Staub, in der betäubenden Sonne. Ist Uma wirklich hier? Alle Frauen im *gunny* sehen ihr ähnlich, grazile Gestalten, die, über den eigenen Schatten gebeugt, mit ihren Sicheln und Harken arbeiten. Uma hat sich mir nur ein einziges Mal gezeigt, wie damals am Roseaux. Ich denke an unsere erste Begegnung, als sie ins Gestrüpp im Tal flüchtete, zu ihren Bergen hinaufeilte, leichtfüßig wie ein Zicklein. Habe ich das alles geträumt?

So kommt es, daß ich beschließe, alles aufzugeben, alles von mir zu werfen. Uma hat mir gezeigt, was ich tun muß, sie hat es mir auf ihre Weise gesagt, wortlos, einfach, indem sie wie eine Fata Morgana vor mir auftauchte, inmitten all dieser Leute, die ein Land bestellen, das ihnen nie gehören wird: Schwarze, Inder, Mestizen, Tag für Tag, Hunderte von Männern und Frauen, hier in Jemen, Walhalla oder Medina, Phoenix, Mon Desert, Solitude, Forbach. Hunderte von Männern und Frauen, die Steine auf die Mauern und Pyramiden schichten, Wurzelstöcke ausreißen, umgraben, das junge Zuckerrohr pflanzen, dann, Zug um Zug, die Stengel entblättern, kappen, den Boden jäten und, wenn der Sommer kommt, Karree um Karree durch die Pflanzungen vorrücken und vom Morgen bis zum Abend schneiden, nur innehalten, um ihre Sicheln zu wetzen, bis ihre Hände und die von den scharfen Blättern zerschnittenen Beine bluten, bis die Sonnenglut ihnen Übelkeit und Schwindel verursacht.

Fast ohne es zu bemerken, habe ich die Pflanzung bis zum südlichen Ende durchquert, wo der Schornstein einer stillgelegten verfallenen Zuckerfabrik aufragt. Das Meer ist schon nah, aber man sieht es nicht, man hört es nicht. Nur im blauen Himmel kreisen manchmal Seevögel in Freiheit. Hier sind die Arbeiter dabei, Neuland urbar zu machen. In der prallen Sonne laden sie die schwarzen Steine auf Kippkarren, brechen die Erde mit der Hacke um. Als sie mich sehen, hören sie auf zu arbeiten, als fürchteten sie sich vor irgend etwas. Also gehe ich zum Karren und fange gleichfalls an, Steine auszugraben und zu den anderen zu werfen. Wir arbeiten ohne Unterlaß, bis die Sonne sich zum Horizont neigt, uns die Gesichter verbrennt. Wenn ein Karren mit Steinen und Wurzelstöcken gefüllt ist, rückt der nächste nach. Die alten Feldmauern erstrecken sich bis in die Ferne, vielleicht bis ans Meer. Ich denke an die Sklaven, die sie errichtet haben, die »Märtyrer«, wie Laure sie nennt, die auf diesen Feldern gestorben oder in die Berge im Süden geflohen sind, zum Morne... Die Sonne berührt schon fast den Horizont. Wie auf Rodriguez scheint mir auch heute, daß ihre Glut mich gereinigt, befreit hat.

Eine Frau im *gunny* ist gekommen, eine alte Inderin mit verrunzeltem Gesicht. Sie bringt den Arbeitern zu trinken, sauere Milch, die sie mit einer Holzkelle aus einem Topf schöpft. Als sie zu mir kommt, zögert sie, dann reicht sie mir die Kelle. Die sauere Milch erfrischt meine staubgedörrte Kehle.

Der letzte mit Steinen beladene Karren fährt ab. In der Ferne verkündet das schrille Pfeifen des Dampfkessels den Arbeitsschluß. Ohne Hast schultern die Männer ihre Hacken und entfernen sich.

Als ich zur Zuckerfabrik komme, erwartet Pilling mich vor seinem Büro. Er betrachtet mein sonnenverbranntes Gesicht, den Staub auf meinen Haaren und Kleidern. Als ich ihm sage, daß ich von jetzt an auf den Feldern arbeiten will, schneiden und roden, unterbricht er mich barsch:

»Dazu taugen Sie nicht, und überhaupt ist das unmöglich, Weiße arbeiten nicht auf den Feldern.« Ruhiger fügt er hinzu: »Ich nehme an, daß Sie Ruhe brauchen und hiermit Ihre Entlassung einreichen.«

Die Unterredung ist beendet. Ich gehe langsam auf der jetzt menschenleeren Staubstraße dahin. Im Licht der untergehenden Sonne wirken die Zuckerrohrfelder so endlos wie das Meer, und die Schornsteine der anderen Fabriken gleichen in der Ferne den Schornsteinen von Schiffen.

Das Gerücht von einem Aufstand zieht mich aufs neue zu den heißen Feldern drüben bei Jemen. Es heißt, daß die Plantagen brennen, in Medina, Walhalla, und daß die arbeitslosen Männer die Zuckerfabriken bedrohen. Laure hat mir das berichtet, leise nur, um Mam nicht zu beunruhigen. Ich ziehe mich eilig an. Trotz des feinen Morgenregens gehe ich in meiner Militärbluse aus, ohne Jacke, ohne Hut, barfuß in den Schuhen. Als ich auf dem Plateau bei den Trois Mamelles ankomme, strahlt die Sonne über der Weite der Felder. Ich sehe die Rauchsäulen, die in der Richtung von Jemen aus den Pflanzungen aufsteigen. Ich zähle vier Brände, vielleicht fünf. Ich steige von der Klippe herab, nehme den kürzesten Weg durchs Gestrüpp. Ich denke an Uma, die bestimmt dort unten ist. Ich erinnere mich an den Tag, als Ferdinand und ich sahen, wie die Inder den weißen Aufseher in den Bagasse-Ofen warfen, an das Schweigen der Menge, als der Mann im lodernden Feuerungsloch verschwand.

Gegen Mittag bin ich in Jemen. Ich bin schweißnaß und staubbedeckt, mein Gesicht ist vom Gestrüpp zerkratzt. Die Leute haben sich um die Zuckerfabrik versammelt. Was geht dort vor? Die Aussagen der *sirdars* sind widersprüchlich. Ein paar Männer haben Feuer an die Schuppen gelegt. Berittene Polizei hat die Verfolgung aufgenommen.

Wo ist Uma? Ich nähere mich den Gebäuden der Raffinerie, aber der Polizeikordon läßt mich nicht durch. Im Hof, den bewaffnete Milizsoldaten bewachen, kauern Männer und Frauen im Schatten, die Hände im Nacken, und warten, daß über ihr Los entschieden wird.

Dann laufe ich weiter durch die Pflanzung in Richtung Meer. Ich bin überzeugt, wenn Uma hier ist, wird sie zum Meer fliehen. Nicht weit von mir, inmitten der Felder, steigt eine schwere Rauchsäule zum Himmel, und ich höre die Schreie der Männer, die den Brand bekämpfen. Irgendwo tief in den Feldern knallen Gewehrschüsse. Aber das Zuckerrohr steht so hoch, daß ich nicht über die Blätter hinwegsehe. Ich renne durch die Halme, ziellos, hierhin und dorthin, horche auf das Peitschen der Schüsse. Plötzlich stolpere ich, bleibe atemlos stehen. Ich höre, wie mir das Herz im Leibe flattert, und meine Beine zittern. Ich habe die Grenzen der Besitzung erreicht. Hier ist alles still.

Ich steige auf eine Steinpyramide, ich sehe, daß die Brände bereits erloschen sind. Nur über der Zuckerfabrik steigt eine helle Rauchsäule in den Himmel, ein Zeichen, daß der Bagasse-Ofen wieder in Betrieb ist.

Jetzt ist alles zu Ende. Als ich auf dem schwarzen Sandstrand anlange, verweile ich unbeweglich zwischen den vom Sturm an Land geworfenen Stämmen und Ästen. Ich tue das, damit Uma mich sehen kann. Die Küste ist verlassen, eine Wildnis wie die Anse aux Anglais. Im Licht der sinkenden Sonne gehe ich an der Tamarin-Bucht entlang. Ich bin überzeugt, daß Uma mich gesehen hat. Daß sie mir folgt, ohne ein Geräusch zu machen, ohne eine Spur zu hinterlassen. Ich darf nicht versuchen, sie zu sehen. Das ist ihr Spiel. Als ich einmal mit Laure über sie sprach, hat meine Schwester mit ihrer spöttischen Stimme gesagt: »Eine Yang Katera! Sie hat dich verhext!« Jetzt glaube ich selbst, daß sie recht hat.

So lange schon bin ich nicht mehr hier gewesen. Mir ist, als folgte ich meinen eigenen Spuren, den Spuren, die ich hinterließ, als ich mit Denis hier war, um die Sonne unter das Meer gleiten zu sehen.

In der Nacht bin ich auf der anderen Seite des Tamarin.

Vor mir sehe ich die Lichter des Fischerdorfes funkeln. Die Fledermäuse streichen über den hellen Himmel. Die Nacht ist mild und ruhig. Zum erstenmal seit langer Zeit schicke ich mich an, im Freien zu nächtigen. Im schwarzen Dünensand, am Fuß der Tamarinden, mache ich mein Bett, strecke mich aus, die Hände im Nacken verschränkt. Ich liege mit offenen Augen da und sehe zu, wie der Himmel immer schöner wird. Ich lausche dem sanften Geräusch des Tamarin, der sich mit dem Meer vermischt.

Dann erscheint der Mond. Er schiebt sich in die Mitte des Himmels, unter ihm glänzt das Meer. Da sehe ich Uma, sie sitzt nicht weit von mir entfernt auf dem leuchtenden Sand. Sie sitzt da wie immer, die Arme um die Beine geschlungen, das Gesicht im Profil. Mein Herz schlägt heftig, ich zittere, vor Kälte vielleicht? Ich habe Angst, es könnte nur ein Wahnbild sein, sie könnte wieder verschwinden. Der Meerwind steht auf uns zu und weckt das Geräusch der Wellen. Jetzt kommt Uma zu mir, sie nimmt mich bei der Hand. Wie damals in der Anse aux Anglais zieht sie sich aus und geht zum Meer, ohne auf mich zu warten. Gemeinsam springen wir ins kühle Wasser, wir schwimmen gegen die Strömung. Die langen Wellen, die vom anderen Ende der Welt kommen, überspülen uns. Wir schwimmen lange im dunklen Meer unter dem Mond. Dann kehren wir an den Strand zurück. Uma zieht mich zum Fluß, wo wir uns auf die Kiesel des Flußbetts legen und uns das Salz vom Körper und aus den Haaren waschen. Wir frösteln in der Seeluft, und wir sprechen leise, um die Hunde in der Nachbarschaft nicht zu wecken. Wie früher überschütten wir uns mit schwarzem Sand und warten, daß der Wind ihn uns in kleinen Bächen von Bauch und Schultern weht. Ich habe so viel zu sagen, daß ich nicht weiß, womit ich beginnen soll. Auch Uma spricht zu mir, sie erzählt, wie mit dem Typhus der Tod nach Rodriguez gekommen ist, vom

Sterben ihrer Mutter auf dem Schiff, das die Flüchtlinge nach Port Louis brachte. Sie erzählt vom Lager am Ruisseau des Créoles und von den Salinen an der Rivière Noire, wo sie und Sri gearbeitet haben. Wie hat sie erfahren, daß ich in Jemen war, durch welches Wunder? »Das ist kein Wunder«, sagt Uma. Ihre Stimme ist plötzlich fast zornig. »Jeden Tag, jeden Augenblick habe ich dich in Forest Side erwartet, oder ich bin nach Port Louis gegangen, in die Rempart Street. Als du aus dem Krieg zurückgekommen bist, hatte ich schon so lange gewartet, daß ich auch noch länger warten konnte, und ich bin dir überall hin gefolgt, bis nach Jemen. Ich habe sogar auf den Feldern gearbeitet, bis du mich gesehen hast.« Mich überfällt eine Art Schwindel, und meine Kehle ist wie zugeschnürt. Wie konnte es so lange dauern, ehe ich begriff? Jetzt sprechen wir nicht mehr. Wir bleiben Seite an Seite liegen, dicht aneinandergepreßt, um die Kälte der Nacht nicht zu spüren. Wir lauschen auf das Meer und auf den Wind in den Schuppenblättchen der Kasuarinen, denn es gibt sonst nichts mehr auf der Welt.

Die Sonne geht über den Trois Mamelles auf. Wie früher, damals, als ich mit Denis umherstreifte, sehe ich die blauschwarzen Vulkane vor dem lichterfüllten Himmel. Ich erinnere mich, daß ich die südlichste Spitze immer am meisten liebte, sie gleicht einem Reißzahn und ist die Achse, um die Mond und Sonne kreisen.

Ich habe am Barachois gewartet, im Sand gesessen und den ruhigen Lauf des Flusses verfolgt. Die Seevögel strichen langsam dicht über dem Wasser dahin, die Fischreiher, die Kormorane, die zänkischen Möwen, sie lauern auf die Pirogen der Fischer. Dann habe ich mich am Boucan flußaufwärts gepirscht bis Panon, langsam, vorsichtig, wie auf vermintem Gelände. Durch das Blattwerk sehe ich in der Ferne den Schornstein von Jemen, der bereits raucht, und der süße Geruch des Zuckersirups steigt mir in die Nase. Ein Stück weiter oben sehe ich auch, jenseits des Flusses, Onkel Ludovics neues Haus, es ist sehr weiß.

Es schmerzt mich im Innersten, denn ich weiß, wo ich bin. Hier begann unser Garten, und ein Stück weiter, am Ende der Allee, hätte ich unser Haus sehen können, das blaue Dach, das in der Sonne glänzte. Ich gehe durch hohes Gras, Dornengebüsch zerkratzt mich. Nichts ist mehr zu sehen. Vor vielen Jahren schon wurde alles abgerissen, verbrannt, geplündert. Begann hier vielleicht unsere Veranda? Ich glaube, einen Baum wiederzuerkennen, dann noch einen. Aber im gleichen Augenblick sehe ich zehn ähnliche Bäume, Tamarinden, Mangobäume, Kasuarinen. Ich stoße mich an unbekannten Steinen, stolpere in Löcher. Haben wir wirklich hier gewohnt? Oder war das in einer anderen Welt?

Ich laufe fieberhaft weiter, fühle das Blut in meinen Schläfen hämmern. Ich will irgend etwas finden, ein Stück Erde, das einmal uns gehört hat. Als ich davon zu Mam sprach, haben ihre Augen aufgeleuchtet, das weiß ich bestimmt. Ich hielt ihre Hand ganz fest in der meinen, versuchte, ihr etwas von meinem Leben, meiner Kraft abzugeben. Ich sprach von dem allen, als existierte unser Haus noch. Ich habe zu ihr gesprochen, als könnte nichts jemals enden, als würden die verlorenen Jahre zurückkehren, der Garten in der Dezemberhitze, als wir, Laure und ich, ihrer singenden Stimme lauschten, die uns aus der biblischen Geschichte vorlas.

Und auch hier will ich jetzt ihre Stimme hören, im wild wuchernden Gestrüpp, in diesem Schutt aus schwarzen Steinen, die einst das Fundament unseres Hauses bildeten. Als ich mich wieder zu den Hügeln aufmache, sehe ich plötzlich die Schlucht, wo wir so viele Stunden lang auf dem größten Ast des Baumes hockten und dem Rieseln des namenlosen Wildbachs zusahen. Ich erkenne ihn kaum wieder. Während überall Gestrüpp und Unkraut wuchern, ist hier alles öd und kahl wie nach einem Brand. Mein Herz schlägt heftig, denn das hier hat wirklich uns gehört, Laure und mir, war unser Versteck gewesen. Aber jetzt ist es nur eine Schlucht, ein düsterer und häßlicher Erdspalt ohne Leben. Der Baum, unser Baum, wo ist er? Ich glaube, ihn zu erkennen, den geschwärzten Stamm mit den abgebrochenen Ästen, dem spärlichen Laub. Er ist so häßlich, so klein, daß ich nicht begreife, wie wir früher dort hinaufklettern konnten. Als ich mich über die Schlucht beuge, sehe ich den wohlbekannten Ast, auf dem wir lagen, und er gleicht einem abgezehrten Arm, der über die Leere weist. Unten, auf dem Grund der Schlucht, fließt das Wasser zwischen Aststücken, Blechresten, alten Brettern. Die Schlucht hat beim Abbruch unseres Hauses als Müllplatz gedient.

Von dem allen habe ich Mam nichts gesagt. Es war nicht mehr wichtig. Ich habe ihr von dem gesprochen, was früher war, was wirklicher, echter war als dieses wüste Land. Ich habe ihr von dem gesprochen, was sie am meisten liebte, vom Garten voller Hibiskus, den Poinsettien, dem Aronstab und ihren weißen Orchideen. Ich habe von dem großen ovalen Teich vor der Veranda gesprochen, wo man die Kröten singen hörte. Ich habe auch von dem gesprochen, was mir das Liebste war, was ich nie vergessen werde, von ihrer Stimme, wenn sie uns ein Gedicht vorlas oder wenn sie die Nachtgebete vorsprach. Von der Allee, durch die wir gemeinsam feierlich wandelten, um die Sterne zu betrachten und den Erklärungen unseres Vaters zu lauschen.

Ich bin bis zum Einbruch der Nacht geblieben, durchs Gestrüpp gestreift auf der Suche nach Spuren, nach Anhaltspunkten, auf der Suche nach Gerüchen, nach Erinnerungen. Aber es ist ein zerstörtes und verdorrtes Land, die Bewässerungskanäle sind seit Jahren verstopft. Die übriggebliebenen Bäume sind von der Sonne verbrannt. Keine Mangos, keine Mispeln, keine Brotfruchtbäume mehr. Nur noch die Tamarinden, hoch und mager wie auf Rodriguez, und die Feigenbäume, die niemals sterben. Der Baum, den ich unbedingt wiederfinden möchte, ist der Chalta, der Baum des Guten und Bösen. Wenn es mir gelänge, ihn wiederzufinden, dann, glaube ich, würde etwas aus der Vergangenheit gerettet sein. Nach meiner Erinnerung muß er am Ende des Gartens stehen, am Rand der Brachfelder, dort, wo der Weg begann, der zu den Bergen und den Schluchten der Rivière Noire führte. Ich arbeite mich durchs Gestrüpp, ich steige, so schnell ich kann, die Anhöhe hinauf bis dorthin, wo man den Berg Terre Rouge und den Brise-Fer sieht. Und dort steht er plötzlich vor mir, mitten im Gestrüpp, noch größer als damals, mit seinem dunklen Laub, das einen Schattensee bildet. Ich gehe zu ihm hin, und ich erkenne ihn an seinem Geruch, ein zarter und erregender Duft, der uns schwindelig machte, wenn wir in sein Geäst kletterten. Er ist nicht gewichen, er wurde nicht zerstört. Diese ganze Zeit, die ich fern gewesen war, fern vom Schutz seiner Blätter, fern von seinen Ästen, war für ihn nur ein Augenblick. Die Wassermassen der Zyklone kamen und gingen, die Dürrezeiten, die Brände und sogar die Menschen, die unser Haus zerstört, die Blumen im Garten zertrampelt und das Wasser des Teichs und der Kanäle vertrieben haben. Er aber ist der Baum des Guten und Bösen geblieben, der alles weiß, alles sieht. Ich habe die Kerben gesucht, die Laure und ich mit einem Messer eingeschnitten hatten, um unsere Namen und unsere Größe festzuhalten. Ich habe die Wunde gesucht, dort, wo der Zyklon einen Ast abgerissen hatte. Der Schatten des Baums ist tief und lind, sein Duft berauscht mich. Die Zeit ist stehengeblieben. Die Luft schwirrt von Insekten, von Vögeln, die Erde unter ihm ist feucht und lebendig. Hier kennt die Welt weder Hunger noch Unglück. Den Krieg gibt es hier nicht. Der Chalta-Baum hält durch die Kraft seiner Äste die Welt fern. Unser Haus ist zerstört worden, unser Vater ist tot, aber nichts ist für immer verloren, denn ich habe den Chalta-Baum wiedergefunden. Unter ihm kann ich schlafen. Draußen kommt die Nacht, sie löscht die Berge aus. Was immer ich getan, was immer ich gesucht habe, es geschah nur, damit ich hierher komme, an das Tor zu Mananava.

Wieviel Zeit ist vergangen, seit Mam gestorben ist? War es gestern oder vorgestern, ich weiß es nicht mehr. Tage und Nächte hindurch haben wir abwechselnd gewacht, ich bei Tag, Laure in den Nächten, damit Mam stets eine Hand in ihren mageren Fingern halten konnte. Jeden Tag habe ich ihr dieselbe Geschichte erzählt, die Geschichte vom Boucan, wo alles ewig jung und schön ist, wo das azurblaue Dach glänzt. Es ist ein Land, das es nicht gibt, das nur für uns drei existiert. Und ich glaube, weil wir soviel davon sprechen, ist ein wenig von dieser Unsterblichkeit in uns, eint uns gegen den so nahen Tod.

Laure hingegen spricht nicht. Sie wahrt im Gegenteil hartnäckiges Schweigen, aber das ist ihre Art, gegen die Vernichtung zu kämpfen. Ich habe ihr einen Zweig vom Chalta-Baum mitgebracht, und als ich ihn ihr gab, sah ich, daß sie den Baum nicht vergessen hat. Ihre Augen haben vor Freude geleuchtet, sie hat ihn auf ihren Nachttisch gelegt oder vielmehr wie achtlos hingeworfen, denn das tut sie immer, wenn ihr ein Gegenstand besonders lieb ist.

Dann kam dieser furchtbare Morgen, als Laure vor dem Feldbett stand, auf dem ich im leeren Eßzimmer schlafe, und mich geweckt hat. Ich erinnere mich an ihr wirres Haar, an dieses harte wilde Licht in ihrem Blick.

»Mam ist tot.«

Das ist alles, was sie gesagt hat, und ich bin ihr noch ganz schlaftrunken in das düstere Schlafzimmer gefolgt, wo die Nachtlampe brennt. Ich habe Mam betrachtet, ihr mageres und regelmäßiges Gesicht, ihr schönes Haar, das über das weiße Kopfkissen fiel. Laure ist hinausgegangen und hat meinen Platz auf dem Feldbett eingenommen, und sie ist sofort eingeschlafen, die Arme übers Gesicht gelegt. Und ich blieb im dunklen Zimmer mit Mam allein, betäubt, unfähig zu begreifen, auf dem knarrenden Stuhl vor der flackernden Lampe, willens, jeden Moment wieder mit meiner Geschichte zu beginnen, leise von dem großen Garten zu sprechen, durch den wir abends gemeinsam gegangen waren und die Sterne entdeckt hatten, von den Alleen zu sprechen, die mit den Schoten der Tamarinden und den Blütenblättern des Hibiskus bestreut waren, und wie wir dem schrillen Gesang der Moskitos gelauscht hatten, die um unsere Haare tanzten, und wie glücklich wir gewesen waren, wenn wir uns umwandten und in der blauen Nacht das große erleuchtete Fenster des Arbeitszimmers sahen, wo mein Vater rauchte und seine Seekarten studierte.

Und heute morgen höre ich unter dem Regen auf dem Friedhof von Bigara die Erde auf den Sarg poltern, und ich sehe Laures sehr blasses Gesicht, das Haar, das unter Mams schwarzem Schal gebändigt ist, die Regentropfen, die über ihre Wangen rinnen wie Tränen.

Wie lange liegt Mams Tod schon zurück? Ich kann es nicht glauben. Alles ist zu Ende, für immer dahin ist ihre Stimme, die im Halbdunkel der Veranda spricht, für immer ihr Duft, ihr Blick. Mir scheint, mit dem Tod meines Vaters habe ich begonnen, rückwärts zu schreiten, einem Vergessen entgegen, das ich nicht akzeptieren kann, das mich für immer von dem entfernt, was meine Kraft war, meine Jugend. Die Schätze sind unerreichbar, unwirklich. Sie sind das »Narrengold«, das die schwarzen Goldsucher mir bei meiner Ankunft in Port Mathurin gezeigt haben.

Jetzt sind wir allein, Laure und ich, in dieser alten leeren und kalten Baracke mit den geschlossenen Fensterläden. Das Nachtlicht in Mams Schlafzimmer ist erloschen, und ich habe eine neues auf dein Nachttisch angezündet, inmitten der unnützen Arzneifläschchen, neben dem Bett mit den leichenfahlen Laken.

»Nichts von alledem hätte geschehen können, wenn ich geblieben wäre... Ich bin an allem schuld, ich hätte sie nicht verlassen dürfen.«

»Aber du konntest nicht anders, du mußtest fort?« Es ist eine Frage, die Laure an sich selbst richtet.

Ich blicke sie besorgt an.

»Was wirst du jetzt tun?«

»Ich weiß nicht. Hier bleiben, vermutlich.«

»Komm mit mir!«

»Wohin?«

»Nach Mananava. Wir könnten im Bannforst wohnen.«

Sie sieht mich spöttisch an:

»Alle drei, wir und die Yang Katera!« Damit meint sie Uma. Aber ihre Augen werden wieder kalt. Ihr Gesicht drückt Müdigkeit aus, Ablehnung.

»Du weißt genau, daß das unmöglich ist.«

»Aber warum?«

Sie antwortet nicht. Ihr Blick geht durch mich hindurch. Ich begreife plötzlich, daß ich sie während der langen Jahre des Exils verloren habe. Sie ist einen anderen Weg gegangen, sie ist ein anderer Mensch geworden, unsere Leben können nicht mehr parallel verlaufen. Laures Platz ist bei den Visitantinnen, den Nonnen, die sich der mittellosen, verstoßenen Frauen annehmen. Ihr Platz ist bei den wassersüchtigen Inderinnen, den Krebskranken, die um ein paar Rupien betteln, um ein Lächeln, ein Wort des Trostes. Bei den fiebernden Kindern mit den aufgetriebenen Bäuchen, für die sie Kessel voll Reis kochen läßt, für die sie bei den »bourzois« ihrer Kaste ein bißchen Geld lockermachen wird.

Einen Augenblick lang hat ihre Stimme einen besorgten Ton, wie einst, wenn ich barfuß durch ihr Schlafzimmer schlich, um in die Nacht hinauszugehen.

»Und was wirst du tun?«

»Na, ich werde in den Bächen schürfen, wie in Klondyke. Ich bin überzeugt, daß es in Mananava Gold gibt.«

Ja, für Sekunden noch leuchtet ihr Blick vor Belustigung, noch sind wir einander nahe, sind das »Liebespaar«, wie die Leute uns einst nannten, wenn sie uns zusammen sahen.

Später sehe ich ihr zu, wie sie ihren kleinen Koffer packt, um zu den Nonnen von Loreto zu gehen. Ihr Gesicht ist wieder ruhig geworden, gleichgültig. Nur die Augen leuchten wie vor Zorn. Sie wickelt ihr schönes Haar in Mams schwarzen Schal, und sie geht, ohne sich umzudrehen, mit ihrem Pappköfferchen und dem großen Regenschirm, hoch und aufrecht, und von nun an kann nichts mehr sie aufhalten oder beirren.

Den ganzen Tag habe ich an den Flußmündungen verbracht, vor dem Barachois, und zugesehen, wie das Meer fiel und die schwarzen Sandstrände freigab. Bei Ebbe kommen große schwarze Halbwüchsige zum Krakenfang, sie gleichen Stelzvögeln im kupferfarbenen Wasser. Die Kühnsten kommen näher und sehen mich an. Einer von ihnen glaubt, da ich mein Militärhemd trage, ich sei ein englischer Soldat und spricht mich in dieser Sprache an. Um ihn nicht zu enttäuschen, antworte ich auf englisch, und wir unterhalten uns eine Weile, er steht auf seine lange Harpune gestützt, und ich sitze im Sand und rauche im Schatten der Sammetpalmen eine Zigarette.

Dann geht er wieder zu den anderen jungen Männern, und ich höre ihre Stimmen und ihr Lachen am anderen Ufer des Tamarin verklingen. Nur die Fischer stehen noch in ihren Pirogen, die langsam über ihre Spiegelbilder im Wasser gleiten.

Ich warte, bis die Flut ihre erste Woge auf den Sand schickt. Der Wind kommt auf, wie einst schaudere ich beim Geräusch des Meeres. Dann schultere ich meinen Tornister und marschiere flußaufwärts in Richtung Boucan. Vor Jemen biege ich ins Dickicht ab, dorthin, wo unsere Straße begann, die große Allee aus roter Erde, die zwischen den Bäumen schnurgerade zu unserem so weißen Haus mit dem azurblauen Dach verlief. Durch diese Allee sind wir, so erinnere ich mich, vor langer Zeit gegangen, als die Gerichtsdiener und Onkel Ludovics Anwälte uns verjagt haben. Jetzt ist die Straße verschwunden, vom Unkraut verschlungen, und mit ihr die Welt, zu der sie führte.

Wie schön und gedämpft ist hier das Licht, es gleicht dem Licht, das mich einhüllte, wenn ich unter der Veranda saß und zusah, wie der Abend sich über den Garten legte! Nur dieses Licht erkenne ich wieder. Ich arbeite mich durchs Gestrüpp voran, und ich versuche nicht einmal, den Chalta-Baum oder die Schlucht wiederzusehen. Wie die Seevögel treibt mich die Hast, die Unruhe des sinkenden Tags. Jetzt laufe ich in südlicher Richtung, auf den Berg Mont Rouge zu. Plötzlich leuchtet vor mir im Himmelslicht ein Tümpel auf: Es ist das Bassin aux Aigrettes, wo mein Vater seinen Generator installiert hatte. Heute ist das Bassin leer, umwachsen von Unkraut und Schilf. Von den Arbeiten meines Vaters ist nichts geblieben. Die Stauwehre, die Eisenkonstruktionen, die den Generator trugen, sind seit langem weggeschafft, und der Generator ist zur Schuldentilgung verkauft worden. Wasser und Schlamm haben den Traum meines Vaters begraben. Vögel fliehen schreiend, während ich um das Bassin herumgehe und den Weg zu den Schluchten einschlage.

Nachdem ich den Brise-Fer passiert habe, sehe ich unter mir das Tal der Rivière Noire und in der Ferne zwischen den Bäumen das Meer, das in der Sonne funkelt. Ich bin vor Mananava angelangt, schweißtriefend, außer Atem, voll Unruhe. Im Augenblick meines Eintretens in die Schlucht überfällt mich Furcht. Soll ich also jetzt hier leben, als Gescheiterter? Das grelle Licht der untergehenden Sonne läßt die Schatten der Berge, des Machabé, des Pied de Marmite, die Schluchten noch düsterer erscheinen. Über Mananava bilden die roten Klippen eine unüberwindliche Mauer. Im Süden, zum Meer hin sehe ich den Rauch der Zuckerfabriken und der Dörfer, Case Noyale, Rivière Noire. Mananava liegt am Ende der Welt, von wo aus man sehen kann, ohne gesehen zu werden.

Ich bin jetzt im Herzen des Tals, im Schatten der großen Bäume, die Nacht hat schon begonnen. Der Wind bläst vom Meer her, und ich höre das Rauschen der Blätter, diese unsichtbaren Züge, diese Galoppaden, diese Tänze. Noch nie war ich allein so tief im Herzen Mananavas gewesen. Während ich im Schatten unter dem noch sehr hellen Himmel voranschreite, öffnet sich vor mir der grenzenlose Wald. Ich bin umgeben von glattstämmigen Ebenholzbäumen, von Terebinthen, Kolophanien, wilden Feigenbäumen, Sykomoren. Meine Schritte versinken im Laubteppich, ich rieche die fade Ausdünstung der Erde, die Feuchtigkeit des Himmels. Ich steige das Bett eines Wildbachs hoch. Im Vorbeigehen pflücke ich schwarze Morellen, rote Guavefrüchte, Sklaven-Pistazien. Ich bin trunken von dieser Freiheit. War es mir nicht seit je bestimmt, hierher zu kommen? Ist dies nicht der Ort, den die Pläne des unbekannten Korsaren bezeichneten, dieses von den Menschen vergessene Tal, das genau nach dem Sternbild Argo ausgerichtet ist? Während ich unter den Bäumen dahinmarschiere, höre ich wie einst in der Anse aux Anglais mein Herz klopfen. Ich fühle mit Gewißheit: Ich bin nicht allein in Mananava. Irgendwo, nicht weit von mir, bewegt sich jemand im Wald, folgt einem Weg, der den meinen kreuzen wird. Jemand gleitet lautlos zwischen den Blättern, ich fühle einen Blick auf mir, einen Blick, der alles durchdringt und sein Licht auf mich wirft. Bald bin ich vor der Felswand, auf der noch die Sonne liegt. Ich bin über dem Wald, bei den Quellen der Flüsse, und ich kann das Grün sehen, das bis zum Meer wogt. Ich werde hier schlafen, nach Westen gewandt, inmitten der lichtwarmen Lavablöcke. Das wird mein Haus sein, von dem aus ich immer das Meer sehen kann.

Da sehe ich Uma mit ihrem leichten Schritt aus dem Wald treten und auf mich zukommen. Im selben Augenblick erscheinen auch die beiden weißen Vögel. Hoch oben am farblosen Himmel schweben sie im Wind, sie kreisen über Mananava. Haben sie mich gesehen? Schweigend, nebeneinander, fast ohne die Flügel zu bewegen, gleich zwei weißen Kometen, blicken sie in den Lichthof der Sonne über dem Horizont. Durch sie ist die Welt zum Stillstand gekommen, der Lauf der Sterne angehalten. Einzig ihre Körper bewegen sich im Wind...

Uma ist bei mir. Ich nehme den Duft ihres Körpers, die Wärme ihres Körpers wahr. Ich sage sehr leise: »Schau! Das sind die Vögel, die ich einst sah, das sind sie!...« Ihr Flug trägt sie dem Berg Machabé entgegen, während der Himmel sich verändert, grau wird. Jäh verschwinden sie hinter den Bergen, tauchen hinab zur Rivière Noire, und es ist Nacht.

Wir haben in Mananava Tage des Glücks geträumt, nichts von den Menschen gewußt. Wir haben das Leben von Wilden geführt, nichts zählte als die Bäume, die Buchten, die Gräser, das Quellwasser, das der roten Felswand entspringt. Wir fangen Krebse in einem Arm der Rivière Noire und an der Flußmündung unter den flachen Steinen die Garneelen, die Krabben. Ich erinnere mich an die Geschichten, die der alte Capt'n Cook erzählte, vom Affen Zako, der mit seinem Schwanz Garneelen angelte.

Hier ist alles einfach. Bei Tagesanbruch tauchen wir in den taukühlen Wald und pflücken rote Guavefrüchte, Süßkirschen, Madagaskarpflaumen, Kopfkohl, oder wir sammeln Traumkraut, Chayote und Margosa-Früchte. Wir bewohnen den Ort, wo einst die entflohenen Sklaven lebten, zur Zeit des großen Sacalavou, zur Zeit Senghors. »Dort, schau hin! Das waren ihre Felder. Dort haben sie ihre Schweine gehalten, ihre Ziegen, ihre Hühner. Sie zogen dicke Bohnen, Linsen, Jam und Mais.« Uma zeigt mir die Reste der Feldmauern, die überwachsenen Steinhaufen. Ein Dornbusch dicht an einer Lavawand verbirgt den Zugang zu einer Höhle. Uma bringt mir duftende Blumen. Sie steckt sie sich in ihr schweres Haar, hinter die Ohren. »Kassia.«

Niemals war sie so schön, das schwarze Haar, das ihr glattes Gesicht umrahmt, der schlanke Körper im verwaschenen und geflickten *gunny*.

Jetzt denke ich kaum noch an das Gold, es lockt mich nicht mehr. Meine Pfanne ist am Bachufer nah der Quelle geblieben, und ich laufe hinter Uma durch den Wald. Meine Kleider sind von den Ästen zerrissen, Haare und Bart habe ich wachsen lassen wie Robinson. Uma hat mir aus Pandang-Fasern einen Hut geflochten, und ich glaube, niemand würde mich in dieser Aufmachung erkennen.

Mehrmals sind wir bis zur Mündung der Rivière Noire hinunter, aber Uma fürchtet sich wegen der Revolte der *gunnies* vor den Leuten. Trotzdem wagen wir uns im Morgengrauen bis zum Tamarin-Trichter und gehen über den schwarzen Sand. Noch ist alles in den Morgennebel gehüllt, und der Wind ist kalt. Halb unter den Pandangs versteckt, haben wir das aufgebrachte Meer betrachtet, die zornig schäumenden Wellen. Es gibt nichts Schöneres auf der Welt. Manchmal geht Uma zum Fischen an die Lagune drüben bei La Tourelle oder zu den Salinen, um ihren Bruder zu sehen. Am Abend bringt sie mir den Fisch mit, und wir braten ihn in unserem Versteck bei den Quellen.

Jeden Abend, wenn die Sonne sich zum Meer neigt, warten wir regungslos in den Felsen auf die Ankunft der Tropikvögel. Sie kommen sehr hoch am lichten Himmel an, gleiten langsam wie die Gestirne. Sie haben ihr Nest auf den Klippen beim Mont Machabé gebaut. Sie sind so schön, so weiß, sie schweben so langsam am Himmel im Meerwind, daß wir keinen Hunger mehr spüren, keine Müdigkeit, keine Sorge um den morgigen Tag. Sind sie nicht ewig? Uma sagt, das sind die beiden Vögel, die das Lob Gottes singen. Wir warten jeden Tag auf sie, in der Abenddämmerung, weil sie uns glücklich machen.

Dennoch fühle ich, wenn die Nacht kommt, mein Glück bedroht. Umas schönes kupferfarbenes Gesicht hat einen leeren Ausdruck, als sei nichts um uns wirklich. Manchmal sagt sie leise: »Eines Tages werde ich weggehen...«

»Wohin wirst du gehen?« Aber sie antwortet nicht.

Die Jahreszeiten sind vorübergezogen, ein Winter, ein Sommer. So lange schon habe ich keine anderen Menschen gesehen! Ich weiß nicht, wie das früher war, in Forest Side, in Port Louis. Mananava ist grenzenlos. Der einzige Mensch, der mich an die Außenwelt bindet, ist Laure.

Wenn ich von ihr spreche, sagt Uma: »Ich möchte sie gern kennenlernen.« Aber sie fügt hinzu: »Es ist unmöglich.« Ich spreche von Laure, ich erinnere mich, wie sie bei den Reichen in Curepipe, in Floréal für die armen Frauen um Geld bettelte, für die Opfer des Zuckerrohrs. Ich spreche davon, wie sie in den schönen Häusern Lumpen sammelte, um daraus Leichentücher für die sterbenden alten Inderinnen zu nähen. Uma sagt: »Du mußt zu ihr zurück.« Ihre Stimme ist heiter, und das verwirrt und schmerzt mich.

Diese Nacht ist kalt und rein, eine Winternacht wie auf Rodriguez, wenn wir im Sand der Anse aux Anglais lagen und zusahen, wie der Himmel sich mit Sternen bevölkerte.

Alles ist still, erstarrt, die Erdenzeit ist die Zeit des Universums. Ich liege auf dem Pandang-Teppich, mit Uma zusammen in die Militärdecke gewickelt, und betrachte die Sterne:

Orion im Westen drängt sich dicht an das Segel des Schiffes Argo, im Großen Hund leuchtet Sirius, die Sonne der Nacht. Ich spreche gern von den Sternen (und ich versage es mir nicht), ich nenne laut ihre Namen wie damals, als ich sie in der Sternen-Allee meinem Vater aufsagte:

»Arktur, Deneb, Bellatrix, Beteigeuze, Akoinar, Antares, Schaula, Altair, Andromeda, Fomalhaut...«

Plötzlich geht am Himmelsgewölbe über uns ein Sternenregen nieder. Auf allen Seiten furchen Lichtbahnen den Himmel und erlöschen, manche sehr kurz, andere so lang, daß sie auf unserer Netzhaut haften bleiben. Wir sind aufgestanden, um besser zu sehen, legen die Köpfe in den Nacken, sind geblendet. Ich fühle, wie Umas Körper neben mir zittert. Ich will sie wärmen, aber sie stößt mich zurück. Als ich ihr Gesicht berühre, begreife ich, daß sie weint. Dann läuft sie zum Wald, sie versteckt sich unter den Bäumen, um die Feuerbahnen, die den Himmel erfüllen, nicht mehr zu sehen. Als ich zu ihr komme, spricht sie mit einer Stimme, die heiser ist vor Zorn und Müdigkeit. Sie spricht von Unglück und Krieg, die aufs neue bevorstehen müssen, vom Tod ihrer Mutter, von den *manafs*, die man allerorts vertreibt, die auch jetzt wieder fort müssen. Ich versuche, sie zu beruhigen, ich möchte ihr sagen: Aber das sind doch nur Meteorsteine! Ich wage nicht, ihr das zu sagen, und dann – sind das wirklich Meteorsteine?

Durch das Laub sehe ich, wie die Sternschnuppen lautlos über den eisigen Himmel gleiten. Vielleicht wird der Krieg wiederkommen, wird der Himmel aufs neue vom Feuerschein der Bomben und der Brände erhellt.

Wir bleiben lange dicht aneinandergepreßt unter den Bäumen, in Sicherheit vor den Fingerzeigen des Schicksals. Dann wird es am Himmel wieder ruhig, die Sterne leuchten wieder. Uma will nicht zu den Felsen zurück. Ich hülle sie in die Decke und schlafe neben ihr im Sitzen, ein kläglicher Wächter.

Uma ist fort. Unter dem Laubdach, von dem der Abendtau rieselt, liegt nur noch die Pandang-Matte, der Abdruck ihres Körpers ist kaum mehr zu sehen. Ich will glauben, daß sie zurückkommt, und um mich abzulenken, gehe ich zum Bach und wasche den Sand in meiner Pfanne. Die Mücken umtanzen mich. Die Rosenstare fliegen und rufen einander mit ihren spöttischen Schreien. Manchmal glaube ich im Walddikkicht die Gestalt der jungen Frau zu sehen, wie sie durch das Gebüsch springt. Aber es sind nur Affen, die bei meinem Näherkommen fliehen.

Jeden Tag erwarte ich sie an der Quelle, wo wir badeten und die roten Guavefrüchte pflückten. Beim Warten spiele ich auf der Grasharfe, denn wir haben abgemacht, uns auf diese Weise zu verständigen. Ich denke an die Nachmittage, an denen ich auf Denis wartete, das Signal hörte, das inmitten des hohen Grases zirpte, ein seltsames Insekt, das ständig wiederholte: wini, wini, wini…

Aber hier antwortet niemand. Die Nacht kommt und hüllt das Tal ein. Nur die Berge rings um mich sind noch da, der Brise-Fer, der Machabé und in der Ferne, vor dem metallenen Meer, Le Morne. Mit der Flut kommt der Wind landeinwärts. Ich erinnere mich, was Cook sagte, wenn der Wind in den Schluchten heulte. Er sagte: »Horch! Das ist Sacalavou, er stöhnt, weil die Weißen ihn vom Berggipfel gestoßen haben! Das ist die Stimme des großen Sacalavou!« ich lausche auf die Klage, während ich ins schwindende Licht schaue. Die roten Wände der Klippe hinter mir glühen noch, und darunter erstreckt sich das Tal mit seinen vielen Rauchwolken. Mir scheint, ich müsse jeden Augenblick das Geräusch von Umas Schritten im Wald hören, den Duft ihres Körpers wahrnehmen.

Die englischen Soldaten haben das Flüchtlingslager an der Rivière Noire umstellt. Seit ein paar Tagen ist das Lager von Stacheldrahtrollen umzogen, damit niemand hinein oder heraus kann. Die Lagerinsassen, Komorianer, Leute aus Rodriguez, Diego Suarez, Agalega, indische und pakistanische Kulis warten auf ihre Überprüfung. Wer keine ordnungsgemäßen Papiere besitzt, muß nach Hause zurück auf seine Insel. Ich erfahre das von einem englischen Soldaten, als ich ins Lager will, um Uma zu suchen. Hinter ihm, im Staub zwischen den Baracken, sehe ich Kinder, die in der Sonne spielen. Dieses Elend steckt die Zuckerrohrfelder in Brand, die Wut entflammt, die trunken macht.

Ich warte lange vor dem Lager, in der Hoffnung, Uma zu sehen. Am Abend will ich nicht nach Mananava zurück. Ich habe in den Ruinen unseres einstigen Besitzes am Boucan geschlafen, im Schutz des Baums des Guten und Bösen. Vor dem Einschlafen habe ich auf den Gesang der Kröten in der Schlucht gelauscht, und ich habe den Meerwind gefühlt, der sich bei Mondaufgang erhob, und die Wellen, die bis in die Grasfelder liefen.

Bei Tagesanbruch sind die Männer mit einem *sirdar* gekommen, und ich habe mich unter meinem Baum versteckt, für den Fall, daß sie nach mir suchen. Aber sie suchen nicht nach mir. Sie tragen *macchabées*, diese schweren gußeisernen Zangen, mit denen man die Wurzelstöcke und die großen Steine ausgräbt. Sie haben auch Picken, Hacken und Äxte. Eine Gruppe Frauen im *gunny* ist bei ihnen, sie balancieren ihre Hacken auf den Köpfen. Zwei Berittene begleiten sie, zwei Weiße, die ich daran erkenne, wie sie Befehle erteilen. Der eine ist mein Cousin Ferdinand, der andere ein Engländer, den ich nicht kenne, wahrscheinlich ein *field manager*. In meinem Versteck unter dem Baum kann ich nicht hören, was sie sprechen, aber es ist leicht zu erraten. Sie wollen die letzten

Morgen unseres Bodens roden für das Zuckerrohr. Ich sehe dem allen gleichgültig zu. Ich denke an die Verzweiflung, die wir alle empfanden, als man uns verjagt hatte und wir langsam in dem mit Möbeln und Koffern vollbepackten Wagen durch den Staub der schnurgeraden Straße abzogen. Ich denke an den Zorn, der in Laures Stimme bebte und dem Mam nun nicht mehr Einhalt gebot: »Ich wünsche ihm den Tod!«, womit sie unseren Onkel Ludovic meinte. Jetzt ist es, als beträfe das alles ein anderes Leben. Die beiden Reiter sind verschwunden, und in meinem Versteck höre ich, gedämpft durch das Laub der Bäume, die Pickenhiebe in der Erde, das Knirschen der Eisenzangen an den Steinen, und auch den traurigen Gesang der Schwarzen, der ihre Arbeit begleitet.

Als die Sonne im Zenith steht, verspüre ich Hunger, und ich gehe in den Wald, um Guaven und Sklaven-Pistazien zu suchen. Mein Herz zieht sich zusammen, wenn ich an Uma im Gefangenenlager denke, wohin sie freiwillig ging, um bei ihrem Bruder zu sein. Von der Hügelkuppe aus sehe ich die Rauchsäulen, die vom Lager an der Rivière Noire aufsteigen.

Gegen Abend habe ich dann den Staub auf der Straße gesehen, den langen Zug der Lastwagen, der sich nach Port Louis bewegt. Ich erreiche den Straßenrand, als die letzten Wagen vorüberfahren. Unter den Planen, die der Hitze wegen zurückgeschlagen sind, sehe ich dunkle, müde, verstaubte Gesichter. Ich begreife, daß man sie wegbringt, daß man Uma wegbringt, um sie in den Laderäumen eines Schiffes nach dorthin zu verfrachten, woher sie gekommen sind, damit sie kein Wasser mehr verlangen, keinen Reis, keine Arbeit, damit sie die Felder der Weißen nicht mehr in Brand stecken. Eine Weile bin ich noch im alles bedeckenden Staub die Straße entlanggelaufen, dann ist mir der Atem ausgegangen, und ich bin mit heftigem Seitenstechen stehengeblieben. Rings um mich betrachten die Leute, die Kinder mich verständnislos.

Lange irre ich am Ufer entlang. Über mir ragt La Tourelle mit dem abgebrochenen Felsen wie ein Wachposten vor dem Meer auf. Ich klettere durch das Gestrüpp hoch bis zum Étoile, dann stehe ich an der Stelle, von wo aus ich vor dreißig Jahren den großen Wirbelsturm aufziehen sah, der unser Haus zerstört hat. Am Horizont hinter mir steigen Wolken auf, Rauch, Streifen voller Blitze und Wasser. Mir scheint, jetzt höre ich erst wirklich das Heulen des Windes, das Geräusch der Katastrophe, die heraufzieht.

Wie bin ich nach Port Louis gekommen? Ich bin bis zur Erschöpfung in der Sonne marschiert, in den Spuren der Militärlastwagen. Ich aß, was ich am Wegrand fand, Zuckerrohr, das von den Karren gefallen war, ein wenig Reis, eine Schale Brei in der Hütte einer Inderin. Ich mied die Dörfer aus Furcht vor dem Hohn der Kinder oder aus Angst vor der Polizei, die noch immer nach den Brandstiftern fahndet. Ich habe aus Pfützen getrunken, ich habe im Gebüsch am Wegrand geschlafen oder in den Dünen an der Pointe aux Sables. Nachts habe ich, als wäre Uma noch bei mir, im Meer gebadet, um meinen fieberglühenden Körper zu kühlen. Ich bin sehr langsam in den Wellen geschwommen, es war fast wie ein Schlaf. Dann habe ich Sand über mich gestreut und gewartet, bis er im Wind in kleinen Bächen herabrieselte.

Als ich am Hafen ankam, sah ich das Schiff, auf dem bereits die Leute von Rodriguez, von den Komoren und Agalega waren. Es ist ein großes neues Schiff, das Abdul Rassul gehört, die *Union La Digue*. Sie ankert weit draußen an der Mole, und niemand kann sich ihr nähern. Die englischen Soldaten bewachen die Zoll- und Lagerschuppen. Ich habe die ganze Nacht unter den Bäumen der Intendantur verbracht, bei den Clochards und den betrunkenen Matrosen, und gewartet.

Das graue Morgenlicht hat mich geweckt. Auf den Kais war niemand mehr. Die Soldaten waren mit ihren Lastwagen nach Fort George zurückgefahren. Die Sonne ist langsam höher gestiegen, aber die Kais sind leer geblieben wie an Feiertagen. Dann hat die *Union La Digue* die Anker gelichtet und ist dampfend hinausgeglitten auf das ruhige Meer, und die Seevögel kreisten um ihre Masten. Das Schiff hat zuerst Kurs nach Westen genommen, bis es nur noch ein winziger Punkt war, dann hat es beigedreht und ist auf die andere Seite des Horizonts geglitten, nach Norden.

Wiederum kehre ich nach Mananava zurück, an den geheimnisvollsten Ort der Welt. Ich erinnere mich, daß ich früher glaubte, hier entstehe die Nacht und ziehe dann an den Flüssen entlang bis zum Meer.

Ich gehe langsam durch den triefenden Wald, folge den Bachläufen. Überall um mich fühle ich Umas Gegenwart, im Schatten der Ebenholzbäume mischt sich der Duft ihres Körpers mit dem Geruch der Blätter, ich höre das Rascheln ihrer Schritte im Wind.

Ich bleibe in der Nähe der Quellen. Ich lausche dem Geräusch des Wassers, das über die Kiesel plätschert. Die Baumwipfel funkeln im Wind. Durch die Schneisen sehe ich den blendenden Himmel, das reine Licht. Worauf kann ich hier warten? Mananava ist ein Ort des Todes, und deshalb wagen die Menschen sich niemals hierher. Es ist das Reich Sacalavous und der entflohenen schwarzen Sklaven, die nur noch Phantome sind.

Hastig raffe ich die wenigen Dinge zusammen, die meine Spur auf dieser Welt sind, die Khakidecke, meinen Tornister und mein Goldwäschergerät, Pfanne, Sieb, die Flasche mit Königswasser. Sorgfältig, wie Uma es mich gelehrt hat, tilge ich meine Spuren, tarne meine Feuerstellen, vergrabe meine Abfälle.

Im Westen leuchtet das Land. In der Ferne, jenseits des Berges Terre Rouge, sehe ich den dunklen Fleck der Boucan-Senke, wo alles gerodet und verbrannt ist. Ich denke an den Pfad, der quer durch die Gehege bis hinauf zu den Trois Mamelles führt, ich denke an die Staubstraße, die inmitten der Zuckerrohrfelder nach Quinze Cantons verläuft. Laure erwartet mich vielleicht, oder sie erwartet mich nicht. Sollte ich zu ihr kommen, so würde sie einen spöttischen und witzigen Satz zu Ende sprechen, als hätten wir uns erst gestern getrennt, als existierte die Zeit für sie nicht.

Bei Tagesende komme ich zur Mündung der Rivière Noire. Das Wasser ist schwarz und glatt, es geht kein Wind. Am Horizont gleiten ein paar Pirogen dahin, die dreieckigen Segel am Steuerruder befestigt, auf der Suche nach einem Windhauch. Die Seevögel kommen von Süden, von Norden heran, sie kreuzen sich dicht über dem Wasser und stoßen klagende Schreie aus. Ich habe aus meinem Tornister die restlichen Unterlagen über den Schatz geholt, die Karten, die Skizzen, das Heft mit den Notizen, die ich hier und auf Rodriguez gemacht habe, und ich habe alles auf dem Strand verbrannt. Die Welle, die über den Sand läuft, hat die Asche fortgespült. Jetzt weiß ich, genau das hat auch der Korsar getan, nachdem er seinen Schatz aus den Verstecken in der Schlucht an der Anse aux Anglais geholt hatte. Er hat alles vernichtet, alles ins Meer geworfen. Eines Tages, nachdem er so viele Gemetzel und so viele Ruhmestaten hinter sich gebracht hatte, ist er zurückgekehrt, und er hat zerstört, was er geschaffen hatte, um endlich frei zu sein.

Über den schwarzen Strand gehe ich auf La Tourelle zu, und ich besitze nichts mehr.

Auf dem Hügel des Étoile, vor La Tourelle, habe ich mein Nachtlager aufgeschlagen. Rechts ist die Boucan-Senke, die schon im Schatten liegt, und ein wenig weiter weg raucht der Schornstein von Jemen. Haben die Knechte schon den ganzen Boden gesäubert, dort, wo einst unser Besitz war? Vielleicht haben sie den großen Chalta-Baum mit der Axt umgehauen, unseren Baum des Guten und Bösen. Dann kann dort nichts mehr von uns geblieben sein, es gibt keine einzige Landmarke mehr.

Ich denke an Mam. Mir scheint, sie müsse noch irgendwo schlafen, allein in ihrem großen Messingbett unter der Wolke des Moskitonetzes. Mit ihr möchte ich leise von diesen Dingen sprechen, die nicht enden, von unserem Haus mit dem azurblauen Dach, flüchtig und durchsichtig wie eine Fata Morgana, und von dem Garten voller Vögel, wo es Nacht wird, von der Schlucht und sogar vom Baum des Guten und Bösen, der am Tor zu Mananava steht.

Und wiederum bin ich an jener Stelle, wo ich den großen Wirbelsturm kommen sah, als ich acht Jahre alt war und wir aus unserem Haus vertrieben und in die Welt hinausgestoßen wurden wie in einer zweiten Geburt. Auf dem Hügel Étoile fühle ich in mir das Geräusch des Meeres wachsen. Ich möchte mit Laure von Nada the Lily sprechen, die ich anstatt des Schatzes gefunden habe und die auf ihre Insel zurückgekehrt ist. Ich möchte mit ihr vom Reisen sprechen und ihre Augen leuchten sehen, wie damals, wenn wir von einer Pyramide aus das weite Meer betrachteten, wo man frei ist.

Ich werde zum Hafen gehen und mir mein Schiff aussuchen. Das ist mein Schiff: Es ist elegant und leicht, es gleicht einem Fregattvogel mit riesigen Flügeln. Sein Name ist *Argo*. Es gleitet langsam ins offene Meer, auf den schwarzen Wassern der Abenddämmerung, umkreist von Vögeln. Und in der nahen Nacht segelt es unter den Sternen den Kurs, der ihm am

Himmel bestimmt ist. Ich stehe auf Deck, im Heck, eingehüllt vom Wind, ich höre den Anprall der Wogen am Schiffsleib und das Knallen des Winds in den Segeln. Der Steuermann singt für sich allein sein monotones und endloses Lied, ich höre die Stimmen der Matrosen, die im Laderaum Würfel spielen. Wir sind allein auf dem Meer, die einzigen lebenden Menschen. Dann ist Uma wieder bei mir, ich fühle die Wärme ihres Körpers, ihren Atem, ich höre ihr Herz schlagen. Wohin wird unsere gemeinsame Reise gehen? Nach Agalega, Aldabra, Juan de Nova? Die Inseln sind ohne Zahl. Vielleicht werden wir dem Verbot trotzen und nach Saint-Brandon fahren, dorthin, wo Kapitän Bradmer und sein Steuermann Zuflucht gefunden haben? Auf die andere Seite der Welt, an einen Ort, wo man die Zeichen des Himmels nicht mehr fürchtet noch den Krieg der Menschen. Jetzt ist es Nacht, ich höre bis in mein Innerstes das lebendige Geräusch des nahenden Meeres.

J. M. G. Le Clézio
Onitsha

Roman

Titel der Originalausgabe: *Onitsha*
Aus dem Französischen von Uli Wittmann

Leinen

Die zauberhafte Geschichte einer Kindheit in Afrika in der kleinen Stadt Onitsha am Niger und die kunstvolle Verknüpfung von persönlichen Schicksalen mit den uralten Mythen des schwarzen Kontinents machen diesen Roman des großen französischen Erzählers J. M. G. Le Clézio zu einer faszinierenden, unvergeßlichen Lektüre.

Kiepenheuer & Witsch